古宮九時
illust. 森沢晴行
I
Babel
バベル
少女は言葉の旅に出る

エリク
魔法文字を
研究する魔法士の青年。

旅を始めるのだ。
不思議な世界を渡る旅を。
先は見えない。
何が待っているのかも。
だが進まないわけにはいかないだろう。
雫がかつての日常に帰りたいと思う限り。
運命などはしょせん人が左右するものだ。
だから雫は自ら選んでこの道を進み始める。
雫
現代日本から
やってきた女子大生。

「お帰りを
お待ちしておりました。お妃様。
王がお待ちです。さぁ」
メア
湖底に沈む城で
雫が出会う、
魔族の少女。

Babel バベル I

少女は言葉の
旅に出る

古宮九時
illust. 森沢晴行

1. はじまりの言葉
008

2. 転がる水滴
058

3. 失われた王妃
094

4. 天にそびゆ
182

5. 禁じられた夢想
238

主な登場人物

水瀬雫

突如として現代日本から強制転移されてきた女子大生。日本へ戻る方法を探すため、旅に出る。

エリク

辺境の街で魔法文字を研究する風変わりな青年魔法士。雫の旅に同行することに。

メア

魔族の少女。湖底に沈む城で王妃の帰還を長い年月待っていたところ、雫に出会う。

ターキス

大陸各地で仕事をする傭兵。きな臭さを嗅ぎつけては傭兵としての稼ぎ口を探して旅をしている。

リディア

魔法士の女性。ターキスの知り合い。実戦経験も豊富で実力は宮廷魔法士並。

カイト

カンデラ王城突入に参加した短剣使いの少年。人を殺すことが好きという歪んだ性格。

アヴィエラ

謎の女性。記録から消されたはずの禁呪さえ記されている得体の知れない一冊の本を持つ。

イドス

カンデラ城の魔法士長。魔法士を集め、大規模禁呪の構成を企む。

～Babel 大陸地図～

1960年（ファルサス暦832年）現在

かつてこの大陸は長い暗黒時代に曝されていた。

だがそれも今は遠い彼方だ。

続く魔女の時代ももはや御伽噺。

強大な魔法が、人々を脅かさなくなってから久しく

全ては緩慢に、無知の平穏に停滞している。

――異世界より、一人の無力な少女が迷いこむまでは。

1. はじまりの言葉

始まりは穴だ。何の脈絡もなく、彼女の眼前に開いた穴。

何も映さない姿見のように、穴は唐突にそこに生まれた。

周囲には誰もいなかった。彼女の代わりになるような人間は誰も。

だから後にあの穴を思い出す時、彼女は首を捻《ひね》らざるを得ない。

はたして二つの世界を繋《つな》げた虫食い穴は――初めから彼女を選んでいたのだろうか、と。

※

「あつ……」

降り注ぐ日の光は暴力的なほどだ。

水瀬《みなせ》雫《しずく》は重い鞄《かばん》を肩にかけなおした。黒いショルダーバッグがずしりと揺れる。

夏休み初日のこの日、空は雲一つない真夏日に見舞われている。年々上がり続けている気温は、そろそろ外を歩くだけで火傷《やけど》しそうだ。

大学一年生の彼女は、熱されたアスファルトの上を歩いていく。

「重い重い……」

無意識のうちに滑り出た言葉を聞いて、雫は眉を寄せる。こんなことを言ったら余計重く感じるかもしれない。頭の中で「軽い」と呟《つぶや》いてみた。

彼女の持つ鞄の中には二冊の辞書を始め、ずっしりと数冊の本が入っている。私物に加えて夏休みのレポート用に研究室から資料を借り出してきたのだ。中でも毎日持ち歩いている英和と独和の辞書が重みを増しているが、この二冊がなくては何もできない。

ふと彼女が顔を上げると道路の先は熱気で歪《ゆが》んでいた。キラキラと光る逃げ水が目を引く。

雫は左手で額の汗を拭う。その手を下ろして――「それ」に気づいた。

「何これ」

いつの間にか目の前に穴が開いている。

何の支えも、現実味もなく、まるでドアが突然現れたかのように大きな穴が宙に浮いていた。真っ黒な楕円形《だえんけい》の穴を、雫は足を止めて見やる。

「幻覚かな……」

熱中症にでもなったのだろうか。だとしたら倒れて迷惑になる前に、自分で日陰に移動すべきだ。

そう思って穴の横を通り過ぎようとした彼女は――問題の穴を横から見て目を丸くした。

「……線？」

横から見ると穴は一本の線に見える、つまりほぼ平面だ。まるで古い映画に開いた虫食い穴を思わせる。

――恐れと好奇心が同時に生まれた。

彼女は穴に向かいそっと手を伸ばす。黒い表面に触れるギリギリへ手をかざした。そこには何の温度も圧力もない。雫は唾をのむ。

だが直後、急に風が吹いた。

辺りに吹いたのではない。彼女を吸いこむように穴が急激に周囲の空気を引き寄せ始めたのだ。

「え!?　ちょっ……と!」

雫はあわてて足を踏みしめる。何かに摑まれないかと振り返った。

何もない。誰もいない。誰も彼女に気づいていない。

頭の中が真っ白になる。逃げなければと、雫は後ろに手を伸ばす。

悲鳴が喉につかえた。あれだけ重かった鞄が穴に吸いこまれる。左手が、半身が黒い穴に没した。

「誰か……っ」

引《ひ》き攣《つ》れた声が熱気に搔《か》き消《き》える。伸ばした手が空《くう》を摑《つか》む。

何の叫びもなく
何の痕跡もなく
そうして水瀬雫は、世界から忽然《こつぜん》と姿を消した。

※

広がっているのはただ白けた空間だ。

何も見えない。目を開けられない。

濃密な何かの中に漂っているような感覚。

全てがそこにあり、黙している。

それは無遠慮な力。冷たい視点だ。

彼女が小さく震えたのを皮切りに、何かは彼女の中に入ってくる。忍びこみ、沈殿する。

まるで圧倒的な転換。歪められる存在。

彼女はその瞬間全てを理解し——そして全てを忘れた。

※

「——あ、あ」

喉から零《こぼ》れた声は、まるで自分のものではないように聞こえた。雫は喉に手をやる。

記憶は連続していたようにも、断裂していたようにも思える。

気が遠くなる熱気に彼女は目を細めた。空を仰ぐと何かが上空を飛んでいる。鳥というにはおかしな形の、飛行機ほどに大きなそれは、ゆっくりと羽ばたきながら遥《はる》か遠くへ消えていった。

「ドラゴン？」

自分の呟きに自分で馬鹿馬鹿しさを覚えて彼女はかぶりを振る。

とても暑い。今まで以上だ。雫は汗に滲《にじ》む手で鞄を持ちなおした。

そこでようやく彼女は周囲を見回す。

気づいていなかったわけではない。気づきたくなかったのだ。

踏みしめているのはアスファルトではなく白砂。漂う空気は湿り気のない乾ききった風。

「――砂漠？」

どこまでも続く砂。

メディアの中でしか見たことがないような景色は、非現実そのものだ。

日陰などどこにもない。果ても見えない。そのことに気づいた雫はようやく我に返る。

「これ、まずいんじゃ……」

風が巻き上げる砂が顔に当たる。その感触は少なくとも現実だ。まったく意味が分からないが、このままここに立ち尽くしていてはまずい。

雫は自分の格好を見下ろす。着ているものはノースリーブの白いシャツにサブリナパンツ。アウトドアの経験がほとんどない彼女にはこの服装が砂漠で命取りなのか違うのか分からない。

三百六十度辺りを見回した雫は、地平ぎりぎりに砂漠の境界があることに気づいた。そこから先は背の低い草がちらほら見える。砂地から草原に移り変わっているのかもしれない。彼女は短い間に決断した。

「ペットボトルが一本……間に合うかな」

鞄の中には飲みかけの水のペットボトルが入っている。

白昼夢の経験はない。これが現実だと断じることもできない。

だが幻覚であることを期待してここに留まれば、そうでなかった時に命に関わる。

「現実では車道に歩き出したりしている、なんてことになりませんように」

雫は鞄から長袖の上着を取り出すと頭に被《かぶ》った。重い鞄を肩に背負いなおす。本を置いていこうかとも一瞬思ったが、自分の本だけならともかく図書館の本を捨てていくのは駄目だ。

雫はそこで思い出してスマホを取り出してみたが、電波は入らない。彼女は苦笑して顔を上げる。

「よし、行く」

――例えば立っていた場所が砂漠でなかったら、しばらく動転し動けなかったかもしれない。

しかし実際は、命に関わるかもしれないという静かな恐れが動揺を押しこめた。

雫は意外と冷静でいられる自分に賛辞を送りながら、この世界で初めての一歩を踏み出す。

爪先に力を込める。一歩一歩が砂に埋まり、スニーカーの中がざらざらになっていった。熱が圧力となって襲いかかってくる。乾いた空気が呼吸した端から喉を焼くようだ。

「つら……」

草原は歩いても歩いても一向に近づいてこない。時折口に含む水は生温《なまぬる》かったが、充分おいしく感じられた。雫は気弱になりそうな自分にかぶりを振る。

「みんな心配するかな……」

雫が暮らしているのは大学の学生寮だが、家族が異変に気づくのはいつ頃だろう。

彼女は三人姉妹の真ん中で、おっとりとしていて優しい姉と、しっかり者で厳しい妹に挟まれて育った。姉よりは現実的で、妹よりは穏やかな性格だと自認しているが、姉妹と離れて自分個人を見た時に、「どういう人間なのか」と問われてもよく分からない。

二人とは同じ小中高に通い、ずっと比較される中で生きてきたのだ。自分を振り返ろうにもまず姉妹と比べてしまう。

だが、このまま自己が曖昧なままでは、噂《うわさ》に聞く就職活動で悲惨な目に遭《あ》うことは確実だ。

そうでなくても——きっと「自分」が分からないままではよくない。

だから雫は、家を出て県外の女子大に通い始めた。

人文学部の授業は、教養科目の中から好きな授業を選べ、毎日が楽しい。サークルには入っていないが、これからでも間に合うだろうしバイトもしてみたい。

期待と可能性が詰まっている夏休み、だが現実に今、彼女がいるのは砂漠だ。

「砂漠か……なんで砂漠……」

雫が思いつく中で日本にある砂漠と言えば鳥取砂丘《とっとりさきゅう》だ。何故《なぜ》数百キロ離れた鳥取に出てしまうのかは分からないが、もしここが鳥取砂丘だとしたら頑張れば帰れる範囲だろう。

「鳥取でなかったら……」

そこまで口にして雫はひとまず思考を棚上げした。ただでさえ過酷な状況なのに嫌な想像をしない方がいい。まず目の前の砂漠を見るべきだし、本当に砂漠しか見えない。

くらくらと視界が歪む。体が重い。

もう一度あの穴が現れたら今度は自分から飛びこんでやる――そう思って彼女はただ歩き続けた。

※

街道というほど広くはない道を乗合馬車が走っていく。

馬車に乗り合わせているのは商人たちだ。彼らは大きな街での仕入れを終えて、自分の町へ戻る途中だった。

「綿織物《めんおりもの》が少し値上がりしていたな」

「最近アンネリの情勢が不安だからじゃないか？　あそこに何かあると綿毛は大打撃だ」

「違いない。少し多めに買っておいた。どうせ女たちが欲しがる」

囁《ささや》くような話が続く中、馬車の一番奥の席では一人の青年が本を開いている。

金色にも見える明るい茶色の髪に藍色の瞳、上下の繋がった服装の彼は中性的な顔立ちをしている。綺麗《きれい》な顔立ちに一切の表情を乗せていない青年は、周囲の話を気にすることなく分厚い本を読みふけっていた。

商人たちの話は、商売から別のことへと移り変わっていく。

「そういえば最近、西の方では奇病が流行《はや》っているらしいぞ」

「奇病？　伝染するのか？」

「いや、子供たちだけなんだと。それが薄気味悪い病気で――」

その時、馬車が急に速度を緩めた。すぐにがたん、と音を立てて止まる。

一人が幌《ほろ》を捲《めく》り外を見たが、まだ町には着いていない。別の男が御者に声をかけた。

「どうしたんだ」

「人が倒れてる」

簡潔な答えに商人たちは顔を見合わせた。二人が荷台から降りて外を見回すと、確かに前方の草原に人が倒れている。駆け寄ってみるとそれは一人の少女だ。彼らはわらわらと少女に駆け寄った。

「行き倒れか？」

「砂だらけだ。砂漠越えをしたんじゃないか」

「まさか。こんな服装で越えられるわけがない」

少女は見たことのない変わった格好をしている。少し茶色がかった黒い髪。顔立ちからしても異国の人間だろう。そのせいか若いということは分かるが、年齢もよく分からない。一人が少女の額に手を当てる。

「生きてる、のか？」

「――生きてるね」

平坦《へいたん》な声に商人が振り返ると、荷台の奥にいた青年が隣をすり抜けていくところだった。彼は地面に膝をつくと、少女の首に手を当てて脈を取る。

「あんた、魔法士か。ちょうどいい」

「魔法士だけど医術系じゃないよ。息はあるから、馬車に運んで体を冷やしてあげて」

「わ、分かった」

「誰か水持ってこい！」

あわただしく男たちが動き出し、少女は荷台に運びこまれる。中で待っていた商人の妻が布を水で塗らして少女の顔を拭った。熱された黒髪にも少しずつ水をかける。魔法士の青年は時折その処置を指示しながら、手にしたものを見下ろした。それは少女の荷物らしい黒い布袋だ。変わった形をしており、ひどく重い。間違っても砂漠越えに伴うような荷物ではない。

彼はしばらくその荷物をじっと見ていたが、荷台の隅に置いて座りなおした。

予想外の荷物を増やしながら馬車は再び走り出す。

そうして彼らの町に運ばれた雫が目を覚ましたのは、その日の夜のことだった。

※

「――もう行くの、お姉ちゃん」

その声に雫は振り返る。玄関の上がり口に立っているのは妹の澪《みお》だ。

大きな目に天然の長い睫毛《まつげ》。整った顔立ちと物怖《ものお》じのしない態度は校内でも有名だ。二つ年下の妹に雫は苦笑すると、着替えの入ったバッグを肩にかけた。

「もう、って言われても。そろそろ行かないと入寮式に間に合わないよ」

「大学なんて家から通えばいいのに」

「片道三時間はちょっとね。ゴールデンウィークには帰ってくるよ」

両親や姉は「駅まで送る」と言ったがそれは断った。引っ越しの荷物は既に向こうに送ってあるし、今日は平日なのだ。特に一人でも困らない。

あっさりと家を出ていこうとする雫に、澪は眉を寄せた。

「お姉ちゃん、どうして家を出ることにしたの？」

「え？」

ドアに手をかけていた雫は振り返る。どうして今更そんなことを聞くのか。まるで内心を見透かされたようなうしろめたさを覚えて――

目が、覚めた。

「……澪？」

薄暗い部屋だ。雫は引き天井をまじまじと見上げる。

明かりはない。窓からは青白い月光が差しこんでいる。雫は体を起こして小さな部屋を見回した。板張りの粗末な部屋には、小さな洋箪笥《ようだんす》と雫がいるベッドだけがある。

「ここって……？」

頭を振った雫は、そこでようやく昼間のことを思い出した。

熱砂の中ひたすらに歩き続けた記憶。夢なのかとも思ったが、何気なく髪を指で梳《す》くとざらざらとした感触が纏《まと》わりついてきた。雫は白砂がついた手に目を落とす。

「あれ、現実？」

ぽつりと洩《も》れた自分の呟きを聞いてぞっとする。

一体今、どこにいるのか。砂漠で死ぬのだけは避けられたようだが、そこから先が思い出せない。

雫はそろそろとベッドの外に足を下ろす。壁際に置かれていたスニーカーを履いて、ドアへと向かった。だがそれを開けるより先に向こうから扉が開かれる。暖色の光が流れこんできて、雫は反射的に手で目をかばった。

「あ、起きたんだね。よかった」

聞こえてきたのは柔らかな女の声だ。雫は相手の姿を見て、軽く目を瞠《みは》る。

三十代前後に見える女は、人のいい笑顔で雫を見下ろしている。その笑顔とかけられた言葉に雫は恐る恐る尋ねた。

「あの、あなたが助けてくださったんですか？　私、急に砂漠に出てしまって……」

「あんた、そんな格好でスイト砂漠を渡ろうとしたのかい？　途中の道に行き倒れてたよ」

「スイト砂漠……？」

聞いたことのない地名だ。自然と雫の心は冷える。

だがその前に礼だ。彼女は女に向かって深く頭を下げた。

「ありがとうございます、おかげで助かりました」

「いいよいいよ。若い女の子なんて放っておけないからね。あんたどこの子だい？　どこに行くつもりだったの？」

「ど、こ……かと言いますと」

それを問いたいのは雫の方だ。あの砂漠は、ここは、どこなのか。少なくとも雫が通っていた大学の周りには砂漠などない。彼女はひりひりと日焼けで痛む首筋を押さえる。

「すみません、ここはどこですか？」

黒い穴と出会い、熱砂を歩いた記憶。――もしこの全てが夢ではないのだとしたら。

雫は女の顔を見つめた。それは明らかに日本人の顔立ちではない。どちらかといえば西洋人の顔だ。女は何の裏もない善意の顔で笑う。

「ワノープって町だよ。タリスの西にある」

「……タリス？」

「この国の名さ。あんた本当に何も知らないんだね。大陸の東にある小さな国だよ」

「大陸……」

確かに雫は地球上の国名全てを把握はしていない。だが日本ではないとして、どうして自分はそんな場所に移動してしまったのか。

何よりさっきから無視できない違和感があるのだ。雫はできるだけ緊張を見せないように尋ねた。

「あの、日本語、お上手ですね」

「ニホンゴ？　ニホンゴって？」

くらり、と目の前が暗くなる。雫は自分の額を押さえて支えた。

「いま……話している言葉です。私の国の……日本の」

「ニホン？　聞いたことないね。西の方の国かい？」

ああ、やっぱり、という言葉をのみこむ。さっき明かりの下で女の顔を見た時、日本語のあまりの流暢《りゅうちょう》さに違和感を覚えたのだ。その違和感はやりとりをするうちに大きくなって、結局はこれだ。

雫はわずかに残った可能性を確かめようとする。

「ここは何大陸ですか？　ユーラシア？」

「大陸は大陸だよ。名前なんてない」

「そ、うですか……」

雫は軽くよろめきかけて目を閉じる。

言葉は通じる。意思の疎通はできる。しかし、自分の今いる場所はどこだか分からない。

「……少なくとも日本じゃない。あとは――」

「何だ、迷子なのかい？　どこから来たか分かるかい？」

どこから来たかは分かる。だがそれを説明しても知りたいことは知れないだろう。

女の問いに、雫は顔を上げた。

「あの、地図が見たいんです。この国の場所が分かる、できるだけ大きな地図が」

※

見も知らぬ場所に突然移動する、という怪奇現象を、雫はそう知っているわけではない。むしろ似たものを知っているとしたらそれらは、子供の頃読んだファンタジー小説だ。まったく違う土地、あるいは違う時代に迷いこんでしまう話。だがそれらはあくまで本の中の物語で、自分で体験するようなものではない。

雫はそんなことを考えながら、夜の町を走っていく。変わった服装とその勢いに、店仕舞いをしていた商人がぎょっとしたが、周りの目を気にする余裕はない。雫はひたすら前を見たまま通りを駆け抜け、突き当たりにある大きな建物に飛びこんだ。

――中は真っ暗だ。

『地図かい？　図書館の入り口に大陸地図があるよ。まだこの時間なら鍵開いてるから』

そう言われて来てみたがどう見ても閉館している。人気はないし、明かりもない。

だが、どうしても今知りたいことがあるのだ。

雫はポケットからスマホを取り出し、その明かりを頼りに進む。

学校の教室くらいの大きさの玄関ホール。その奥の壁に目的のものはかかっていた。幅三メートルはある大陸地図を、雫はかぼそい電気の光をかざして見上げる。

四方を海に囲まれた大陸。

強いて言えば横長の長方形に近い形。


雫が知る地球のどこにも、その形に該当する大陸はない。

「そんな」

手から滑り落ちたスマホが耳障りな音を立てて木の床に転がる。雫は自分もへたりこみそうになってよろめいた。叫び出しかけて口元を押さえる。

「……あ」

ほんの一言だけ滑り出た声は、まるで固形となって喉に詰まってしまったかのようだ。

体に力が入らない。動けない。頭から血の気が引いていく。体が急激に冷えていく。

何が起きているのか。どことも知れない場所で理由も分からないのに一人きりだ。

雫は呆然《ぼうぜん》と立ち尽くして——

「……あ……あ——」

声を、絞り出す。

混乱して壊れそうな精神を脇に置いて、彼女は無理矢理吐いた息を吸いなおした。

意識して出した自分の声は、少しだけ彼女の心を現実に引き戻す。雫は震える指先を握りこむともう一度息を吸った。

「……あー」

油断すれば上がってしまいそうな呼吸を、声を出して保つ。

伸ばした声は前へ、暗い建物の中へ響いていった。雫は深呼吸して、もう一度声を張る。

混乱が恐怖に変わってしまいそうな不安が膨らんでいく。だからそうなる前に落ち着かなければ。

或《ある》いはこれが夢だとしたら誰か起こしてくれないだろうか。

雫は震え出した声に気づいて息を切る。じわじわと実感が湧いてきて涙が滲んだ。嗚咽《おえつ》が喉を駆けあがってくる。

「う、嘘《うそ》だよね……なんでこんな……」

「――うるさいな」

呆《あき》れたような男の声に雫は飛びあがった。今まで誰もいないと思っていたのだ。彼女は恐る恐る声のした方を見る。

青年は、音もなく闇の中から現れた。

透き通る金色がかった茶色の髪。藍色の瞳は不思議と誠実さを感じさせた。中性的な顔立ちの青年は、手に持った蠟燭《ろうそく》に火を灯《とも》すとスマホを拾い上げる。

「何これ。魔法具？」

聞き慣れない単語を口にしながら彼は雫に歩み寄ると、彼女に向かってスマホを差し出した。

「変わった服だね。どこの国の人間か知らないけど図書館で騒ぐのはよくない。分かった？」

子供に言い聞かせるような言葉に雫は反射的に頷《うなず》いた。スマホを受け取って頭を下げる。

「あ、ありがとうございます。すみません」

「君、昼間倒れてた子だね。無事でよかった」

「ご存知なんですか？」

雫はそこで初めてまじまじと彼を見上げた。最初に会った女性と同じ、違う人種の顔立ち。二十歳過ぎだろう彼は、非常に整った造作をしている。だがどこか近寄りがたい印象を覚えるのは表情にまったく愛想がないからだろう。彼は雫の問いに頷いた。

「君を拾った馬車に僕も乗ってたから。どこから来たの？　迷子？」

「迷子っていうか……日本から来たんですけど、知ってます？」

「知らない」

覚悟はしていたが、雫は思わず息を止めた。

この状態を迷子とするなら、これ以上絶望的な迷子はない。何しろ十八歳にもなって、どうすれば帰れるのかさっぱり分からないのだ。

そもそも本当に帰れるのか、そんなことを思いかけてぞっとする。再び涙が滲んできて、雫はあわててかぶりを振った。

――泣いても、叫んでも仕方ない。

自分はあの砂漠から抜け出してこられたのだ。あの時はもっと冷静で、もっと強くいられた。なら今もまたそうであるべきだ。少しでもできることをやる。そうでなければ何にも届かない。

彼女はスマホを握りしめると、青年に向かって軽く手を挙げた。

「すみません、ちょっとだけ。落ち着かせてください」

「うん？」

目の前の彼に断って雫は目を閉じる。両膝に手をついて深呼吸する。

声を出したかったがもうできない。代わりに彼女は、前へ歩き出す人の背をイメージした。


――子供の頃から、気分を切り替えるためによく同じことをしてきた。

立ち止まりそうな時ほど、前へ進む人の姿を思い描いた。

小さい頃には姉の背を。姉は、どんな時にも微笑《ほほえ》んで折れないしなやかさを持っていた。

成長してからは妹の姿を想像したりもした。澪は、何にも臆さず強気な姿勢を崩さなかった。

だが、今ここにいるのは自分だけだ。だから自分が歩む姿をイメージする。

数歩先を行く自分自身に追いつけるように。その背を、追う。


雫はとんとん、と軽く自分の両膝を叩《たた》くと顔を上げた。姿勢を正し青年を見つめる。

まずは、ここからだ。

「はじめまして。私は水瀬雫といいます。十八歳で人文学部の大学一年生、二十一世紀の日本出身です。――あなたは、どなたですか？」

突然の自己紹介に青年は目を丸くする。だがすぐに気を取りなおしたのか、涼やかな声で答えた。

「僕はエリク。二十二歳でタリスの魔法士。ここで司書をしてる。専門は魔法文字……かな」

「……魔法士？」

さっきもおかしな単語を聞いたと思ったが、やっぱり意味が分からない。雫は聞いた単語を咀《そ》嚼《しゃく》して、聞きなおす。

「ひょっとして魔法使い？　そういう世界なんですか、ここ」

「何でそんな驚くかな。魔法士なんてファルサスに行けばいっぱいいる。……まぁ僕は研究専門で魔法士としての力はあんまりないけど」

そう言うと彼はおかしな来訪者への対応に困ったのかこめかみを掻《か》く。

雫はただ食い入るように彼の藍色の瞳を見つめた。

異世界から来た女と一人の魔法士。

この時の彼らはまだ知らない。

始まりつつある大陸の変革に、これからの自分たちの意志が深く関わっていくということに。

ただ彼らにとっての物語の始まりは、今この時の出会いと共に幕を開ける。

不条理で不可思議な、謎の数々をのみこんで。

それは、言葉にまつわる物語だ。

※

――どこか別のところに行きたい、と願ったことがないわけではない。

だが、魔法の世界に来てしまうのはさすがに予想外だ。どこか遠くに飛ばされるでも、せめて鳥取くらいがよかった。

図書館を出て町の通りを戻りながら雫は溜息《ためいき》を噛《か》み殺《ころ》す。魔法士の青年が聞き返した。

「違う世界？」

「そうです……」

自己紹介を済ませた雫が向かっているのは、助けてくれた商人の家だ。

現状、ここが違う世界であることは分かったが、分かったのはそれだけだ。バッグも置いてきてしまったし、今頃「地図を見てくる」と飛び出していった雫のことを心配しているだろう。

だが戻ろうにも家の場所をちゃんとは覚えていない。そこで彼が送ってくれることになったのだ。ほとんど皆が顔見知りだという小さな町は、すっかり人通りも少ない夜の中だ。街灯もない通りは、道が分かっていたとしても一人で帰りたくはない。エリクが持っているランタンが、少し先までをぼんやりと照らしている。

雫は見知らぬ世界の空気に、緊張しながら土の道を歩いていった。さっきは地図見たさに必死で駆け出したが、これからはもっと用心しなければいけないだろう。何しろこの世界は自分の知る常識が通用しない場所だ。

その「常識が通用しない」代表の魔法士である青年は、呆れた目で彼女を見た。

「違う大陸なら分かるけどな。世界って何」

「私が聞きたいです……。魔法で移動したりできないんですか？」

「大陸内ならば座標が分かれば転移できる。けど、違う世界なんて初耳だ。妄想じゃなくて？」

「違います！　ほら、この機械。私の世界では普通なんですよ。写真も撮れます」

雫はポケットからスマホを取り出す。エリクはだが、まず単語の方に引っかかりを見せた。

「シャシン？　何それ」

「風景を静止画として機械で写し取るんです。絵の精密なもの……と言ったら語弊がありますが」

言いながら雫はフラッシュをたいて自分の手を撮る。画面を見せられたエリクは目を瞠った。

「面白い。どういう法則？」

「……さぁ」

訊《き》かれてもスマホの仕組みはさっぱり分からない。ピンホールカメラならぼんやりと知っているが、それとは違うだろう。雫はスマホの電源を切るとポケットに戻す。充電も期待できない以上、できるだけ節約していきたい。

「そういう訳で帰りたいんです……」

「別の世界に？」

「です。できれば元の世界かつ元の時代に……」

そこまで言っておかないと、中世などに戻されても困る。エリクに言っても戻れるわけではないと思うが、こういうのは気の持ちようだ。いつどこであの黒い穴が聞いているか分からない。

彼は整った顔を軽く顰《しか》めた。

「おかしな話だな。文献でも見たことがない。うーん……でもミナセシズクなんて変わった名前、確かに別の世界という気もする」

「水瀬は名字です。名前は雫だけ。水滴の雫」

名前がミナセシズクなら元の世界でも充分おかしい。水瀬家の三人姉妹は苗字《みょうじ》に由来して、それぞれ水にまつわる名前がつけられているのだ。

姉は海《うみ》、そして妹は澪。ここまで揃《そろ》えば名字と相まってすぐに姉妹だと気づかれる。進学したばかりの高校で「海の妹か！」と見知らぬ上級生に言い当てられたことを思い出し、雫は苦笑した。

一方、それを聞いたエリクは眉根を寄せる。

「何だ、雫か。最初からそう言おう」

「言ってたじゃないですか」

「言ってなかった」

断言に雫は頬を膨らましかけたが、言葉が通じるだけありがたい。雫は逆に尋ねた。

「エリクさんは名字はないんですか？」

「家名を持っているのは貴族とか由緒ある家の人間だけだ。だから王族なんかは長い名前を持ってる。でも僕はただのエリク。それが普通」

「じゃあ私もただの雫でいいかな……」

名字を名乗って今みたいに誤解されても困る。頷く彼女にエリクは変わったものを見るような目を向けたが、すぐに一軒の家を指した。

「ほら、そこだよ」

石造りの平屋は、言われてみれば見覚えがある。雫は改めて彼を見ると頭を下げた。

「送ってくださってありがとうございます。あとあの、もう少し色々お伺いしたいんですが」

「別の世界のこと？　悪いけど何も心当たりがない」

あっさりした返答は、当然と言えば当然のものだ。急に現れた人間に「異世界人です」と言われても困るだろうし、普通は信じてくれないだろう。

雫は内心落胆しつつ笑顔を作る。

「分かりました。また自分で調べてみます」

異世界一日目は、そうして何も分からないまま幕を閉じた。

※

朝の光が差しこむ。目を開けて、真っ先に見えたものは石作りの天井だ。

「起きても異世界……」

雫はそんなことを呟きながら体を起こした。彼女がいるのは昨日目覚めた時と同じ部屋だ。

昨晩、エリクの案内で帰ると、家にいた商人夫妻は雫を温かく迎えてくれた。

そのまま食事と風呂を勧められ泊まったのだが、やはりこの世界は元の世界とはあちこちが違う。

少なくとも家の中を見るだに電気製品など機械文明的なものは何もない。

ただ風呂や手洗い場があったり、布や服などの清潔さが意識されているところを見ると、防疫についての意識はあるのだろう。金属器も普通に使用されているし、透明度が低いとは言え窓ガラスもある。一般家庭でこうなのだから文明としては近世に近いだろうか。ただ雫は文化史にそう詳しいわけでもない。あくまで文学部の教養レベルだ。

「文化史の授業もとっとけばよかった……けどここ魔法あるからな……」

元の世界に照らし合わせようとしても根本からして違う。だからまずはこの世界について知ることから始めなければ。

雫は借りた服で身支度を整えると部屋を出る。台所では既に、昨日助けてくれた女性が朝食の準備をしていた。

雫は彼女の名を呼ぶ。

「シセアさん、おはようございます」

「おはよう、雫。体はどうだい？」

「平気です、ありがとうございます。あ、お手伝いさせてください」

雫はシセアと並んで台所に立つ。そうして朝食を作って一緒に食べながら教えてもらったのは以下の内容だ。

——この大陸には四つの大国があるのだという。

一つは北部に広がるメディアル、二つ目は中央東部にあるガンドナ。三つ目は南部にあるキスク。

そして最後の一つが、大陸中央から西部にかけて広大な領地を持つ魔法大国ファルサスだ。

今いるタリスは東部にある小国だが、大陸には他にも多くの中小国がひしめいている。その中でもっとも魔法技術が優れているのは魔法大国の名を冠するファルサスらしい。

「ファルサス……ですか。その国って遠いんですか？」

魔法の国なら帰る手がかりも手に入るかもしれない。大陸地図を思い出しながら雫が問うと、シセアは笑った。

「乗合馬車を乗り継いでも三ヵ月近くかかるよ。魔法の転移陣を使えれば早いけど、タリスじゃ平民にはなかなか許可が下りないしね。何だったらエリクに聞くといいよ。一日中図書館にいるし」

この町には医者を含めて三人の魔法士がいるが、彼は魔法士というよりは学者のような人間らしく、一日中図書館に詰めている変わり者なのだという。

「外見だけ見れば娘たちに人気が出そうなのに、そっけないからね、エリクは」

「そうですか……」

それほどそっけないとは思わなかった。むしろ親切にしてくれた。

だが確かにほとんど笑わず、世辞も慰めも言わないその態度はとっつきにくいと言えばそうなのかもしれない。彼の姿勢にどこか大学院生に似たものがある気がして雫は微苦笑した。

ただ何をするにしてもひとまずはこの世界で生きていけなくては仕方がない。

朝食の片づけを終えると、雫はシセアに向きなおった。

「すみません、実は私、どうやってここに来たのかも、どうやって帰ればいいのかも分からないんです。助けてくださったお礼もしたいですし、どこか働けるところってご存知ないでしょうか」

ファルサスに行くにしても旅費は必要だ。糸口がない以上、当面の足場は欲しい。

シセアは雫の真剣な表情を見て、目に困惑と同情を浮かべた。

「どうやって帰ればいいか分からないって……まあ、人には色々あるだろうからね。いいよ、知り合いの店に紹介してあげる」

「いいんですか!?」

「ちょうど人の入れ替わる時期で人手が足りないみたいだし。住むところはうちでいいでしょ」

「あ、ありがとうございます！」

雫はあわてて頭を下げる。行き倒れから助けてもらっただけでなく、当面の足がかりができたのだ。人の善意に助けられた。

だが全てはここからだ。足掻《あが》いて食らいついて元の世界に戻る。

雫はそう自分を奮い立たせて、異世界二日目をスタートした。


バイト先として案内された店は小さなパン屋だった。

焼きたてのいい匂いが漂う店内を雫は見回す。置いてあるのは角パンと丸パン、棒状のものなど五種類ほどだ。菓子パンや総菜パンがないのは需要がないからだろうか。

「――こんな感じで売り子をして。いい？」

「分かりました。頑張ります」

店主の男が簡単な説明だけをして厨房《ちゅうぼう》に引っこむと、雫は手元のメモに視線を落とす。

「よし、気を引き締めていこう……」

そこに書かれているのは数字の対応表だ。ここに来る前に確認したが、雫にはこの世界の文字がさっぱり読めなかった。会話が通じるだけに少し期待していたのだが、当然と言えば当然だ。そこでシセアに聞いて数字だけでも対応表を作ってきたのだ。

幸い値段は大体同じだし、落ち着いてやれば大丈夫なはずだ。雫が顔を上げると、見計らったかのように中年の女性が二人入ってくる。

「あら、新しい子じゃない。ここらじゃ見ない顔ね」

「雫と言います。よろしくお願いします！」

「元気がいいわ。若い子がいると華やぐわね」

彼女たちはくすくすと笑い合うと角パンを買っていく。雫は教えられたことを必死で思い出し、会計をして商品を紙で包んだ。

それからもやってくる客たちは皆、彼女を見て驚き、笑顔で歓迎してくれる。中には「いつもこれを買うから覚えて」と言ってくる客もいて、雫は大学受験以来久しぶりに記憶力を働かせることとなった。

そうしているうちに時間はあっという間に過ぎ去る。雫はほぼ全てのパンが売れた店内を見回して息をついた。町の生活に密着したパン屋は、毎日どれくらい売れるのか分かっているのだろう。

厨房から出てきた主人は、まだ温かいパンの袋を雫に差し出した。

「はい、ご苦労様。シセアと食べな」

「ありがとうございます！」

「あと今日の給金。明日もよろしくね」

主人は雫の手に五枚の硬貨を落とす。青銅色の硬貨一枚で丸パン三つが買えるくらいだ。雫は礼を言って帰路につきながら、ぶつぶつと呟いて考えをまとめる。

「今日働いたのは五時間くらい……かな。一時間でパン三つ。多分、頑張れば生きていくことはできる……」

もちろん生活するために必要なものはまだまだあるが、このままでもつましく変わりなく暮らしていくことはできるかもしれない。だがそれでは帰れないままだ。

雫はシセアの家に戻ると彼女の夫が仕入れてきた布地の整理を手伝った。それをしながら下宿代を払い、家事を手伝うことを申し出る。シセアは最初「そこまでしなくてもいい」と言ったが、さすがに何もかもは甘えられない。結局シセアの方が根負けすることになった。

「気だけ急《せ》いてもよくないからね、ゆっくり慣れながら帰る方法を探すといいよ」

「ありがとうございます」

雫の気持ちを汲《く》んでくれるシセアの温かさに、ほっと気がほぐれる。

これはきっとただの幸運だ。人が優しい人間ばかりではないと、大人になりきっていない雫でも知っている。

ただそれでも雫は、「人は優しくもある」とも思っていた。

そうでなければもっと世界は哀《かな》しく、無彩色だ。鮮やかな世界に自分が立っていることを彼女は嬉《うれ》しく思う。

それから二週間、雫は毎日を仕事と家事に明け暮れる。

そうしてこの生活や世界にも慣れてきた――そう思った頃、転機は訪れた。

※

「元気そうだ、異世界人」

店に入ってくるなりそう言った魔法士の青年に、雫は口を開けたまま止まってしまった。

彼女は我に返ると乾いた笑いを見せる。

「異世界人です。いらっしゃいませ。何をお求めですか」

「パンを。パン以外あるの？」

「スマイルくらいですかね……。定番の無料です」

そう言って雫は笑顔を作ったが、エリクには当然ながら通じなかったらしい。軽く無視され、彼女は笑顔のままこめかみを引き攣らせる羽目になった。

エリクは迷いもせず丸パンを二つ指し示す。てきぱきとパンを詰める雫に、青年は感情の読めない声をかけた。

「君は元の世界に帰りたいんじゃなかったのか？」

「帰りたいですよ。でも今のところ方法が分かりませんし、何をするにしても軍資金と基礎知識は必要ですから」

「無謀なのか現実的なのか分からないな」

「やることやってりゃ気も紛れます」

少しだけ本音が滲み出た言葉にエリクは片眉を上げた。藍色の目が不透明な思考を孕《はら》む。

彼はふっと息を吐くと懐から硬貨を取り出した。それを払いながら、教授がテキストを読み上げるような声で続ける。

「あれから一通りの文献にあたったけど、異世界からこの大陸に来訪者が来たという記録は残っていない。せいぜい違う位階の……上位魔族などが現出するくらいだ。ただ、御伽噺《おとぎばなし》の範疇《はんちゅう》のようなものだけど、この世界の法則に反するような事例はいくつか過去に記されている。もしかしたらそれが、君を帰す鍵になるかもしれない」

雫はパンを入れた袋を握ったまま顔を上げた。大きな、驚愕《きょうがく》に満ちた目でエリクを見上げる。

「……信じてくれてたの？」

「初対面の人間にあんな嘘をつく理由はない」

エリクは当然のように返す。それは清々《すがすが》しいほどの断言だ。

彼はこんな見も知らぬ人間の戯言《ざれごと》を、荒唐無稽な話を、信じて調べてくれていたのだ。

雫は目元が熱くなって唇を噛んだ。泣き出しそうな感情をのみこんで笑顔を作る。

「ありがとうございます。エリクさん」

「エリクでいいよ」

彼はパンの紙袋を受け取る。雫の目に涙が滲んでいるのを気づいているだろうに何も言わないのは、きっと彼の優しさだ。エリクは店のドアに手をかけながら付け足す。

「詳しい話が聞きたくなったら図書館に来るといい。大体いつもいるから」

「あ、じゃあ今日仕事が終わったら伺ってもいいですか！　日没前には行けますから！」

「好きにすればいいよ」

そう言って出ていく彼は愛想がないのかもしれないが、やはり優しいと思う。

雫はそれからの約二時間、ふわふわと浮き立ちそうな気持ちを抑えつつ仕事に励む。

そうして黄昏時《たそがれどき》、彼女は再び町の外れにある図書館を訪ねた。


まだ夜になっていない図書館は、けれど十分に薄暗かった。利用者がちらほらといる中、雫は奥へと進んでいく。意外に広い図書館は、先に進むほど人気がなくなっていった。そこかしこに静寂が存在感を持って沈殿している。

エリクはもっとも北の部分、日の差しこまぬ一角で彼女を待っていた。広い机には青白い光を放つランタンが置かれている。雫はバッグを隣の席に置いて彼の向かいに座った。

「目が悪くなりますよ。もっと明かりを取らないと」

「強い光は本を傷める」

「気持ちは分かりますけど、私は視力を保ちたいんで……」

この世界にも眼鏡があることは知っているが、精度が分からない矯正器具に頼るよりは視力を落とさない方向でいきたい。雫はランタンに触れると光量が調整できないかつまみを探した。だがあいにくそれらしいものは見つからない。

その時、エリクが無造作にランタンへ手を伸ばした。彼が口の中で小さく詠唱すると、途端に光が一度消え、より明るい光がつきなおす。雫は目を丸くした。

「……す、ごい。どうやったんです？」

「だから魔法。魔法士なら初歩の初歩だ」

「それって、私にも修行すればできます!?」

「できない。魔力の有無は生まれつきだ。魔力量も生まれた時から変わらないし、そもそも君には魔力がない。あと図書館では静かに」

「すみません……」

てきぱきと好奇心と夢を砕かれ雫は肩を落とした。もう少し魔法を見てみたいと思うのだが、エリクはそれ以上何もする気はないようだ。彼は藍色の目でじっと雫を見やる。

「先に確認しておきたいけど、君は世界を移動した原因について心当たりはないのかな。例えばそちらの世界にはそういう魔法があるとか」

「ないです。というか、私の世界には魔法って実在しないってことになってますから」

「あれ？　そうなの？　なんで実在しないものなのに話が通じるの？」

「ずーっと昔には魔法があったなんて話があったんですよ。けど現代においてそれが本当に魔法だったかは意見の分かれるところです」

雫は慎重に言葉を選んだが、魔法が「向こうの世界では存在しないもの」というのはほぼ通説だ。雫がいなくなったことは、もしかしたらいわゆる「神隠し」の一種なのかもしれないが、原因不明なことには変わりがない。雫は身振りで大きな穴を描く。

「こういう全身鏡みたいな穴が突然開いて、そこに吸いこまれたんですよ。で、気づいたら砂漠の真ん中でした」

「ああ、それで行き倒れか。よく死ななかったね。普通は死んでる」

「あっさり言わないでください。恐《こわ》いんで」

人の口から死地を通っていたと明らかにされても、砂漠道中を思い返してぞっとするだけだ。

エリクの確認はそれで終わったらしく、彼は手元にあった厚い本を雫の目の前に差し出してくる。

「ほら、ここの話だ。約二百四十年ほど前、ヤルダという国でおかしな事件が頻発している。限られた範囲内に突然、まったく違う場所や時間が現出する。それは幻ではなく実体を伴ったもので、物質だけでなく生物も出現した。で、死者も出ている。百四十六人」

「あの、説明中申し訳ないんですけど、読めません」

「え、なんで？」

「何でって言われても。異世界人だからですかね……」

数字はいい加減覚えたが、それ以外はまだ全然だ。よく使う単語をやっと覚えたくらいでそれも幼稚園児未満だろう。エリクは「理解しがたい」という目で雫を見たが、そんな出来の悪い生徒のように見られても事実は変えられない。

だが今の問題は雫の識字能力ではなく、かつてあったというおかしな事件の方だ。雫は改めて聞きなおした。

「その事件のどの点がおかしいか教えてもらってもいいですか。正直、魔法のない世界から来たもので、この世界の常識が分からなくて」

「ああ、そうなのか。けど魔法のない世界って、それ生活困らない？」

「やっぱりそういう感じなんですか。こっちにも代替技術があるので大丈夫です」

この世界では、魔法技術が生活に根差しているのだろう。ワノープの町でも医者は魔法士だ。エリクはそれを聞いて興味ありげな顔をしたが、説明を優先してくれるらしい。本を指で叩いた。

「魔法について説明するなら、魔法には確固たる法則が複数存在してるんだ。これらの法則に反することはどれほど強い魔法士であってもできない。で、この事件はそれら法則に反している」

「単に発見されていない法則を使ってるとかじゃないですか？」

「違うよ。魔法は無から有を作ることはできないんだ。手元に物を転移させたり、自然の成分を呼んだり作り変えることはできるけれど……例えば何もないところから林檎《りんご》を作ったりはできない」

「うーん？　つまりシルクハットからウサギを出したりはできないわけですか」

「何それ」

「余計な合いの手です。聞き流してください」

黙っているのも息苦しいのでつい口を挟んでしまうが、常識の違いで話が転がらない。

エリクは呆れた目で彼女を一瞥《いちべつ》しただけで、話題を戻した。

「もう一つ、魔法では時間遡行ができない。これも法則に反していることだ。他にも色々あるけど、この二つの点でヤルダの事件は異常だとされている」

「過去にタイムスリップはできないってことですね……その事件ではできた人がいたんですか？」

何だかさっぱりのみこめない。もっと具体例を聞きたいと雫が思った時、エリクは本を指でなぞりながら読み上げた。

「……『この日、ヤルダのカドス砦《とりで》周辺に突如見知らぬ軍勢が現れた。おおよそ十五万人ほどの大軍はまるで今までずっと戦い続けていたかのように二軍に分かれて争い始めた。この戦いにおいてカドス砦もまた攻められ応戦したが、襲ってきた者たちは確かに実在する相手であったと、魔法士も含め複数の証言がなされている。ヤルダに百人を越える死者を出した突然の戦争はしかし、彼らが現れてから約三時間後、突如として終わりを迎えた。彼らは現れた時と同様、何の痕跡も残さず消え去ったのだ。ただカドス砦周辺には彼らとの戦いで戦死したヤルダ兵の死体が残っており、それが夢ではないと証明していた。その後、カドス砦に駐留していた一人の老兵が証言した。あの謎の軍勢、あの戦いは、自分が十年前に経験した、タァイーリとメディアル二国の興亡を賭けた戦争と、まったく同じであったと』」

「え……つまり、十年前の戦争が実体を持って再現されたってことですか？　本当にあった怪奇事件じゃないですか」

「怪奇であることは確かだね。こういう事件がその当時は頻発したんだ。これらについて当時の魔法士たちは『限定された空間内に、人の過去の記憶を現実のものとして存在させる何らかの力が働いたのではないか』と、結論づけている」

「すみません、分かりやすく言ってください」

「つまり、人の過去の記憶が現実になるんだ。例えば君が鍵だったら、君がさっきパン屋で働いていた、その光景が突然ここに現れる。パン屋の建物も客ももちろん君も、現実のものとして」

「怪奇過ぎる！」

理解はできたが奇妙な話だ。元の世界にも不思議な話が山ほどあるが、魔法の世界であってもそういった原因不明の事件はあるらしい。

ようやく異例さを理解した雫は、けれど納得すると同時に首を傾《かし》げた。

「それが私とどう関係するんですか？」

「このカドス砦の件、実は行方不明者が出ている。砦を離れ敵軍の中に斬りこんでいた将軍と兵士たち五十三人、魔法士三人のあわせて五十六人だ。彼らは一週間後、タァイーリとメディアルが本当に戦った平野、つまり遠く離れた戦場跡で発見された。で、見つかった魔法士たちは転移の構成などは何も働いていなかったと証言している。気がついたらその場所にいたのだと」

「あ……それが私と似てるってことですか」

「大陸内での移動だからまったく同じではないけど、解明できない移動という点では一緒だ。だからこの件をつきつめて調べれば何か糸口があるかもしれない」

エリクはそこで言葉を切るとじっと雫を見つめた。

彼女は思わず息をのむ。

急に自分の手の中に抱えきれないほどの謎を乗せられた、そんな気がした。

「当時頻発したってことは他にもあったんですよね。他の事件もそんな感じだったんですか？」

「この事件と前後して三ヵ月に渡り、二十件程記録されている。全てがヤルダ国内でのことで、共通しているのは誰かしら鍵となる人間の記憶が使われることと、現出した過去の中に巻きこまれた人間は、現象が収まった時『今のその場所』に飛ばされる、ということだ」

言い回しが難しくて分かりにくいが、要するに異常事態が発生している場所にいた人間は、事が終わった時、記憶によって呼び出されていた場所に瞬間移動させられてしまうということだろう。過去に飛ばないだけましだが、それでも充分迷惑な話だ。

雫は自分を吸いこんだ黒い穴を思い出す。あれはもしかして「呼び出された過去」だったのだろうか。そんな気もするし違う気もするが、今はわずかな手がかりでも縋《すが》りたい。

「じゃあ、それについて調べるとして……どうすればいいんでしょう。二百年以上も前の話なわけですよね」

「そう。ほとんど御伽噺だな。ただこれについては少しおかしな後日談があるんだ」

「後日談？」

エリクは頷くと開いていた本を指で叩いた。

「この事件についての証言とファルサスが出した考察が載っている本……つまりこの本だけど、実は発行後一ヵ月で改訂されている。現存しているのはほとんど改訂後の本の方だ。中には改訂前の本を、ファルサスから来た人間が新しいものに交換していったという話もあるらしい」

「え？　また何で。何が違うんですか」

誤植でもあったのだろうか。何気なく問う雫に対し、彼は眉を寄せて考えこむような表情になった。一旦本を閉じ、一番後ろのページを開き直す。

「この本は、数少ない改訂前の本だ。ある魔法士が持っていたものを数十年前に司書が譲り受けた。二つを見比べると違っているのは、一番最後に起きた事件についての証言だ」

「証言？」

「そう。改訂前の本には――『魔女を見た』という証言があったんだよ」

青年の声は深刻な重みを持って響く。雫は怪訝《けげん》な顔で彼を見返した。

――魔女、と聞いて雫が思い浮かべるのは、子供向けアニメに出てくるような、箒《ほうき》に乗って三角帽子を被った魔女だ。もっと頑張って記憶を探って、せいぜい「オズの魔法使い」だろうか。もっともこちらは子供の頃読んだきりなのでほとんど記憶に残っていない。

彼女は二、三度首を傾げ、聞き返した。

「つまり、魔法使いが関係していることが問題？」

「違う、魔女。魔女は魔法士だけど魔法士は必ずしも魔女じゃない。非常に強大な力を持っている魔法士の女性たちを過去そう呼んでたんだ。今では御伽噺くらいにしか話されないけどね」

「じゃあ、その魔女に会いに行けば帰れるかもしれない、と？」

確かオズの魔法使いもそんな話だった気がする。

雫も一応一生懸命考えて質問しているのだが、エリクは芳しい表情をしなかった。何かおかしなことを言ってしまっただろうかと、彼女は沈黙する。

　エリクはややあって頷いた。

「そうかもしれないし、そうでないかもしれない。ただ魔女が大陸にいたのは三百年も前の話だ。今もどこかにいるのかもしれないし、いないのかもしれない。いたとしても本来的には魔法士である彼女たちに、法則に反する力が扱えるのかは分からない」

「う、方針が定まらないですね……」

「まぁ最後まで聞いて。僕が言いたいのはね、ファルサスが本を改訂してまで魔女の関与を隠蔽したということだ。そしてその時期ファルサスには一人魔女がいた。王姉フィストリアがその人だ。目撃された魔女が彼女かどうかは分からないが、わざわざ隠蔽するくらいだ、その可能性は高いだろう。つまりファルサスはこれらの事件について、本当はもっと多くのことを知っていたんじゃないだろうか」

「ファルサス……」

　魔法大国だという国。馬車で三ヶ月もかかるという遠いそこは、確かに雫の中でぼんやりとした目標になっていた。見も知らぬ国が今の話で確かな存在感を帯びた気がして、彼女は息をつく。

　雫は我に返るとバッグの中からノートを取り出した。

「ちょっと待ってくださいね。メモしちゃいますから」

「いいよ。ゆっくりで」

雫は今聞いたことを思い出しながらノートに書き出し始める。

大学に入って真っ先に学んだのはノートの取り方だ。それはただ板書されたものを書き写せばいいというわけではない。どれだけ重要なポイントを分かりやすく押さえられるか、後から読み返しても理解しやすいかが重要だ。

シャープペンを使ってドイツ語のノートの続きにメモを取り始めた雫を、エリクはまじまじと見つめた。正確には彼女ではなく、彼女が書いているものに見入っている。ファルサスを中心にいくつかのキーワードを書き出してしまうと雫は顔を上げた。

「何ですか」

「いや、面白いね。それ君の独自文字？」

「私はどんだけ変な人間なんですか。私の国の文字です」

「こっちと全然違うけど」

エリクは見開きのページの左右を順に指差した。左にはドイツ語の基礎構文が書かれている。一方、今右に雫が書いたのは日本語だ。

「ああ、こっちは外国語。今勉強中なんです」

「外国語？　国が違うだけでこんなに変わるの？」

「そりゃ海を隔ててますから。こっちの世界だってそうじゃないですか？　他にも大陸があるんでしょう？」

「あるらしいね。全部で五つ。ただ確認されてるのは東の大陸だけで、そこともごく限られた国が交易をしてるだけだ」

「なるほど……？」

大陸があるらしい、とは変わった言い回しだが、察するに大陸外への航海はさほど普及していないのだろう。エリクは雫の疑問に応えるように続ける。

「東の大陸は、暗黒時代にこっちの大陸からかなりの人数が移民して開拓してるんだ。その時に文字も伝わったらしくて、ほぼこっちと同じになってる」

「ああ、イギリスとアメリカみたいな感じですか。納得」

怪訝な顔になるエリクを置き去りに、雫は一人だけ納得するとノートのまとめに戻る。大陸地図も書き写そうか、と思った時、エリクが今書いたばかりの単語の中から一つを指差した。

「これ何？」

「ファルサス……多分」

固有名詞は一応それっぽく書いてある。

この世界の人間の話し言葉は雫には日本語に聞こえるが、固有名詞は外国語の発音に近いのだ。そのため他の単語と区別がつきやすいと言えばつきやすいが、文字に起こす時は少し自信がない。

だがエリクは感心したように頷くと別の単語を指差した。

「これは？」

「魔女」

「ファルサスと大分違う」

「カタカナと漢字だからです。私の国の文字ってすっごく多いんですよ。多分あわせて何万字」

彼女がそう言うとエリクは目を丸くした。彼のそんな表情を見るのは初めてかもしれない。何だかおかしくなって雫は笑ってしまう。

「それ本当？　君の独自文字が何万字もあるんじゃなくて？」

「だからどんな変人なんですかって……。本当ですよ」

自分だけの文字を何万字も作っていたら本当に変な人間だ。だが、漢字を知らない文化圏の人間からするとこの文字数は驚くべきものなのかもしれない。

エリクはそれを聞いて「へぇ」と軽く言っただけで、分かったのかどうか表情からは窺《うかが》えない。

雫は彼に確認しながら重要だと思《おぼ》しき部分をメモすると、ノートを閉じる。シャープペンをしまう彼女を、摑《つか》み所のない魔法士は顔を斜めにして眺めていた。

バッグに荷物をしまうと、雫は立ちあがり頭を下げる。

「今日はありがとうございました。参考になりました。正直、何から調べればいいか見当もついてなかったんで助かります」

「うん」

頷く彼は淡白だ。こういう性格なのだろう。だんだんそのことが分かってきた雫は、微苦笑してもう一度頭を下げると踵《きびす》を返《かえ》す。その背に彼は問うてきた。

「君はこれからどうするつもりなの？」

「お金を貯《た》めてファルサスに行きます」

今の話から導ける結論はそれだけだ。ファルサスに行ったら行ったで大変だろうが、それでも行ってみなければ何も始まらない。

けれどエリクはそれを聞いて首を傾げた。

「君は根性もあるようだし、現実的なところもあるみたいけど、ファルサスまでどれくらい旅費と時間がかかるか分かってる？　それでもし着いたとしてどうするの。まさか城に異世界人です！　って言いにいくの？」

「結構かかるんだろうなぁとは思ってますが、いざとなったらヒッチハイクでも日雇いでもします。城に着いたらまぁ、その場で臨機応変に考えます」

怖気《おじけ》づいていても、他の誰かが何とかしてくれるわけではない。自分のことなのだ。それを当然と覚悟している雫に、エリクは感情の窺えない目で続けた。

「僕も行こうか」

「……へ？」

「異世界人一人よりましだと思う。一応魔法士だし、君だけよりもファルサスで動きやすいだろう」

「え」

突然何を言い出すのか。こうして調べてくれただけでも充分親切だと思っているのに、どうして付き添おうなどと言ってくれるのだろう。ファルサスは遠くて、そこから先も困難があるとは彼自身が言ったことだ。そして、仮にそこまでしてもらっても雫から返せるものは何もない。

彼女はぽかんとしたまま、正直に返した。

「それは……エリクさんもファルサスに用事がある、とかですか」

「ない。できれば関わりたくない国一位かな」

「そこまで!?　なんで!?」

「個人的な感想だから気にしないでいい。確実に魔法技術ではあの国が一番だ」

「実はめちゃくちゃディストピアとかじゃないですよね……」

　雫は不安になったが、言葉の意味がエリクには伝わらなかったらしい。「君の言ってる意味はよく分からないけど、平和で栄えてる国だよ」と返ってきた。

　だがだとしたら何故、好きでもない国に付き添ってくれるのか。これが美人で有名な姉や妹なら「単なる好意で」ということもありうるだろう。だが、雫は自分がそうではないと知っている。それにエリクの方も、そんな理由で動く人間には見えないのだ。

　困惑を表情に出す雫に、青年は軽く手を振った。

「君は自分がどれだけ特殊な存在なのか分かってる？　千五百年近い大陸の歴史の中で、君の存在は前例がないんだ。ファルサスが何を隠したのかも気になるし、僕はこの謎に興味がある」

「それは……」

　確かに雫自身も知りたいと思っているのだ。

　何故こうなったのか、何が起きたのか。穴に吸いこまれ、気がついたら砂漠の真ん中に立っていた。そこには何が隠されているのだろうか。意味は、あったのか。

　まるでひたすらに深い断裂を覗《のぞ》いているかのようだ。知りたい、と思うその先は果てしない気がして、雫は息を止めた。もしかしたら帰れないのかもしれない、そんな目を背けていた可能性さえ頭をよぎる。

雫が緊張に青ざめたのに気づいて、エリクは眉根を寄せた。

「大丈夫？」

「…………はい」

かけられる声に彼女は反射的に返事をする。震えそうになる指を固く握った。エリクはそんな雫の様子を見て、思い当たったかのように首を傾いだ。

「ああ、もしかして僕を警戒してる？　安心して。人間にあまり興味がないから」

「うわ」

ドライな言葉に雫は現実に引き戻された。あわててかぶりを振って否定する。

「違います。ただ途方もないな、って思っただけです」

「それは仕方がない。限られた中での幸運を喜んだ方がいい」

雫は軽く目を瞠る。

――結局そうなのだ。幸運でなければ今頃自分は砂漠で死んでいただろう。それが住むところも、職も、食べ物も得られている。これ以上ないくらい恵まれている。今の状況に、感謝以外に何を思えばいいというのか。彼女はややあって微笑を浮かべた。

「本当にそうですよね……ありがとうございます」

「別にいいよ。不安なのも無理もない。で、どうする？」

答えは一つしかないだろう。

エリクはよく分からない人間だが、真面目な人なのだろうとは感じている。そして彼は、この世界の知識人で、魔法士だ。唐突に始まった不思議な旅を助けてくれる相手として、これ以上の人間はいないだろう。

雫は意を決すると姿勢を正した。両手を体の前で揃え深く頭を下げる。

「ぜひともお願いします。私を助けてください」

「分かった」

返ってきた声は、温かくはなかったが誠実なものに思えた。雫はバッグを握る指に力を込める。

旅を始めるのだ。不思議な世界を渡る旅を。

先は見えない。何が待っているのかも。

だが進まないわけにはいかないだろう。雫がかつての日常に帰りたいと思う限り。

「僕も準備があるし、君も何かあるだろう？　出発は一週間後でいいかな」

「はい」

ようやく慣れてきたこの町を離れるのは淋《さみ》しいし怖い。シセアやパン屋の主人、他にも馴染《なじ》みになってきた人々と別れなければならないのだ。

だが、いつかは進み出すと決めていた。あの日砂漠の中、第一歩を踏み出したように。

強い意志を目に宿した彼女を見て、エリクは微笑する。

「あと、一つお願いがある。これも僕が同伴する目的だと思ってほしい」

「何でしょう」

「僕に、君の国の文字を教えてくれ」

「え」

少なからず驚く彼女と、どこか静かな情熱を秘めた青年の視線がぶつかる。

二人の間には分け合えるものは何もない。

ただ異なるものばかりを抱いて、彼らは立っていた。

遥か後に彼女は思い出す。

彼女にとっての転換は、あの砂漠に立った時だった。

彼女の物語の幕開けは、彼と出会った時だった。

そして、彼らの旅のはじまりは、彼のこの言葉だったと。


運命などはしょせん人が左右するものだ。

だから雫は自ら選んでこの道を進み始める。

優しいはじまりの町から、優しくないただ在るだけの世界へと。

それはしかし、この大陸の根底を覆す変革の嚆矢《こうし》であるのだと、まだこの時二人ともが知らなかった。

2. 転がる水滴

エリクは出発を一週間後としたが、雫は結局それを三週間後まで延ばしてもらった。

それだけあれば手元のお金もまとまった額になるし、パン屋の主人も予定していた新しい売り子に引継ぎができるという。

シセアは、雫がこの町を出ると聞いて淋しそうな顔になったが、いつかそんな日が来るとは思っていたのだろう。雫のために旅の支度を整えてくれた。旅装を見繕いながらシセアは問う。

「お金もいくらか持っていくかい？　何があるか分からないし」

「大丈夫です！　必要経費はバイトしながら行きますし！」

エリクは「旅の資金の足りない分は自分が出す」と言ってきた。雫自身「さすがにそこまでは甘えられない」と断ったのだが、彼は「授業料。気になるならそっちの文字も教えて」とドイツ語を指して提案してきたのだ。幸い雫は英和と独和の辞典を持ってきている。文法までは難しいが単語くらいなら可能かもしれない。

この世界で使えない文字をお金を出してまで彼が習いたがるのは何故か、雫は不思議に思って尋ねたが、エリク曰《いわ》く「僕は魔法文字が専門だから。まったく違う文字に興味がある」ということらしい。

そういうところを見ると確かに彼は学者なのだろう。雫は納得してその「バイト」を引き受けた。

※

出発の日まではあっという間だった。

町の入り口に立った雫は自分の格好を見下ろす。綿の半袖ブラウスに長いスカートという格好は、この国ではごく一般的な女性のものだ。そこに今は旅装用のマントを羽織っている。

見送りにきたシセアが名残惜しそうな目を向けた。

「エリクがついてるから大丈夫だとは思うけど……気をつけて。困ったら戻っておいで」

「ありがとうございます。頑張ります！」

もしかしたら、これがシセアと話せる最後の機会になるかもしれない。雫は忘れないよう、優しかった彼女の瞳を見返すと頷いた。共に過ごした一か月半を思い出すと涙が滲む。

だが雫は、溢《あふ》れそうな涙もそれ以上の言葉ものみこむと笑った。

「いってきます！」

「いっておいで。気をつけて」

荷物を持って雫はエリクと共に乗合馬車に乗りこむ。揺れながらゆっくりと走り出す馬車の最後部で、彼女は幌の隙間から顔を出すと強く手を振った。徐々に町の景色が小さくなる。

　こんな絵に描いたような旅立ちは初めてだ。数ヶ月前、学生寮に移り住むために家を出た日のことを思い出す。あの時はもっといつものように家を出たのだ。何か言いたげな澪に「ゴールデンウィークには戻るから」と言って……だが結局、新生活でばたばたしていて帰省はできなかった。思えば家族と会ったのは、あの日が最後だ。

　雫は遠くなる景色を見ながら、ぽつりと言った。

「もう会えないかもしれないって分かってからようやく、人との出会いって貴重だなって気づくの……ずいぶん漫然と生きてたなって思います」

「みんな多かれ少なかれそういうところはあると思うよ。身近な誰かは、いつまでもそこにいるような気がするんだ。たとえ離れても望めばいつでも会えるだろうと思ってる」

「そうじゃないってよく考えれば分かるはずなんですけど、鈍感になってました」

「君はまだ帰れる可能性があるよ」

　そこで「帰れるよ」と断言しないあたりが、きっと彼らしいのだろう。雫はくすりと笑う。

「浦島太郎になる前に帰還したいですね」

「何それ。処分の一種？」

「勝手に処分しないでください。あんまり戻れなかったら学籍は処分されるかもしれませんけど。――じゃなくて、御伽噺の一種ですよ。別の世界にちょっとだけ遊びにいっていたら、帰ってきた時には元の世界では長い年月が経《た》っていたっていう」

　あの話のように、二つの世界で時間の流れ方が違ってたら問題だ。できれば帰還時の誤差は一年以内がいい。エリクはそれを聞いて不思議そうな顔をした。

「なんだ、やっぱり世界間移動の話があるんじゃないか」

「御伽話です御伽噺。それに世界間移動っていうより、同一世界内で異郷を訪れる話というか。その異郷が何を指してるかは所説あるんですけどね。向こうで結婚してた女性が人間じゃなかったりしますし」

「ああ、なるほど。人外の領域を訪ねる話か。確かにこっちにも別位階の話があるな」

「それってどんなのですか？　話の類型が似通ってたりします？」

　気になる話に雫が食いついたところで馬車ががたん、と大きく揺れる。大きな石でもはねたのだろう。我に返ると彼女は乗合馬車の中を見回した。公共交通機関で騒ぎ過ぎた、と思ったのだが、幸い他の客が気にした様子はない。乗合馬車には他に三人の商人と一人の旅人の男が乗っているだけで席には余裕がある。

　雫は反省して行儀よく座りなおした。

「すみません、横道に逸れました。つい神話類型が気になって」

「面白いからいいけどね。でもそうだな、最初に旅の経路を確認しておこう」

　エリクは膝の上に地図を広げると、それを雫に示す。

「まずは西隣の町、イルマスに行く。で、そこで転移陣の使用許可を取る」

「転移陣？」

「魔法を使った移動装置だ。ファルサス直通のものが使えれば早いんだけど、平民にはまず許可がおりない。だから一旦隣国のアンネリかナドラスの町に出て、そこから次の転移陣へと向かう」

「移動装置ですか……魔法の移動ってどんな感じなんですか？　高速で動くチューブみたいな？」

「何、ちゅーぶって。時間がかかる移動なら馬車と大差ないじゃないか」

「時間がかからない移動なんですか？」

「そうだよ。転移陣は中に入れば対になっている転移陣に瞬間で移動する。まさか君は三ヵ月馬車に乗り続けるつもりだったの？」

「つもりでした」

　しれっと言いながらも雫は驚きでいっぱいだ。瞬間移動など元の世界でもありえない。雫は感心しながら確認した。

「それって、転移装置に入った瞬間もとの人間は消滅させられて、まったくそれと同じ人間が転移先に複製される、って仕組みじゃないですよね」

「君はどうしてそういうことを即座に思いつくの？」

「みんな一度は思うことじゃないですか!?」

　瞬間移動装置につきものの疑問だと思うのだが、エリクに呆れた目で見られてしまった。

　彼は改めて教えてくれる。

「転移魔法っていうのは同じ構成系統でいくつか種類があるんだ。術者だけが転移するもの、他人も運べる門を開くもの、そして設置型の転移陣、という風にね。このうち転移門は扉をくぐるように先への移動ができる。だからこちら側とあちら側の間に立つ、ということも可能なわけだ。その状態で行った実験から、転移前と転移後は同一の魂を持つ個体であると証明されてる」

「それはよかったです。安心しました」

「原理的には座標指定で二箇所を繋いで移動しているって感じだ。その間は『距離の概念のない別位階を移動している』という説もあるけど確かじゃないな」

「距離の概念がない移動、ですか……」

もう少し詳しく聞いてみたいが、今の雫だと前提知識が足りない。魔法について学ぶ方が先だろう。雫はふと気づいてエリクに問う。

「そういえば、エリクも転移魔法が使えるんですか？」

「残念ながら使えない。転移っていうのは個人用でも高等魔法なんだよ。宮仕えの魔法士でも半数くらいしか使えない」

間近に見える藍色の目が、いつもより幼く見えるのは苦い表情のせいだろうか。

彼は自分のこめかみを数度指で叩いた。

「ましてや他人も運べる転移門を開いたり、転移陣の書きこみを一人でできるのは、かなり限られた人間だけなんだよ。で、僕はその中には入らない」

「な、なるほど……。分かりました。すみません」

「謝ることじゃない。僕は今の自分で充分だと思ってるしね」

彼は苦笑する。珍しいその表情には、けれど気負いも強がりもなかった。

この旅に出るにあたって、図書館司書だったエリクは職を辞している。そこまでしてもらっていることに雫は申し訳なさを感じるが、彼の興味は既にファルサスと、雫の世界の文字に移行しているらしい。自分ばかり質問するのもなんなので雫はバッグから自作のメモを取り出した。ひらがなで五十音を書いた紙を受け取ると、エリクは真剣な顔になる。

「丸いね。これ、絵文字？」

「違います。丸いですけどね。私の筆跡のせいもありますけどね」

「こんなのが何万字もあって見分けがつくの？」

「これは五十個しかないので大丈夫です。カタカナもありますが」

「見せて」

彼の言葉に応えて雫はノートを一枚破ると、しっかりした装丁の本を下敷きに、カタカナの五十音表を書き始めた。エリクは記されていく字と、手元のひらがな表を見比べる。

「そっちはカクカクしてるね」

「してますね。読みは同じですが」

「同じなのに何で二種類あるの？」

「……さぁ」

何故だか雫も知らない。ひらがなもカタカナも漢字の形を元に作られたことは知っているが、どうして二種類あるのだろう。人文学科にもかかわらず、カメラの仕組みについて聞かれた時と同じ自分の反応を雫は不甲斐《ふがい》なく思ったが、エリクはそれ以上追及してこなかった。

彼はできあがった五十音表を受け取ると、二つを並べて眺める。

「似てるのもあるな。カクカクしてるものの方が全体的に記号的だ。読み方教えて」

「はい」

雫は横からペンで一文字一文字指しながら読みを伝えていく。エリクは彼女から借りたシャープペンで字の傍に何かを書きこんでいった。この世界の文字であるそれらは、滑らかな曲線と直線を組み合わせて描かれ、アルファベットの筆記体にも似ている。

「こっちの文字は全部でいくつあるんですか？」

「共通文字は三十四。この組み合わせで単語や文章を作る」

「ああ、アルファベットみたいなものですよね。私も簡単な単語なら覚えました」

「で、魔法共通文字は二百五十六だな。あとは国や時代によって若干他の字が加わったり、字体が変わったりする」

「魔法文字？」

「構成や紋様に使う。こっちは表意文字だ。共通文字と違って一つ一つが意味を持っている」

「な、なるほど」

面白い話だが、雫はそれ以上問うことをやめた。馬車の揺れが思ったより激しく、字を覗きこんだり難しいことを考えていては酔ってしまう気がしたからだ。

雫は読みを全部伝えてしまうとエリクに断って目を閉じ、休憩した。

そして気づいた時、彼女は既に目的地イルマスに到着していた。

※

「よく寝てた。なかなか豪胆だな」

「起こしてくださってありがとうございます」

雫は痛む首を押さえながら馬車を降りる。自分でもよく寝られたと思うが、緊張の反動だったのかもしれない。少しぼんやりしているが気分は悪くなかった。

ただその代わり首筋が割と痛い。がたがたと揺れる馬車の中で傾いて寝ていたのだから当然の末路だ。彼女は首をさすりながらエリクの後に続いた。大通りに出ると、彼女は目に入ってくるものの多さに感嘆する。

「大きな町ですね。すごい」

「街道沿いの町だからね」

イルマスは、雫が今まで暮らしていたワノープの町に比べて格段に人が多かった。通りには様々な服装の人々が溢れ、立ち並ぶ露店も活気に満ちている。耳につく喧騒《けんそう》の中、雫はきょろきょろと辺りを見回した。

「チピス安いよー。安くしとくよー」

「木綿布は今あるのが最後だ。これが売れたら当分入らないよ！」

飛び交う言葉は、一部の名詞以外は意味が分かる。何だか言葉の通じる外国に来たみたいだ。

きょろきょろと辺りを見回していた雫は、だが不意にエリクに腕を引かれてバランスを崩した。

「うわっ」

驚いて何とか足を踏みしめた時、今まで彼女のいた場所をガラの悪い男たちが早足で通り過ぎていく。片手で半ば抱き寄せるようにして彼女を移動させた青年は、顔を顰《しか》めて囁いた。

「余所見《よそみ》はよくない。この町には危ない奴《やつ》らも多い」

「す、すみません……」

雫は謝るとあわてて彼の手の中から脱した。突然の距離に気まずくて仕方ないが、エリクの方はいつもとまったく変わらない様子だ。「人に興味がない」とは本当なのだろう。赤くなった顔を手で隠す雫に、彼は涼やかな声で言った。

「転移陣の使用許可を取るには審査が必要だ。大体三日くらいかな。その間宿を取るから観光はその時にすればいい」

「何を審査するんですか」

「大したことじゃない。他国に出るから簡単な身分証明と前歴くらいだ」

「身分証明って……まずいじゃないですか！」

この世界において雫には証明できる身分がない。もちろん大学の学生証なら持っているが、これを出しても怪しさが証明できるくらいだ。

思わず大きな声を出してしまった雫はあわてて周囲を見回したが、もともと騒がしいせいか誰も彼女に気を留めていない。隣にいたエリクでさえもまったく動じていなかった。

「別にまずくないよ。僕の妹ってことにして書類は偽造しといた」

「こ、公文書偽造は、犯罪？」

「それ程たいした罪じゃない。タリスは民の出生をきっちり管理しているわけじゃないから」

「罪なんじゃないですか！」

「うるさいな。そここだわってたら君、一生タリスから出られないよ」

「うっ。それは困る」

もしかしなくてもこの青年は結構いい性格をしているのかもしれない。

「生まれて初めての犯罪を異世界で……」

「真面目に生きてきたんだね。いいことだ」

「これは緊急避難と胸に刻んで生きていきます」

「最初の犯罪で終わるといいね」

縁起でもない言葉を聞き流しながら、雫は肩にかかる黒髪を払う。

その仕草にすれ違う男たちが振り返ったが、彼女は気づかない。代わりにエリクが眉を寄せた。

彼は一瞬考えると近くの露店に歩み寄る。

色とりどりの端布《はぎれ》を並べたその店の女主人が彼を見上げた。

「いらっしゃい。色々あるよ。アンネリの情勢が悪いからね。今のうちに買い溜《た》めた方がいいよ」

「一枚だけあればいいんだ。雫、これでいい？」

言いながらエリクが手に取ったのは、どんよりと暗い緑色の布だ。雫は首を傾げる。

「袱紗《ふくさ》にでも使うんですか？　汚れが目立たなそうでいいですけど」

「いや、君が被るんだ」

「完全に泥棒！」

予想外過ぎて声が出てしまった。雫は我に返ると聞きなおす。

「すみません、ちょっと異文化に驚いてしまいました。この色に意味があるんですね」

「別にないよ。手近にあっただけ」

「分かりました。自分で選ばせてください」

エリクの意図は分からないが、理由がないということはないだろう。雫は落ち着いた赤の端布を買うと、後ろで髪をまとめた上からスカーフのように縛る。青年はそれを見て頷いた。

「うん、いいんじゃないかな」

「で、理由を聞いてもいいですか」

二人は再び人波に乗って歩き出す。エリクは角を曲がりながら言った。

「君の髪は少し目立つんだ。だから隠した」

「髪？　色がですか？」

雫は自分の前髪に手を差し入れる。染めてはいない茶色がかった黒髪。日本人としてはごく一般的な髪色で、ワノープでも特に何も言われなかった。エリクは首を横に振る
「色はそうでもない。髪と目、両方黒の人間は珍しいが全くいないわけじゃないから。それより長さ。こっちの世界では普通女性の髪は長いんだ」

「え？」

言われて雫は記憶を振り返る。そういえばほとんどの人が髪をまとめあげていた。雫くらいのセミロングを下ろしていた人間は他にいない。エリクは前を見たまま続ける。

「気づかなくて悪かった。君は顔立ちも変わってるし、何人か通りすがりに君を見ている人間がいたんだ。ワノープの町の人間は皆、君がどこか遠くから来たと知っていたから思っても何も言わなかったんだろう」

「し、知らなかった……。ありがとうございます」

何度か角を曲がり、エリクは一軒の宿に入ると、二部屋分の宿泊手続きを済ます。ひとまず同じ部屋に入ると、エリクは荷物を置いた。

「申請書類を出してくるから、ここで待ってて。一人で外に出て迷子になっても困るし」

「十八年間一度も道に迷ったことないですけど、異世界人ですし大人しく待ってます。よろしくお願いします」

もともと方向感覚には自信があるのだ。初めての町でも地図があるか、ある程度歩いて道を把握すれば迷子にならないと思うが、それ以外の常識の欠如で問題を起こす可能性は高い。

エリクが二人分の書類を持って部屋を出ていくと、雫は自分のバッグからノートを出した。乗合馬車を降りたところからこの宿までの簡単な地図を書き起こしていく。

その作業に集中していた彼女は、ふと窓の外から聞こえてきた罵声に顔を上げた。足音を殺して窓辺に寄ると、雫は二階にある部屋の窓から路地裏を見下ろす。

そこを歩いているのは汚れた格好の男だ。昼から酔っているのか、悪態をつきながら物を蹴っている。元の世界であっても関わり合いたくない様子に、雫は首を竦《すく》めると窓を閉めようとした。

だがその時、窓の下から小さな悲鳴が上がる。

「え」

あわてて雫が覗きこむと、酔っ払いの蹴った何かが角から出てきた子供たちにぶつかったらしい。小学生くらいの姉弟が、男に怒鳴られ身を竦めている。怯《おび》えている子供たちにぶつけられる怒声に雫は思いきり顔を顰めた。

迷ったのはほんの数秒だ。やまない怒鳴り声に雫は身を翻す。

「――聞いてんのか？　うぜえガキどもだなあ」

宿の裏手に響く声は半分以上ろれつが回っていない。階段を下り外に出た雫は、路地を覗きこんでうんざりと顔を顰めた。姉弟は恐怖で動けないのだろう。身を寄せ合って凍りついたままだ。

雫は身を屈《かが》めると、軽く自分の両膝を叩く。

――そして彼女は、ごく自然な足取りで路地に踏み入った。

「あ、すみません！　その子たちがどうかしました？」

言いながら雫は、男と子供たちの間に割って入る。突然現れた彼女に男は虚をつかれたようだ。ぽかんとして、だがすぐに歪んだ笑いを見せる。

「なんだ、てめえ。ガキがガキのお守りか？」

「いえ、たまたま通りかかっただけです。声が聞こえたんで何か困ってるのかと思って」

笑顔を作って返しながら、雫はその時初めて男が腰に短剣を提げていることに気づいた。

冷たいものが背中を滑り落ちる。確かにこの町に来てから何人か武装している人間も見かけたのだ。だが通りですれちがうのと目の前に立たれるのとでは、感じるプレッシャーが違う。

雫は緊張を隠しながら、二人の子供の肩をそっと押した。怯えた顔の彼らは、それでも雫の意図を理解したらしい。急いで元の角の向こうへ走り去る。男はそれに気づいて声を荒げた。

「ガキども！　まだ終わってねえぞ！」

怒りを撒《ま》き散《ち》らす叫びを上げて、だが男は追いかけようとはしない。酔った足取りでは追う自信がないのだろう。だからあとは雫自身も逃げるだけだ。だがそう思った時、男の手が伸びてきて雫の襟元を摑《つか》んだ。赤らんだ顔が近づく。

「てめえ、ふざけた真似《まね》しやがって……」

――逃げ遅れた、と思ったが遅い。

吐きかけられる言葉は酒の臭いと怒りに満ちていた。雫は反射的に硬直する。知らない人間の剝《む》き出《だ》しの感情をこれほど間近に受けるのは初めてだ。

雫は委縮しながら、それでも口を開いた。

「すみません……でもあの子たちは充分あなたの話を聞きました」

「うるせえ！」

男は拳を振りかぶる。予想できた事態に雫は目を閉じた。やってくるだろう痛みに身を竦める。

――けれど、降ってきたのは知らない男の声だ。

「気に入らないことがあるからって、小さい子に当たるのはなしだろ」

軽い、笑いまじりの声音。雫は恐る恐る目を開ける。

そうして彼女が目にしたものは、酔っ払いの腕を摑んでいる長身の男だった。


突然現れた男は、エリクよりは年上に見えるがそれでも二十代後半だろうか。日に焼けた体は鍛えられたもので、旅装の下には軽鎧《けいがい》らしきものが見える。何よりも雫の目を引いたのは腰に提げられた長剣だ。

短い赤毛の男は、雫の視線に気づくと笑顔になる。

「ちょっと待ってな」

「……あ、はい」

逃げるチャンスなのかもしれないが、そう言われては動けないし、助けに入ってくれただろう人間を置いていくことはできない。酔っぱらいは怯《ひる》んだ眼《め》で男を見上げた。

「てめえには関係ねえだろうよ」

「関係なくても小さい子を見捨てちゃ気分が悪い。それに仕事のあてが外れて暇になってな」

「傭兵《ようへい》か……クソが」

舌打ちしながらも、酔っ払いの腰が引けているのは傍から見て明らかだ。摑まれていた手を離されると、男はよろめきながらも路地の向こうに消えていった。

雫はほっと息をつくと、赤毛の男を見上げる。

「すみません、ありがとうございます」

「別にいいさ。仕事が急になくなってぶらついてたのは本当だしな。それに——」

傭兵の男は軽く笑うと無造作に雫へ手を伸ばす。避ける間もなくその手が、雫の髪を縛っていた布を取った。ぎょっとする彼女に男は顔を寄せる。

「ああ、やっぱり乗合馬車にいたお嬢ちゃんか」

「え……なんで」

何故自分のことを知っているのか、と身構えかけたが、男はすぐに答えを教えてくれた。

「俺も乗ってたんだよ。奥の席で寝てたけど、ちらっと話が聞こえたんだ」

「あ、あー！」

言われてみれば旅装の外套《がいとう》にくるまった男が一人乗り合わせていた。顔は見なかったがそれが彼なのだろう。男はにやりと笑って雫に布を返す。

「ターキスっていうんだ。お嬢ちゃんの名前は？」

「……雫、です。助かりました」

「十四、五歳か？　連れとはぐれちゃ危ないぞ」

「十八です……」

本当のことを言うとターキスは目を丸くしたが、すぐに笑い出した。ワノープの町にいた頃も実年齢より若く見られることが多かったのだが、これに関しては人種の差もあると思いたい。

　ターキスはひとしきり笑うと、雫に謝る。

「悪い悪い。それよりお嬢ちゃん、ファルサスに行きたいんだろ？　何なら一緒に行くか？」

「え？　いえ、私は連れが……」

「転移陣を使う気で来たんだろ。でもそれは無理だ。南のアンネリの城都が攻め落とされたって話がついさっき入ってきたからな。転移陣は封鎖される。俺もそれで仕事がふいになったんだ」

「な、なんと」

　タリスの南にあたる二国、アンネリとロズサークの情勢がきなくさいとは、ワノープの町にいた時から聞いていたことだが、ついにそれが決定的な事態になったらしい。出発を遅らせた自分が悪いが間も悪い。これはエリクに申し訳ない。思わず肩を落とした雫は、だがターキスの誘いを思い出し顔を上げた。

「転移陣が駄目なら街道を行くんですか？」

「いや、転移門が開ける仲間を待ってる。だから一緒にどうだって話だ」

「転移門……」

　それを使える魔法士はほんの一握りだとエリクは言っていた。本当だとすればありがたいが、ありがた過ぎて不安も覚える。雫は失礼にならない程度に男の表情を窺った。

「あの、どうして誘ってくださるんですか。ほぼ初対面じゃないですか」

「ん？　そりゃ小さい子には親切にするだろ」

「いや小さくないですけどね」

そんな理由か、と脱力してしまうが、同時に安心もする。肩の力を抜いた雫にターキスは笑った。

「あとは、そうだな――」

男の手が伸びてくる。それは無遠慮に雫の顎を摑んだ。緑色の眼が、じっと彼女を覗きこむ。

「お嬢ちゃん、普通の子じゃないだろ？」

「……え」

雫が思わず絶句する――その反応を男は見逃さなかった。ターキスがにやりと笑うのを見て、まずいと思った時には遅い。青ざめる雫から男は手を放す。

「言っとくけど、話が全部聞こえてたわけじゃないさ。ただ髪も顔も荷物も変わってる。そんな人間がファルサスを目指してるんじゃ、訳ありだろうとは見当がつくし……俺の勘が言うんだよ。『お嬢ちゃんに関わると、でかいヤマにありつけそうだ』って」

「……ヤマって、犯罪者じゃないですから」

実際は犯罪者になるのだが、多分男の言っている意味とは違う。

ターキスは雫が何かしらの特異性を持っていると勘づいているのだ。それがどんな意味をもたらすか分からないが、用心した方がいいとは分かる。雫は一歩下がりながら軽く両手を挙げた。

「ありがたいお話ですけど、連れがいるので遠慮します」

「そう言うなよ。ここからファルサスなんて大変だぞ。大体お嬢ちゃん、どこの国の出身だ？　タリスの人間じゃないだろ」

「個人情報なのでお伝えできません」

「そう言うなよ。傭兵に伝手《つて》があった方が何かって時に便利だぞ。時には通らない道理だって通せたりする」

ターキスは己の長剣の鞘《さや》を軽く叩く。それが示す意味に雫は無意識のうちに眉を寄せた。

――彼としては、善意と好奇心での売りこみなのだろう。

だが武器をちらつかせての誘いは、雫に言いようのない圧力と忌避感を抱かせただけだ。彼女は更に一歩を下がる。

「……道理が通らないとしても、どうするかはその時悩みます」

「手遅れになるとしてもか？」

「ならないかもしれないじゃないですか。今話しても平行線ですよ」

「そうかそうか」

ターキスはそれを聞いて声を上げて笑う。明らかに彼は面白がっているようだが、雫の方は面白くない。助けてもらったのはありがたいが、それとこれとは別だ。

雫は男の動きに注意しながら彼を見上げる。目を逸らすことはしない。彼が剣を抜こうとしたらすぐに逃げ出せるように意識する。

だが、雫のそんな態度に気づいてか、ターキスはふっと空の両手を広げた。

「分かった。ならまた今度な。次は気が変わってるかもしれないし」

そう言って男は踵を返す。悠々と立ち去る彼の背を見ていた雫は、我に返ると自分の左肩を見た。

そこには何もない。ただ最後にぽんと叩かれた感触が残っているだけだ。

「ぜ、全然動けなかった……」

何かしようとしたら逃げようと身構えていたにもかかわらず、反応する前に肩を叩かれた。これが傭兵という人間なのだろうか。十八年間、体育会系とは無縁に生きてきた雫からすると恐ろしいだけだ。緊張からようやく解放された彼女は膝に手をつく。

「でもなんとかなった……よかった……」

危ない橋を渡ってしまったが、子供を逃がすという目的は達成できた。雫は周囲に注意を払いながら宿へと戻る。

そこには既にエリクが待っていた。


「どっちの部屋にもいないから驚いた。探しに行こうとしてた」

「大変申し訳ありません……」

当然の反応に、雫は深々と頭を下げる。この世界に来てから頭を下げてばかりな気がするが、感謝と謝罪は人付き合いの基礎だ。エリクは荷解《にほど》き前の荷物を一瞥する。

「自分で戻ってこられたなら別にいいよ。実はちょっと困ったことになってる」

「転移陣が封鎖されたことですか？」

ターキスに聞いたことを口にすると、エリクは目を丸くした。普段表情が動かない彼のそんな顔に、雫は微苦笑する。

「さっき外で聞きました。間が悪いことになってすみません」

「別に君のせいじゃないよ。どちらかというと僕が思っていたより国の動きが早かった」

　エリクのそれは本当だろう。ターキスも「急に仕事がなくなった」と言っていた。周辺諸国の情勢を気にしていた者たちにとって、今回の件は予想以上の速度で展開したようだ。

「転移陣の封鎖ってどれくらいで解除されるんですか？」

「情勢による。今回はアンネリって国が隣国のロズサークに攻め落とされたんだけどね、ちょっとまずいことにアンネリの王子が城から逃走してるって話なんだ。それをロズサークが捕まえようとしてるし、他の国も火種になる王子の身柄に関して敏感になってる。転移陣の封鎖もタリス軍がやってるしね」

「それは大事ですね……」

だとしたら国境を越える転移陣は、厳しい監視の目にさらされるだろう。

　エリクは溜息まじりに頭を掻いた。

「今回は隣国だから流言が飛び交ってるんだ。『アンネリには幽閉された王女がいてロズサークに連れていかれた』とか『逃げた王子をロズサークは殺したがっている』とか『王子は既に他国に身を寄せていて再興の機会を窺っている』とかね。落ち着くまではしばらくかかるかもしれない。短くて一ヵ月、長くて数ヶ月かな」

「本当に長い……」

「ただあまり封鎖しては流通に滞りが出る。身元の確かな商人たちから規制解除されると思うよ」

「じゃあ、それに紛れこむことってできます？」

「君も結構言うね」

エリクは呆れながらも笑って返す。その表情からして彼も同じことを考えていたのだろう。

「不可能ではないと思う。ただそういう限定解除は身元の審査が通常より厳しくなる。新参の商人ではまず通してもらえないから、古参の商人を抱きこんで同行させてもらわないといけない」

「なるほど。お金か伝手かが必要なのかな……」

伝手、となると先程のターキスの言葉が甦ってきて釈然としない気分になってしまう。だがターキスの誘いに納得できないのはあくまで個人的感情だ。雫はエリクに尋ねる。

「もし、ファルサスに直通で移動させてくれる魔法士がいるって言われたらどうします？」

「何それ。怪しいよ。ここからファルサスに門を開けるなんてかなりの魔法士だ。そんな人間が地方都市に埋もれていることは珍しいし、嘘じゃないかな」

「うわ、嘘なんですか」

「本当の可能性は低いってこと」

その二つは大して意味の違いがないように思える。エリクの一刀両断に雫は腕組みした。綺麗な顔立ちをした青年は眉を上げて問い返す。

「何故急にそんなこと聞くの？　町で勧誘でもしてた？」

「いやそれがですね――」

雫はターキスから受けた誘いの話を伝える。エリクはそれを真顔で聞いていたが、全て聞き終わると顎に指をかけ考えこんだ。

「傭兵か……。ああいう人間に人脈があるのは事実だけど、君の素性が割れるのはまずいな。異世界から来た変わった人間として王侯貴族に売られるかも」

「か、勘弁してください。人権を主張しますよ」

「貴族の欲の前には人権なんて無意味だ」

感情の窺えない言葉は冗談か本気か分からない。雫はがっくりとうなだれた。

「変な人間に絡まれてすみません……」

「いや、それは僕のもせいもある。不用心だった」

決定的な話はしていなかったとは言え、誰が聞いているかは分からない。エリクは小さく頷くと荷物を手に取った。

「早い方がいいな。悪いけど移動しよう」

「宿を変えるんですか？」

「いや、この町を出る」

「ふぁっ!?」

「必要なものを買い揃えてから出立しよう。その傭兵が君に大して興味を持っていなくても、仲間の魔法士が話を聞いたら違うかもしれない」

「……ああ」

ターキスが鷹揚《おうよう》に構えていても、全員がそうだとは限らない。だとしたら動くのは早いうちにだ。

少なくとも彼の仲間という魔法士がこの町に着く前に。

　雫は自分のバッグを手に取る。

「分かりました。行きましょう。魔女狩りに捕まる前に」

「そういう言葉があるってことは君の世界って魔女を狩ろうとしたの？　どれだけ死者が出たの？」

「おそらく『魔女』の定義にかなりの相違があるとは思うんですが、死者は結構出ました」

　言いながら二人は宿の部屋を出る。再び町に出ると、日は既に落ちかけていた。

　宿代を払ったのに泊まらないのはもったいないが仕方ない。エリクは細い路地を迷うことなく進んでいく。雫は彼の後をついていきながら頭の中の地図を書き足していった。

「エリクはこの町に来たことがあるんですか？　かなり道に詳しいですよね」

「あるよ。昔ファルサスに行った時に通った」

「ファルサスに行ったことあるんですか！」

「なきゃ案内するの大変だよ。あそこの国広いから」

　当然のように言ってのける青年に、雫は大きな目を瞠る。ファルサスのことを「関わり合いたくない国ナンバーワン」と言っていた彼は、実際に魔法大国に行ったことがあったのだ。

「どんな国でした？　人が空を飛んでたり、ドラゴンがうろうろしてたりしてました？」

「……それが君のファルサスの想像？　やだよ、そんな国」

　エリクは呆れた顔を隠そうともしない。だがそんなことを言われても、魔法大国など上手《うま》く想像できないのだ。雫は前を行く青年に食い下がった。

「じゃあ教えてくださいよ。気になるじゃないですか」

「いくらファルサスと言っても飛べる魔法士もそう多くはないし、普段から飛んでる人間なんか皆無だ。あとドラゴンはそもそも人里にはいない。僕も実物は見たことないよ」

「え。私見たことありますよ」

「本当!?　どこで！」

先程までの呆《あき》れ顔《がお》はどこへやら、途端に彼は足を止めて振り返る。その表情は異世界の文字について聞いた時と同じ、どこか少年のような顔だ。雫は思わず頬を緩める。

「初めてこの世界に来た時に、砂漠で見ました。空を飛んでて……遠目だったけど大きさから言って多分そうじゃないかな」

「スイト砂漠か……すごいな。南の山脈にはまだいるらしいけど、砂漠になんて普通いないよ。僕も見たかった」

自然と声に熱がこもっていた彼は、しかし雫の視線に気づくと我に返る。彼は少しばつの悪い顔で再び歩き出した。

「ファルサスは……活気のある国だな。他と比べて文化の水準も高い。民も富んでいて魔法がよく浸透している」

「日常的に魔法が使われているんですか？」

「そうだね。例えば君はパン屋で働いていたけど、かまどの調節なんかをファルサスは魔法で自動化している。城都には街中を移動するための転移陣がいくつも設置されているし、他にも魔法を込めた魔法具が当然の生活用品になっている」

「わぁ、おもしろそう」

まるで映画の中のようだ。だがエリクは無邪気に顔を明るくする雫とは対照的に、芳しい表情をしなかった。苦味が窺える彼の様子に、雫は不安になる。

「何かまずい国なんですか？」

「うーん……これは君に言っていいことがどうか分からないけどね。——僕はファルサスのことを怖い国だと思っている」

「怖い国？」

それはいまいち意味の取れない言葉だ。魔法士である彼が魔法大国を何故「怖い」というのだろう。彼女の疑問を当然と思ったのか、エリクは藍色の瞳を伏せて笑う。

「ファルサスは四つの大国の中でも突出した力を持った国だ。そしてそれは魔法大国だから、って理由だけじゃない。もともとファルサスはね、武力の国だったんだよ。魔法大国となったのはここ百年のことだ」

「百年……」

それが国を変えるには充分過ぎる時間だと、高度経済成長を経た国に生まれた雫は知っている。神妙な表情になった彼女に、エリクは微笑というには棘《とげ》のある表情を見せた。

「今のファルサスは武力と魔力の両方を兼ね備えていて比肩する国がない。ここ数百年小競り合いを含めてもあの国に勝てた国はないんだ。でも僕が怖いと思うのはそれだけじゃなくて、そんな国の決定権が王一人に集約されてることだ。あの国の王はただの王じゃない。魔法士を殺すことに特化した人間が代々王を務めている。だからもし王が狂ったとしても、周囲がそれを止めることは困難なんだ。現に六十年ほど前にそれで国が一つ滅ぼされ、ファルサス国内では王族同士の争いが起きている。ファルサスはそういう……個人の性格に頼る危うさを持った国なんだよ」

「…………」

エリクの話に、雫はすぐには何も言えなかった。

彼女は王制には馴染みがないが、彼の言わんとするところは分かる。ファルサスという魔法大国において強大な力をどう動かすかは、全て王の一人の意志で決められているのだ。

だが、人は人である以上完全ではいられない。もし、王が道を誤るのなら、その時国の歯車は狂い出すだろう。重い唾を飲みこむ雫に、エリクは少しの申し訳なさを漂わせて微笑した。

「まぁ君はそれほど怖がる必要はないと思うよ。今のファルサス国王は比較的寛大な王だと有名だからね。これはあくまで僕の意見だ。先入観を与えてしまったならすまない」

「いえ、ありがとうございます」

聞かなければよかったとは思わない。

エリクがそう言うのなら、それもまたファルサスの一面なのだろう。

人も国もまるで複雑な多面体だ。どの面を見るか、どの距離から見るかで全く異なってくる。そして、彼女自身の前にファルサスは一体どんな姿を以《もっ》て現れるのか、まだ分からないのだ。

雫は知らぬ間に強く握っていた拳をほどく。

「大丈夫です。私の故郷には『話せば分かる』って言葉がありますから」

「人間に期待してる言葉だね。悪くない志だと思う」

「ちなみにこの言葉は、政治家が暗殺されるまさにその時に暗殺者に言ったんですが、結局聞き入れてもらえず殺害されています」

「そういう文脈の言葉をここで持ち出してくる君がすごい」

「何ごとも解釈次第ですから」

　適当なことを言っている間にエリクは一軒の店の前で足を止める。彼はドアを開けながら言った。

「ここは魔法具の店。そう強力なものはないけど、あまり触らない方がいい」

「魔法具……まじっくあいてむですか！　胸躍る響きですね」

「いや全然」

　冷水というほどではないが、水を差す彼の突っこみにもそろそろ慣れてきた。雫はまったくへこたれず狭い店内に入るときょろきょろと薄暗い中を見回す。どこかアンティークショップに似た雑然さ。ところ狭しと置かれたアクセサリーや武器に目が引かれた。

　エリクはエリクで買うものがあるらしく、さざれ石を吟味している。

　色々と見ていた雫は、中央にあるテーブルの上、並べられた指輪の一つに視線を留めた。複雑な銀細工の指輪で、中心には小さな青い宝石が嵌《は》められている。彼女は間近で美しい指輪をじっと見つめた。振り返るとエリクに尋ねる。

「これ触ってみてもいいですか？」

「どれ？　……ああ守護の指輪か。平気だよ。でもそれよりこれ」

言いながら彼が差し出したものを見て、雫はぎょっとした。

革のベルトがつけられたそれは、鞘に入った短剣だ。

見えている柄の長さからして刃渡りは三十センチ程だろう。手元の作業をするには大き過ぎるそれに、雫は思わず息を止める。

「何ですか、これ」

「買ってあげるから持っていくといい。これからは必要になる」

「……私は」

エリクが言うのは、「どんな相手に出くわすか分からないから」という意味だろう。

だが雫の脳裏に嫌でも浮かぶのは、ついさっき出くわした二人の男のことだ。

酔っぱらって子供たちを恫喝《どうかつ》していた男と、力をちらつかせての交渉を当然だと思っている傭兵。

そのどちらもが、雫には恐ろしいものに思えた。本能的に忌避した。

だから今もふっと不安が浮かぶのだ。武器を持てば、自分もまた変質してしまうのではないかと。

――それは、恐ろしい可能性だ。

己が彼らのようにまでなるとは思わない。ただそれでもふとした時に、力で人に言うことをきかせる選択肢を取らないでいられるだろうか。その力に無自覚になってしまわないだろうか。

たかが短剣の一振りだと、そう割りきれる人もいるだろう。だが雫の中にあるそれは、容易に踏み越えられないラインだ。言葉が通じる人々を前に、その言葉を尽くしながら剣を持つだけの理由を見つけられない。短剣を受け取る決心がつかない。

　雫は言葉を選びながら言った。

「すみません、それを持つにはちょっと抵抗があるというか……」

「抵抗？　なんで？」

「武器を持つ自信がないんです。……すみません」

　こんな風に不安になってしまうのは、きっと自分に自信がないからだ。だがその不安を無視できずに雫はうつむく。

　エリクは軽く眉を上げた。彼は物知らずな子供を見るように雫を見て――だが叱責ではなく落ち着いた声音で言う。

「君がおそらく平穏な場所から来たんだろうということは、今までの君を見ていれば分かる。けどもし君がどうしても元の場所に帰りたいと思うなら、これを持っていた方がいい。こっちにいる人間が優しい人間ばかりじゃないのは分かるだろう？」

「分かります。ただ私は……自分が分からないんです」

　言葉で伝えることができるだろうか、と思う。

　受け入れがたいのは、この世界の常識ではなく、定まりきっていない自分自身の方だ。まるでぐらぐらと覚束《おぼつか》ない台の上に刃物を置こうとするような恐ろしさ。そして、刃物を持つことを当然と思う自分に、理由がないまま定まってしまうこともやはり恐ろしい。

　平和な国から来た人間の甘えだと、覚悟が足りないのだとは分かる。決して無抵抗主義者でもない。ただ武器を持つ人間を間近で見たからこそ、この一線を無自覚に越えるのは恐いと思うのだ。

　エリクはじっとうつむく彼女を注視している。

　彼はそして、自分の持つ短剣を一瞥した。

「君が何を恐れているかは分かる……と思う。ただ剣は武器だけれど、武器は道具だ。そして人間は道具を統御し使うことができる生き物だ。そこを履き違える人間はままいるが、君はそうならないんじゃないかと僕は思っている」

「エリク」

「けど、嫌ならいいよ。代わりに僕が持ってる。果物を剝《む》きたくなったら言って」

　青年はふっと微笑する。彼は目を丸くする雫に軽く手を振ると、それ以上何も言わずに短剣と他のものを会計した。

　雫はそんな彼の背を、のみこみきれないものを抱えた目でじっと見つめていた。


　魔法具屋を出た二人は、その後何軒かの店を回って必要なものを買い揃えた。日は少しずつ落ちてきている。通りを行く人の数も減っているようだ。代わりにアンネリ落城の影響か兵士の姿がそこかしこに見え、朝来た時よりも物々しい空気があった。

　早足で行くエリクに、雫ははぐれまいと小走りでついていく。青年は振り返って尋ねた。

「君、馬は乗れる？」

「乗ったことないです」

「なるほど。まぁ長い距離でなければ平気かな」

「馬で移動するんですか？」

転移陣が使えないのは分かるが、また乗合馬車に乗るのではないのか。

雫の当然の疑問に、エリクは若干声の大きさを落として返した。

「普通はそうするだろうね。ここから見て南の国境は岩山で、北も山が連なってる。だから転移陣を使わずに出国するには街道を使って西に抜けるんだ。けどそれは、行動が読まれやすいってことでもある。だから北の山を越える」

「ああ……」

もしターキスや彼の知り合いの魔法士が、雫に興味を持って更に接触をしようとした場合、西に行った方が追いつかれやすいのだろう。

「捜査かく乱ですね。犯罪者らしく北に逃げましょう」

「そこまで深刻でもないけどね。どのみち、西に向かえば軍の検問にはかかる」

彼がそう言った時、道の先に厩舎《きゅうしゃ》が見えてきた。エリクは雫を外に待たせて中に入ると、しばらくして一頭の馬の手綱を引いて出てくる。

馬は写真で見る競争馬よりも若干小さく、その分がっしりとしている。つぶらな瞳に見とれていた雫は、エリクに尋ねた。

「この馬どうしたんですか？　レンタルホース？」

「買った。何その言葉」

あっさりそう言いながらエリクは馬の背に荷物を固定する。そうして彼は騎乗すると雫に向かって手を伸ばした。

「ほら、行くよ」

「……え？」

「馬に乗ったことないんだろう？　後で教えてあげるから今は前に乗るんだ」

「二人乗りして平気なんですか!?」

「平気な馬を選んだ。君は小さくてそう重くもなさそうだしね」

言われて雫は思わず自分の体を見下ろす。身長は確かに百六十センチない。体重も元々普通体型だったが、この世界に来てから少し痩せた。バッグが重いのは気になるが、拘泥している場合ではないだろう。彼女はエリクの手を取る。

「そこに足をかけて。荷物はこっちに。よし、上げるよ」

彼は意外にも軽々と雫の体を馬上へと引き上げた。自分の前に彼女を座らせると手綱を取る。

初めての鞍《くら》の上は思っていたより高い。雫は思わず身を竦めた。

「落ちないようにね。あと寝ないように」

「さすがにそこまで豪胆じゃないです……」

馬はゆっくりと歩き出し、町の外へと方向を変える。雫は鞍の上から町を振り返った。

彼女の視界の中イルマスは、ゆっくりと夕闇へと沈みつつあるところだった。

3. 失われた王妃

イルマスの町を出て北西に向かった二人は途中の小さな農村で一泊することにした。

とは言え、旅人もあまり来ない村にちゃんとした宿はない。夜更けに村を訪れた二人が案内されたのは、寄り合い所の広い部屋をベッドごとにカーテンで区切った寝床だ。

「ドミトリーぽいですね。学生の海外旅行って感じです」

「君はまさしく学生の異世界旅行だけどね。ドミトリーって何？」

他に誰もいないため、二人は仕切りのカーテンを捲って話をしている。雫は魔法のランタンを見ながら笑った。

「相部屋にして宿泊料を安く済ませるタイプの宿ですよ。大体二段ベッドだったりするんですけど」

「へえ。こっちだと二段ベッドって最近はあんまり見ないな。船の中くらいかな」

「最近は見ないって、昔はあったんですか？」

「貴族の屋敷《やしき》の使用人部屋とかは二百年くらい前までそんな感じだったよ。ただ待遇改善の一環で少しずつなくなっていった感じだね。こういう風に布の仕切りの相部屋は結構あるけど」

エリクはカーテンを指さす。黒く重い布は年月にいくらか色褪《いろあ》せていた。

ワノープを出てから夜を過ごすのは初めてだ。雫は膝の上に頬杖《ほおづえ》をつく。

「こっちの世界は宿の防犯って、あんまり気にしない感じですか？」

「その辺りは自己責任かな。完全に安全な場所っていうのはないから、値段と相談って感じ。ここは選びようがなかったけど。ごめんね」

「とんでもない！　修学旅行みたいで楽しいですよ。富士山《ふじさん》の山小屋よりずっとスペースありますし。あそこ、ピーク時は一枚の布団に二人ずつ雑魚寝《ざこね》ですからね！」

「なるほど。そういう世界から来たから、君は変に度胸が据わってるのか」

「すみません、語弊がありました。それはかなり極端な例です」

大丈夫ですアピールをしようとして、派手に行き過ぎてしまった。元の世界も全員が富士登山中のような厳しい状況で暮らしているわけではない。むしろ少数事例だ。少なくとも家族で夏に富士登山をした時、音を上げなかったのは三人姉妹で雫だけだった。妹の澪が珍しく泣きそうな顔をしていたのを思い出し、雫はふっと微苦笑する。

「極端な例ですけど、大抵のことは耐えられますので大丈夫です！　頑丈ですから！」

「うん。君自身が極端だというのは分かった」

「なんですか!?」

雫の言葉にエリクは微笑する。

そうして魔法の光に照らされる彼の顔は、やはり綺麗だ。雫は絵になるその様につい見惚《みほ》れる。

よくよく考えると、異性と二人きり、しかもこんな距離で夜を明かすのはすごいことなのかもしれない。少なくとも一か月前の雫なら考えられなかった。

だが現実になってみて、彼と一緒の夜に気恥ずかしさや落ち着かなさがあるかというと——

「……ひたすらに申し訳ない」

「どうしたの急に」

突然顔を覆って呟く雫にエリクが腰を浮かしかける。面倒見のいい引率者に、雫は力なくかぶりを振った。

「いえ、婚前の男性にご面倒をおかけしているなと思いまして」

「特に迷惑とは思ってないし、婚前は何に関係するの？」

「関係ないようならよかったです……」

人間に興味がない、と公言している彼だからかもしれないが、そう言ってくれると気が楽だ。雫も変に意識せずに、罪悪感だけ胸いっぱい抱えていれば済む。

雫は深く息をついて気分を切り替える。そうして、どこか作り物めいた彼の姿に見入っていると、エリクが視線に気づいて聞き返した。

「どうかした？」

「い、いえ、どうもしません、まったく全然……」

雫は顔の前で両手を振る。完全に不審者だが、まさか「あなたの顔に見惚れてました」などとは言えない。「は？」などと聞き返されたら立ち直れない。

怪しさを漂わせながらごまかした雫は、不意に襲ってくる眠気に欠伸《あくび》をした。エリクが苦笑する。

「もう寝た方がいいよ。疲れてるはずだ。明日も移動だしね」

「はい……」

眠気や疲れはあまり感じていないのだが、これは気を張っているせいだろう。雫が素直に横になると、エリクはカーテンを下ろした。魔法のランタンが消される。

「ありがとうございます……おやすみなさい」

「おやすみ」

彼の穏やかな声は耳に心地よく響く。その響きに導かれるようにして、雫は眠りに落ちた。

※

翌朝早くから二人は食料を買いこんだ。雫はエリクが選んだ保存食の数々を興味深げに見やる。

「これ、ひょっとしてパスタですか？」

「パスタって何」

「小麦粉を水とかとこねて作るんですよ。で、乾燥させて後から茹《ゆ》でて食べたりする」

「あー……多分、大体合ってる。セタンっていうんだけど。君のところはパスタって呼ぶのか」

「この説明だったら饂飩《うどん》も該当しちゃうって今気づいたんですが、見かけはマカロニに似てますね」

袋につめられた乾燥食材はマカロニよりも短く、平たい小判のような形状だ。雫はまじまじと袋の中を覗きこむ。

「イタリア軍は砂漠でもパスタを茹でて食べたらしいですよ」

「それ笑いどころ？　前提知識が必要な冗談は注釈を入れてほしい」

「冗談に注釈を入れるって果てしなく虚《むな》しいですから」

買い出しを終えた二人は、最後に村で馬をもう一頭買った。ここまでの道中で、雫・人でもゆっくりなら馬に乗れるだろうと判断したからだ。

国境に向かって出発した彼らはのんびりと北上していく。びくびくと馬を歩かせる雫に付き添って、エリクが半馬身先を行きながら口を出した。

まだ日は高い。彼の話では夜には国境となっている山道にさしかかる予定だという。

「私、インドア派なんで、キャンプなんて久しぶりですよ」

「今でも子供に見える。少なくとも十八歳には見えない」

「それ外見のことですか……結構凹《へこ》む」

若く見える、と言えば聞こえはいいが、子供に見えると言われては嬉しくない。同じことを指していても物は言いようだ。

雫は前方に見てきた山々を仰いだ。

「山道って険しいんですか」

「場所によりだね。普段人がほとんど通らないし」

「それは山賊でもいるとかの理由ですか？」

「人がいなければ山賊も商売にならないよ。ここはね、転移陣が整備されてから廃れた道なんだ」

「高速道路ができた後の山道みたいなものですか」

雫はもう一度向かう先である山を見つめる。

木々で覆われているらしく青く見える山は、まるで高い壁のようにそこに立ち塞がっていた。

※

「アルファベットは全部で二十六文字。英語もドイツ語も共通です。ただドイツ語にはウムラウトがついている母音もあります。この二つの点がついてるやつですね」

「なるほど。これがつくと何が変わるの？」

「発音が。英語よりドイツ語の方が発音規則が分かりやすいと思います」

エリクは一瞬怪訝な顔をしたが「訛《なま》ってるのか」というと手元の紙にメモを取った。訛っているなどと言われるとおかしな感じがするが、英語もドイツ語も同じゲルマン語派だ。似ている単語も多く、二千年程前は同じ言語だったことを考えれば、異世界人からそういう感想を抱かれるものなのかもしれない。

「西洋はこのアルファベットを使う国が多いです。私が勉強しているのは英語と……ドイツ語は始めたばっかり」

そこまで言って雫は顔を上げた。辺りを見回す。

二人がいるのは国境にそびえる山に入ってしばらくの森の中だ。山を登り始めてすぐ日が落ちてきたため、彼らは道から少し逸れた場所で野営することにしたのだ。

　エリクは少し開けた場所を選ぶと、数分かけてそこに何やら魔法をかけた。何箇所かの地面に木の枝で紋様を描き、詠唱を重ねた。魔法で「比較的安全地帯」を作ったのだというが、彼女には当然ながら分からない。火を起こし簡単な料理を作って食べた二人は、今は本を開いて勉強している。

　雫の母国語は当然ながら日本語だが、教える立場としては英語の方が簡単だ。それは彼女にとって日本語は「いつの間にか身についていたもの」だが、英語の方は「学んだ」言語だからだ。

　自分が教わったように教えればいい――そう思っていた雫はけれど、エリクと話していると時々不思議な違和感を覚える。それが何であるのか彼女自身よく分からない。ただエリクの方も同じことを感じ取っているらしく、彼は時折何かを考えこんでいるようだった。

　雫はシャープペンを使って、ノートに三つの文章を書く。

　一つは日本語で「私の名前は雫です」

　もう一つは英語　"My name is Shizuku"

　最後にドイツ語で　"Mein Name ist Shizuku"

　彼女はそれぞれ対応する単語を線で結ぶと、エリクに見せた。

「これ全部同じ意味です。『私の名前は雫です』」

「あとの二つはともかく、一番最初だけ違い過ぎる」

「海を隔ててるから仕方ないんですよ！」

　既にできあがっている言語について「どうして」と言われても雫にはどうしようもない。これに関しては言語の習得に苦労している学生たちも同じことが言いたいだろう。

　エリクは三つの例文を見比べて問うた。

「つまりニホンゴは、単語の間に空白を取らない代わりに、ヒラガナや点などを一定規則で挿入することで、視覚的に単語の区切りを判断しやすくしているのか」

「そ、そうなんですかね。そうかも？」

「分かった」

　何が分かったのかエリクは手元の紙になにやら書きこんでいる。

　薄々気づいていたことだが、どうやら彼は雫より頭の回転が速いらしい。「こんな説明で分かるんだろうか」と思うことでも、彼はどんどん納得していく。時には言葉足らずな彼女の説明を問い返すことで補ってくれるくらいだ。彼が黙々と自分のノートらしきものにメモを取っていくのを見ていると、レポートの手伝いをしてくれないだろうかと不埒《ふらち》な考えが浮かんでしまう。

　そもそも今、雫の世界では何日ほど経過しているのか。こちらと同じ時間の流れなら夏休みはあと二週間もない。そして当然ながらレポートは一本も書いていない。さすがに雫は青ざめた。

　彼女の顔が引き攣ったことに気づいたのか、エリクが顔を上げる。

「どうかした？」

「い、いえ何でも」

　あわてて顔の前で手を振る彼女に、青年は違うことを心配していると思ったらしい。彼は暗い夜の森を見回した。

「平気だよ。結界を張ってあるから低級魔族は近寄れない」

「そうですよね。……って魔族って何ですか！」

「何ですかって魔族は魔族。人や動植物とは違う傾向の——破壊や汚染を望む存在だ」

「うわ、そういう世界だったのか！」

思わず声を上げてしまった雫に、エリクは白い眼を向ける。

「何を今更。ひょっとして君の世界にはいないの？」

「……いませんでした」

思っていたよりずっと変わった世界だ。ただ魔法があってドラゴンがいるのだから、魔族くらいいても当然なのかもしれない。がっくりとうなだれる彼女にエリクは怪訝な顔をした。

「君、一ヵ月以上もこっちで暮らしててまだそんなことを知らないのか」

「重ね重ねご迷惑をおかけします。できれば見捨てないでください」

「僕はそんな薄情じゃないつもりだけどね」

苦笑した彼の貌は赤い火に照らされて、一瞬ぞっとするほど目を引いた。様々な知識や辛苦を詰めこんで人の形に成したかのような深度がそこには垣間見《かいまみ》える。

彼女より四歳だけ年上だというこの青年は、一体今までどういう人生を経てどんな人間になったのだろう。この世界のことさえよく分からない彼女には、彼の過去を想像することもできない。

雫は彼に対して初めて一歩踏みこんだ興味と、そして少しの淋しさを覚えた。

勉強を終えると、二人は灯したままの火を挟んで厚布にくるまる。

順調に行けば明日は野外泊《やがいはく》をしなくていいらしいが、雫は別にどちらでもよかった。もともと自分のための旅なのだ。エリクを巻きこんでしまったことの方が申し訳ない。

だが雫がそのことを謝罪しても、淡白な魔法士は「これくらいは計算内だよ」と言っただけだ。思えば彼はいつも何を考えているのかよく分からない。少なくとも雫は、彼が本気で怒ったところを見たことがなかったし、満面の笑顔というものも想像がつかない。

雫は小さく欠伸をすると、両手を天に向かって伸ばす。空に溢れる星がとても近い。月も見えるが、この世界も地球の上にあるのだろうか。

「眠れないの？」

エリクの声に雫は驚く。彼はもう寝ついたとばかり思っていたのだ。雫は腕を下ろして彼の方を見たが、炎に照らされた青年の目はちゃんと閉じられていた。

雫が迷う気配を感じたのか、彼は目を瞑《つぶ》ったまま続ける。

「寝れないなら何か話でもする？　昔話とか」

「……面白いですね。御伽噺を交換でもしてみましょうか」

雫は彼に、自分の世界について文字以外のことをほとんど話していない。スマホやノート、筆記用具などの手持ち品を見せたくらいだ。向こうも尋ねてこないので何となくそのままにしていたが、機械の仕組みなどと違って、御伽噺なら雫でも過不足なく伝えられるだろう。この世界の御伽噺というのも気になるし、彼女はその提案に乗り気になった。まずは自分から話し始める。

「昔々あるところにおじいさんとおばあさんが住んでいました。おじいさんは山へ芝刈りに……」

「芝を刈ってどうするの？」

「薪を取りに行ってるんです。……おばあさんは川へ洗濯にいきました。その時川の上流から大きな桃がどんぶらこっこどんぶらこっこと……」

「その変な詠唱は呪いでもかけてるの？」

「擬音ですよ！」

日本の昔話の代表「桃太郎」。この話を終えるまでに、雫はエリクの冷静な突っこみを山のように浴びた。昔話なのだからちょっとのおかしさは大目に見てほしいと思うのだが、異世界人のせいか彼の性格のせいか、まるで物心がつき始めた子供のように遠慮なく問うてくる。最後には「ああ、力で財宝を勝ち取る話か」と言われて彼女は何とも言えない脱力感に襲われた。

青年は相変わらず目を閉じたまま頷く。

「君の世界の鬼ってそういう感じなのか。へぇ面白いね」

「今度はエリクですよ。昔話！」

「いいよ。じゃあ魔族にまつわる話でもしようか。ネビス湖の水神のお話」

彼はそういうと涼やかな声で語り出した。

それは、この山を越えた先にある国、カンデラに古くから伝わる御伽噺だ。

ネビス湖は、タリスとカンデラの国境である山を越えた先、カンデラ側の山麓に広がる青い湖だ。

山あいに沿って緩く曲線を描くこの湖には、千年を越える昔――一人の水神がいたという。

湖近くにある三つの村は水神を祀《まつ》り、彼の加護を得て日々を穏やかに暮らしていた。といっても水神は人に干渉をするのではなく、ただ湖をつつがなく護《まも》り、人間はその恩恵を間接的に得ていたに過ぎない。

そうして過ぎていく安穏とした時間はしかし、大陸が暗黒時代に入るにあたって終わりをよぎなくされた。三つの村のうち二つが、山を越えてきた隣国の支配下に置かれ、そこに軍の宿営地が築かれることになったのだ。

今ではもう国名も伝わっていないその軍は、当然のように湖に水や魚を求めて水場を荒らした。長年の間水神と村人たちの間にあった暗黙の境界を踏み越えての行為は水神の怒りを買い、一夜にして多くの兵士が湖に引きずりこまれた。結果、溺死者は軍の半数にものぼり、当時の指揮官であった王子は撤退を余儀なくされたのだという。

「けどね、そこに水神はある要求をつきつけたんだ」

「謝罪を求めたんですか？」

「謝罪と言えば謝罪かな」

エリクは少しだけ苦笑まじりの声で答える。だがそれでも充分穏やかな声は、夜気に染み入るように心地よく聞こえた。

「水神はね、王子が連れていた妹……王女を詫《わ》びとして差し出すように言ったんだよ。さもなければ軍の残りの半分も殺してしまうとね」

「うわぁ。人身御供《ひとみごくう》だ」

雫は日本神話の弟橘姫《おとたちばなひめ》を思い出す。あの話では、女性は妹ではなくヤマトタケルの妃《きさき》であったが、海神の怒りを買った男のために入水《じゅすい》したという点では一緒だ。

自然と胸を痛める雫をよそに話は続く。

「王子はそれを躊躇《ためら》った。けど王女は国のために犠牲になるのも自分の義務と考えて水神のところに向かったんだね。結果として、水神は彼女を殺さなかった。彼女を妻として迎えたんだよ」

「異類婚姻譚《たん》ですか」

「そう。ただ話はこれで終わりじゃない。残りの軍を国に帰した王子は妹を救うために、少数の供と共に水神のところに向かった。そして苦闘の末に水神を殺すと、幸せに暮らしていた妹を連れて帰る。ただ水神を失って、湖は以後魚の棲《す》めぬ湖になってしまった……というお話だよ。めでたしめでたし」

「ちょっと待ってください！　あんまりめでたくなくない!?」

何だか「幸せに暮らしていた」とか聞こえた気がした。だとしたら兄の行いは王女にとっては裏目に出たのではないか。

雫の疑問にエリクは目を閉じたまま頷いた。

「うん。そもそも水神が王女を要求したのも、彼女に恋をしたからだという話だ。それを知った彼女は水神を愛するようになったんだな。だからこの話は悲恋の話として大陸に広まっている」

「……そこを省いたら全然話が違っちゃうじゃないですか」

おまけに湖に魚が棲めなくなったのなら、まったくめでたくない。ただのすれ違いの悲劇だ。

しかしエリクは平然と続ける。

「でも無難な話じゃない？　どちらに問題があったかは分からないが、水神は軍の半数を殺しているわけだ。そこを好きな女性と結婚して幸せに暮らした、では話の収まりが悪い。女性が殺した人間の国の王族ならなおさらだろう」

「そ、そうかもしれませんけど」

何だか誰も幸福になれない、釈然としない話だ。眉根を寄せた雫は、けれど話の最初を思い出して聞き返した。

「それのどこが魔族のお話なんですか？」

「だから、水神が魔族なんだよ、上位魔族。この世界はね、神々はいるし信仰はあるけど神の実在は確認されていない。ただ暗黒時代なんかには、地方に実在して信仰されていた神々がいるんだ。そして彼らの正体は皆、上位魔族だと言われている」

「わぁ……なるほど」

それを聞いて雫は驚きはしたが、よく考えれば納得だ。元の世界でも「悪魔」とされる存在の中には一神教によって否定された旧来の神が混ざっている。この世界においても強力な力を持つ存在は、人にとって善悪紙一重ということだろう。

「ただ元々上位魔族は人間には興味がないからね。こうして伝わる話もそう多くはない。人間階に現存している上位魔族は……もうファルサスの精霊くらいしかいないね」

「ファルサス!?　に魔族がいるんですか？」

目的地である魔法大国の名に雫は思わず飛び起きそうになる。ドラゴンがうろうろしているわけではないそうだが、神と言われるくらいの魔族はいるらしい。怖いような興味があるような不思議な気分だ。エリクの静かな声が返す。

「いるよ。昔魔女が連れてきた。今は代々王族の魔法士に使役されてる」

「魔女……」

また、魔女だ。

元の世界に帰る手がかりになるかもしれない事件。それに関わっていたかもしれない魔女。

「かもしれない」の謎ばかりが積み重なる話に、彼女は自然と息を吐く。

いつか読んだ推理小説のように、全ての謎が明かされ元の世界に戻れる日は来るのだろうか。家族も友達も知らないこの旅の終わりはどこにあるのだろう。

訪れた静寂にエリクは小さく苦笑したようだった。彼の表情は見ていないがそんな気がする。優しい声が彼女の耳に響いた。

「ファルサスの王と魔女の話はまた別の御伽噺だ。気になるなら今度話すよ。今日はもうお休み」

男の言葉に雫は頷いて「ありがとう」と呟く。

そして彼女は降り注ぐような星の下、疲れ果てた体を抱えて眠りについた。

※

その晩、雫は不思議な夢を見た。

がらんとした広い空間、壁のない白い床だけが続く空間に彼女は立っている。

目の前には机が一つ置かれていて、それも真白い。

机の上には三冊の大きな本が載っていた。その内の一冊、紺色のカバーの本に雫はそっと手を触れてみる。

表紙は紙ではない。革でできているのだろうか。滑らかな手触りは不思議とひんやりとしていた。

縁取りの銀の装飾を指でなぞると、雫は本を開く。

少し黄色がかったページに書かれていた文字は、この世界の文字だ。

日本語でもアルファベットでもない、少し崩されたような字体。だが彼女はそれをすらすらと読むことができた。立ったまま横書きの文章をなぞっていく。

「……レイリアは湖底の城に到着した時、己が死を予感していた。けれどそれに勝るのは王女としての矜持《きょうじ》と決意だ。彼女は自国の兵のために己の命を捧《ささ》げるのだと、それだけを繰り返し自らに言い聞かせた。そうして王女が歩みし長い廊下の果て、ついに扉が開く。そこに水の神と呼ばれる男は待っていた。自らが望んだ花嫁を迎えるために……」

どこかで聞いたような話だ。

それは、聞いたばかりのようにも、もっとずっと初めから知っていたかのようにも思える。

だが何故その話に既視感を覚えるのか、彼女は思い出せない。

雫はただその本を読んでいく。

不思議な紺色の本は、捲っても捲ってもちっともページが進まないように思えた。

※

翌日、雫は空が白み始めた頃に目を覚ました。

ぼんやりとしたまま体を起こした彼女に、青年の声がかかる。

「起きた？」

「あ……」

雫はエリクの方を見る。彼は雫と同様、起きあがるところだった。ひょっとしたら雫の身じろぎする気配で目が覚めたのかもしれない。雫は寝起きで乱れた髪を両手で押さえた。

「ちょ、ちょっと待ってくださいね」

「ゆっくりでいいよ」

エリクは立ちあがると厚布の汚れを払って畳む。てきぱきと片付けを始める彼に、雫はあわてて立ちあがった。彼と一緒に泊まったのは昨日もそうだが、昨日は仕切りがあったので身支度を先に済ませることができた。その点、寝起きをさらすのは今朝が初めてだ。

雫は気恥ずかしさを覚えながら髪を手櫛《てぐし》で整えた。急いで立ちあがると片付けを手伝う。

そうして準備を整えると、二人は明るくなってから出発した。

人がほとんど通らないという山道は、しかし幸いなことに緩やかにカーブする道ができている。

二人はのんびり馬を歩かせ、道が細く険しい部分は下りて手綱を引きながら山を登っていった。

「山登りなんて子供の時以来です……」

「今でも子供に見えるよ」

「それはもういいですから。十八歳！　十八歳！　この世界では一年が六百日あるとかなら分かりませんけど！」

「そんなにないよ。三百八十四だ」

「多い……その計算だと一歳分くらい若返りそうです」

とは言え、それは一日あたりの時間が元の世界と同じだった場合だ。

山道を行く雫は、小学生の頃遠足で登山したことを思い出す。あの時は途中までバスで行き、峠を越えただけにもかかわらずひどく疲れた。体力がまだあまりない年齢だったからだろう。

今も息が上がっていると言えば上がっているが、せいぜいジョギングくらいだ。それも度を過ぎそうになるとエリクがすぐに気づいて休憩を入れてくれるので、今のところ不安はない。

「ずいぶん上まで来ましたね……」

振り返ると二人はいつの間にか、かなりの高さまで登ってきていた。はるか下に見える山の麓から、昨日通ってきた道が地平の向こうまで伸びている。雫は見晴らしのよさに高らかに叫びたくなったが、そんなことをすれば同行者から冷ややかな突っこみが入ることは明らかだ。

そんな雫の内心を知らないエリクは、山道の先を指さした。

「順調にいけばあと三時間も歩けば山を下りられる。休憩を差し引いても夜にはカンデラ国内にある町に着けるかな」

「頑張ります」

彼女はただ一歩一歩前を見据える。石の転がる坂道が今は自分にふさわしい。

疲労の溜まっていく足を奮い立たせ、雫が峠に到着したのは、それから二時間後のことだった。

「ぜ、絶景ですね。写真撮っていいですか」

「シャシンって？　……ああ、あれか」

雫は馬の背に積んだバッグから携帯を取り出す。

眼下に広がるものは青い山の連なりと、その中を縫うようにして横たわるより深い青の湖だ。

「すごい……ターコイズみたい」

透明度が高いのだろう。神秘的な美しさの湖は、確かに「神が棲む」と言われても頷ける。

彼女はずっと切ってあったスマホの電源を入れる。間を置いてディスプレイにロゴが浮かびあがった。雫はそれをひどく懐かしい思いで見やる。

スマホを横に構えて風景をその中に入れた雫は、シャッターに指を置いたまま茫洋《ぼうよう》とスマホを動かした。何とか湖の全貌を入れようと角度を変える。

だが……どれほど角度を変えても何故か違和感を覚える。

雫は目を凝らしてディスプレイに映る風景を見つめた。

――元の世界にいた時は、少し目を引くものの写真を撮っておくことは普通だった。

そうすれば友達と共有することもできるし、後から見返して備忘録にもできる。とても便利で、これなら些細《ささい》な思い出も保存できるような気がしていたのだ。

しかし今、雫は妙な落ち着かなさを覚えてシャッターを押せないでいる。

風景のせいではない。こんな美しい景色は滅多に見られないと思ったからこそ、写真を撮ろうと思った。それは間違いない。なら何故以前のようにできないのか。彼女はディスプレイではなく手の中の機械そのものに目を落とした。

真っ白な四角い機体。異世界に迷いこんだ雫にとって、とても大事な自分の存在を証明する一欠けら。手に馴染んでいるはずの道具を、だが雫はこの時、自分でも不思議なほど「異物」として認識していた。写真を撮らないままスマホを下ろした雫は、隣に立つ青年を見上げる。

彼は広がる湖よりも沈んだ藍の目で彼女を見返した。雫はその色を綺麗だな、と思う。

「シャシン終わったの？」

「うーん……何と言うか。適応能力が高いんでしょうか、私」

「図太いとは思う。何、急に」

「ものは言い様だと早く分かってください」

雫はスマホをバッグに戻した。馬の背を撫《な》でながら手綱を引いて笑う。

「よし！　行きましょうか！」

「はいはい」

二人は再び馬上の人となると、ゆっくりと山道を下りていった。

国境は山頂を通っているため、もうタリスの隣国であるカンデラに入っているのだが、周囲には誰の姿もない。こんな無用心に入国ができていいのだろうかとも思うが、戸籍をしっかり管理していない国もあるくらいだ、その辺りは鷹揚なのだろう。青い湖に向かって緩やかに蛇行しながら近づいていくことに、雫は子供のように胸を躍らせた。

「泳げるかな。ちょっと楽しみですね」

「泳ぐの？」

「結構得意なんですよ。子供の頃は祖父に河童《かっぱ》って呼ばれてたくらい」

「カッパって何」

鬼なら通じたのに河童は通じなかった。手綱の操作に集中していた雫は、「水の中にいる伝説上の怪物です。手が百本あるのが魅力的」と真っ赤な嘘を教えておく。

ターコイズブルーの湖は日の光の下きらきらと輝いている。雫は自然のままの色に見惚れた。

「シャシン」は、今は要らない。

形として残さずとも、自分はきっとこの景色を忘れないだろうと、雫はこの時確信していた。

※

ネビス湖の悲恋の話は大陸中に広まってはいるが、それらは皆少しずつ異なっている。姫の髪や瞳の色から始まって、水神と王子の勝敗や姫の心情の違いなど、元は一つの話なのだろうが、それらは様々な差異を含んで枝分かれし、人口に膾炙《かいしゃ》していた。

その中でもエリクが雫に教えたものは、もっとも一般に知られている内容だ。水神は死に、姫は束《つか》の間《ま》の夫に想《おも》いを残しながらも国へと帰る。湖は以後生き物の棲めぬ場所となり、ただ澄んだ空だけを映し出すという結末。物悲しさを感じさせる御伽噺は人の心を惹《ひ》くものなのであろう。この話を元にした本も多く、人気は高い。

そして今、千年以上昔の物語の舞台に雫は立っている。感嘆の声が冴《さ》えた空気に響いた。

「すごい！　澄んでる！　泳いでいいですか！」

「何がいるか分からないから推奨しない」

「河童とか？」

「手が千本あるんだっけ。そんなのどこにもいないよ」

「手の数、十倍になってます」

どこの千手観音だ、と言いたくなったが余計脱線しそうなので彼女は黙った。雫は湖水を覗きこんでいた顔を上げ、後ろに立つエリクの下へと戻る。

緩くカーブしている湖の水際は小さな丸みを帯びた小石でいっぱいだ。澄んだ水は大分先まで湖底が見渡せる。それ以上遠くの水面は空の色と同じ、泣きたいくらいの青だ。神秘的な景色に、雫は陳腐な感想の言葉さえ持ち得なかった。

去りがたさを顔に出す彼女の肩を、エリクはぽんと叩く。

「そろそろ行くよ。湖畔の町に宿を取ろう」

「はーい」

二人は馬に乗ると水際に沿って進んでいく。山から続く一本道は湖の外周を回っているようだ。平坦になった道は馬も大分歩きやすいようで、騎乗している雫にとってもありがたい。

――その時ふと、風が背後から彼女の耳をかすめる。

雫は振り返って波紋一つない鏡のような湖を眺めた。

「どうかした？」

「……今何か――いえ、何でもないです」

雫は軽くかぶりを振ると前を向きなおす。

何だか誰かに声をかけられた気がしたのだ。だがきっと気のせいだろう。ここには自分たち以外いないのだし、風の音に違いない。

雫は風に乱れた髪を整え縛りなおす。

湖に沿って続く道の先に、町の建物の姿が見え始めていた。


ネビス湖の畔《ほとり》にあるコルワの町は、千年以上昔から名前を変え所属する国を変えながらも、変わらず在り続けた珍しい町だ。

その起源は件《くだん》の悲恋話の舞台となった時代、水神を祀っていた三つの村のうち、隣国に支配されなかった最後の村にまで遡る。残ったその村は、他の二つの村がなくなってまもなく一度場所を移動したのみで、あとは徐々に人を増やして、大きくはないが平和な田舎町となった。

二人は町の入り口近くにあった厩舎に馬を預けて中に入る。

この町はカンデラの中でも山間部にあるが、ネビス湖を見に訪れる旅人は後を絶たないらしい。エリクがいくつかある中から宿を選ぶと、二人はひとまずの休憩を取ることにした。

エリクがテーブルに大陸地図を広げる。

「ここから更に北西に向かってカンデラの城都を目指す。そこについたら転移陣を使うか、西に伸びる街道を使うか決めよう」

「了解です。カンデラの城都って遠いんですか？」

「まぁまぁ遠いと思う。僕も行ったことないけど。順調に行って二週間くらいかな」

雫は広げられた地図を指でなぞった。まだ出発して間もないのだから仕方ないが、ほんの少し西に移動しただけで、ファルサスまではまだまだある。何だか西遊記を連想するが、妖怪と戦う予定はまったくない。雫は「自分が沙悟浄でエリクが三蔵法師だとしても、役者が足りないな」などとぼんやり考えた。テーブルを挟んで向かいに座る青年が不審そうに彼女を見やる。

「何にやにや笑ってるの。何か企《たくら》んでる？」

「そんなまさか！　何も考えていませんよ。エリクの髪を全部剃《そ》ったらどうなるかとか」

「ここに置いて帰っていいかな？」

「すみませんでした。私が悪うございました」

エリクはもっともらしく頷いた。何故そんな想像をしていたかは聞く気も起こらないらしい。

雫はなおも「綺麗な顔立ちなのだから人種の違いに目を瞑れば三蔵法師が似合いそうなのに」と思ったが、人種の違いが最大のネックだろう。

二人は明日からの方針を決めると、夕食までそれぞれの部屋に戻った。ちょうどお湯が使える時間だというので雫は風呂に入る。宿の浴場は広いものではなかったが貸しきり状態で、のんびりと手足を伸ばすことができた。

「つ、疲れた……」

それほど疲労してないと思っていたのだが、やはり山登りは堪えたのか、お湯の中で落ち着くと同時に疲れが押し寄せてくる。吸いこむ湯気が体に行き渡るのを感じて、雫は深呼吸した。

両肩を順番にもみほぐし、張ってしまったふくらはぎをさする。濡《ぬ》れた髪を掻《か》き上げ水面を覗きこむと、そこに自分の顔がぼんやりと映った。

「……帰りたいな」

この世界ではまったく見ない日本人の顔立ち。以前は家族の誰とも似ていないように思えた顔に、この時はしかし不思議と家族の面影が重なった。

姉にも妹にもずいぶん会っていない。最後に家族と共に過ごしたのは四月の初めで、その時から雫の体感も合わせて既に半年近くが経過してしまった。今頃皆が自分を探して奔走しているかもしれないと思うと、何だか泣きたくなる。

雫は濡れた指先で、目元を押さえる。

——今の自分は充分幸運だと、恵まれていると分かっている。そうでなければ勝手の分からない世界で、とっくに野垂れ死んでいたり、そうでなくてももっと酷《ひど》い目に遭っていただろう。だがそれでも普通の夏休みを過ごしたであろう同級生たちと比べて、はたして自分は幸運と言えるのか。何故、自分だけがこんなところで異邦人となっているか。

「……だめだめ」

雫は我に返るとぱちぱちと両手で頬を叩く。マイナス思考に囚《とら》われてはよくない。自分にとっても、そしてこの旅に付き合ってくれているエリクにも失礼だ。彼は、本当にファルサスに辿《たど》りつけば帰れるか不安がる雫に言ってくれたのだ。

『もしあの二百四十年前の不可解な事件の原因をファルサスが知っているなら、それを使って君を帰せるかもしれない。つまり……君の過去の記憶を現出させればいいんだ。元の世界のね。それでその中心にいれば現象が収まった時、その場所に飛ばされるだろう？　君の世界に』

雫はそれを聞いて「ああ、なるほど！」と手を叩いた。具体的な可能性に心から安堵《あんど》したのだ。

だから、まだ落ちこむ時ではない。うずくまる必要はない。先に進むことはできる。

「大丈夫……やれるはず」

もしこの世界に来たのが姉だったならば、もっと多くの人に頼り支えられ、難なくファルサスについたかもしれない。逆に妹ならば自ら率先して事態を切り回し、最善を見出《みいだ》した気がする。

——ならば自分はどうだろう。水瀬雫はどうやって現状を乗り越えていくのか。

雫は湯気にけぶる天井を見上げる。伸ばした四肢に血の流れを感じた。

たとえ要領を得なくても、無様に足掻こうとも、諦めないで踏み出し続ければきっとこの旅は自分にとってプラスになる。そしていつかは、過ぎ去った貴重な思い出の一つとして振り返ることができるだろう。今はそう信じるしかない。

雫は湯気に溶け入る息を吐き出す。

白い靄《もや》の中、一瞬不確定な未来が輪郭だけ浮かんだ気がした。


コルワの町はそう大きな町ではない。出発地点であるワノープの町と同じくらいだ。

一晩宿に泊まった次の日、彼女はエリクの許可を得て一人散歩に出ていた。要所だったイルマスと違い、ここには武装している人間もいない。何よりもう一度あの青い湖が見たかったのだ。

湖畔に立つ町の外れは、そのまま湖に面していた。水辺へと向かう石畳の先は緩やかな下り坂となっており、砂の上に玉石が敷き詰められている。そこに時折水が打ち寄せて白い石を濡らした。

雫は水際にしゃがみこんでいる幼い兄弟を見つけて声をかける。

「おはよう。何してるの？」

二人は驚いて雫を見る。観光地に住む彼らは旅人に慣れているのだろう。人懐こい様子で挨拶を返してきた。雫は彼らの足元を覗きこむ。玉石を避けて露出させた砂に二人は石で絵を描いていた。

「お絵かき？　私もまぜてもらっていい？」

「いいけど、お姉ちゃん、どこから来たの？」

「あの山の向こう。湖を見てから、城都に行くんだよ」

言いながら雫が石を取って絵を描き始めると、二人は食い入るようにそれを見つめた。できあがりかけたところで下の子が「ねこ！」と叫ぶ。

「あたり。じゃあ……これは何かな」

「きつね！」

「うんうん。これは？」

「しか！」

「ヤギだよ」

雫は次々動物の絵を描いていく。昔からちょっとしたイラストは得意で、ノートにもよくデフォルメのキャラを描いていたのだ。彼女が特徴を捉えた絵を描いていくと、兄はもちろん弟の方も言葉が早い子供らしく、次々と当てられていく。

だが三十分もそんな遊びをしていると、色々面白いことが分かってきた。

彼らはどうやら「しまうま」や「キリン」を知らないようなのだ。なら「象」や「ライオン」はどうかと思うと、それは知っている。まだ子供である二人が知らないだけという可能性もあるが、ひょっとしたら雫の世界とは生態系が微妙に異なっているのかもしれない。

覚えていたら後でエリクに聞いてみよう、と頭のメモに書きこんだ時、幼い兄弟は立ちあがる。

「そろそろ行くよ。みんなと約束してるんだ」

「そっか。遊んでくれてありがとうね」

二人は大きく手を振りながら町の方へ消える。一人になった雫は澄んだ空気を吸いこみながら景色を見回した。ネビス湖は空の深い青を映して掛け値なしの絶景だ。元の世界でこれだけの景色を見たいと思ったら、それなりに遠くへ、下手をしたら国外まで行かなければお目にかかれないだろう。わざわざ湖を見るためだけにこの山間部に旅してくる人の気持ちもよく分かる。

雫は砂利を鳴らして、水に触れるすぐ傍にまで歩を進めた。

生き物が棲めなくなったという湖。「水神が棲んでいた」と言われても納得してしまうくらい水の青は冴えている。まるであらゆる変化を拒絶するかのように、水面は寂寞《せきばく》とした姿を横たえていた。

しゃがみこんで水に指を入れようとした雫はしかし、ふと誰かに呼ばれたような気がして顔を上げた。辺りを見回すが近くには誰もいない。同じく散歩に来ていると思しき少年が、少し遠くを歩いているだけだ。

「……何だろ」

耳元で囁かれたような声だった。とても近くて、けれど小さ過ぎてよく聞き取れなかった声。風の音を聞き間違えでもしたのだろうか。

雫は立ちあがるときょろきょろと周囲を窺う。少し離れた水際に小さな石碑が見えた。雫は足元に気をつけながら水際を歩き出す。

石碑は近寄ってみれば意外に小さく、彼女の腰程までしかない。白い岩を削り出したそれには水も打ち寄せているのだが、苔《こけ》の気配もないのは誰かが手入れでもしているのだろうか。

雫は表面に彫られた文字に手を触れさせたが、当然読めない。そう長くはない文なので余計に残念だ。

「もっと勉強しとけばよかった……」

「――それ、姫の石碑だよ。水神に嫁いだ姫の」

「うわっ!?」

突然背後からかけられた声に雫は飛びあがる。今度は幻聴ではない。振り返るとそこには中学生くらいの少年が立っていた。

「あんた旅人だよね。湖見に来たんだろ？」

「湖を見にというか……ファルサスに行こうとしてるの」

「は？　ファルサスに？　何でこんなところ通ってるんだよ」

「色々あってね！」

乾いた笑いを洩らす彼女を少年は怪しむように見やる。何だかこのまま逃げられそうだったので、雫は先に聞きたいことを尋ねた。

「ね。これ何て書いてあるんです？」

「何でって……あんた読めないの？」

「読めません。読んでください」

少年は怪しむを通り越して非人間を見るような目で雫を見てきた。いくらなんでもひどい。

だがここでうろたえては負けだと思い、彼女は平然と肩を竦めてみせる。少年は諦めたのか、石碑を指差すと書かれている文字を読み上げた。

「――『ここより王女フェデリカは湖底の城に招かれん』だよ」

「王女？　御伽噺の？」

「そう。この町の名所だし」

「……そっか……ありがとう」

礼を言うと少年は訝《いぶか》しみながらも去っていく。一人になった雫は改めて石碑に向きなおった。教えられた名前を反芻《はんすう》する。

「王女フェデリカ……？」

この御伽噺を教えられた時、エリクは王女の名前を言わなかった。

そして、少年がこんなことで嘘をつく理由もない。きっと石碑には聞いた通りの文言が書かれているのだろう。

――だが、雫は何故かその名を「違う」と思った。

何が違うというのか。何を知っているのか。ただ違和感が熱を帯びた棘のように疼《うず》く。

雫は目を閉じた。覚えているはずのない光景が甦る。

白い

本

厚い本

文字が
物語が
連なり
記録が
囁きかける
それは――

風が問う。『名は何であるか』と。

聞き取れないほどささやかに。けれど消えない妄執を以て問い続ける。

雫は口を開く。半ば無意識に、その名を言葉に乗せた。

「――レイリア」


途端、世界が変わる。

突風が巻き起こる。

鏡の如《ごと》くあった水面が大きく波打ち、押し寄せる水が石碑を浸す。

あっという間に湖が彼女のふくらはぎまでその手を伸ばし、飛沫《ひまつ》が彼女の頬を濡らした。

「ちょっ、何!?」

雫は顔にかかる水を防ごうと両腕で頭を庇《かば》う。水に浸《つ》かった足で数歩後ずさった。

しかしそれでも逃れられない。何かが彼女を捕らえようと蠢《うごめ》く。

彼女は体を駆け上ってくる水を両手で掻いた。黒い穴に吸いこまれた時のことが脳裏に浮かぶ。

必死に腕を伸ばす。晴れた空に向かって。半ば息の叫びが喉につかえた。

「たすけ……ッ——エリ……」

視界が暗転する。

水に引きずりこまれる。

彼の名を最後まで呼ぶことができないまま、そうして雫は湖の畔から姿を消した。

※

宿に残ったエリクは、自分の研究を整理したり雫の教えてくれた文字を確認したりしていたが、昼過ぎになっても彼女が帰ってこないことにさすがに不審を覚えた。

迷子になるほど広い町ではない。第一ここ数日行動を共にして分かったが、彼女は方向感覚が非常に優れているのだ。初めての町だからといって戻る道が分からなくなるとは思えない。そしてあの妙に律義な性格だ。「昼までには戻ってくる」と出ていった彼女がまだ現れないということは、おそらく戻れない理由ができたのだ。

「まずいか……？」

エリクは険しい表情になると立ちあがる。

まさかイルマスで彼女に接触した傭兵が追ってきているということはないだろう。誰かに見張られたり追われている気配は感じなかった。ならば可能性として考えられるのは、この町で何らかの揉《も》めごとに巻きこまれたか。

エリクは雫と入れ違いになる場合を考えて、宿の主人に伝言を残すと外へ出る。小さな町を湖の方に向かって駆け出した。

——無用心だっただろうか。

ここは湖の他に何もない田舎町だ。そして彼女は湖を非常に気に入ったようだった。

たった一、二時間のことだ。子供ではあるまいし、彼女はそれなりにしっかりしている。だから気晴らしに一人で出かけさせても問題ないと思ったのだ。出会って間もない男と四六時中一緒にいては気分転換もできないだろうと。

彼女は普通の少女だ。特別なところは何もない。「少女という年ではない」と本人は嫌な顔をするかもしれないが、彼からするとまだ大人になりきっていない被保護者のように思える。

しかし、彼女という人間が「ただの少女」でいるには、少なくない本人の意志が必要だということもまた、エリクには分かっていた。何しろ突然異世界に飛ばされたのだ。帰る方法も確定していない。勝手の分からない世界で一人、精神にかかる負荷は尋常ではないだろう。

——それでも彼女は、ただの少女のように笑う。

不安に囚われないように、前向きでいようと努力している。自然に振舞う彼女の姿勢が意識した結果であることは、初めて出会った時の混乱を見ていれば容易に想像できた。

決して強い人間ではない。けれど強く在ろうと努めている。

だからこそエリクは彼女の意志を尊重し、一人の対等な人間として応えようと思っていたのだ。

もし、それが今回裏目に出てしまったのだとしたら――

「引きがいいにも程があるな」

エリクは嘯《うそぶ》くと走る速度を速める。青い湖はすぐそこに迫っていた。

※

「もっと主張をすればいいのに」と、誰かに言われたことがある。

その時は何故そんなことを言われるのか分からなかった。雫には思っていることをのみこんでいたつもりはない。何か伝える必要があれば口に出し、黙っているとすれば、その方がいいと思っているからだ。

だがしばらくしてようやくその意味に気づいた。

穏やかに微笑みながら人にねだることを身につけている姉と、きっぱりと何でも断定し自分の意志を言葉にする妹。彼女たち二人に比べ、自分は主張をしていないように見えるらしいと。

三人一緒にいる時は姉と妹がほとんど全てを口に出すので、雫は相槌《あいづち》を打つことが多くなる。姉の主張に近いならば姉に、妹の主張に近いならば妹に、「そうだね、私もそう思うかな」と言うくらいだ。

けれど、だから雫には主張がないと思われても、それは決して事実ではないのだ。

二人のどちらとも意見が合わない時、雫は静かに自分の意見を述べる。控えめに見えるのかもしれないが、自分を押し殺していると思ったことはない。

そもそも——「自分」とはどんな人間なのかよく分からないのだ。

雫のそれはまだ不定形で、いかようにも動かせる。まだきっとどんな人間にもなれる。

だから姉妹と離れたところで、それを作ってみたいと思った。

一人になって向き合ってみたい、そう思ったからこそこんな世界に来てしまったのかもしれない。

どこまでも自分一人が異邦人な、この魔法の大陸に。

ここでは、誰よりも己が踏み出してこそ先に進めるのだから。


目が覚めたら死んでいた——という話はよく聞くが、文章自体は矛盾している気がする。

雫はうっすらと開いた目に白い天井を見た。

「天国……天井？」

頭が痛い。ここがどこだか分からない。彼女は手を何度か握ったり開いたりしてちゃんと動くことを確認すると上体を起こした。周囲の状況を確認する。

知らない部屋だ。床も壁も天井も白い石で作られていて、まるでどこかの神殿のようだ。だだっぴろい室内には誰もいない。彼女はずぶ濡《ぬ》れのまま冷たい床の上に寝ていた。

「……風邪引きそう」

ぶるっと身震いして雫は立ちあがる。長いスカートを絞ると、体温の移った温《ぬる》い水が床に滴った。

できれば着替えたいが、何の手荷物もない。もっとも、自分のバッグを持っていたなら中の本が濡れてひどいことになっていただろうし、確実にスマホや音楽プレイヤーなどの電子機器も壊れたはずだ。雫は犬のように頭を振って水を飛ばした。

窓のない部屋にあるのは一つの扉だけだ。雫は用心しながらも扉に近づく。「まるでホラー映画だ」と緊張しながら、石のドアに向かって手を伸ばした。

だがその時、扉は勝手に向こう側に開く。

「うわっ！」

雫は反射的に思わず手を引いて後ずさった。

――扉の向こうには一人の少女が立っている。

年は十二、三歳だろうか。緑の髪に緑の瞳の少女は、映画の中でしか見ないような綺麗な顔立ちをしていた。ただその顔に表情はなく、まるで作り物のようだ。

若葉のように鮮やかな緑色の髪を、雫は感心して眺める。

「……綺麗な色」

思わず言ってしまってから、雫はあわてて自分の口を押さえた。「さすが異世界、こんな髪色の人間もいるのか」と思ったのだが、口に出すのは不躾《ぶしつけ》だ。ただもしそれをエリクが聞いたなら「いるわけない。人外に決まってる」と言われることは確実だろう。

雫は少し屈んで少女の目線に合わせると、どう説明すれば伝わるか悩みながら口を開いた。

「あの、私はネビス湖の前にいたんですけど、気づいたら突然ずぶ濡れでここにいまして。今頃連れが宿で待っていると思うんですが、えーと、つまり………ここどこですか」

雫は相手の様子を窺う。緑色の少女は、気軽に話しかけることを躊躇ってしまう硬質な空気を持っていた。エメラルドを嵌めこんだような瞳が雫を見つめる。

返事をしばらく待ってみたものの、少女はぴくりとも動かない。雫は困惑してもう一度説明しなおそうとした。

しかしそれより一瞬早く、不意に少女は深く頭を下げる。

「お帰りをお待ちしておりました。お妃様」

「へ？」

何を言われたのか、雫はかけられた言葉を咀嚼する。

どう見ても自分は「お妃様」などではなくずぶ濡れの不審者なのだが、何の勘違いだろう。

雫は動転しながら……結局冷静を心がけて返した。

「ど、どなたかとお間違えではございませんか……？」

冷静になりきれない返答になったのは自分の限界だ。だが少女はそれを聞かなかったように雫の全身を眺める。

「お着替えになった方がよろしいですね。ご案内します」

「え？　あ、はい……？」

会話が成立していないが、着替えたいのは確かだ。雫は少なからず躊躇《ちゅうちょ》したが、結局少女の後についていって部屋を出た。やはり窓のない白い廊下を歩いていく。

通された部屋は先程よりもずっと広々とした部屋だった。大きな寝台には天蓋がついており、楕円形の姿見や凝った装飾の家具など、絵に描いたような「お姫様の部屋」だ。

「す、すごい……ファンタジー……」

雫は思わずぼうっと内装に見入る。よく見ると鏡の縁やキャビネットの引き出しのあちこちに、同じ花を象《かたど》った紋章が入っていた。雫が姿見に歩み寄った時、少女の声がかかる。

「こちらでございます」

少女が手招く先は隣の浴場だ。そこにはいつ湯を張ったのか、広くて浅い湯船があり湯気が立ちこめていた。普通の家の五倍はある浴槽に雫は目を丸くする。

だが真白い風呂場に見惚れたのも一瞬で、すぐに雫は我に返った。少女が濡れた服を脱がそうと手をかけたからだ。雫はあわてて小さな手から逃れると両手を胸の前で振った。

「じ、自分でできます！」

「ですが御髪《おぐし》や御背中などお一人では大変でしょう」

「平気です！　いつも自分でやってますから！」

頑《かたく》なに拒否する雫に、少女は無表情ながらも困惑したようだが、「お着替えは外に用意しておきます」と引き下がってくれた。

一人になった雫は、ほっと胸を撫で下ろす。濡れた服を脱いでお湯に沈んだ。冷えきった体に血が巡り出すと、ようやく思考が回り始める。

「さて……ここどこだろ」

——石碑の前で湖にのまれたことは覚えている。

あの時は、まるで彼女を絡め取るように水が跳ねあがり押し寄せてきたのだ。思い返すと充分ホラー映画だ。地震も起きていないのに津波のように水が迫ってくるなど異常現象だろう。とりあえず溺死しなかっただけましというものだ。

「怪我《けが》は……ないみたい」

全身を見る限り、目立った傷や痣《あざ》はない。濡れた以外は拍子抜けするくらい無事だ。

だがその時、緊張に緩みかけた思考にふと翳《かげ》がさした。

——何かを忘れている。

水にのまれる直前、他にも何かがあった気がするのだ。

「確か……誰かに何かを聞かれた……ような……」

雫は腕組みをして眉を寄せる。ところどころ断裂した記憶を手繰り寄せた。

けれどついさっき起きたことのはずなのに、何を聞かれ何と答えたのかよく思い出せない。まるで記憶が思い出せるすれすれを漂っているかのようだ。すっきりと形にならない。

「うーん。私、こんなに物覚え悪かったかな……」

雫は首を右に左に傾けながら考えたが、結局思い出せない。彼女はエリクが心配しているだろうことに罪悪感を覚えながら浴室を出た。

用意されていた服は一人では着られない代物だった。というか雫には着方が分からなかった。そのため当然のように手伝おうとする少女を拒否することもできず、雫は時代がかった全身下着を身に着けた。そうして一旦ゆったりとした部屋着を着せられると、鏡台の前に座らされる。

緑の少女は雫の髪をほどくと、手櫛でどんどん濡れた髪を乾かしていった。

一体何をしているのか、少女の指が髪を梳くと同時に、まるで熱されたかのように水気が飛んでいく。ほんのりと温かい自分の髪に触れ、雫は感嘆の声を上げた。

「どうやってるんですか？　これ」

「魔力を使っています」

「魔法！　そんなこともできるんですか……」

この世界に来て以来、ドライヤーもないのでずっと髪は布で絞って乾かすだけだったのだ。

こんなことが身一つでできるなら機械も要らないかも、と雫は素朴な感想を抱いた。

少女はあっという間に彼女の髪を乾かすと、セミロングの髪の何箇所かをピンで留め、花飾りをつけた。続いて雫の顔に薄く化粧を施す。まったく迷いなく手を動かす少女に気圧《けお》されて、雫自身はされるがままだ。

一方少女の方はかいがいしく動いている。てきぱきと動く彼女の姿を、雫は鏡越しに目で追った。

綺麗な顔は相変わらず無表情だが、どことなく嬉しそうにも見える。雫ははりきって手をかけてくれる少女に、落ち着かないようなくすぐったさを覚えた。

　そうしているうちにヘアメイクは完成したらしく、雫は最後に白いドレスを着せられた。少女は少しだけ口の端を上げて微笑む。

「お綺麗です」

「あ、ありがとうございます……」

　これでどこに行くのか、と言わんばかりの姫君に仕立て上げられたが、雫の顔立ちは日本人のものだ。鏡の中の自分はどこかちぐはぐに見える。

　雫は床に引きずるドレスの裾や、履き慣れない靴に困惑した。

「これ、長時間はきつそう……」

「では王のもとへと参りましょうか」

「誰!?」

　何故急に王なのか。湖にのまれた後、地下水脈を通ってファルサスに着いていた、というのなら話が早いが、大陸地図からするとそんなに流されていたらまず死んでいる。

　雫は非常に嫌な予感を覚えて緑の少女を見つめた。少女は何故か雫を「お妃様」と呼んでいるのだ。それは一般的に王の配偶者を指す言葉で、だとするとつまり――

　少女は清々しいくらいあっさりと答えた。

「王は、この城のご主人様で貴女様《あなたさま》が嫁がれた方でいらっしゃいます」

「あああ、やっぱり！　激しく人違いです！」

まだ十八歳で、彼氏がいたこともないのにどうして知らない相手に嫁いだことになっているのか。異世界に飛ばされた上にこの展開はさすがに黙っていられない。雫は自分の顔を指差した。

「よく見てください！　日本人！　日本人の顔！　この城のお妃様じゃありません！」

少女の表情は変わらない。しかし少しだけ戸惑ったような間が空いた。ややあって少女は雫から目を逸らした。うなだれるように顔を伏せる。

「申し訳ありません。私には人の顔の区別をつけることができないのです。ですが、貴女様は確かにお妃様でいらっしゃいます。私はこの城で一人、ずっと長い間貴女様をお待ちしておりました。隠された名を名乗り、身《み》の証《あかし》を立てられたお妃様が、城に戻られ王を目覚めさせる日のことを――」

少女は顔を上げる。緑の目に縋るような光が宿る。

「レイリア様、貴女様はもう、我が王のことをお忘れになったというのですか？」

「……レイリア？」

自分のものではない名。しかし確かにどこかで聞いた覚えがある名に雫はこめかみを押さえる。

夢の道筋を彷徨《さまよ》うような手順。それをレイリアという名によって辿る彼女は、とても長い混乱の果てに、ようやくその名が御伽噺の水神に嫁いだ王女の名であると思い出した。

そして――自分が何故かそれを「知っている」ということも。

※

湖に下りられる町の外れにまで来たエリクは、そこで何人かが集まって騒いでいることに気づいた。ざっと全員に視線を走らせるがそこに雫はいない。

エリクは嫌な予感を感じつつ彼らの後ろで足を止めた。中央にいる少年がなにやら「本当だよ！」と声を荒げている。別の男が呆れたように言った。

「そんなわけあるか。海じゃないんだぞ。高い波なんて起きるはずない」

「だから、その子の周りだけ波が起きたんだって！　それであっという間に湖にのみこまれちゃったの！　あれやばいって！　探した方がいいよ」

「溺れたのか？　捜索を出してもいいが、それならもう手遅れじゃないか？」

エリクは彼らの会話に絶句する。嫌な予感がずっしりと重い何かへと変じていった。彼は軽く手を上げて町人たちの会話に割りこむ。

「悪いけど旅の連れを探してる。十八歳だけどもっと幼く見える黒髪黒瞳の娘だ。異国の顔立ちをしている。誰か知らない？」

その問いに中央にいた少年が表情を変えた。

「多分その子だよ！　石碑の字が読めないから読んでくれって言われたんだ！」

「…………」

ずっしりと重い何かが、胸の中で石に変わる。息苦しさにエリクは呻《うめ》きたくなった。言っても仕方ない後悔がいくつか脳裏をよぎる。だが彼はそれを一瞬で振りきると少年に向きなおった。

「で、波にのまれたと？」

「そう！　石碑の前にぼーっと立ってて、俺が遠くから見てたら急に水がその子に向かって……」

「何分前？」

「えーと、もう一時間半くらい前？　俺が人呼んで回ってるのに誰も聞かねぇんだもんな！」

それは確かに、溺れていたとしたら普通にもう手遅れな時間だ。そもそもエリクは彼女が一時間も遅れて戻らないから探しにきたのだ。彼は厳しい表情のままその場の全員に問うた。

「この湖には水妖がいる？　こういうことはよく起きるのか？」

「い、いや。そんな話は聞かない。ここ数百年記録にもないと思う」

ようやく事態の深刻さを認識したらしき男たちはあわてて言い繕った。何しろ観光地なのだ。そんな話が前からあればもっと早く手を打っていただろう。

青ざめる彼らの中、エリクは喉に張りつく息苦しさに顔を歪めた。

突然波が起こってのみこまれるなど尋常な事態ではない。まず間違いなく魔法か人外が絡んでいる。――そして多くの場合それは「打つ手がない」と同義だ。

この町にも魔法士はいるだろうが、はたしてこの手の事態に対処できる人間が、こんな田舎にいるのか分からない。かといってカンデラの城に応援を申請しても何日もかかるだろうし、そもそも他国の人間である彼らのために人員を割いてくれるだろうか。

「……これは、手詰まりか？」

エリクはざわつく内心を抑えて思考を巡らせた。

もう彼女は失われてしまったのかもしれない――その考えは真っ先に浮かんだが、彼はあえてそれを脇に避けた。異世界から来た少女。何も持たぬまま、ただ自身だけを支えて歩き出した彼女が旅に出てすぐにその道を断たれたとは思いたくなかったのだ。

そんな考えは、ただの甘い希望だろう。現実は少しも優しくないと彼はよく知っている。彼女がどれほど懸命に生きていても他人がそれを汲《く》み取《と》るとは限らない。

ただそれでも不条理と残酷さを嘆いて諦めてしまうよりは、可能性を探してみようと思った。彼女もそうやって優しい町を旅立ったのだ。元の世界に帰るために安全な巣を出た。

だから、この旅は初めからそういう旅だったのだろう。可能性を最後まで諦めない道行きだ。

エリクは、今はもう鏡のように凪《な》いでいる湖を見渡す。その視線がふと、水際にある小さな白い石碑の上で止まった。

「あの石碑？　彼女が前に立ってたのって」

「そ、そう」

「何の石碑？」

「湖の御伽噺の石碑だよ。『ここより王女フェデリカは湖底の城に招かれん』って書いてある」

「王女フェデリカか。そんな名前だったのか」

水神に見初められ湖底の城に嫁いだ王女。束の間の魔族との生活を経て、迎えに来た兄によって夫を殺され連れ戻された悲劇の姫。

その石碑の前でいなくなった雫は一体今、どこにいるのだろう。

エリクは黙して考えこむ。

広がる青い湖水はまるで何ものをも拒むかのように、鮮やかに輝いていた。

※

――明らかに人違いをされている。

雫は、しばらく逡巡《しゅんじゅん》した挙句、ぽつりと言った。

「レイリアってずーっと昔の人ですよね？」

確かエリクは「千年以上も前の話だ」と言っていたのだ。御伽噺の登場人物がまだ存命しているなど信じられない。

少女は雫の疑問に首を傾げた。

「どれくらい前か、という時間の感覚も私にはありません。ただ……そうですね、私はとても長い間、お妃様のお帰りを待っておりました」

「あの、それってもうとっくに亡くなられてるんじゃないですか？　人間ですよね、その人」

そう言った瞬間、少女は緑玉の目を見開いた。まるで虚無を孕んだ目に雫はぎょっとする。

――まずいことを言ったか、とも思ったが、御伽噺は大陸中に広まっているはずだ。

雫は少女の様子を窺う。彼女は答えない。緑色の眼差《まなざ》しは、何もかも分かっているような、何も分かっていないような目だ。雫はそこにある虚《うつ》ろに怯む。

だが次の瞬間、緑の少女は何もなかったように平然と背を向けると歩き出した。雫はあわててその後を追う。

「す、すみません、この城ってどこにあるんですか？　私、レイリアさんじゃないですし、コルワの町に連れがいるんです。早く戻らないと……」

少女に言葉は通じるのだが、話が通じない気がする。

雫はそれでも必死で誤解を解こうとした。早く戻ってエリクに謝らなければまた面倒をかけてしまう。いくら彼が薄情ではないと言ってくれても、それに甘えて迷惑を重ねたくはない。

「あの、本当に私、帰らないといけないんです」

雫は先を行く少女の肩に手を触れた。

ぴたり、と少女は足を止める。ゆっくりと振り返った綺麗な顔が、少しだけ自嘲気味に笑った。

「この城は湖底の城。貴女様にはここ以外、どこに帰る場所があるというのです」

「…………え？」

雫は愕然《がくぜん》と立ち尽くす。

窓のない城。湖底にあるというなら、その外に広がっているのであろうものは大量の湖水だ。

途方もない光景を思い浮かべて、雫は眩暈《めまい》のする感覚を味わった。震える手で口を押さえる。

「これは……澪なら発狂案件」

自分の呟きで、雫はいささか我に返る。

妹の澪は幼い頃から何でもできる人間で、勉強も運動も人並み以上だったが、唯一の弱点が「泳げないこと」だ。現実的な性格で、三人姉妹でも一番年上のように振舞う彼女が、水を前にした時だけは雫の後ろに隠れて首を横に振る。

その点、雫の方は泳ぐのは得意で水遊びも好きだ。遠泳もゆっくりでいいなら三キロくらいは泳げる。雫は山頂から見た湖の大きさを思い出し、少女に問うた。

「ここって水面までどれくらいですか？」

だが緑の少女は、何を聞かれているのか分からないといった仕草でかぶりを振っただけだ。そのまま少女は前に向き直ると、再び廊下の奥へと歩き出してしまう。雫は仕方なく後をついていった。

海と違って湖ならばそう深くはないだろうから泳いで帰れるのではとも思ったが、窓もないこの城でどこから外に出ればいいのか分からない。そもそもいざ出ていってとても深かったりしたら多分死んでしまう。確か日本の湖には最深部が水深四百メートルを越えるものもあったはずだ。

雫はドレスの裾を踏んだり蹴ったりしながら少女の背を追う。かなりもたついているにもかかわらず距離が変わって見えないのは、少女が速度を加減してくれているからだろう。

やがて不透明な沈黙の中進む廊下にも、終わりが見えてくる。

廊下の突き当たりに両開きの大きな白い扉を見つけて、雫は緊張に唾を飲みこんだ。

※

一時間半前に雫が立っていた石碑の前に、今は彼女の連れである青年が立っていた。

エリクはまじまじと白い石を見回す。おかしなところは何もない。ただの石碑だ。彼は先だって雫に教えた御伽噺を思い出す。

水妖もおらず、他に失踪事件も起きていないというのなら、この湖に残る話はあの御伽噺以外ない。何しろこの場所はまさに王女が湖に消えた場所で、雫は景色にいたく感じ入っていたのだ。

「けど、なんで今なんだ……？　あれは千三百年も前の話だ」

暗黒時代から今まで何も起こらなかったにもかかわらず、何故彼女は消えたのか。原因は湖ではなく何か他の揉めごとだろうか。

だとしたら湖に拘泥することは、誤った判断に時間を浪費することになる。

エリクは石碑に手をついて悩んだ。

どこをどうやって探るべきか決め手がない。もし彼がもっと魔力のある魔法士で、彼女もまた魔法士であったなら魔法で連絡も取れただろうが、彼女には魔力がなく彼にはそれを補えるほどの力がない。こんな時のために、離れても安否や居場所が分かる魔法具でも探しておけばよかったと後悔したが、とりあえずその後悔が意味を持つのは雫を取り戻してからのことだ。

エリクはいくつか可能性と対応を頭の中に並べる。湖の近くに来てからの雫の様子を順に思い出し、その中でふと止まった。

「あれは確か……湖に着いた時のことか」

まだこの町に来る前、初めて湖の畔に立った後、雫は町に向かおうとして不意に誰かに呼ばれたように振り返ったのだ。

それをエリクが覚えていたのは、彼女が弱音や疲労を表に出さないよう気を張っていたからだ。

だから彼女の様子に注意して、疲れているようだったら休憩を入れたり、他にも変わったところがないか気をつけるようにしていた。

――あの時、彼女は何故湖を振り返ったのか。

彼には何も聞こえなかった。何も感じ取れなかった。それでも「何か」があったとしたら、そしてそれが彼女と呼応したのだとしたら、彼女はやはり湖に囚われてしまったのかもしれない。

「だとしたら、湖底の城か？」

御伽噺ではネビス湖の底には水神の城があり、王女はそこに招かれたという。

とんでもない話だが、確かに上位魔族であれば湖底に城を作るくらいはできるだろう。魔族の城なら千年を越えても現存しているかもしれない。

だが――問題はどうやって城に辿りつくかだ。

上位魔族は人間と同じ作りの肉体を纏わねば人間階に現出できない。つまり城には水を防ぎ空気を保つための結界が張られているだろう。その結界を破れるかも分からないし、それ以前に結界まで辿りつけるかも不明だ。とりあえず調べてみたいが、とりあえずにしては難関過ぎる。

「――あの子、姫様と同じに城に攫《さら》われたのかな」

唐突な声にエリクが振り返ると、雫と会ったという少年が不安げな目で彼を見上げていた。

「ごめんな。あの子が水にのみこまれるの見てたのに、怖くて動けなかった」

「それは無理もない。動けても行方不明者が二人になるだけだったかもしれない」

あっさりとしたエリクの言葉に、少年はうつむく。

「でも、あの子を取り戻すのが大変になっちゃっただろ？　御伽噺とおんなじだ」

その言葉にエリクは虚をつかれた。藍色の目を瞠って少年を見返す。

彼の反応に驚いたらしく、少年は自分も目を丸くしてしまった。

「何？　何か変なこと言った？」

「いや、御伽噺と同じだと言っただろう？」

「うん。だって同じだろ？　妹を取り戻しに行った王子と……」

「――それがあったか」

エリクは瞠目《どうもく》する。御伽噺を踏襲しているのは湖に消えた女だけではない。その女を取り戻せたという話が続いているのだ。ならばかつての王子はどうやって妹を取り戻したのか。『湖底の城に辿りつき、水神との戦いの果てに相手を討ち取った』ということしか知らないエリクは少年に尋ねた。

「あの話で、どうやって王子が湖底の城に行ったか知っている？」

「え……知らない。泳いで行ったんじゃ」

「そんな馬鹿な。当時は鎧が簡素だったとは言え、それを着て湖に潜るなんて無謀だ。何か方法があったはずだ」

きっぱりと言い放つ青年に気圧されて、少年は視線を泳がせた。彼は戸惑いながらも町を振り返ると、建物の一つを指差す。

「あそこ、昔の資料とかいっぱいある。だから何かあるかも……」

「分かった。ありがとう」

エリクはさっさと教えられた建物に向かって歩き出す。少年はあわててその後を追った。

昼過ぎの太陽はまだ緩やかな存在感を以て空を青く浮かびあがらせている。湖水の上を飛ぶ渡り鳥は、澄んだ水に羽を休めることなく、山の彼方《かなた》へと飛び去っていった。


資料庫は町の役場の離れにあった。

エリクはまず役場にずかずかと立ち入ると、資料の閲覧を希望する。突然見知らぬ魔法士に貴重な資料を見せるよう要求された役人は、嫌な顔になった。

「何の理由で？　あんたよそものだろ」

「理由は、旅の連れがネビス湖で行方不明になったからだ。魔法的な異常事態と推察されるし、ここで協力してもらえないなら、城都なり他の街に事を明らかにして協力を要請するけど？」

「な……、それは」

役人が口ごもったのは、観光地として悪評を立てられては困るからだろう。男は渋々といった顔で資料の閲覧を許可する。

エリクは少年と共にかび臭い資料庫に入った。そこに収められている資料は、紙を束ねて縛っただけで劣化防止の処置もされていない。少年は呆《ほう》けたような目で室内を見回した。

エリクは棚の全てをざっと見て歩くと年代のあたりをつけ、ごっそり資料を持ち出すと机の上に積み上げる。古い資料はさすがに半分以上が劣化防止の魔法がかけられているようだ。エリクは無言でその中から一冊取り出すと目を通し始めた。少年が急いで向かいに座る。

「お、俺も手伝うよ」

「うん。助かる」

二人は黙々と資料の紙を捲っていく。

エリクは閲覧済みの資料を積み上げながら、「もし今の自分と雫の立場が逆だったら大変だったろうな」と苦笑した。何しろ彼女はこの世界の文字が読めないのだ。解決法を探すにも誰かに頼まねば自力で見つけ出すことはできない。

それとも泳ぎが得意だと言っていた彼女は自ら湖に潜りでもするだろうか。あの少女ならそれくらいのことはやりかねない気がする。少なくとも彼女は、そう簡単にエリクのことを諦めたりはしないように思えた。

「何か見つかったの？」

目は文字を追いながら茫洋とした考えに耽《ふけ》っていた青年に、少年は怪訝そうな顔をする。

「いやまだ」

「何だよ。楽しそうな顔してるからあったのかと思った」

「……そんな表情してたかな。ごめん」

彼は気を引き締めると再び紙の上に視線を落とす。

それから二十分後、かじりつくようにして文字を追っていた少年が顔を上げた。

「なあ、これがその王子じゃない？」

少年が指差した箇所をエリクは覗きこむ。そこには確かに問題の御伽噺についての記述があった。

黄ばんだ紙の上に指をなぞらせ、少年は古い装飾文字をたどたどしく読み上げる。

「王子は……祭壇……捧げ物、を……村の……水神を呼ぶ」

「――『王子は水神の祭壇に捧げ物を供す。支配せし村の祭壇は村の南西にあり、湖の畔にて村人は水神を呼ぶ』だよ」

すらすらと読み上げた男に少年は尊敬の眼差しを送ったが、すぐに首を傾げた。

「それってどういう意味？」

「つまり……当時あった三つの村は、それぞれ水神を祀る祭壇を持っていたんだろう。で、そこに捧げ物をしていたんじゃないか？　王子はそれを利用して、支配下に置いた村の村人に捧げ物をさせた。で、捧げ物を取りに来た水神を捕まえたんだよ」

「ああ、そっか！」

理解した少年は解決の糸口に喜色を浮かべる。

エリクは資料を手元に引き取ると更に記述をさらった。祭壇の場所と捧げ物の内容など必要そうなものを拾い上げる。作業に集中している彼に、少年の呟きが届いた。

「でもこれって水神さんからしたら腹立っただろうな……」

「まぁそうだろうね」

何しろ突然やってきた人間の軍勢に、自らを祀っていた村を支配され湖を荒らされたのだ。

その無礼に対し、兵を殺し姫をもらうことで痛みわけにしたところ、ことあろうに村人に儀式を装わせて、軍の指導者が自分を殺しにきた。

こうなっては水神の怒りのほどは想像に難くない。だが王子や王女からすれば違った物の見方があるだろうし、これはそういう話だとエリクは思っている。種族間に渡る悲恋の話などではなく、誰しもが望みを絶たれる喪失の話だと。

「当時はみんな言い分があったんだろう。けど、今回こっちは何もしていないと思うしね。遠慮なく取れる手段を取らせてもらうよ」

エリクは手書きのメモを手に立ちあがる。

誰かと望みが衝突し、争わなければならないとしたら譲る気はない。それを卑怯《ひきょう》と誹《そし》られることがあろうとも、必要ならば踏み入っていく。度し難いことにそれもまた人間の本質の一つだ。

――そのことをエリクはよく知っている。

※

大きな白い扉は、緑の少女が前に立つと音もなく奥へと開いていった。

雫は自分が緊張していることに気づいて、震える指を軽く握る。ドレスの裾をつまみあげると少女に続いて一歩を踏み出した。

扉の向こうはやはり目が覚めるような白一色で、体育館を奥に二つ並べたくらいの大きな広間になっていた。雫は扉の正面のずっと向こう、数段高くなっている場所を見やる。

そこに今は誰もいない。ただ大きな石の祭壇のようなものがあるだけだ。

迷いなく奥に向かって進み始める少女に、彼女は恐る恐る声をかける。

「あの、王って……」

「この先におわします」

言われて彼女はもう一度奥を見たが、そこには誰もいない。

「ひょっとして馬鹿には見えない王様……」

童話が混ざっている気もするが、今のところそうとしか言いようがない。

だがそうしている間に、二人は既に広間の半分までさしかかっていた。雫は自分より背の低い少女の緑髪を見下ろす。ずっと気になっていたことをようやく口にした。

「あなたの名前って、聞いてもいいですか？」

歩みが止まる。雫はぶつかりそうになってあわてて体を逸らした。

少女は首だけで振り返る。人形のように作り物めいた表情。緑玉の瞳が雫を見上げた。

「――私は……メアと申します。レイリア様」

硬質の声。感情の見えないそれは、だが不思議と孤独を思わせる。

そこに秘められた思いに雫はずきりと胸の痛みを覚え――何の言葉も返せなかった。

※

遥か昔に祭壇があったという場所のうち、最も近い場所はコルワの町から南へ三十分ほど下ったところにあった。かつてはそこに水神を祀る村があったのだ。

　エリクは水際の林を、低い木々を掻き分けながら立ち入っていく。後ろには二人の男と一人の少年が続いた。彼らに共通するものは緊張の表情で、特に役場からの要請を受けて同行することになった二人の魔法士は、訝しさと煩わしさを混ぜ合わせた顔をしていた。

　林に入ってまもなく、先頭を歩いていたエリクが「あった」と呟く。そこには、草に埋もれ朽ちた白い石が円状に転がっていた。少年が石の一つにこわごわと触れる。

「これが祭壇？　壊れてるよ」

「崩れてるのは石だけだよ。敷かれた構成は残っている。さすが上位魔族に繋がるものだな」

　上位魔族、という言葉に町の魔法士二人はわずかに青ざめた。もともと彼らも戦闘ができるような魔法士ではない。一人は医者で、もう一人は魔法具の修理調整を生業としている男だ。それが「魔法士を連れていきたい」などとエリクが主張したばっかりにこんなところまで来る羽目になった。

　男の一人が白い石を見回してかぶりを振る。

「ずいぶん古い構成だ……私には読み解けんよ」

「僕が修復するよ。あなたたちの魔力だけ使わせてほしい」

　エリクは平然と言うと二人の魔法士を手招きした。もう一人の男が顔を引き攣らせる。

「馬鹿な！　上位魔族などと戦えないぞ！」

「死んでるんじゃないの？　そういう話だったじゃないか」

「じゃあお前は何をしようとしているんだ！」

少年は険悪な雰囲気にどうすべきか視線をさまよわせる。一人落ち着き払っているエリクは、一瞬木々の向こうに見える水面に目をやった。彼は間を置いて、よく通る平坦な声で答える。

「女の子を一人取り戻す。そのために道を開くだけだよ」

二人の魔法士は信じられないものを見る目でエリクを見る。その「取り戻すだけ」のために、かつて御伽噺の王子は分の悪い戦いに挑んだのだ。それを再現するような状況に彼らは凍りつく。

この先に何が待っているのか、分かる者は誰もいなかった。

※

レイリア、と呼ばれる度に違和感が雫を襲う。人違いなのだから当然のことだ。

雫は重い足取りと、本当に重いドレスを引きずってメアという名の少女に続く。祭壇はもうすぐだ。彼女は大きな目を伏せた。

――何故、この世界に来てしまったのだろうと考えた。何故自分なのだと。

ただ、自分が本来知っているはずのないことを知っているのなら、そしてメアが自分のことをレイリアだと言うのなら……。それがこの世界に来てしまった原因なのかもしれない。

雫は紅《あか》く塗られた唇を開く。

「私、が……そのレイリアさんの、生まれ変わりだとか、そういう話ですか？」

メアはまた足を止めた。不味《まず》いことを聞いてしまったか、と雫は息をのむ。

だがそれは単に祭壇の前についただけのことだ。メアは一歩左に避けると雫を見つめる。

「——生まれ変わりなどございません」

「あれ？」

「人が死ねば、肉体は朽ち精神は消え去ります。そして、魂は世界にただの力となって溶け入る。だから、死後は何も残りません」

「え……」

雫は呆然と立ち尽くした。今聞いたことが頭の中をぐるぐると回る。

——人は死ねば何も残らない。

それは、元の世界でも多く主張される意見だ。無理もない、ある意味当然の考えだ。

もちろん雫も、死後の世界や生まれ変わりを信じているわけではない。

ただそれでも……「何も残らない」と断言されることには、少なくない衝撃があった。

「それは……この世界ではそう言われているんですか？　それとも証明されている、とか？」

「そうですね。魔族や魔法士ならば皆知っているでしょう。魂とは力の在り方であり、肉体が死ねば、それが宙に混じり溶け去っていくのが分かるのですから」

だから、何も残らない。人は死ねばそれまでだ——そう続いた気がして雫は思わず息を止める。

人は、誰かが死ぬと天国での幸福を願ったりする。

幽霊でもいいから会いに来てほしいと請う。

生まれ変わった先に希望があるのではないかと夢想する。

それら全てを埒《らち》もない慰めだと言う人もいるだろう。

だがその慰めがこれほどまでに広く、そして長きにわたって語られているのは、人がそう信じたいからだ。死の果てにも救済はあるのだと、失われるばかりではないと思いたいのだ。

それくらい人の死とは切実たる終わりだ。目に見える如何《いかん》ともしがたい限界だ。

――けれどこの世界にはその先に何もないのだという。痛みを和らげる願いさえ拒絶している。

魔法がある世界だ。雫の世界とは違うのかもしれない。そうは思っても彼女は、泣きたいようなやるせなさを覚えて仕方なかった。

魔法士であるエリクもまた、このことを知っているのだろうか。死の先に何もないと知っている人たちは、どうやって誰しもを待つ終わりを受け止め、絶望を乗り越えていくのか。

雫には分からない。まだ想像もつかない。

それくらい死も、そしてこの世界も、彼女からは遠かった。

※

メアは目を閉じた雫に首を傾げる。人ではない彼女には、雫が何故辛《つら》そうなのか分からない。

「どうか、なさったのですか」

雫の体が微《かす》かに震えた。睫毛の下から黒い瞳がメアを捉える。

「私は……レイリアさんじゃありません。別の世界の人間です」

その声音は、今までで一番きっぱりとしたものだった。漆黒の双眸《そうぼう》に悲しそうな光が灯っている。

メアは、目の前に立つ人間の女を見つめた。


王が作ったこの城にいることを許された人間は、一人しかいない。

彼が愛した人間の姫。幸せそうに微笑みながらも、いつもどこか淋しそうだった儚《はかな》げな女性。

同族を主人とするメアには、人間の個体の区別がほとんどできない。彼女にとってこの城にいる人間の女性はすなわちレイリアで、他にはいないのだからその必要も感じなかった。

だから、この黒髪の少女もまたレイリアだ。たとえ王のことが分からなくても、あれほど親しげに呼んでくれた自分の名を忘れていたとしても、彼女こそがレイリアなのだ。

彼女は他の誰でもない。そうでなければ耐えられない。

——あの人がもう、死んでしまったなどということには。


メアの主人は上位魔族としては大分変わった性格をしていた。

何しろ人間階の湖底に棲んでいるのだ。この時点で既に異例だ。上位魔族は普通、人間に興味を持たない。召喚でもされない限り人間階に現出することもない。

にもかかわらず彼は自らの意志で人間階に来て、湖に城を構えた。そうして、湖を自分の領域として清め、箱庭のように生き物を放し、人々に感謝され神として祀られる日々を送っていたのだ。

何故そんなことをするのか、メアは主に尋ねたことはない。主のすることに疑問を持つほどの自由意志が彼女にはなかったからだ。ただ彼女は城での穏やかな暮らしに心地よさを感じていた。好きだったと言ってもいいだろう。

いつまでも続くように思われた時間の果て、しかしある日一人の女性が現れる。

壊れ物のように儚い美しさを持つ彼女は、王にメアを紹介された時「初めまして。これからよろしくお願いいたします」と微笑んだ。

まるで湖と同じ透き通った微笑。

メアはその時初めて、人間とはこんなに綺麗な生き物だったのかと――そう思ったのだ。

※

「貴女様はレイリア様です」

強く断言され雫は困惑した。

だがそう言われても違うものは違うのだ。自分はこの世界の人間ですらない。何としても誤解を解いて地上に戻らねばならないのだ。雫はメアから視線を外さぬまま口を開く。

「私は生まれてから十八年しか経ってないんです。でもレイリアって人がいたのは千年以上も前のことなんでしょう？　人違いです。私は水瀬雫。レイリアという名前ではありません」

「なら何故、その名をご存知なのです」

鋭い声音の切り返しに雫は言葉に詰まった。何故知っているのかと言われても分からない。ただ知っているだけなのだ。だがここで押されては自分がレイリアということにされてしまう。雫は迷ったが婉曲《えんきょく》に答えた。

「水神と王女の話は御伽噺として広まってます。私が王女の名前を知っててもおかしくないです」

「違う！」

突然の叫びに雫はぎょっとする。

その時メアは、初めて感情を顕わにして彼女を見上げていた。

怒りか、悲しみか、戸惑いか、それともそれら全てか。

渾然《こんぜん》とした狂乱が少女の顔に立ちこめている。雫はそこに浮かぶ感情の激しさに気圧された。

少女の緑の瞳は鮮やかに輝いている。それがもう人のものではないことは明らかだ。異様な空気が張り詰める広間に、少女の声が響く。

「レイリア様の名を他の人間が知るはずがないのです。あの方の名は、隠されてしまったのだから」

「……隠されて？」

——逃げたほうがいいのかもしれない、と雫は思う。

だがここは湖底の城だ。どこへ逃げても限界はある。

それに……何だかメアはひどく不安げに見えるのだ。

孤独で、何かを恐れて、まるで雨に濡れそぼった迷子のように。

そんな彼女を置いていくことは、今はまだできない——雫は逡巡を一瞬で断ちきると聞き返した。

「隠されたのは何故？」

「……あの方は……王を愛していた。だから人間に、裏切り者と罵られて……それで………」

「それで？」

メアは沈黙する。石像のように動かなくなる。

時間と空間までもが凍りついてしまったような錯覚。雫は緊張を解かぬまま息を吐いた。

もう少しで真実に辿りつくかもしれない。雫は少女の次の言葉を待つ。

だがメアは次の瞬間、今までの問答自体がなかったかのように滑らかな動作で頭を下げた。

「お帰りをお待ちしておりました。お妃様。王がお待ちです。さぁ」

「……メア」

これは悪い夢に似ている。越えても越えてもまた同じところに戻ってくる夢。覚めたくとも覚めない夢。だがこれは、雫の夢ではない。

雫は祭壇を見やる。

——王は一体どこにいるのか。王ならば彼女が自分の妃ではないと分かるはずだ。

しかし奥には大きな石の祭壇以外何もない。メアは頭を下げたままだ。雫は焦りそうになる精神の手綱を引いて辺りを見回した。何度目かに祭壇を見て、不意に少女の言葉を思い出す。

「確かメアは……妃が王を目覚めさせるって……」

それはどういう意味なのか。雫はある疑いを持って祭壇に歩み寄る。

大きな石の祭壇は横にぐるりと一周線状の彫刻が施されており、中央に見覚えのある紋章が刻まれている。よく見るとその下に切れ目らしい線が入っていた。雫は自分の推察が正しかったことを知って、途端に心臓の鼓動が早くなる。

――つまりこれは祭壇ではなく、大きな石の箱だ。

「ひょっとして……棺《ひつぎ》？」

棺に入れられ眠っていたのは、眠り姫だったろうか白雪姫だったろうか。

雫は緊張に混濁する思考を抱えて、石の蓋に両手をかけた。力を込めようとした瞬間、背後から伸びてきた腕がそれを留める。

「いけません！」

体格にそぐわない腕力で雫を引き剝がしたのは、つい一瞬前まで頭を下げていたはずのメアだ。

少女の指は雫の腕にぐいぐいと食いこんでいく。まともな意志の感じられない空虚な貌に、雫は悲鳴を上げそうになった。

「だ、だって王がこの中にいるんでしょう？」

「これは違います。王は……」

「どこにいるんですか？」

「王は………あの時………」

メアの指が緩む。雫があわてて腕を引き抜くと、少女はじっと自分の両手を見つめた。

愕然とした顔。抱えきれない感情。

壊れてしまいそうなその貌に雫は絶句する。思わず手を伸ばしかけたその時、メアは震える両手で顔を覆った。判然としない呟きが指の間から零れる。

「……レイリア様……王は……」

それきりメアは動かない。まるで自分一人終わらない夢に戻っていったようだ。雫は伸ばしかけた手をそっと引いた。代わりに動悸《どうき》のする胸を押さえる。禁忌の傍にいる予感がひしひしとする。

――だが、動くなら今だ。

雫は石蓋に飛びつく。この中にはおそらく何かがあるのだ。彼女は精一杯の力を込めて蓋を押す。

重い石は少しだけ向こう側にずれた。雫は足に力を込めて踏み留まると、もう一度力を込める。

だが次の瞬間雫の体は、ふわりと宙に浮きあがっていた。押していた蓋が急に遠ざかる。

まるでスローモーションのように感じられる時間。

不可視の力によって自分がはね飛ばされているのだと理解したのは、直後のことだ。

「ちょ……っ！」

祭壇の傍に立つメアの瞳は正気を失っている。緑の髪が意志を持つように波打った。

雫は背後に床が迫るのを感じて身を固くする。

――ここで死ぬのかもしれない。

そんな考えが脳裏をよぎる。それでも体は頭を庇おうと動いた。雫は衝撃に備える。

しかし、彼女がぶつかったものは、硬い石床ではなくもっと弾力のある――そして濡れた何かだ。

「間に合った。大丈夫？」

さらりとした声に雫は目を開けた。信じられない思いで顔を上げる。
床に叩きつけられる彼女を受け止めたのは、何故か全身ずぶ濡れになっている旅の連れだった。

「エ、エリク……」

雫を抱き止めたエリクは、髪から水を滴らせて彼女を見下ろしていた。藍色の瞳には呆れと、ほんの少しの安堵が見える。

雫はその表情に、全身から力が抜けていくのを感じた。

「あ、ありがとうございます」

「うん。無事で何より。結構時間が経ってたから手遅れの可能性も考えてた」

「そういうことは本人のいないところで言ってください。私は気にしませんけど」

「で、その格好どうしたの？」

「これは着せられて……」

事情を説明しようとした時、雫は急に彼の背後に回され目を丸くした。エリクの背中越しに前を窺うとメアが二人を睨《にら》んでいる。エメラルドを嵌めこんだような双眸が蛍光を帯びて、雫は無意識にエリクの服を強く掴んだ。

彼の表情は角度的に見えないが、いつもと大して変わらぬ声が降ってくる。

「中位魔族か。参ったね」

「た、戦うんですか？」

「無理。僕、そういう魔法士じゃないし勝てないよ。転移陣を動かしてきたから逃げよう」

　見ると彼は一人だ。その上ずぶ濡れということは、まさか泳いでここまで来たのだろうか。

　雫は背後を振り返る。扉まであと十数メートルはある。彼女は自分を庇う青年をもう一度見上げ、次いで祭壇の前にいるメアに視線を戻した。まったく魔法について分からない雫でも、少女の周囲に異様な空気が渦巻いているのが分かる。

　エリクは魔族の少女を見たまま雫を一歩下がらせた。

「僕が時間稼ぐから。合図したら走って。廊下の突き当たりを右」

「ちょっと待ってください！　危ないじゃないですか！」

「一応防御系の魔法具は持ってきてるから。何とかなると思う」

　そう言いながら更に後ろに彼女を押しやろうとする青年に雫が異を唱えかけた時、少女の低い声が広間に響いた。

「人間、レイリア様から離れなさい」

　殺気まじりの宣告。広間に風が吹き始める。

　だがその風以上に、呼ばれた名にエリクはきょとんとした。背後の雫を振り返る。

「何がどうなってるの？」

「それが、人違いされてるんですよ。御伽噺の王女と……」

「何でまた」

それが雫にも分からないのだから説明しにくい。

ただ、今の彼女には一つの推論があった。雫は握ったままのエリクの服を引っ張る。

「腹案があります。聞いてください」

「うん。言ってみて」

雫はメアの様子を窺いながら、手短に自分の考えを説明した。彼は黙ってそれを聞いていたが、最後に顔を顰める。

「それ大丈夫？　火に油を注ぐことにならない？」

「絶対、とは言えませんが、可能性はあるんじゃないかと。彼女も本当はきっと分かっているんですよ。……すごく淋しそうですし」

終わらない夢を、幸福と思える人間もいるだろう。

だがメアはきっと違う。いつまでも変わらぬ夢の中で孤独に震えている。彼女は、そうして戻らぬものを待ち続けているのだ。

エリクは物言いたげに雫を見たが、結局は頷いた。

「分かった。なら、君に任せるよ」

彼は腰に提げた袋から二つの水晶球を取り出し、それを両手に持つ。

二人の眼前に結界が張られた。結界はメアから沸き起こる魔力の風を遮断し、左右に受け流し始める。彼は懐から別のものを取り出した。

「手、出して」

「はい」

　雫が素直に両手の平を揃えて前に出すと、エリクは無造作に左手の中指に指輪を嵌めた。そんな経験が皆無の雫は反射的に両手を挙げる。

「ちょ、なんですか、急に！」

「君の方が急にどうしたの。危ない魔法具じゃないから落ち着いて」

「魔法具？」

　雫は装飾部が内側にきてしまっている指輪を見て目を丸くする。それはイルマスの魔法具屋で彼女が手に取ってみたいと思った、あの指輪だ。

「欲しがってたみたいだし、守護の魔法具だからちょうどいい。ただあんまり強い力は防ぎきれないから気をつけて」

「あ、ありがとうございます！」

　雫は指輪を回すと左手を一度軽く握った。

「……大丈夫」

　きっと上手くいく。そう思えば何かはプラスに動き出すのだ。

　雫は意を決して微笑む。顔を上げるとメアと目が合った。少女はひどく不安げな、悲しそうな目で雫を見ている。――その痛切さに、雫は心を決めた。

　メアは囁くように訴える。

「レイリア様、こちらにいらしてください。人間は貴女様を謗り、害そうとしているのです。しょせん人間は、自分の許容できるものしか見ようとしない。そのためにそぐわぬものを排除し、言葉で正しさを装うのです」

「耳が痛いね」

エリクは腰の短剣を引き抜く。それはいつか雫に渡そうとしていた剣だ。短剣を携え彼が踏み出すと、少女の顔が怒りに歪んだ。

「おのれ……またお前たちは……」

「一応訂正しておくけど僕も彼女も君とは初対面。君の知っている王女がいた時代から、世は既に千年以上が経過している。もうこの辺りに当時の国は一つも残っていないよ」

「黙れ！」

風が急激に強まる。結界ごと押されてエリクは足を踏みしめた。

――その時、打ち合わせ通り彼の背後から雫が駆け出す。

メアは雫を巻きこむことを恐れ、あわてて風を退《ひ》かせた。

雫は出口でも祭壇でもなく広間の右端へ走り出す。メアは彼女と、祭壇に向かって真《ま》っ直《す》ぐ歩いてくる青年を見比べた。

対応を迷ったのはほんの数秒。メアは青年を排除しようと手の中に光球を生んだ。躊躇なくエリクへと打ち出す。

その直後、広間の壁に着きそうだった雫が、方向を変え祭壇に向かって走り出した。彼女の意図が分からず、メアはうろたえる。

「何を……！」

その間にエリクは短剣を上げると剣の平《ひら》で光球を受けた。弾《はじ》かれた球が床に落ちて小さな破裂音を立てる。そして彼は、剣の切っ先を少女へと向けた。

「――射《う》て」

命を受けて魔法具が発動する。

切っ先から小さな不可視の矢が数本放たれた。メアは左に跳んで矢を避ける。矢は少女を追って弧を描いたが、射程距離を行過ぎたのか途中で霧散した。

エリクは剣の方向を変えると、メア目がけてもう一度矢を放つ。少女は更に後方へと跳び下がった。彼の間断ない牽制《けんせい》は、徐々にメアを祭壇から引き離していく。

その時――反対側からドレスを引いて走ってきた雫が祭壇に到達した。

雫は少しずれたままの蓋に両手をかける。そうして全身の力を込めて蓋を奥に押しやった。

それに気づいたメアが顔色を変える。

「開けるな！」

「動け……っ！」

二人の叫びが交差する。メアは雫に向けて手をかざした。白い光球が放たれる。

眩《まばゆ》い光。雫はその先を予感し目を閉じかける。

しかし、光が彼女にぶつかる寸前、エリクが雫の前に割って入った。彼は剣で攻撃を弾く。

「急いで」

「すみません！」

青年に感謝しながら、雫はもう一度精一杯、花の紋章が彫られた蓋を押した。

蓋が奥へと動き出す。中に光が差しこむ。

「見ないで！」

少女の絶叫が停滞した時を切り裂く。

わずかに生まれた隙間から、雫が中を覗きこむ。


そこにあったものは、茶色に風化しぼろぼろになったドレスと、ほぼ崩れ去って形を留めていない――人の骨だった。


それがかろうじて人の骨だと分かったのは、劣化防止の魔法がかけられていたからかもしれない。

だがそれでも千年以上もの風化に耐えきれなかったのだろう、雫は朽ちた亡骸《なきがら》を哀切の目で見下ろした。棺の中から目を離せないでいる雫の耳に、少女の壊れかけた声が届く。

「レイリア様…………レイリア様は……」

その名がもはや雫を呼んでいないことは明らかだ。

雫は棺の蓋に彫られていた花の紋章を見る。彼女が最初に通された部屋にもあった紋章、これはおそらくレイリアの紋章なのだ。祭壇が石の箱だと気づいた時、紋章の意味を考えた時、雫はここに本当のレイリアが眠っている可能性に行き当たった。

すぐ傍で青年の溜息が聞こえる。エリクは、床にへたりこんだメアに攻撃の意志がないと判断したのか、短剣を鞘に戻しているところだった。藍色の瞳が雫を捉える。

「これが真実か」

率直な、しかしどこか憐憫《れんびん》を感じさせる声音。雫は頷こうとして、伏せた顔を上げられなかった。

『そうして兄の手で助け出された姫は、国に帰って平和に暮らしました』

そんな言葉でしめくくられる御伽噺。だが真実の姫は、湖底の城で死んでいた。

何があったのか、何故彼女の遺骸がここにあるのかは分からない。それでもメアの言葉の数々を思い返すと、雫は当時何か起きたのか分かるような気がした。

妹を取り戻しに来た王子か、彼に付き従ってきた者たちは……おそらく姫が水神を愛していることを知って、裏切り者と罵ったのだ。そして姫は――故意か事故かは分からないが、彼らによって殺されてしまった。

水神を愛した彼女の名はその死と共に隠され、代わりにフェデリカという女が国に戻された。妃を喪《うしな》った湖の王も、既にこの城にはいないのだろう。

ただメアだけがここにいて、死んだはずの妃が戻ってくるのを待っていた。人は死ねば何も残らないのだと、そのことに耐えられなかった魔族の少女は、妃の死そのものを否定し続けたのだ。

――それは、どれほど永い時間だったただろう。

雫には想像もできない。共感することさえきっとおこがましい。この異世界に迷いこんだ彼女は、最初の日から人に助けられてきた。

だがメアはこの城で一人待ち続けた。ずっとずっと、大事な人の帰りを。

そうして辿りついた終わりが、今だ。

※

メアは床の上に座りこんで泣いていた。

涙は流れていない。嗚咽も零れない。

けれど空虚な目で天井を見上げる少女は確かに泣いていた。

――分かってはいたのだ。レイリアはとうに亡くなり戻ってこないと。

王が彼女の亡骸を棺に入れ、冷えきった頬に触れながら泣いていたのをメアは見ていたのだから。

地上に伝わる話とは違う。殺されたのは王でなく姫だ。この城にやってきた人間たちはレイリアを殺し地上へ逃げ帰った。その後どんな話が流布されたかは湖底の城には関係ない。城の主である王も、失意のうちに元の位階へと去っていった。

妃が来たことで温かく穏やかな世界となったこの城は、束の間の幸福を経た後、彼女の死によって修復も不可能なほど凍りついた時の中に閉ざされた。王も王妃も消えた城に、残ったのは一人の少女だけだ。彼女はただ二人の笑顔をもう一度見たいと願った。レイリアが戻りさえすれば、あの時間もまた戻ってくるのではないかと思っていたのだ。

だが、千年にわたり止まっていた虚構の時も今や動き出した。

失われたものはもう決して戻らない。厳然とした事実だけが眼前に開けていく。

メアは、棺の蓋を元通り閉める二人の人間をぼんやりと眺めた。

彼らのせいだと、あの人間の少女のせいだとは思わない。彼女の存在を欲したのは誰よりも自分だ。だから、誰も耳に留めない呼びかけが彼女に届いた時、そして彼女が隠された名を言葉に乗せた時、メアは狂いそうなばかりに喜んだ。これで永きにわたる孤独が終わるのだと、ようやく誰かと分かち合えるのだと思ったのだ。

だが、それも今は、何を分かち合えると思ったのかよく分からない。

――とても疲れた。

このまま意識が、自分を留める概念が流れ出してしまうような気がする。

それでもいいと、思った。

本当は自分の役目はもうずっと前に終わっていたのだ。それを受け入れられないでいただけだ。

だからもう、壊れてしまってもいい。誰も帰ってこない、待っても仕方ない。

メアは目を閉じる。石の床に横になる。

彼女の諦観と呼応して、城の奥底が微かに振動した。少女は体に伝わる振動に全てを委ねる。

――だがその時、すぐ近くで女の声がした。

「メア」

少女を呼ぶ声。温かな人の響き。

メアは目を開ける。

そこにはしゃがみこんで、心配そうに彼女を見つめている雫の姿があった。彼女は少し淋しそうに微笑みながら手を差し伸べてくる。メアはそれを何だかよく分からないもののように見上げた。

——一体何だというのか。

これ以上何が続くのか。全てはもう、形にも残らない昔に終わってしまっているというのに。

メアは差し出された手と、彼女の顔を見上げる。

何も反応が返ってこないことに、けれど人間の少女は戸惑いながらも手を引っこめようとはしない。はにかんで彼女は言った。

「一人が嫌なら、一緒に行こうか？」

黒茶色の目が、穏やかな感情を湛《たた》える。人間の少女は、意志を以て微笑みなおした。

「私もね、一人と言えば一人なの。ここじゃない別の世界から来たから。でもって今は彼に付き合ってもらってファルサスに向かっているところ。帰る方法を探しに」

だから、一緒に外に出てみない？　と彼女は問う。

——何だかおかしな人間だ。

レイリアとも、彼女を迎えに現れた人間たちとも違う。ごく普通の感情を、普通ではない自分に向かって示している。

どうしてそんなことができるのか。まるで無知なのか、人がよいのか、それとも強い人間なのかメアには判別がつかない。

一人きりであることを思い出した魔族の少女は、自分よりももしかしたらずっと異質なのかもし

れない少女を見つめた。大きな黒い瞳は躊躇いがちな光を宿している。それでも彼女はメアから視線を外さなかった。薄紅の唇が微笑みを湛えている。

メアは自分でもよく分からぬ感慨が息づくのを感じた。長い沈黙の後に震える手を伸ばす。同様に緊張に固い手でメアの手を取った雫は、何故だか一瞬泣いているような顔で笑った。

そしてメアはその表情を――とても綺麗だと、思ったのだ。

※

自分が「メアを連れていきたい」と言うことは、子供が子供を連れていきたいと言うくらい無茶な希望だとは分かっていた。異世界人としてこの世界のこともまだよく知らないのに、魔族の少女までカバーしきれるはずがない。

だから雫は駄目元でエリクに聞いてみた。「メアを外に誘っては駄目か」と。

青年はそれを聞いて目を瞠った。そしてすぐに難しい顔になる。

「君は魔族が怖くないの？　傷つけられるかもしれないよ」

「それは怖いですけど。でもよく分からないと言ったら私も同じだし。それに……あの子、ずっと淋しそうだったんですよ」

千年を超える孤独に、メアは疲れきっていたのだろう。淋しくて、手に入らないことを嘆いていた。だから手を伸ばしたいと思ったのだ。

雫の言葉に、エリクは真面目な顔で返す。

「君の言わんとしているところは分かる。けど君はやはり人間で、彼女は違う。僕は賛成しないよ」

「う、やっぱり」

雫は消沈する気持ちを力ない苦笑に変える。

きっと種族間のことは、単なる同情でどうこうできる問題ではない。失われた王妃の存在がそれを象徴している。ただそれでも雫は割りきれなかった。御伽噺の真実が、そしてメアの孤独がひどくやるせない。だが過去は変えられなくとも、メアにならまだ手が届くのだ。

ほろ苦い表情になった雫にエリクは頷く。

「君のそういうところは美点かもしれないけど命取りにもなる。僕は可能な限り君に手を貸すけれど、最終的に君の命運を左右するのは君の決断で、君自身だ」

「はい」

「それが分かっているなら好きにすればいい」

「え？」

彼の言葉はそっけないわけでも突き放すようでもなかった。「好きな料理を選べば？」というくらいの重さ。しかしそれは決して軽いわけではなく、本当に彼はそう思っているのだというだけのことだろう。

雫は目を瞠る。言われたことを咀嚼した。

――自分は弱い。そして無知だ。自分一人さえ上手く守ることができていない。

危機感が足りないと思う。そして無責任だ。――それでも。

雫は自分の両手を見る。

この体は、自分の自由になるものだ。今の彼女の唯一と言っていい財産だ。

できることはあまりにも少なくて、ままならないこの世界。それでも誰かの手を握ることはできる。言葉を交わすことも。とてもささやかな可能性だ――だから、その可能性を貴んでいたかった。

いずれ自分の決断によって、自分が危機にさらされることがあるかもしれない。

けれど、決まっていない未来を恐れて踏み出さないより、やってみたいことを選ぶ。何よりも自分がそうしてみたいのだ。これからの自分を形成していくためにも。

雫は手を何度か握ってみる。エリクを見上げて、そして笑った。

「じゃあ、声をかけたいです」

「うん、いいよ」

「ご迷惑をおかけします。よろしくお願いします」

深く頭を下げ、再び雫は顔を上げる。

見えるのは過去と共に消えていこうと伏している少女。

雫は彼女に向かって歩き出す。

まだ彼女にも可能性が残っているのだと、そう強く意識しながら。

まるで赤子のような目で、雫に手を引かれて戻ってきたメアの全身をエリクは見回した。彼は顎に指をかけて頷く。

「本当は使い魔として契約した方が安心なんだけど、君には魔力がないしね。仲介できる魔法士が要るな。まぁおいおい決めよう。とりあえずその外見は不味いから……変えられる？」

メアはこくりと頷く。次の瞬間彼女は、まるで絵の具をつけた筆を空中で一閃《いっせん》したように形を変えた。小さな緑玉色の鳥となって雫の肩の上にとまる。

「す、すごい」

「上位魔族じゃ存在が複雑過ぎて、かえってこういうことはできないけど、幸い中位だしね。あの髪色で人間の姿をされてると目立つ」

「え。緑の髪の人間っていないんですか？」

魔法がある世界だからそれくらいいてもおかしくないと思っていた雫は、この質問でエリクの心底呆れたような視線を浴びる羽目になった。彼は扉に向かって歩き出しながら肩を竦める。

「もしかして君の世界にはあんな髪色の人間がいたとか？　すごいな」

「ちょっ……待ってください。行き違いがあると思います」

「髪が逆立ってる人間とかもいたりして」

「それはたまにいるけど決して自然法則に逆らっているわけではなく……」

他愛ない会話を交わしながら、青年を追って広間を出ていく少女。彼女の肩の上で小鳥は棺を振り返る。

その緑の目には瞬間透明な感情が溢れ、そして一滴の涙となって石畳の上に落ちていった。

※

転移陣は城の隅の部屋、ほぼ水中に没したところにあった。雫は何故エリクがずぶ濡れだったのかを理解して頭を抱える。床は坂状に水中へと下っており、肝心なところはおよそ水深二メートルといったところだろうか。澄んだ水底に円状の模様が描かれているのが見えた。

「君、その格好で溺れない？　大丈夫？」

「あはははは……多分、ちょっとなら大丈夫です。水中でしばらく静止とかないですよね」

「入った瞬間発動するから」

エリクは言いながら躊躇いもなく水中へと踏みこんでいく。雫は肩の上の小鳥に「鳥で大丈夫？」と聞いたが小鳥は二度頷いて返してきた。

意を決すると、雫はドレスのまま水へと足を差し入れた。最初は空気を含んで水面に浮かびあがったスカート部も、彼女が押しこむと水の中にたなびく。完全に潜って目を開けると、エリクが転移陣の前で雫に向かって手を伸ばしているところだった。

その手に向けて雫もまた手を伸ばす。腕を強く引かれ、体を抱き取られる。

目の裏を白く焼かれるような衝撃。

世界がたわむような違和感。

閉じていた目を開いた時、雫は全身ずぶ濡れで湖畔の林の中に立っていた。

「おい、戻ってきたぞ！」

「無事か!?」

初めての転移で半ば放心していた雫の耳に、聞き慣れない声が飛びこんでくる。見ると二人の男と一人の少年が、転移してきた二人を驚愕の目で見つめていた。雫は少年の顔に既視感を覚えて首を傾げる。

「あ……石碑の前で会った……」

確か刻まれた文字を読んでくれた少年だ。表情からすると心配してくれていたのだろう。雫は彼らにお礼言おうと頭を下げかけた。――その時湖の方から鈍い振動音が聞こえる。

「何だ!?」

エリクを除いて全員が湖を振り返る中、遥か遠くの水面で大きな波が立った。波は湖面を乱し、波紋として広がりながら徐々にその高さを減じていく。湖水が白い泡を立てて水際に打ち寄せ、それが何度か続いた頃には振動もやみ、水は元の静寂を取り戻そうとしていた。

きょとんとしている雫に、エリクは彼女だけにしか聞こえないほどの声で囁く。

「彼女がね、あの城の要そのものだったんだ。連れ出したから城が崩れたんだよ」

「え、嘘、それって……まずいですよね」

「別に構わないんじゃない？　どうせ誰も入れない城だし」

青年は嘯くと穏やかな目で笑った。嘘のない、安心できる笑顔だ。雫はまだ繋いだままの彼の手に視線を落とす。自分に自由をくれる彼に自然な思いが零れた。

「……ありがとう」

その呟きは、彼女自身の胸をそっと温めた。

失われた王妃の記憶は城と共に湖底に眠る。

もはや魂も残っていない彼女のお話に、死後の慰めを乗せることはできない。生者はただ受け止め、のみこんでいくだけだ。

作られた御伽噺は今日も世界のどこかで語られるのだろう。親から子に子から孫に、眠るための物悲しいお話として。それが残酷か、それとも救いなのかは、死した存在には関係のない話だ。

だから雫は割りきれない思いを今はのみこむ。死の無情を嘆かない。

そうやって知った上に立つことで、もっとこの世界に近づきたいと、彼女は思い始めていた。

4．天にそびゆ

雫は自分が立っている床を見回す。

そこには白墨のようなもので、直径二メートルくらいの円が描かれていた。それだけではなく円の内側には、様々な文字や記号が一定の規則を持って書きこまれている。

雫は目の前に立っているメアと、隣にいるエリクを順に見やった。彼は魔法陣の外にいる魔法士に頷いてみせる。

「いいよ。始めてくれ」

青年の要請に応えて詠唱が始められた。雫は辺りを失礼にならない程度にきょろきょろと見回す。

所定の魔法契約手順を経て、メアが正式に雫の使い魔となったのはこの二十分後のことだった。

※

二人は一週間かけてコルワの町からカンデラの城都を目指し街道を移動した。

その間、途中の町で運良く契約を仲介できる魔法士を見つけ、雫はメアと契約したのだ。

本当は雫自身、そういった主従のような関係ではなく、もっと友人のような仲間のような間柄でいたかったのだが、エリクは安全性の面から契約を強く勧め、メアもそれを望んだ。どの道このままではメアは、魔法士であるエリクを他の人間から見分けることはできても、魔力を持たない雫のことは判別できないのだという。それを聞いては契約をしないわけにはいかない。

雫はメアの主人となり、エリクもまた雫に次いでメアへの命令権限を持つ人間として契約に書き入れられた。依頼を引き受けた魔法士は「最近じゃ中位魔族を使役する人間なんて珍しいよ」と驚いていたが、無事仕事は済ませてくれたようだ。

契約を終えた二人は、町で昼食を済ますと宿屋に戻った。お茶を飲みながらエリクは言う。

「君が主人であることに馴《な》れれば、自然と人の顔も判別できるようになるよ。魔族はその辺柔軟だから環境に適応する」

「そうなんですか……」

雫は、テーブルの隅で水の入った皿をつつく小鳥のメアを見やる。視線に気づいたのか緑色の瞳が雫を見上げた。こうしていると元が少女の姿であったことを忘れそうにさえなる。雫は指を伸ばしてメアの頭から背をそっと撫でた。

「カンデラの城都についたら一度情報を集めたほうがいいね。アンネリとロズサークがどうなっているかも気になる」

雫は広げられた地図を見つめる。そこには彼女自身の字でカタカナの国名が書きこまれていた。

今いるカンデラより南にあるアンネリは、隣国ロズサークによって攻め落とされ、その影響で転移陣の封鎖が行われたのだ。ファルサスまでどの国を通っていくか決めるためにも、その後の情勢の確認が必要だ。

雫はペンでカンデラの西隣の国名を叩いた。

「このまま西に行くと、えーと、これ何て読むんですか」

「ベブルス、その更に西がガンドナだ」

「ありがとうございます。その二つを越えればファルサスですよね」

「そう。だけど大国は出入国の審査が厳しいからね。ちょっと迷うところだよ」

エリクは雫のペンケースから赤ペンを取り出すと、地図に四つ丸を書いた。

一つはファルサス、もう一つはガンドナ、そしてガンドナの南と大陸北に一つずつ。

「この四つの国が四大国と言われる国だ。さすがにこれらの国の転移陣を使うのはちょっと準備がいるだろうね」

「書類偽造の準備ですか」

「それもあるけど、まあ色々」

エリクは少し考えると、ガンドナの南の大国をペンでつついた。

「あとこの国……キスクっていうんだけど、ここはちょっと危ない国だ。できれば避けて通りたい」

「治安でも悪いんですか？」

「治安はそうでもないんだけど、今の王族がちょっとおかしくてね。乱を好んで面倒ごとを起こす。特に王妹オルティアには色々物騒な話がつきまとってる。苦言を呈した魔法士の目を抉《えぐ》り取《と》ったなんて噂もあるくらいだ」

「うっわー。お近づきになりたくないなぁ、その人」

「うん。特に君なんか素性がばれたら大変な目に遭うかもね、人体実験とかで」

「嫌あああああ」

そんな血生臭い評判の人間とは絶対出会いたくない。雫は身震いすると温かいお茶を手に取った。香り豊かなお茶は、色味は紅茶に似ているが、味は違う。少し塩気のあるお茶を雫は味わった。

「たまーに、無性にファストフードが食べたくなる現代人です」

「ファストフードって何」

「栄養価が高いけど、体にいいものが少なくて塩気の濃い食べ物と、私は認識しています」

「作れば？」

「手作りしちゃったらそれはもうファストフードじゃないんですよ！」

「ごめん、全然分からない」

雫はそこで不毛な会話を打ちきった。基本的にこの世界の野菜や穀物には元の世界と共通しているものも多い。精々「異国に来た」という感じだ。ただ肉類に関しては、食べて「ああ、牛だな」と分かるものもあれば、何だか分からない、怖くて聞けないものもあった。「豚はいないんですか？」と聞いたところ「大陸西部にはいるよ」と返ってきたからちょっと楽しみにしている。逆に海のない国のせいか、町の食堂では海魚は全然食べられない。島国に育った雫はそれが少し残念だ。

「はー、海の幸も食べたいなあ……イカ……イカ焼き……」

雫はシャープペンで大陸地図の海にあたるところにファンシーな巨大イカの絵を描きこむ。エリクはそれを見て呆れ顔になった。

「クラーケンでも見たいの？」

「うわ、いるんだ……絶対見たくないです……」

魔法の世界にいる巨大イカになど絶対会いたくない。これは海の幸は諦めるしかないだろう。

二人はお茶を飲み終わるとテーブルに本やノートを広げた。雫は薄いドイツ語の教科書を開きながらノートに動詞の表を書き出す。

「英語もそういうところがあるんですが、ドイツ語は語尾変化が激しいです。人称ごと……って分かりますか？」

「分かる」

「その人称ごとと、対応する主語が複数か単数かの区別もあるので、動詞は現在を示す場合、全部で六種に変化します。一方、英語の動詞で語尾が変化するのは三人称単数だけです」

「なるほど。合理的だね」

メモを取りながらのエリクの感想を雫は怪訝に思って聞き返す。

「合理的なんですか？　覚えるの大変なんですけど」

「複雑な文章を書いても主語が分かりやすいじゃないか。単語一つの持つ情報量が増えれば読み解きやすい」

「単語一つの持つ情報量を覚えなければならないのが大変なんですよ！　まだこれに時制とか色々

あるんですよ！」

「そうかもね。でもニホンゴの方も充分覚えること多いと思うけど」

「母国語でよかった！」

エリクはどうやら「異世界の言語を読み書きできるようになりたい」というわけではなく言葉の仕組みや法則がどうなっているのか知りたいらしい。

だが文法の説明を求められて一番困るのは、実のところ日本語だ。日本語はあまりにも言葉自体が多様過ぎる上に、雫も文法について習ったことをよく覚えていない。結果としてエリクに質問されると五回のうち三回は「……そういうものらしいです」と言う羽目になっていた。

だが彼は、これに関しては彼女に呆れた視線を送らない。むしろ彼女の上手く説明できない「何となく感じている」雰囲気を含めてメモを取っているようだ。

雫は、動詞の基本変化例を一つ挙げて説明を続ける。

「変化にはある程度規則がありますが、不規則なのはかなり不規則ですね。特にbe動詞とか……主語と補語を結んで『主語は何であるかを』表す動詞は、英語もドイツ語もすごい変化になります」

雫は言いながらさりげなくテーブルの下に手を伸ばし、バッグから独和辞典を取り出した。不規則動詞の変化がぱっと思い出せなかったからなのだが、エリクは辞書自体を見て目を丸くする。

「何その本。凶器？」

「凶器にもなりそうですけど違います。辞書ですよ。ドイツ語を日本語に対応させる辞書。まさかこの世界には辞書がないってことないですよね」

「ある。けど、見せて」

差し出された手に雫は独和辞典を乗せた。エリクは受け取った辞書をパラパラと捲り始める。ページに差し入れられる長い指は、雫の知るどの大人とも違って見えた。「綺麗だな」とぼんやり思っていた雫は、彼が急に顔を上げたことでぎょっと顔引く。

藍色の瞳には探るような色が浮かんでいる。彼は辞書を開いたまま押し出すと、大き目の文字で書かれている項目を指差した。

「これ、最初ドイツ語だよね。l,e,r,n,e,n」

「ですね。英語のlearnかな。学ぶって意味です」

「これは？　変な形してるけど」

「発音記号です。どう発音するかっていうのを表してます」

エリクは眉を寄せた。考えをまとめているのか何度か首を傾けると、辞書の例文を指し示す。

「ちょっとこれ読んでみて」

「発音って苦手なんですけど……いっひ　れるね　やぱーにっしゅ！」

「…………」

静寂が訪れる。

さすがにひどい発音だったか、と雫はうなだれた。こてこての日本語的発音だがどうにもならない。自分の発音がひどい自覚はあるので、今までエリクに文法を教える時でも訳文を読み上げるだけで例文自体はほとんど発音してこなかったのだ。

「いや、流してくださいよ、そこは……」

雫は力ない笑顔で顔を上げる。だが、彼女が見たものは真剣そのもののエリクの表情だ。彼は珍しくも少し迷っているようだったが、彼女がきょとんとしているのを見て口を開いた。

「前からちょっとおかしいと思ってたんだけど、英語とドイツ語って発音が全然違うね。訛っているで済まされないくらい」

「そ、そうですね。一応違う言語ですから」

「しかも僕には、何だか分からない未知の呪文みたいに聞こえることがよくある」

「私の発音が大問題って気もしますが、私も聞き取りは苦手です」

「……ちょっと確認させてもらっていい？」

「はい」

何をそんな真剣になる必要があるのだろう、と思ったが、余計な質問をしては墓穴を掘るだけになりそうだ。エリクはペンの先で辞書を指す。

「ドイツ語とか英語を使う人たちは、この言語で会話をしている？」

「そりゃしてますよ。ドイツ人はドイツ語で会話します」

「ドイツ語のうち何割が、未知の呪文みたいな発音なの？」

ずいぶんひどい言われようだ。自覚はあってもさすがに凹む。雫は肩を落としながら返した。

「全部ですよ。本場の人の発音はもっとずっと滑らかですけどね！」

「じゃあ、君はそれらを聞いて理解できるんだよね？」

「いやだから、聞き取りは苦手って言ったじゃないですか。未知の呪文に聞こえますって」

青年の目が驚愕に見開く。雫は何が問題なのか分からず眉を顰めてしまった。

意味のある沈黙。その果てに、彼は硬質の声で呟く。

「――聞いて理解できない言語が存在している世界なのか？」

まるで未知の事実を発見したような言葉。

それをぶつけられた雫は彼の驚嘆を頭の中で何度か反芻して――そしてようやく、彼と自分では言葉に対する認識がずれているのだと、そのことに気づいた。


「え、ってことは、聞いて理解できない言語がないんですか？」

「ない。というか皆、口にする言語は共通だ。多少の訛りがあっても聞けば分かる」

「うっわぁ……」

ずっと感じていた違和感、その原因たる食い違いが分かった雫は感嘆の声を上げた。

言われてみればエリクは発音についてまったく今まで問わなかった。時折雫が単語を読み上げると変な顔をしただけだ。だがそれも彼にとっては、aをエイ、bをビー、と読むようなものだと思っていたのかもしれないし、何かの用語かと受け取ったのかもしれない。

雫が発音に引け目を感じてほとんど読みを口にしなかったがために、二人はそれぞれの思いこみを引きずったままここまで来てしまったのだ。

エリクは大きく息を吐くと、ノートの余白にこの世界の字をいくつか書いた。

「この世界はね、異国語って言ったら文字のことだけを指すんだ。発音は全部一緒だけど、文字や記述の文法は多少差異がある。だから君の世界もそうだと思ってたんだけど……」

「他国は文字も、発音も全然違います。知識がない限り言葉は通じません」

雫は初めてこの世界に来た時のことを思い出す。

彼女自身は周囲の人間と言葉が通じることに驚いたが、他の人間は変わった顔立ちの彼女と会話ができることを不思議に思っていないようだった。異世界人であることを打ち明けたエリクでさえ気にも留めなかったのだ。

つまり、この世界の人間にとっては「聞いて分からない言語」自体、存在を認識していない。人間であれば誰もが言葉が通じると彼らは思っているのだ。

「それ、ずっと昔からそうなんですか？　千年前は発音が違ったとかないんですか？」

「ないない。同じ。文字は変化しても音声言語はずっと同じだったんだ。聞いて分からないのなんて固有名詞くらいだ」

「便利そうだ……いいな」

それだったら雫も発音に悩まなくて済む。うらやましいことこの上ない。

エリクはしかし難しい顔をしたままだった。

「むしろ君の世界の方が不思議だ。何で音声言語まで分かれるんだ？　遺伝が影響してる？」

「それは物理的に遠いからですし……でも遺伝じゃないですよ。日本人でもドイツで育てばドイツ語ペラペラになりますんで」

雫は半ば上の空で答えながら、全部の言語が統一されているという大陸に思いを馳《は》せた。

よくは分からないがすごいことのような気がする。本当にここは異世界なのだ。何だか心が浮き立つような気分だ。自然と笑みが零れる。


「この世界にはバベルの塔がなかったんですね」

「バベル？」

「私の世界ではそういうお話があるんです。神話ですけどね。――ずーっと昔は、まだみんな言葉が同じだったんですけど、ある時人が集まって高ーい塔を建て始めたんです。天まで届けーって。でもそれを見た神様が、こういうことしちゃうのは言葉が同じだからだ！　って言って、みんなの言葉を乱したんですよ。違う言葉になるように。それで人々は世界各地に散らばって……今に至るというお話」


それは人間の高慢を諫《いさ》める話なのかもしれない。あるいは人間の限界を示唆する話か。

だがこの世界にはそれがない。大陸がどれくらいの広さなのか、東の大陸までも全部そうなのかは分からないが、言葉は乱れていないのだ。言葉が分かれるという概念さえない。

人の魂は死後残らないと聞いた時と似た種類の、しかし反対の感慨が雫の中に溢れてくる。二つの世界の違いが面白い。

機嫌よく笑顔になる雫に対して、エリクはまだ何か考えているようだったが、やがて彼女につられたのか苦笑した。

　二人の間で緑の小鳥が小さく鳴く。

　それはまるで、伝わらないことを楽しんでいるような、澄んだ声だった。

※

　メアを使い魔として契約した三日後、二人は買い出しを済ませて町を出た。

　ほどよく晴れた空の下、彼らは街道をのんびりと馬で移動していく。町を出てすぐは人通りが多かった道も、二時間も行くと引き離されたのか引き離したのか、他に人影が見えなくなっていた。

　エリクはまるでそれを待っていたかのように雫に質問し始める。それは言語に関しての続きだ。

「君は異国語の聞き取りや発音が苦手みたいだけど、それは遺伝じゃないの？」

「遺伝的に駄目って思われるくらい私の発音がひどいことは伝わってきました。でも違います」

　雫は風で乱れた髪を耳にかけなおした。そのままスカーフの中にねじこむ。

「日本語は母音も子音も、西洋の……ドイツ語や英語に比べて種類が少ないんです。かなりの母音過多ですし。で、子供の頃に母国語が身についてくると、使わない部分は分かんなくなっちゃうんですね。聞き取りも発音も。だから日本人の大半は、外国語の発音の区別ができなくなるという。後から勉強してできるようになる人もいますけど……私は今のところ全く駄目ですね！」

「……僕には聞いても分からないけど、君が自分の発音に問題を感じていることは伝わってきた」

「ありがとうございます」

舌を出して答えた雫は、肩の上の小鳥と目が合って笑顔になる。

ころころと表情を変える彼女を、エリクは未《いま》だ思考の中にいるような視線で見やった。

「君は……今の話を含めて、君の世界の言語について他の人間に言わない方がいい」

彼はそれだけ言うと、その理由も、そしてそれ以上のことも何も口にしなかった。


二人が次に立ち寄ったのは、街道から少し脇に入ったところにある小さな村だった。

雫たちは夕方近くなってようやくこの村に着いたのだが、森の中にある村に迷わず辿りつけたのは街道からも見える塔が村にそびえていたせいだ。雫は太い煙突のような塔を遠目から見て「ラプンツェルでもいるのかな」と呟いた。

「ラプンツェルって何？」

「姫の名前です。あの、これ話し始めたら私また、山ほど突っこまれないといけないんですか？」

「納得できる話なら突っこまない」

「ならやめときます。姫は幸せになりました！　終わり！」

エリクはそれを聞いて呆れ顔になる。何だかこういう表情をされることが多過ぎて慣れてきた。

「君って結構、豪快な性格してるよね」

「桃を割ったような性格です」

「あれは中の子供は無事では済まないと思う」

それについては雫も同感だったが、そもそも桃に子供が入っているところからおかしいので気にしないことにしている。

まもなく村の入口が見えてきた。旅人への配慮なのだろう。入口には宿屋の看板があり、厩舎が併設されている。こんな小さな村でも宿屋があるのは街道から近いためだろうか。二人は無事馬を預け部屋を取ることができた。宿の食堂で二人は早めの夕食を取る。

「あ、このスープ美味《おい》しい！　どうやって味つけてるんだろう」

「郷土料理ぽいから厨房に行けば多分教えてくれるよ」

食堂には他に客はいない。雫は薄紅色のスープに匙《さじ》を差し入れながら、夕暮れ時の外を見た。

「あの塔なんでしょうね。気になるなぁ」

「気になるなら明日明るくなってから見にいけばいい。観光名所かもしれないから。……ああでも僕も行くよ。君を一人にするとよくないようだ」

「否定のしようもございません」

単独行動をする度に高確率で面倒ごとに巻きこまれているのだ。頭を下げた雫は、テーブルの上にいる小鳥が自分を見上げているのに気づいて笑った。終わりよければ全てよしではないが、雫は以前のことはあれでよかったと思っている。回り道も時にはプラスに働くのだ。

だが、だからといって進んでエリクの迷惑になりそうな事態に突っこむわけにはいかない。

雫は窓の外に見える塔を眺める。それは何だか地面に刺さった棒のようだ。

「物見塔か何かですかね。それにしては窓がないですけど」

「――あれは産所だよ。ノイ家の産所」

突然後ろからかけられた女の声は吐き捨てるようなものだ。雫は驚いて振り返る。

そこにいたのは雫の母親くらいの年の女性だ。厨房に野菜を運んできたらしい彼女は、エリクの格好に気づいて表情を変えた。

「ひょっとしてあんた魔法士かい？」

「一応」

「ちょうどよかった！　うちの魔法具の調子をちょっとみてくれないかい？　半年前に村の魔法士が亡くなってね。旅人でも魔法士でここに立ち寄る人間は少ないし困ってたんだ」

「構いませんけど、直せるかどうかは分かりません」

「いいよいいよ、駄目元で。食べ終わる頃に迎えにくるさ」

女がそう言って出ていくと、雫はエリクに問うた。

「さっきの塔、産所って言ってました？　この世界って高いところでお産した方が安産とか、そういう風習があるんですか？」

「ないよ。なんかおかしな感じだね」

雫は言われて窓の向こうの塔を見やる。

細い塔には、よく見ると一つだけ小さな窓が穿《うが》たれていた。

魔法具の修理に訪れた二人が案内されたのは、四畳半ほどの小さな部屋だ。

何の家具もないそこには、木の床に直径一メートルほどの銀板が嵌《は》めこまれていた。そこには円状に魔法の紋様が彫られている。エリクはそれを覗きこんだ。

「言送陣ですか。かなり古い魔法具ですね」

「そうなんだよ。行商に来た職人に聞いたら、宮廷魔法士とかに頼まないと直せないって言われてさ。値段も手間もかかるし困ってたんだ。どうだい？　直せそうか？」

「時間を頂ければ」

「頼むよ。礼はするから」

エリクは雫を振り返ると、彼女の肩に乗っていた小鳥を呼んだ。

「メア。魔力貸して」

小鳥は小さく鳴くと青年の肩に乗り移った。何をしているべきか迷う雫に、女は「あんたはこっちで待ってな。お菓子あげるから」と手招く。一体自分は何歳に思われているのか、釈然としないものがあったが、エリクが「頂いてて」と言うので雫は素直についていった。

クッキーとお茶を出されると、雫は女に尋ねる。

「あの塔って産所にしか使わないんですか？　お産をするところですよね」

「そうだよ。あそこはノイ家の持ち物だ。他の人間は近くに寄ることもできない。なんせ呪われた家の塔だからね。見られちゃ不味いものがあるんだよ」

「の、呪い？」

女は自分のカップにお茶を注ぎながら頷く。しかしその先を別の男の声がたしなめた。

「母さん、やめてくれ。よその家の悪口なんて恥ずかしい」

いつの間にか戸口に立っていたのは若い男だ。おそらくエリクと同じくらいの年だろう。

女は息子を振り返ると鼻で笑った。

「本当のことを言って何が悪いのさ。この村の人間ならみんな知ってることだよ」

「だからって――」

そこで男は、雫が知らない顔であることに気づいたらしい。彼女は所在なく頭を下げた。

「お邪魔してます」

「旅の魔法士に言送陣の修理を頼んでるのさ。その間、連れの子が暇だろうと思って」

「なるほど。ごめんね、時間取らせて」

まるで子供に言うように言われて、雫は本当に自分は何歳に見えるのだろうと悩みかけた。しかし、母子間に漂う微妙な空気に、彼女は「そんなことありません」と言っただけで沈黙を保つ。

男がいなくなると、母親は誰にともなく刺々《とげとげ》しい言葉を漏らした。

「まったくろくでもないよ……ノイ家の女にたぶらかされて……」

雫は驚いて顔を上げる。廊下を挟んで向こうの窓の向こうには細い塔がそびえていた。

「言送陣って何ですか？」

宿屋に戻った雫は、若干疲れているらしいエリクに尋ねた。

結局今日一日で修理は終わらなかったのだ。彼は休憩を入れながら三時間かけて魔法具を調整し、あとは「頭が痛くなってきたからまた明日」となった。

どの道、昼過ぎに村を出ては次の町に着くのは真夜中だ。余分な宿代は、修理を依頼したオルヤという女が持ってくれるということで、二人はもう一泊することに決めた。

「言送陣ってのは基本的に対で使われる魔法具だね。離れた場所にそれぞれ置いて、中に入ると他の言送陣に声を繋いでくれる。通信魔法が使えない魔法士が使うというか……基本的には城や役場とか人が多い施設で使われるね。普通、平民の家であれを置いてるところはそうないよ」

「電話みたいなものですか。こっちはみんな個人で持ってますよ。あのシャシン取るやつがそう」

「本当に？　すごいな、あの大きさだし。ここでも使える？」

「無理です。電波ないですから」

おまけに今は電話の相手もいない。雫はバッグにしまったきりのスマホと、電話帳にある人々の顔を一瞬思い浮かべた。まるでもう何年も会っていないような懐かしさが胸を灼《や》く。

だがその感情をそっとしまいこむと、彼女はこの世界の通信について考え始めた。

知り合いであり、かつそれなりの魔法士同士であれば、身一つでも通信ができるというのは実に魅力的だ。スマホと違って写真は送れないが、電気は不要だ。だが、代わりに魔法士でないと使えず、代わりの言送陣も一般家庭にはないというのはネックだろう。これでは各個人が遠隔通信ツールを持つことなど先の先の話かもしれない。雫の世界でも昔は固定電話が普通だったのだ。

彼女は、目を閉じたまま背もたれに寄りかかっている青年に、考えたことを話した。彼は口元だけで苦笑する。

「生活に即した魔法具が流通するようになったのは、ここ二百年ほどのことだ。けどそれらのほとんどは富裕層に広まっただけで、平民でも買えるものとなると本当に少ない。魔法技術は徐々に進歩してるけど、それらは平民には還元されないんだ。だから、それこそ暗黒時代から文明全体は大して代わり映えがない」

「魔法具を作るのが大変で、大量に生産できないとか？」

「それもある。まずね、普通は魔法ってのは術者がその場にいないと駄目なんだ。けど、魔法具とか魔法陣とかは、紋様を物に焼きつけることで術者の手を離れても効果を持つようにしてある。で、強力な魔法士なら魔力だけでその焼きつけができるんだけど、そういうことができる人間は少ないんだ。だから昔は魔法具なんて城に所蔵されてるものくらいしかなかったよ」

「うわぁ。貴重品だったんですね」

雫は自分が嵌めている指輪を見やる。複雑な模様はどうやら魔法的な意味があるらしい。

だがこの指輪や、他にエリクが持っている魔法具もあまり大きな効力はないし、ある程度使えば魔力を失ってただの道具になってしまうのだという。だが、そうではない強力な魔法具も大陸には山ほどあるらしい。けれどそれらは容易《たやす》く人の目には触れないのだろう。

青年の涼やかな声が説明を続ける。

「ただ三百年前に大国ガンドナでちょっとした構成が作られた。それは魔法で作ったのではない紋様や形と、魔法の構成を連結させるためのものでね。それによって紋様部分は職人に、魔法構成は魔法士にって分担が可能になったんだ。で、一気に色んな魔法具が作られた」

「それで普通の人でも買えるようになったんですか？」

雫の質問に、しかしエリクは首を横に振った。

「いや。まず作られたのは魔法兵器の類だった。各国は城の魔法士を総動員して、魔法具で軍備を増強し……結構大きな戦争がいくつも起こったんだ。それまであった国のほとんどが十年あまりの戦乱の間に入れ替わったよ。一時は暗黒時代の再来とまで言われたほどだ」

少しだけ苦々しげな声を彼はそこで切る。エリクはお茶のカップを手に取って喉を湿らせた。

「生活用品と言える魔法具が作られ出したのはようやくその後からで、まだ歴史が浅いせいか平民には高価だね。日用品って兵器と違って大きな威力よりも安定が求められるし、細かく調整できる機能が必要で難しいんだ。そもそも城に仕える女官とかのために開発されたものだから、材料からして魔法と馴染みやすい貴金属が大半だ」

「なるほど」

何だか社会科の授業を受けている気分だ。雫はついノートを取りたくなる。

――つまり、元の世界の機械技術がこちらでは魔法技術に相当するということだろう。そしてそれは、機械技術の発展と比べれば、まだ途上の過程を辿っているように思えた。

「色々あるんですね。これからの技術の進歩に期待ってとこですか」

「どうだろ。日用品の研究をしてる魔法士は多くはないと思う」

「え。何でですか。需要があるのに行き届いてないんだから、儲《もう》けどころじゃないですか」

雫の素朴な疑問にエリクは素朴な回答で答える。

「第一に魔法士は自分の魔法があるからそういう魔法具は要らない。第二に、あまり便利な魔法具が安価で流通し始めると魔法士の存在意義が薄くなる。最後に、研究開発に才のある魔法士は大抵城に所属してるから、まず軍備や国の保全の仕事を優先して――日用品の研究なんかには携わらない。これらの理由で平民の生活はほとんど代わり映えしないんだ。……あまり面白い話じゃないね」

「あー……納得しました」

要するに魔法士は技能的な特権階級なのだろう。そして強力な魔法士ほど上流の人間のために働き、平民にはその力が届かない。魔法士たちは自身の特権を維持したいだろうし、それは結果的に格差を生む。

エリクが今のこういった状態をよく思っていないことは、不機嫌そうな声音からもありありと伝わってきた。彼は目の上に手を置くと眉間をほぐす。疲れているのだろう、彼には珍しい仕草だ。

「だから、平民にまで魔法具が浸透しているファルサスは特殊だ。けどファルサスがそうなのは単に平民にも魔法を使える人間が多いからってのもあるだろうな。今はあの国でも、日用品の研究は需要がないのかほとんど進められていないようだし。加えてファルサスは、魔法大国という特殊な地位を守りたいのか、あまり魔法具を輸出したがっていないからね。……他国の民の生活まで変わるのはずっと先になるだろう」

この世界にも色々あるのだ。雫は黙って頷いた。

彼女はふと思いついてハンカチを濡らすと、よく絞ってエリクの額に乗せる。彼は少し驚いたようだったが礼を言って手をその上に乗せた。

おそらく誰もが幸福で富んだ世界などないのだろう。人が人の本質を持ち続ける限り。

雫には何となくそれが分かっている。彼女の世界も似た煩悶《はんもん》に足掻き続けてきたのだ。

魔法は便利で、本当に夢のようで、感心することしきりだ。ただそれは確かに人の技能の一つに過ぎず……しかも魔力を持てるかどうかは生まれた時に決定され、努力ではどうしようもないのだ。

その事実が生み出すひずみを、この世界はどう消化していくのか。

ぼんやりと思いを馳せた雫はふと旅の連れを見て——もし魔力が持てるか否かを自分の意志で選べたとしたら、彼はどちらを選んだのだろう、と埒もない空想を抱いたのだった。

※

『愛している』

思い出す真剣な言葉がどこか絵空事のように聞こえるのは何故なのだろう。

クレアは激しい耳鳴りを感じて両耳を押さえた。

大陸は広い。それを越える世界はもっと。けれど彼女の「世界」はこの小さな村でしかないのだ。

もっというならばこの細長い塔だけがそうなのかもしれない。

塔の中は空気が上手く流れない。饐《す》えた暗い臭いがする。

暗闇の中から彼女を捕らえようと忍び寄ってくる臭いに、古い血臭が混ざっている気がしてクレアは口元を押さえた。

耳鳴りがひどい。視界が傾く。彼女はどこにも逃げられない。

クレアは小さな窓から外を眺む。

冷たい窓。石の枠。細身の彼女であっても体全ては通り抜けられないその「出口」から、クレアはふと、このまま身を投げてしまいたい、と思った。

※

オルヤが「他の人間には近づくこともできない」と言った通り、確かに塔の周辺は高い生垣が築かれており、真下がどうなっているかは見ることもできなかった。雫はどこか切れ目がないかと生垣に沿って一周してきたが、鉄の扉が一つあっただけであとは彼女の背より遥かに高い植木が茂っている。

この村に到着して二日目、エリクはオルヤの家に修理に行っている最中だ。

おそらく雫がついていってもオルヤは嫌な顔をしないだろうが、昨日のように棘のある会話に相槌を打つのも抵抗がある。エリクはそんな雫の迷いを敏感に察したらしく、「何かあったらメアを呼べばいい」と言ってオルヤの家に向かったのだ。雫は最初の二時間は本を読み、夏休みのレポートを書いていたが、どうしても気になって今は息抜きがてら塔を見にきている。

塔は、最上階と思しき高さのところに一箇所、人の頭より少し大きいくらいの窓があるだけで、他には灰色の石壁が続いているだけだ。ここが産所とは何か特別な理由でもあるのだろうか。

昨日オルヤが「呪われた家の塔」などと言っていたのを思い出し、雫は思わず身震いする。「人の死後に魂は残らない」ということは、「幽霊は存在しない」ということをも意味しているのだろうが、それでも呪いとはいい思いはしなかった。

「さて、いい感じに怖くなったし帰りますか……」

雫は踵を返そうとし、だがふと視線を感じて顔を上げた。

見ると塔の最上階にある小さな窓から若い女が雫を見下ろしている。暗い金髪を垂らした女は、額縁の中にいるように美しく、だがそこには何の表情もなかった。虚ろな目に雫はぞっとする。

その時、後ろから老いた声がかけられた。

「お嬢ちゃん、よその子だね」

「うおっ」

思わず飛びあがった雫が振り返ると、そこには腰の曲がった老人が立っていた。塔を見上げると若い女の姿は既にない。心拍数の跳ねあがった胸を押さえる雫に、老人は言った。

「塔が気になるのかい？　こりゃノイ家の負の財産さ。壊しちまえばいいと思うんだが、呪いが怖いらしくてな」

「呪い……？」

ひょっとしてこの塔が村のどこからも見えるように、呪いも村人みんなが知っていることなのだろうか。好奇心が表情に出たのか、老人は雫を見て目を細める。

「別に怖い話じゃない。ただの人間の話さ」

そして彼は一度、塔を見上げると、昔のことを手繰り寄せるように呪いについて話し始めた。


――この村に塔が作られたきっかけは百二十年ほど前に遡る。

当時、村にはデトスという男がいた。彼は若い時からしょっちゅう出稼ぎに村を出ていたのだが、ある日かなりの大金を持って帰ってきた。何でも出稼ぎ先で友人になった男が病死して、何もない土地を譲り受けたのだが、そこに良質の水晶窟が発見されたため、土地ごと国に売って報酬を得たのだという。

デトスはその金で村に新しく家を建て城都から妻をもらった。ツィツェア・ノイという家名を持つ女は由緒ある家の出身ということだったが、彼女の他には兄弟もいなかったのでノイの名は以後デトスの家系に継がれることとなる。

問題の塔が建てられたのは、デトスがデトス・ノイとなった一年後のことだった。ツィツェアは城都にいた時からおかしな宗教にかぶれていたらしく「塔を建てて家を守護せねば不幸が訪れる」と言い出したのだ。

デトスが内心どう思ったかは誰にも分からないが、結局彼は塔を建てるため城都から職人を数人呼んだ。その中にはミルセアという女がいた。彼女は若く美しい魔法士で、塔のできあがった部分に劣化防止の魔法をかけるために呼ばれたのだが、ツィツェアは日が経つにつれ夫と彼女の間を疑うようになったらしい。塔の完成目前で、ミルセアが夫の子を孕んだのではないかと思いこんだツィツェアは、彼女へ密《ひそ》かに毒を盛った。

だが魔法士であるミルセアは魔法で作られた薬に耐性があり、すぐには死ななかったのだ。

彼女は吐血しながらもツィツェアに詰め寄り、デトスは妻を連れて怒りに狂う女から逃げると塔に立てこもった。

ミルセアは絶命するまでの数時間、ずっと塔の扉を叩き続けていたという。

デトスは途切れ途切れに聞こえる呪いの言葉に慄《おのの》き、ミルセアを助けることなど考えもせずただ時が過ぎるのを待った。一晩経って静かになった扉を開けてみると、そこには事切れた女の遺骸と「呪い」が残されていたのである。

血で扉に描かれた「お前の血を継ぐ息子は奪われるだろう」という言葉。ツィツェアがその時身篭っていた子供を生み、そして男児だった赤子が生まれてすぐ死亡したのは八ヵ月後のことだった。

「――結局、死んだ魔法士の女はデトスの愛人でも何でもなかったのさ。もちろん孕んでもいなかった。おかしな女に濡《ぬ》れ衣《ぎぬ》を着せられ殺されただけだ」

「そ、それはひどい……」

災難にもほどがある。それで殺されては呪いたくもなるだろう。もうちょっと夫は何とかできなかったのだろうか。はた迷惑すぎる。

しかしこの話だけなら確かにひどい話だが、何故塔が産所となったのか分からない。それを問うと老人は苦笑を浮かべた。

「その時ツィツェアが身篭っていた男児は出産後まもなく死んだ。けど二人目の子供をツィツェアは塔の中で産んだのさ。ここならミルセアの呪いが届かないからといって。そしてその通り無事子は産まれた。ただその子は女の子だったから本当に塔に呪いが届かないのかどうかは分からない。それでも呪いを受けるよりましだろうってことで、あの塔は以後ノイ家の産所となったんだ」

「他に男の子は生まれなかったんですか？」

「それが生まれてないんだな。ノイ家はそれ以来女系の家になってる」

「うっわぁ……」

それはつまり、呪いが実際に存在しているということだろうか。

そうでなくとも塔であれば無事に子供が生まれるというなら、わざわざ塔以外で出産をして危険な橋を渡る意味はない。

雫は納得の息を漏らすと振り返って塔を見上げる。

曇天の中、黒々とした塔は世界全てを呪うかのように異様な姿を曝《さら》していた。

雫が宿に戻ってしばらく、エリクはメアを連れて昨日よりも疲れた顔で帰ってきた。単なる疲労ではない嫌そうな連れの顔に、雫は少なからず驚く。

「修理……どうでした？」

「ほぼ終わった。けど三日後にならないと言送陣の向こう側に人が来ないらしい。だから直ったかどうかはそれまで確かめられないんだ」

「なるほど。それまでこの村ですか？」

「うん。時間かかってごめん」

「あ、別にそういう意味では。ゆっくり休んでください」

あわてて顔の前で手を振るとエリクは苦笑する。彼は椅子を引いて雫の前に座った。

「今日はずっと勉強してたの？」

「途中で散歩に行きましたけどね。あ、例の塔の呪いの話も聞いてきましたよ」

雫は老人から聞いた話を説明する。エリクは最後に彼女が「こういう話よく聞きますけどね」としめくくると顔を上げた。

「よくあるって君の世界で？」

「そうですよ。私が体験したことはないですけど、死んだ人の恨みを買って子孫代々祟《たた》られるってのはよくあるお話です」

「へぇ。魔法がないのに面白いね」

「あー、そうなりますか」

雫は一人納得する。この世界には幽霊という概念がないのだ。死んだ人間が生きている人間に怨念を持って影響するという考えがないのだろう。

雫は簡単に、自分の世界では死後の世界について何も分かっていないことと、死者が幽霊や怨霊になって生者に害をなすという考えもあることを説明した。

エリクは大して驚いた様子もなく相槌を打っているが、彼は大抵こういう表情なので驚いていても驚いていなくても分からない。彼は一息つくと雫が適当に淹《い》れたお茶を手に取った。

「昔はね、こっちの世界でもあんまり知られてはいなかったんだ。魂が残らないって」

「あ、そうだったんですか？」

「うん。そういうのって精霊術士……非常に珍しい魔法士の種類だけど、彼らだけが分かっていたことだった。精霊術士はそういうのに接する能力が敏感だからね。それが徐々に魔法士に広まって、更に知識人に伝わった。今でも普通の人は知らない人が多いんじゃないかな。だから田舎では幽霊が信じられていたりする」

「へえ……。じゃあ、ノイ家の呪いっていうのもそういう類なんですかね」

「いや。僕も聞いたけど、件の呪いは生きた魔法士が魔力を使ってかけたものだと思うよ。あくまで人の話を信じれば、だけどね」

「え！　聞いたんですか!?」

「聞いたというか聞かされたというか……散々だった」

彼は深い深い溜息をつく。エリク曰く、今日は修理に行った先で修羅場に遭遇してしまったらしい。疲れているのは修理のためというより、それをやむを得ず止める羽目になったからだという。

「あそこの家の息子はクレア・ノイ……つまり塔の家の女性だけど、彼女と結婚したいらしいんだ。

でも当然ながら母親は大反対。子殺しの家の女なんか娶《めと》れるかってね」

「子殺し!?」

何故そんな一足飛びに話が飛ぶのか。口をぽかんと開けた雫にエリクは苦々しい笑いを見せた。

「男の子が生まれないんじゃなくて、生まれても殺してるんじゃって話なんだよね。オルヤは呪い自体は信じてなくて、嬰児《えいじ》を塔から投げ捨ててるから塔の傍に近寄らせないんだと言ってた」

「えええええ……。いくらなんでもそんな」

「でも僕もちょっとそう思った」

「え」

今度こそ雫は目が点になってしまう。

生まれたばかりの赤ん坊を塔から投げ捨てるとはどういう発想なのか。エリクは確かに冷めたところはあるが、無闇に人にそんな疑いをかける人間ではないと思う。

青年は彼女の内心に応えるかのように、白紙の紙にシャープペンで丸を描いた。中に二つの目と口を足す。どうやら赤ん坊をイメージした絵のようだが、下手過ぎて断言できない。話よりもむしろ絵に気を取られてしまった雫に、彼は自分の考えを口にする。

「たまたま男児が生まれないっていうなら分かるけど、呪いで女児しか生まれなくするなんてことはできないから。殺してるとまでは思わないけど、男児が死んだ事実を伏せてるかもって思った」

「ああ……」

決して共感できる文化ではないが、雫は自分の世界の一部に「嬰児殺し」と言われる風習が存在していることを知っている。双子の片方や望まれなかった性別の赤子を生まれてすぐ殺し、死産だったことにする習俗だ。オルヤはノイ家もそうでないかと疑っており、一方エリクはノイ家が意図的に呪いの効果を隠蔽しているのではないかと考えているのだろう。

百二十年前から今まで何人の女の子が生まれ、何人の男の子が生まれなかったのか。それは、村人に不審を抱かせるに充分なものだったはずだ。雫は人に不安を与える塔の姿を思い出す。

「い、嫌な話……」

「気にしないのが一番だ。その土地にはその土地の、人には人の事情がある」

「よし！　勉強に集中します！」

「それがいいよ」

エリクはお茶を飲み干すと机の端にある辞書に目を留める。彼は少し考えた素振りで、だが結局辞書を指差した。

「それ、僕も作ろうかな」

「え？」

「辞書。こっちの世界の単語と君の世界の単語を対応させる。そうすれば僕も、君の書くものがちょっとは読めるかもしれないし、君もこの世界の文字に馴れるだろ？」

「あー……」

実はちょっと彼女も欲しいと思っていたのだ。この世界の文字の辞書が。

語尾変化などを考えればそう簡単にはいかないかもしれないが、できるならやってみたい。何よりエリクは文字が専門の研究者だ。元の世界の文字は辞書があることだし、分からないことは彼に聞けばいいのだ。

「作りましょう！　すっごく欲しいです！」

「じゃあ紙に書き溜めて、普段は紐《ひも》で束ねて溜まったら製本してもらおうか。順番は……どちらに合わせようかな。とりあえずよく使う単語から並べて、あとで調節しようか」

「分かりました！　ルーズリーフ使いますね」

「君の世界の紙ってかなりすべすべだよね」

雫はバッグからルーズリーフをファイルと合わせて取り出した。エリクはファイルを捲ると、授業のノートのはじに描かれた教授のデフォルメの絵に気づく。

「何この絵」

「私の先生です。口癖は『そうなんだけどね？』」

「君、学校で何学んでるの？」

「うーん……考えることそのもの、ですかね」

彼はわずかに目を瞠る。その表情に雫は苦笑した。

※

村に到着してから四日目。散歩をしている雫は、手に持ったスティック状の菓子を齧《かじ》る。

「……硬い」

　見た目からいって硬いのだろうとは思っていたが予想以上だった。雫は噛みきるのを諦めて歯を離す。何だか歯茎が痛いくらいだ。ちなみに虫歯は一本もない。

「予想を外されるってそれだけで結構威力が大きいものですね」

「初めて食べるものを、そんな勢いこんで噛みつけるのがすごいと思うよ」

「勢いって大事じゃないですか。助走をつけた方がたくさん跳べるというか」

「歯、痛くない？」

　その疑問には答えたくなかったので雫は黙殺した。

　明日には言送陣の動作テストができるという。それまでの時間、勉強をして過ごしていた二人は気分転換に外に出たのだ。

　村の店で、雫は「甘いものください」と言ってこの狐色《きつねいろ》のスティック菓子を買ったのだが、揚げ物だろうという予想を裏切って飴《あめ》のように硬かった。これはもしかしたら噛むものではなく舐《な》めるものなのかもしれない。彼女はほんのり甘い菓子を舐めながら塔を指差す。

「どうせなら窓を増やすとか拡張するとかすればいいと思うんですけどねー」

「できない理由があるのかもしれない。手を入れると塔全部が崩れてしまうとか」

「どんな建て方してるんですか。ジェンガじゃないんですから」

「だって窓が小さいのはわざとじゃないか？　あれはおかしいだろう」

「――赤ん坊は通せて大人は通れない、そういう大きさになってるのよ」

突然割りこんできた声は、若い女のものだった。

振り返った雫はそこに、やせ細った女を見る。彼女はくすんだ灰色の瞳に、自虐的な表情を浮かべて微笑していた。綺麗な顔立ちの女性なのだが、不思議な薄ら寒さを感じて雫は硬直する。

「あなたたち旅の人でしょう？　塔が気になるの？」

「気になるというほどでは。ただ目立ちますから」

「そうよね。街道からも見えると聞いたことがあるわ」

不思議な物言いだ。ここから街道までは一時間もかからないのに、彼女はそこまで出たことがないのだろうか。雫が怯む気配を感じ取ったのか、エリクが一歩前に出て女性に相対した。

「あなたがクレアさんですか」

「ああ……誰かに私のことを聞いたのかしら。皆噂話《うわさばなし》が好きですものね」

穏やかに笑う女は、しかし少しも雫を安心させはしなかった。一見普通に見えるのに、どこか歪んでいる印象を受ける。そしてそれはあの塔から受ける印象と同じものだ。

エリクは雫を背に庇いながら続ける。

「あなたのことはダルスさんに聞きました」

何ということのない言葉。だがそれを聞いた女は途端に表情を消した。張りついていた笑顔が剥がれ落ち、暗く穴が開いたかのような中身が露《あら》わになる。

雫はぎょっとして自分も表情を凍りつかせたが、クレアはすぐに笑顔を作りなおした。

「あの人が何を言ったのかしら。あまり鵜呑《うの》みにしないでちょうだい」

そう言うクレアが傷ついているように見えるのは何故なのか。雫は「ダルスさんって誰ですか？」と小声でエリクに問う。返ってきた答えは「オルヤの息子だよ」というものだった。

つまり結婚を反対されている恋人同士だろうか。多少違和感もあるが、雫はそう納得した。

「この村で暮らしていれば嫌でも塔が目につくわ。だから皆好きなことを噂するの。別にどんな話でもいいのだけれど」

「偽りの話が広まってもいいと？」

「見る人が異なれば真実も異なるものでしょう？　目くじらをたてていてはきりがないわ。私はこの村で一生暮らさねばならないのだし……」

その一瞬、クレアはまるで生きることにくたびれた老女のように見えた。閉鎖されたこの村で、呪われた家の女として彼女がどんな日々を過ごしてきたのか。雫は溜息を喉元で押し殺す。

――他人からの評価は、どうしても少なからず自分からのものとは乖離《かいり》してしまう。

クレアとは比べ物にならないだろうが、雫自身もずっと姉妹と比較されて生きてきたのだ。他人からの悪意のない感想に「それは違う」と言いたいことも何度かあったが、彼女はその抗弁を多くは諦めた。いちいち気にしていてはきりがないのだ。そして別に雫は姉妹が嫌いではないのだから、気にするべきではないと自分に言い聞かせた。

ただそれでも両親まで、まず姉を、次に妹を見て、最後に雫を見てくれるという順番が固定していることに一抹の淋しさは拭えなかったが。

かつての感情を思い出した雫はクレアに頭を下げたくなる。先入観が辛いものだとよく知っているにもかかわらず彼女を恐れた自分を恥じたのだ。

前にいるエリクは首をわずかに傾けてクレアを見つめる。

「あの窓は子供が通る大きさだと言いましたね」

「そうね。まるで計ったみたいにそうだわ」

「それはあなたが間違った噂を許容しているという意味ですか？　それともあなた自身がそう思っていると？」

「どちらかしら……。ねぇ、興味があるなら塔を見にいらっしゃる？　鍵を持っているわ」

降って湧いた誘いに雫は目を丸くした。だが、同時にエリクは断るだろうとも思った。

彼は根本的には人がいいのか、請われれば頼みごとなど引き受けるが、自分からはあまり余所事《よそごと》に首を突っこまないように見える。それは彼が「人間に興味がない」からかもしれないが、特に冷たいとは思っていなかった。多分、単に現実的なだけだ。

そんなことを思っていた雫はだから、彼が「では見せてもらっていいですか」と答えた時に、危うく声を上げそうになった。反射的に口を押さえた雫に、エリクは振り返ると苦笑する。

「宿に先帰っててもいいよ」

もし怖かったら、という彼の意を感じ取って、雫は口を押さえたまま首を左右に振る。そこまで色々言われる塔を見てみたいという気持ちは、確かにあるのだ。幽霊がいるならば怖いが、いないなら多分大丈夫、だと思う。

クレアは自らが誘ったにもかかわらず、それを受けた二人にぽかんとした顔をした。だが、雫と目が合うと困ったような笑顔になる。

「じゃあ……案内するわ」

彼女は一瞬自分の塔を仰ぎ、そして歩き始める。直前に見た苦笑は今までで一番普通の女性らしいもので、雫はそれに複雑な安堵を覚えた。彼女はエリクについて歩きながら問う。

「どうしたんですか？　塔が気になるんですか？」

「いや、どっちかというと呪い。百年を過ぎても効いているような呪いを見たことないから、ちょっと興味があって」

「それ、好奇心は猫を殺すっていうんですよ」

二人はクレアの後についていく。彼女は塔に着くと、持っていた鍵で生垣にある鉄扉を開けた。恐る恐る入った中の庭は雫が予想していたより狭く、塔を中心にドーナツ状の幅広い通路があるという感じだ。整えられた植木もなく、枯れかけた草が斑点のようにところどころ土を覆っている。

塔の入り口は入ってきた鉄扉とはちょうど逆側にあった。三人は庭を半周して扉の前に立つ。

「この場所でかつて女が殺されたと伝わっているわ」

淡々とした女の言葉。あらかじめ呪いについて聞いていなければ、雫は飛《と》び退《の》いてしまっただろう。だが実際は周囲を見回すに留まった。そして当然ながら目につくようなものは何もない。

それはエリクも同様のようだ。彼はあちこちに視線を移動させていたが、探すものが見つからなかったのか「ないな」と呟く。

「何がないと言うのかしら？」

「呪いが。術者の死亡した場所にあるんだと思っていたけど。何の構成もないね」

「呪いって魔法なんですか!?」

雫の問いと同じ疑問をクレアも抱いたらしい。エリクは肩を竦めた。

「魔法と言えば魔法。魔力を使うから。ただ法則に則《のっと》る魔法と違って、呪いは術者が好きな言葉を選んで自分だけの意味を込めてかける。だから気になったんだけど、塔の中の方かな」

「え。塔の中は呪いが届かないから産所なんじゃないですか？」

「とは言うけど、もともと宗教がらみで建てられた塔なんだろう？　何かあるかもしれない」

クレアは少し緊張に強張《こわば》った顔を隠すように、塔の入り口へと向かった。

「百二十年前の扉には、血の痕と呪いの文字があったらしいけれど、扉はその後交換されたわ」

女の手が木の扉を押す。軋《きし》む音を立てて開かれたその先から、積もり積もった何かが流れ出てくる気がして雫は息をのんだ。クレアは入り口にあった燭台《しょくだい》に火を灯すと中に入っていく。エリクがその後に続いた。

塔の中は薄暗い。それでも雫が思っていたより暗くはないのは、唯一の窓から差しこむ光をいくつもの鏡で反射拡散させ明かりをとっているからのようだ。三人は壁に沿う螺旋《らせん》階段をゆっくりと上り始めた。

「この塔は最上階以外は階段しかないの」

踊り場がないため何階分に相当するのか雫には分からないが、体感で四、五階くらいの高さに思える。彼女はすぐ前を行くエリクの服の裾を摑みたくなって堪えた。

到着した最上階は本当に小さな部屋だった。せいぜい六畳ほどしかなく、中央に寝台が置かれている。そこは真っ白いシーツが敷かれているにもかかわらず薄汚れて見え、雫は息苦しさを覚えた。一つしかない窓は、約三十センチ四方の正方形だ。小柄な女性なら頭と肩の片方は出そうだが、両方は無理な大きさだろう。雫はそこから顔を出す。ちょうど塔の扉が真下にあった。

頭を引っこめた雫と交代でエリクが窓の外を覗く。彼はまず真下を見て「ふむ」と頷いた。

「何か面白いものでも見つかったのかしら？」

「特には。魔法的な仕掛けも呪いも見つからない。けど、この塔は壊した方がいいよ。そろそろ老朽化してて危ないからね」

「そう……」

クレアは唇だけで薄く笑う。ずっとのしかかっていたのだろう呪いの存在が否定されたにもかかわらず、彼女は何故か聞きたくなかったことを聞いてしまったかのように、虚ろな目を窓に向けた。

※

「忘れ物ない？」

「大丈夫です！　全部持ちました！」

雫は自分のバッグを持ちなおす。廊下で待っていたエリクに続いて、彼女は五日間を過ごした宿の部屋を後にした。今日これから言送陣のテストに立ち会って、そのまま城都に出発するのだ。雫は廊下の窓から見える塔に気を取られる。

塔には何もないから壊すよう勧めたエリクに対し、結局クレアは頷かなかった。老齢の母親がいるという彼女は、塔を壊すようなお金も、村を出て新しい土地で暮らす気もないのだという。あまり明るい未来が待っているように見えない彼女のこれからに、唯一救いがあるとしたら偏見に囚われない恋人の存在であろうか。

二人は荷物を手にオルヤの家を訪れる。言送陣のテストをする間、雫はすぐ外の廊下で待つことにした。オルヤの息子のダルスも向かいの壁によりかかって言送陣の方を見ている。彼は雫と目が合うと気さくに笑った。

「クレアに会ったんだってね。いい娘だろう？　もうすぐ結婚する約束をしているんだ」

「結婚……ですか？」

それは本当だろうか。少なくとも昨日会ったクレアは、結婚を楽しみにしているようには見えなかった。彼のことについて触れた時も、まるで傷ついたような目をしていたのだ。

雫は二人から受ける印象の齟齬《そご》に眉を寄せる。

その時——言送陣から知らない男の声が流れ出す。

『オルヤ？　聞こえるか』

「聞こえるよ。ちゃんと直ってる」

『それはよかった。八ヶ月ぶりだな。これで仕事も元通りできる』

声だけが聞こえる男は城都に住む親戚で、城の出入り職人なのだとダルスが説明してくれた。

雫はそれを聞きながらも、エリクの修理が無事終わったことに安堵する。

彼は普段魔法を見せてくれることはほとんどないし、魔法士としては力不足だと言って憚《はばか》らない。けれど雫にとっては充分、エリクは頼りになるすごい魔法使いなのだ。難しいと言われた修理もやってのける。彼女はほっと微笑んで肩の上のメアの頭を撫でた。

――これであとは出発するだけだ。

オルヤと男の会話は問題なく続いている。だが雫が部屋の中を覗きこみかけた時、彼女は後ろから軽く押しのけられてよろめいた。それに気づいたエリクが表情を変えて彼女に手を伸ばす。雫を押して部屋に入ったダルスが叫んだ。

「母さん！　何だ今の話は！」

「うるさい子だね。お前の妻になる娘の紹介を頼んでいたんだよ。そろそろ結婚しどきだろう」

「僕にはクレアがいる！」

「何言ってんだい、馬鹿な子だね……。ノイ家の女なんか迎えるもんじゃないよ！」

「母さんに彼女の何が分かるんだ！　呪いなんて馬鹿馬鹿しい！」

雫はエリクの手によって支えられながら「親子喧嘩《げんか》はどこの世界も一緒だな」とぼんやり思う。

だがすぐにそれはのんきな感想では済まなくなった。

「もういい。話しても分からないなら僕はこの家を出る！」

ダルスはそう叫ぶなり止める間もなく廊下を走り去る。エリクは顔を顰めた。

「不味いな。追った方がいい」

「え」

エリクは雫の手を引いて走り出す。荷物は食卓に置いたままだ。彼女は目を白黒させながらも、自分の足を動かしてエリクと二人でダルスを追った。

――向かう先は塔。おそらくはクレアのいる場所だ。

混乱しながらも走ることに集中しようとしている雫に、エリクの苦々しい声が届く。

「僕は昨日、嘘をついた」

「ど、んな、うそを、ですか」

全力疾走しながらの相槌に、彼は走っていることの影響をまったく受けていない声で答えた。

「呪いはあるんだ。あの塔でクレアと今の彼を会わせてはまずい」

「――え？」

呪いが、ある。

雫は彼の言葉を頭の中で繰り返した。

誤解で殺された女がかけた呪い。生まれた男児は奪われるという呪詛《じゅそ》。

それが本当に存在しているのだと、彼は言っているのだろうか。

息が切れる。脇腹が痛くなってくる。だがそれでも雫は足を動かし続ける。

曇天の中そびえたつ塔はもうすぐそこに迫っていた。

　二人が塔の下に到着した時、扉は乱暴に開け放たれたままだった。雫は上を見上げるが、小窓からは誰の姿も覗いていない。エリクが階段を上る足音が聞こえてくる。雫はあわてて駆け出すと、一段抜かしで彼の後ろに追いついた。

「呪い、って、いつから、それに、気づいて、たんですか」

「ここに入った時から。正確には最上階に上った時からだけど。ただ僕には何とかできるような代物じゃなかった。だから……」

「だから、壊せって」

「そう」

　思えば「何でもないから塔を壊した方がいい」などと彼にしては乱暴なことを言うな、と思ったのだ。何でもないのなら放っておけばいい。それができないのは——呪いが本当だったからだ。

　雫は緊張に生唾をのみかけたが、呼吸が上がっていてそれもできない。やがて男女の言い争う声が聞こえてきた。エリクの上る速度が上がる。

　あっという間に置いていかれた雫が、言うことを聞かない膝を押さえて最上階に到達した時、エリクはちょうどダルスの腕を押さえてねじ上げているところだった。一見、力があるように見えない魔法士に押さえこまれたダルスは、憎々しげな表情でエリクを睨む。

「何だ！　邪魔しないでくれ！」

「彼女にあたっても仕方がない。話し合いなら外に出てすればいい」

「放っておいてくれ！　君には関係ない！」

クレアは窓の前で腕を押さえて立ち尽くしている。細い手首には赤い手の痕が浮きあがっていた。

おそらくダルスに手を摑まれていたところをエリクが割って入ったのだろう。

雫は呼吸を整えると、クレアを庇うように前に立った。肩の上でメアが小さく鳴く。

何をするべきか、彼女が困ってエリクを見ると彼は顎で階段を指し示した。クレアを連れて外に出ろということらしい。雫は振り返ってクレアに向きなおる。

「ここから、出ましょう……」

「どうして？　ここが私の生まれた場所なのに」

振り返ったクレアを見て雫は絶句する。

まるで場違いな、あでやかな笑顔。

それはとても——いびつで、恐ろしかった。


「みんなみんなこの塔を嫌がるの。何でかしら」

クレアは口元に手をあてておかしそうに笑う。手首に赤い手形がついているのと相まって、彼女を取り巻く光景は実に奇怪だ。

「何でって……」

——何かがおかしい。あるいは何もかもか。

雫は、走ってきたせいだけではない息苦しさに喉を押さえる。

だが一歩後ずさりたい気持ちを堪えて、彼女は逆に踏み出した。

「下りましょう。外で、お茶でも飲みながら話しましょう。その方がきっといいはずです」

決して怖くないわけではない。呪いがあると聞いてからはなおさらだ。

けれど雫は、ここで負けてしまってはいけない気がして意志を強く保った。クレアの瞳を、のまれそうになりながらも見つめ返す。

雫が人であるように、クレアも、ダルスもただの人だ。

そして呪いが魔法であるならば、それもまた単なる生きた人間の技だ。

――だから気持ちでは負けない。初めから諦めたりはしない。まだ諦めるような時ではないのだ。

クレアは雫の真っ直ぐな目に、笑顔のまま顔を歪める。

怒っているようにも泣いているようにも見えるその表情は、彼女が精神的に追い詰められている証拠だ。呪いが本当にあるというのなら、彼女にどのような効果を与えているのだろう。

エリクにそれを聞きたいような、今聞いては不味いような不安が雫の中で揺れる。彼を振り返りたい気持ちを抑えて、雫はまたもう一歩前に出た。

「クレアさん、下りましょう」

「駄目よ。だって私、ここの子なんですもの」

「空気が悪いです。気分に影響しますから」

再三の誘いに、しかしクレアは首を縦に振らない。背後からはダルスの罵声が聞こえてくる。

「ねぇ、あなたたちは昨日、ここには呪いがないって言ったわよね？」

「それは……」

「ならここにあるのは人の罪だわ。そうでしょう？　私たちの家の女は、男の子が生まれたらこの塔の窓から投げ捨てていたんだから」

雫は思わず顔色と言葉を失《な》くす。沈黙がゆっくりと波打つ中、クレアの笑い声だけが塔に響く。まるで現実味のない悪夢のような言葉。それを打ち破ったのは意外にも落ち着いたダルスの声だ。

「僕の母が何か言ったのか？　君まで噂を真に受けてどうするんだ」

「噂じゃないわ。本当だもの」

クレアはそこで言葉を切ると振り返った。塔の窓から外を眺める。

「私にはね？　兄がいたのよ。私が生まれる三年前に身篭った母は、この塔の中に引きこもった。だから村のみんなは知っているの。でもその子は産声《うぶごえ》だけを塔から響かせていなくなった。この窓から投げ捨てられて殺されてしまったのよ。ダルス、あなたは知らなかったの？」

「……え？」

ダルスは呆けたように恋人を見る。クレアは可笑《おか》しそうに笑いながら窓から下を覗きこんだ。

嘘か真実か、陰惨な話にエリクは眉を顰めて何かを考えている。雫は恐れよりも困惑が勝って、もう一度クレアを振り返った。

「ノイ家はね、自分で自分を呪っているのよ。呪いを恐れて塔の中に逃げこんで、男の子が生まれると呪いを呼びこんでしまうからって殺すの。その行為こそが呪いそのものなのだと、何故分からないのかしら……。まったく度し難いわ」

クレアは窓から身を乗り出す。左肩が外に出た。彼女は窓枠にもたれかかるように体を預ける。

――彼女を苛《さいな》んでいるのが呪いではなく血に積み重なる罪過なら、どうすれば救われるのか。

いくつもの言葉が雫の中に浮かんでは消える。どんな言葉なら今の彼女に届くのか。雫はそれを探して思考を巡らせた。代わりにダルスの苦い声が洩れ聞こえる。

「だとしても君の罪じゃない。気に病んでも仕方ないだろう……」

「仕方ない!?」

金属的な叫びと共に、クレアは塔の中に残る右手で石壁に爪を立てた。爪は石壁の溝に引っかかって見る間に血が滲む。だが彼女は痛みをまるで感じていないかのように壁を搔きむしった。

「なら生まれてすぐ殺された子の無念はどうなるの？　最初に殺された女の呪詛は？　全てなかったことにして忘れてしまえばそれでいいの？　誰も罪を背負わないというの!?」

異様な様子に誰も何も言うことができない。

彼女は人間に背を向けて、塔の中から外へ向かって強く手を伸ばした。

「私は塔で生まれた子。生まれながら罪によって呪われた子なのよ。罪が、私を見つめている。ここが私の世界で……ここからどこへも行くことは赦《ゆる》されない！」

クレアはまだ塔の中にあった右手をも窓の外に出そうと身を捩《よじ》る。窓枠につかえた肩は加えられる力にねじれ――少しの間の後に関節の外れる嫌な音がした。

ぶらさがった腕をそれでも彼女は窓へと押しこむ。両肩が歪み、腕がこすれて血が滲みながらも、クレアはその行為をやめようとはしなかった。床を何度も蹴り、哄笑《こうしょう》しながら外へ這《は》い出《で》ようとする。雫は理解を越えたいびつさに愕然とした。

――まずい事態だということは分かるのだが、あまりの光景に彼女から目が離せない。

奇妙にねじれながら窓の外に全身を出そうと足掻く女は、「塔から逃げられない」と言いながらもまるで、卵から外界へ孵《かえ》ろうとする雛《ひな》のようだ。

「……ぁ」

雫が呆然としていたのは、だがほんの一瞬だ。彼女はクレアに駆け寄ると腰を摑む。

「駄目です……っ！　落ちちゃうから！」

実際にこの窓から外に出ることが可能かどうかは分からない。けれど雫はクレアの望みとは逆に彼女の体を押さえこんだ。本当は塔の中へと引っ張りたかったが、それをしては今以上に彼女の体を傷つけてしまう。

雫は必死にクレアの体を抱きしめながら、後ろの男二人に助けを求めようと口を開きかける。

しかしそれより早く、誰かが後ろから雫の襟首を摑んだ。

「雫、メアを使え」

彼女の名を呼ぶ声。強い、澄んだ言葉。

雫はほんの刹那、全身を高揚が駆け巡るのを感じる。

胸が熱い。それは迷いを全て灼くようだ。

真っ白になりかけた頭で、それでも彼女は最善を求めた。肩の上にいる小鳥に叫ぶ。

「――メア、お願い…………窓を、壊して！」

力が、溢れ出す。

雫はクレアの背中へ飛びついた。しっかりと抱きしめ、そのままエリクの手で彼女ごと後ろに引きずられる。目を閉じた顔に砂嵐がぶつかり、あちこちがチリチリと痛んだ。

そうしてどれくらい経ったのか。エリクの声が耳元で囁く。

「もういいよ」

「あ……」

雫は恐る恐る目を開き、そして広がる景色を見る。

小さな窓も、閉塞した塔の壁もそこにはない。開けた視界に村と広がる森が見渡せるだけだ。

呆然としている雫に、エリクの声が聞こえる。

「君の命令が大雑把だということはよく分かった」

「……ははは」

彼はもはや部屋の様相を呈していない周囲を見回す。

雫の命令に、メアは十全に応えた。かくして窓は粉々に破壊され、ついでに壁と天井も半分ほど吹き飛んだ。本当に物見台のようになってしまった見晴らしのよい塔に風が吹いていく。

雫はやらかしてしまった証拠である景色から目を逸らすと、すぐ前に倒れているクレアを覗きこんだ。捻じ曲がった腕の痛ましさに彼女は顔を曇らせる。

「メア、ええと……治せるのかな？」

「無理。彼女は治癒を使えないみたいだ。僕がやるから魔力を貸して」

エリクは片膝をつくとクレアの上に手をかざす。彼の肩にメアが飛び移った。けれど治療を始めようと詠唱が為《な》されたその時、弾かれたようにクレアは顔を上げるとエリクの手を振り払う。

「構わないで！　それよりあなたたちは何てことを……」

「確かに乱暴だとは思うけど、この塔は壊すべき塔だ」

「この塔がなければ皆が忘れてしまうのよ！　私たちの罪も、殺された人のこともみんな……」

「でもこの塔があり続ければ、また罪が重ねられるかもしれない。君は自分が何故この塔を守ろうと思うのか、その本当の理由を考えてはみないのか？　本当は誰よりも、塔から逃げ出したいと思っているのに」

　エリクはそれだけ言うと詠唱を再開した。

　謎の疑問を投げかけられたクレアは、理解不能な言語を聞いたかのように唇を震わせる。

　彼女はそのまましばらく何かを堪えるように歯を食いしばっていたが、血の滲む自分の爪に目を落とし……そして広がる空を見上げた。眩《まぶ》しそうに細められた両眼にうっすら涙が浮かぶ。

「私は……けれど、兄は………」

「——何だ何だ。急に塔が吹き飛んだが、どうかしたのか？」

　新しい声に、全員が入り口を振り返る。

　開け放たれたままの扉。雫はそこに現れた男を見てあんぐりと口を開けた。いつ塔に入ってきたのか、帯剣した長身の男は、腕組みをしたまま面白がっているような目で四人を見回す。

　特に彼は雫を見つけて口笛を吹きたそうな顔になったが、何も言わずにクレアに視線を固定するとにやりと笑った。

「よう。初めましてか？　俺の妹」

「……え？」

事態を把握しきれない何人かの声が重なる。

なかでも雫は、今すぐこの場からダッシュして逃げ出したい気分に駆られていた。

赤い髪に緑の瞳。鍛えられた体から隙のない雰囲気を醸し出しているこの男は、ある意味彼女がもっとも会いたくなかった男――ターキスと名乗る傭兵だ。

「奇縁過ぎる……」

上手く撒《ま》いたと思ったのにまさかこんなところで再会してしまうとは思ってもみなかった。しかもあろうことか、男はクレアの兄だと自称しているのだ。

雫は顔を引き攣らせてエリクを見たが、彼は既に治癒に専念しているようでターキスには目もくれない。ターキスの方も雫に気づいて嫌な笑顔を見せたが、今はクレアに向きなおっていた。

「妹って……どういうこと？」

「そのままの意味しかないだろう。俺はお前の兄ってこと。近くまで来たから顔だけでも見ようと思ったんだが」

少なくともエリクを除いた三人は、見知らぬ男の言うことに困惑をあらわにしていた。特にクレアは目を大きく見開いて男の顔を凝視している。ターキスは苦笑して手を振った。

「疑ってるだろう？　でもほら、これがある」

彼は言いながら自分の首の後ろに両手を回した。つけていたペンダントをはずし、クレアに差し出す。それが何であるか雫には分からない。だが、クレアにとっては意味があるもののようだった。
目に見えて彼女の表情が変わる。

「これ……本当に……？」

「本当。俺が母から託されたものだ」

「……殺されたんじゃ、なかったの？」

「違う。生まれてすぐ養子に出された。ノイ家にいるままじゃ呪いに殺されるかもってな。お袋もきっとお前に説明するつもりだったんだろうが、その前にちょっとおかしくなっちまったようだ。ここに来る前に会ってきたけど、半分も話が通じなかった」

ターキスの言葉にクレアは表情を曇らせた。彼女に老齢の母親がいるとは聞いていたが、色々状態は難しいのかもしれない。雫は部外者として沈黙を守る。

クレアは希望と苦渋が入り混じった複雑な目を、誰にともなくさまよわせた。

――もしターキスが本当に彼女の兄であるなら、彼女の苦悩もまた薄らぐはずだろう。

けれど、彼女はまだすぐにはのみこめないようだ。目を伏せると小さくかぶりを振る。

ターキスは苦笑してクレアの傍まで歩み寄ると、彼女の頭に大きな手を置いた。

「俺は仕事があるし、ノイ家の人間じゃないってことになってるからこの村には残れない。だが、あんまり気に病むな。お前はお前で好きに生きればいい。鬱陶しい塔のことなんか放っておいてな」

男は顔を上げて、広がる空を仰ぐ。

クレアはしばらくためらっていたが、やがてゆっくりと視線を上げ男にならった。

柔らかな風が吹く。緑の香を孕む風は、百二十年にわたる暗闇を洗い流していった。

※

「よし！　逃げましょう！」

「前向きな笑顔で言われると、ちょっと面白い」

「だから、あの人が例の傭兵なんですって！」

　ターキスの登場によってひとまずの落ち着きを得た一同は、塔を下りクレアの家へと移った。

　彼女の母はやはり年を取って記憶が薄らいできているのか、受け答えもぼんやりとしていたが、ターキスが手を取って支えてやると嬉しそうに微笑む。それを見たクレアもまた彼を兄だと信じる気になったようだ。エリクと雫に「取り乱してごめんなさい」と頭を下げる。

　ただ彼女とダルスとの間にはまだわだかまりが残っているらしい。それはこれから埋められるものなのかもしれないし、そうではないのかもしれなかった。

　隙を見てエリクを廊下に引きずり出し、ターキスのことを説明した雫は声を潜める。

「きっと捕まったら貴族に売られて生皮剝がされますよ。逆さづりにして油絞られますよ」

「君のその貴族観ってひょっとして僕のせい？　だとしたらちょっと反省する」

「ともかく荷物取りに行きましょう。いつでも夜逃げできるように」

「まだ昼にもなってないよ」

　馬鹿馬鹿しい会話ではあったが、二人はクレアたちには何も言わずにオルヤの家へと戻った。置いたままの荷物を取り、何があったか聞きたそうなオルヤに挨拶だけを述べると、馬を預けた厩舎へと向う。途中、足早に村を横断しながら、雫は気になっていたことを尋ねた。

「あの、呪いってそのままでいいんですか？　クレアさんとかに言わなくて……」

「いいよ。君が塔を壊しちゃったしね」

「私ですか、あれ!?」

「何言ってんの。使い魔のやったことは主人のやったことだ。気になるなら命令の仕方を考えればいい。……まぁもっとも今回は上手くいったと思うけどね」

「あれで？」

「あれで」

　エリクは首だけで塔を振り返る。最上階はここから見ても分かるほど崩れかけていた。

「呪いってのは殺された魔法士の女性がかけたものじゃないよ。実際にはそうかもしれないけど伝えられているものとは違う。あの塔の最上階はね、部屋の構造そのものが魔法陣になってたんだ」

「え。それってどういう……」

「つまり建築段階で魔法がかけられてたってこと。怪しいとしたら建てた職人か……塔を建てさせた奥方がかぶれていたっていう宗教かな。大して強い魔法じゃないから気づかれにくいが、徐々にあそこにいる人間の精神を蝕《むしば》み、あの部屋に執着するよう呪縛する。特に産前産後の女性なんかはもともと精神的に不安定だから、如実に影響を受けてしまうだろうな。クレアが少しおかしかったのも多分そのせいだ。もしかしたら彼女の母親もね」

呪いの真相を聞いた雫は呆気《あっけ》に取られた。だからこそエリクは興奮したダルスに塔を登らせたくなかったのだ。あの場所は、人の正気を蝕む場所だった。

「うっわぁ……。じゃあ殺された魔法士の女性って本当に何にも関係なかったんですね」

「関係ないってことはないだろう。多分あの塔に隠された魔法に関わっていただろうしね。だから、自分が絶命するまで塔の外に居続けたのは彼女なりの復讐《ふくしゅう》なのかもしれない。呪いのかかった塔の内部こそ安全と思わせて……彼らを破滅させてやろうという考えがあったとかね」

まぁ僕の考え過ぎかも、とエリクは言ったが、雫はぞっと背筋が凍るのを抑えきれなかった。

呪詛を吐きながら塔の扉に爪を立てる女。そして、その女を最上階の小窓から見下ろし、死ぬのを待っている女。二人の女のうちどちらがどれだけ相手の破滅を望み、壊れていたのか、陰惨な光景を想像してしまったのだ。

彼女は脳裏に描き出された情景を、首を振って打ち消す。

「でも、だったらクレアさんにそう言えばよかったじゃないですか。かなりぎりぎりでしたよ」

「あの彼女に『君は魔法のせいで少しずつ頭がおかしくなってます』なんて言ったら火に油だ。だから当たり障りなく塔を壊させたかったんだけど、結局君がやったしね。あれでよかったと思うよ」

二人は厩舎に着くと、馬に乗って村を離れた。

街道まで戻ると城都に向かって馬を進める。左手の森の向こうに塔の先端が小さく見えた。

ここからでは最上階が崩れているところまでは見えない。だが、少なくともクレアはあの塔から解放されるのだろう。

雫は、開けた空を見上げた彼女の顔を思い出す。

塔そのものが人の心を歪めてきたのだとしたら、百二十年もの長き間、本当に子を投げ捨ててしまった女もいたのかもしれない。もしくはターキスのように、養子に出された子が他にいたかも分からないだろう。

けれど、ひとまず過去からの連鎖はここで終わったのだ。これからは今生きる人間の作り出すものが系譜を織り上げていく。そう思えば、少しは救われる気もした。

雫は深く息を吸うと前を向きなおす。たとえもう二度と彼らに会えなくとも、できればその行く末が穏やかなものであるように、ただ願って。

5. 禁じられた夢想

「とにかく人手が足りぬ。優秀な魔法士が必要だ」

重々しい言葉はしかし、よく注意して聞けば焦りが滲んでいると気づく者も多いだろう。革張りの椅子に座る王は、周囲に跪《ひざまず》く臣下たちを見回す。

「アンネリが攻め落とされたのは自業自得だが、今回はそれを為したロズサークに大国キスクが介入しようとしている。だがロズサークは大陸有数の鉄の生産国だ。万が一ロズサークがキスクの支配下に入ったなら大国東部の勢力図は一変するであろう。ましてやキスクにはあの王妹がいて何をしてくるか分からん。我が国も早急に自衛の手段を手に入れればならぬ」

一つ一つ言い聞かせるような言は、この場にいる全ての人間たちに共通の危機感を持たせるためのものだ。部屋には神妙な空気が漂い、何人かが頷く気配がした。

「ことは魔法士長イドスに一任してある。速やかに準備にあたれ。くれぐれもファルサスには知られぬよう気をつけよ。あの国は魔法の管理者のように振舞っているからな」

場を支配する王は、おもむろに立ちあがると踵を返して部屋を出ていく。残された人間たちは扉が閉まる音がしてもしばらくはそのままの姿勢で動かない。

そしてだからこそ彼らは、隣にいる人間がどんな表情をして王の言葉を聞いていたのか――その中に別の意図を持つ者が混ざっていたことに気づかなかったのだ。

※

街道に出てからしばらく、雫は隣を行くエリクが急に顔を顰めたのに気づいた。

肩の上にいる小鳥が背後に向かって小さく鳴く。振り返ると遥か向こうから馬に乗った人影が一騎、近づいてくるのが見えた。

「え、あれ、まさか……」

「そのまさかだと思う」

「に、逃げましょう！」

雫はあわてて手綱を引き絞る。しかしエリクは片手を挙げてそれを留めた。

「危ないよ。君、馬で走ったことないだろう」

「だって……」

「まぁ何とかなる、多分。生皮は剝がされないようにするから」

「そんな限定した状況についてだけ約束しないでください！」

「それが一番嫌なのかと思ってた」

「嫌は嫌だけど他にも色々嫌はあるんですって！」

くだらない言い争いを二人がしている間に、追ってくる馬は誰が操っているのか、その顔をはっきりと視認できる距離になっていた。雫は青ざめてその男――ターキスを見やる。

ターキスは手綱を鳴らしてあっという間に二人を追い越すと、進路を塞ぐように前を行きながら速度を緩めた。彼は雫に人の悪い笑顔で声をかける。

「挨拶もなしに出発するとはつれないな、雫」

「いきなり呼び捨て!?　距離感が理不尽！」

「…………」

雫は、エリクの呆れた視線に気づいて顔の前で手を振った。

「あ、エリクはいいんですよ。引率者してくれてますし」

「……今のは俺に喧嘩《けんか》売ってると取っていいのか？」

「君は時々豪胆《ごうたん》を通り越して意味が分からない」

毒気を抜かれたようなターキスと、もう真顔に戻っているエリクのそれぞれの感想に、雫は乾いた笑顔を作る。

こちらの世界では人の名を呼び捨てするのが普通なのかもしれないが、あいにくと雫は、親しくも世話にもなっていない人間に下の名前を呼び捨てされるのは稀《まれ》だ。警戒姿勢を崩さない雫を一瞥して、エリクはターキスを見やる。その視線は好意的とは言い難《がた》い、温度のないものだった。

「せっかく妹ができたのに、こっちに来てしまっていいのか？」

「妹が、できた？」

聞き返したのは雫だ。エリクの言い方に含むものを感じ取ったのだ。

ターキスは片眉を上げて笑った。

「あまり長くいるとぼろが出るからな。それにせっかくお前たちを見つけたんだ。先が気になる」

「え、ぼろって……じゃあ」

「うん。この男はクレアの実の兄じゃないんだろう。顔立ちも似てないし、登場の間がよすぎる」

雫は唖然《あぜん》としてターキスを見つめた。彼が笑っているのはエリクの言葉が正しいからだろう。彼女は驚きから覚めると、ターキスの嘘に苛立《いらだ》ちを覚えた。

「なんでクレアを騙《だま》したの……」

「確かに騙したけどな。彼女に兄がいたのは本当だ。先日病で死んだだけだ」

「え」

「で、その男の依頼を受けて俺は来た。それともあそこで彼女を放っておいた方がよかったか？」

堂々とそう言う男の首にはもうペンダントはかかっていない。クレアに渡してきたのか、それとも本当の持ち主のところにいずれ返すつもりなのか。雫は毒気を抜かれてぽかんとした。

けれどエリクの方は、それについてどうこう言うつもりはないらしい。ターキスに尋ねる。

「それで何の用？」

「何って、察しはついてるんじゃないか？　雫から俺のことは聞いたんだろう？」

「ファルサスに連れていってくれるって？　せっかくだけどそれを鵜呑みにして喜ぶほど世間知らずじゃないな」

「だが、こうして旅をしていくよりよっぽど早い。まさか山越えをしてカンデラに入っているとは思わなかったが。今回の依頼がなきゃ会えなかったな。まあ西の方は今、キスクがアンネリの敗戦に介入してるらしいから、避けたのは賢明か」

立て続けに国の名前を出されて雫は一瞬混乱したが、すぐにアンネリは戦争にて滅んだ国で、キスクはなにやらお近づきになりたくない王族がいる大国だと思い出した。頭の中に大陸地図を思い浮かべて確認する。

一方エリクは、不穏な情勢について聞いても変わらぬ口調で言い放った。

「ならそっちに行けばいいんじゃない？　傭兵には稼ぎ時だろう」

「勝ち負けが明らかな戦には関わらないことにしてるんだ。勝国につけば軽んじられるし、敗国につけば命が危ない。キスクが介入したとあっては小国には勝ち目がないからな」

「だからって雫に関わって君に何の利が？」

「まだ分からない。けど俺の勘が疼くんだ。何かを為すのに二度とない機会に巡り合える気がする。お前は違うのか？　魔法士」

話に置いていかれた雫は、対応に困ってエリクを見やり——そしてぽかんとした。

彼女の視界の中でエリクは、今まで一度も見たことのない、全てを凍りつかせるような冷ややかな目を、ターキスに向けていたのだ。

「エリク……？」

戸惑いを乗せた言葉は小さ過ぎて、呼ばれた当人までは届かなかった。もっとも普段の、雫のことを常に気遣ってくれているエリクであれば、気づいたのかもしれない。

けれど今の彼はただ、射竦《いすく》めるような視線を目の前の男に向けているだけだ。綺麗な顔がいつもと違う険を帯びる。

「何かを為すだって？　一人で何ができると思ってるんだ。名でも上げたいだけなら彼女に関わるのは見当違いだ」

「ずいぶん冷めたことを言うやつだな。一人であってもやろうと思えば色々できるものだろ」

「そう思いこんでいるだけだ。自分一人でできると信じこんでいる時ほど、人間は間違いを犯す」

ばっさりと切り捨てる言葉に、ターキスは呆れ顔になった。彼は会話についていけていない雫に苦笑する。

「どうだ？　俺と来ないか？　せっかく旅をするにしても気楽な方がいいだろう？」

「……あ」

雫がその誘いを即座に拒絶できなかったのは、ターキスが差し伸べる手に魅力を感じたというより、ただ驚いていたからだ。

彼女の知るエリクとは、学ぶことに貪欲で意外と行動力があり、人間に興味がないと言いながらも人を見捨てることはしない、翳りのない自分のスタイルを持っている人間だった。彼は、雫の意志を汲んで背中を押してくれる。その彼と、人の努力の限界を冷然に言い放つ今の彼がどうしても結びつかないのだ。

言葉を失う雫にエリクは振り返る。

普段誠実を感じさせる藍色の瞳が、何故か苦渋に満ちている気がして、雫は思わず口を開いた。

「エリク、あの……」

何かを言おうとして、だが何を言えばいいのか分からない。口ごもる彼女に、エリクはひどく冷めた……諦観の漂う微苦笑を浮かべた。

「別にいいよ。君がこの男と」

「あああ！　ストップ！」

今度はすんなりと声が出た。雫はそのことに安堵する。

代わりに声は半分裏返ったが、そこは目を瞑《つむ》るべきだろう。両手を前に出して押しとどめる彼女に、エリクは目を丸くした。

「そういうのは言わないでください。悲しくなっちゃいますから。私を見捨てないでください。そりゃ物知らずだし、甘いところあるし、使い魔のこともよく分かってない問題児ですけど……。最後まで付き合ってください。お願いします」

雫は言い終わると深く頭を下げた。「本当に頼みたいことについては、態度からして分かるよう誠意を尽くすべきだ」と祖母は言っていた。少なくとも水瀬家の三人姉妹はそう育てられ、その教えを守ってきたのだ。純朴とも言える雫の態度を、「腰が低い」と苦笑する友人もいたが、かといって間違っているとは思わない。

だから雫は誠意を尽くす。どうか変わらず自分と共に旅を続けてくれるようにと。

それはごく自然な、当たり前の行動だと彼女は思っていた。

そう長い間があったわけではない。下げたままの頭の上に、青年の嘆息が聞こえる。

それは、彼女と旅路を共にする魔法士のものだ。

「ごめん。僕が悪かった。頭を上げて」

「エリク……」

「どうも調子が狂ったみたいだ。気を使わせちゃったね。いつもと逆だ」

「とんでもない！　私も私で頑張りますし、よかったら頼っちゃってください」

「うん。ありがとう」

元通りの空気に雫はほっと微笑む。エリクもまた少し笑って……そして、ターキスを見た。

「そういうわけだから。彼女は君とは行かない」

ターキスは肩を竦める。その腰に長剣があることを意識して雫は緊張に唇を噛んだ。肩の上のメアが主人の不安を感じ取ってか小さく鳴く。

だが、傭兵の男は意外なほどあっさりと笑った。

「分かったよ。けど、気が変わったらいつでも言えばいいさ。適材適所とは言うが、いずれ俺みたいな人間を必要とする日が来るかもしれないからな」

ターキスは雫に軽く手を振ると手綱を取りなおす。彼を乗せた馬はあっという間に速度を上げ、緩やかに曲がる街道の向こうに消え去った。

雫は息をのんで馬影を見送っていたが、それが完全に見えなくなると、ほっと安堵する。

「よ、よかった」

「うん。けどまぁ行き先は同じだろうし、また会うかもね」

「もういいですよ……」

　雫の力ない声にエリクは苦笑した。その笑顔がいつもよりほろ苦いものに見えるのは気のせいだろう。四歳年上の彼は、彼女とは違う世界、違う道のりを生きてきた。その全てが分かるはずもない。ただ今は、一緒に旅をしてくれることに感謝するだけだ。

「あの塔、ちゃんと解体してくれますかねー」

「しばらくは立ち入り禁止で放置するんじゃないかな。解体するには費用がかかる」

「うわあ……宗教由来の塔って言ってましたよね。もしかしたら他にもあちこちにあったりして」

「可能性は否定できない。けど百二十年も昔の話だから、今どうなってるかは分からないな」

　いつもと変わらぬ会話に、雫は安心する。

　彼ら二人がカンデラの城都に到着したのは、それから十二日後のことだった。

※

　カンデラの城都は、今まで見たどの街よりも大きく活気に溢れていた。

　中央通りに並ぶ石造りの建物は多くが五階以上の高さで、ちょっとしたビル街を連想させる。馬車の行きかう外周の通りは旅人も多く、籠に花や果物を入れた子供たちが彼らへ声をかけ商売をしていた。

遥か向こうに見える灰色の城に、雫は意味もなく両手を上げて驚きを示す。それは昔絵本で見たような、本当のお城だ。そのまま固まっている彼女に当然ながらエリクは真顔で問うてくる。

「何やってるの」

「感動を形に」

「君の世界にはそういう慣習があったんだ」

「あったかもしれないけど、多分ないです」

「つまり君が変なのか」

「だから物は言い様ですって！」

二人は馬を預け、宿を選ぶ。ここから城都を出て更に北西へと街道を移動するか、もしくは城都の転移陣を使うかで進路が分かれるのだ。転移陣を使えれば早いが、近くの国で戦争があったばかりとあって情勢は不安定だ。それでなくとも城都から他国への移動は審査が厳しい。ならば引き続き北西へ街道を進むという手もあるが、エリクによるとこの先は治安が悪くなるのだという。

「だからとりあえずは審査に受かるかどうか様子見しながら逗留《とうりゅう》だね」

「期待し過ぎず期待して勉強します」

宿の部屋でノートを広げながら雫は相槌を打つ。二人が今やっているのは、二つの世界の単語を照らし合わせるための辞書だ。エリクは雫の書いた字を見て言った。

「漢字って面白いね」

文字の研究者であるエリクは、単語の成り立ちに興味を持っているらしい。ドイツ語と英語の類似点や、接頭・接尾辞・語源などを含む単語の構成、そして漢字の意味を雫に尋ねては辞書とは別にメモを取っている。さんずいの漢字を雫に並べてもらったエリクは感心の声を上げた。

「へぇ。『注』は注ぐから、水系の漢字なのか。これって表意文字なの？」

「その辺はよく分かりませんが、さんずいがついてるからって一概に表意文字とは言えないみたいです。音だけを重視した当て字とかも結構ありますし」

「なるほどね。でも一つの目安にはなるわけか」

彼はペンの背でこめかみを押しながら漢字を眺める。その中の一つを指して雫は笑った。

「これ、私の姉の名前です。『海』」

「ああ。お姉さんがいるんだっけね。共通性のある名前をつけてるのか」

「うちは苗字……家名も『水瀬』で水系ですから。妹は『澪』で水路って意味です」

「雫は？」

突然名前を呼ばれて彼女は一瞬ぎょっとしたが、漢字のことを聞かれているのだと気づき苦笑する。雫は二つの漢字を手元の紙に記し、それを彼の方に押しやった。片方をシャープペンでつつく。

「単語自体は『滴』とも書きますが、私の名前はこっち。『雫』です」

「さんずいじゃないんだ」

「雨の下って書くんですよ」

実はこれは、雫が自分の名前の漢字を覚えたての頃、密かに気にしていたことでもあった。姉と妹はさんずいのつく漢字なのに自分にはそれがない。何故両親は『滴』の方にしてくれなかったのだと思ったくらいだ。

けれど今となってはこの字でよかったと思うし、自分の名前を気に入っている。ただ姉妹と比較してしまう時、何となく自分の色々なことについて気持ちがぼやけてしまうことがあるだけだ。

エリクは二つの漢字を見比べると『雫』の字を見て頷く。

「うん。いいね。綺麗だね」

「え」

雫は思わず固まった。名前の字のことを言われていると分かっていても、さらりとした褒め言葉に心が浮くような気恥ずかしさを感じたのだ。動揺を表したくないと思いながらも、熱を帯びる頬を雫は押さえる。

「そんなこと言われたことないから驚きますよ」

「そうかな？　普通の感想だと思うけど」

「普通の基準が違うんじゃないですか？　私自身、そんなに褒められた経験ないですし」

名前を褒められることも珍しいが、雫本体もそういう言葉をもらったことはほとんどない。せいぜい姉や妹が折に触れて評価してくれるだけだ。

だがそれを聞いたエリクは不思議そうな顔になった。

「どうして？　君、そんなに短所が目立つ方じゃないと思うけど」

「さらっと私の本質をついてきますね……。短所は目立たないけど長所もないんですよ。突出した個性がないというか」

「ないと駄目なの？」

率直な聞き返しに雫は言葉に詰まる。他の人のことも考えると「ないと駄目」とは言いたくないが、そういう人間に光が当たりにくいことは身を以て知っている。

雫は今までのみこんできた苦味を出さぬように笑った。

「駄目ってわけじゃないですけど、きっと良くも悪くも飛び出たものがないと他人には気づかれにくいんですよ。気づいてもらわなければ、ないのと変わりません」

それを姉や妹の持つ光の強さのせいだとは言いたくない。自分が自分を確かなものにできていないという大前提があるだけだ。そしてそれは、異世界に来た今でも変わらない。

雫は苦笑してノートに向かう。その彼女にエリクはさらりと言った。

「他人が気づかないのと、存在しないのとは違うよ」

彼の言葉に雫は顔を上げる。それは慰めではないのだろう。エリクにとってはただの事実だ。

だから雫は、ふっと口元を緩めた。

「そうですね……すみません」

二人はそうして、広げられた文字に意識を戻す。

カンデラ城都に着いて一日目の夜はこうして更けていった。

※

カンデラは二百二十年前、かつて大陸東端にあったメンサンの属国、デラスを打ち倒して建国された。

当時デラスを治めていた王は、年を追うごとに精神を病み、臣下たちを次々処刑して宮廷を恐怖の底に叩きこんだ。そんなある時、爵位を持たない下級貴族から一人の男が現れたのだ。

彼は先々代王の庶子の血を引いていると自称すると、人懐こい容姿と巧みな弁舌を以て味方を増やし、ついに兵を挙げてデラスを落とした。その彼がカンデラの建国王で、彼の血は現在に至るまで脈々と受け継がれている。第七代カンデラ王オーラウもまたその一人だ。

今年六十三歳を迎えたオーラウは、少々頑なで偏狭なところがあるものの、大きな問題もなく約三十年間カンデラを治めてきた。

人々が平穏に慣れきった時代。何の傷もなく見えるこの国はしかし、二百二十年の時を経て、今ゆっくりと変化を迎えつつあった。

「本当にお城なんですね。感動感動」

「君の世界にはなかったの？　ってことはないか。城って単語があるんだから」

「ありますけど私の国はもっとこう日本って感じの城で。屋根に金色の魚が乗ってたりしたんです」

「何で魚」

「さぁ？　可愛《かわい》いからじゃないですか」

適当なことを言って雫はもう一度城を見上げた。カンデラに着いて二日目の昼、二人は雫の「お城を近くで見てみたい」という要望のもと、城門付近まで散歩に来たのだ。

たださすがに城門には見張りの兵士が常時立っているし、門は閉じられていて中には入れない。それでも間近で見る城は、雫の感嘆を引き出すに充分なものだった。

この大陸の文化はみな西洋近世に似ているのかと思っていたが、あながちそうとも言えないらしい。カンデラの城の屋根は、一つを除いていずれも尖《とが》っているのではなく半球状で、そのほとんどがガラス張りになっているようだった。

そのため遠くから見ると「お城」のシルエットに見えるのだが、近くで見るとむしろ現代建築を思わせる。ただ雫の知るビル群と違うのは、この建物は主に石を使って作られているところだろう。

時代の蓄積を感じさせる壁と現代的なデザインに、おそらくこの大陸でただ一人ちぐはぐさを感じるのだろう雫は、ここのところ存在さえ忘れかけていた自分のスマホを思い出す。そして「写真を撮りたい」と、また少しだけ思った。

ただそれは、「写真のデータ」が欲しいのではなく「景色の記憶」が欲しいだけだ。

雫はふと思いついて腰のポーチからメモ帳を取り出した。数歩下がって城門から距離を取ると、シャープペンでざっと城の外観をスケッチし始める。エリクが近寄ってきてそれを覗きこんだ。

「君って実は結構、絵が得意？」

「得意ってほどでもないですが。簡単な模写とか実物を写すだけなら比較的さっとできます」

「すごいな。よく形を捉えてる」

「旅の記念になるかと思って。山下清《やましたきよし》ですね」

「ヤマシ何？」

そこは詳しく説明するのが面倒なところだったので、雫はスケッチに集中した。やがて十分後、ちょっとした城のラフスケッチができあがる。雫はそれを興味津々といったエリクに手渡した。自分は両腕を上げて伸びをする。

絵をまじまじと見つめた彼は感心したように口を開いた。

「面白い。構成図を描いてもらいたいくらいだな」

「構成図？　魔法のですか」

「うん。他の魔法士とかに、どういう魔法なのか仕組みを見せて説明したりするのに描くんだよ。僕はすごく苦手だけどね。描いてもまったく意味が分からないってよく言われてたよ」

「そ、それは……」

何と言ったらいいのだろう。雫は曖昧な苦笑を浮かべて固まる。

人間どこに得手不得手があるか分からない。彼女自身胸を張って特技と言えるのは方向感覚のよさくらいで、絵についてなどは他にいくらでも上手い人間がいる。その辺りは姉妹の陰に隠れがちな彼女の性格ゆえか、どれくらいから特技と言っていいのか分からない。たまに「上手いね」と言われることがあっても、つい煮えきらない愛想の言葉を述べてしまう。

逆に不得意なことは割合はっきりしていて、まず思い浮かぶのは球技が苦手ということだろうか。これのおかげで小中高時代の体育は散々な思い出ばかりが残っている。大学に入って体育がなくなるのではないかと期待していたところ、ちゃんとテニスとバレーをやらされ恥を晒《さら》したことは言うまでもない。

「大丈夫です。私も蜘蛛《くも》とか蛇が苦手ですから」

「それちょっと違わない？」

その時鉄の軋む音がして二人は振り返った。見ると城門がゆっくりと中から開かれつつある。そこから数人の兵士と役人らしき人間が出てきて頷き合うと、彼らは思い思いの方角へと散っていった。中の一人が二人を見つけて近づいてくる。

雫は真っ直ぐ向かってくる兵士が自分たちを見ていると気づき青ざめた。

「に、逃げますか」

「何で。何もしてないよ」

「だってこっち来ますよ！　生皮剝がされて……」

「それはもういいから」

ちっともよくない、と心の中で反論している内に、既に兵士は逃げても間に合わなそうな距離にまで来ていた。強面《こわもて》の兵士は緊張している雫には目もくれず、エリクの前で足を止める。

「お前、魔法士だな？」

「一応は」

「ならこれを持て。城からの知らせがある」

男は尊大にそう言って手に持っていた数十枚の紙のうち一枚をエリクに押しつける。さっさと立ち去っていく兵士に雫は拍子抜けした。エリクがそれを読み上げる。

「城で魔法士を募集しているみたいよ。構成力が必要だからそれで審査をして……数日間の仕事の後に褒美をくれるらしい」

「へー。バイト募集ですか。お城もそういうことするんですね」

雫にはよく分からないのだが、エリクの格好は誰から見ても「魔法士」と分かるものらしい。ずるずるのローブを着ているわけでもマントを羽織っているわけでもないのだが、どうしてなのか。

だがそれを聞こうとするより先に、紙を読んでいたエリクがぽつりと言った。

「これ、使えるかもな」

「使えるって何にですか？」

「褒美は金品に限らないらしい。カンデラ国内での優遇も含まれるみたいだ。だから上手くすれば、転移陣の使用許可が取れるかもしれない」

「え、それはチャンスかもしれませんけど、お城の仕事って……だ、大丈夫なんですか？」

躊躇いながら雫が聞いたのは、エリク本人が常々「自分は魔法士としては力が足りない」と口にしていたからだ。そんな彼が、城で募集するような魔法士の審査に受かることができるのか。

言葉を濁しながらの不安に、エリクは苦笑する。彼は紙の一点を彼女に向けて指し示した。

「ここに書いてあることを読むとね、どうやら今回重視されているのは構成力らしい。それなら僕にも何とかなるんじゃないかな。魔族と戦えって言われたら諦めるけど」

「な、なるほど……？」

構成というものが魔法においてどういう役割を果たしているのか、詳しく聞いたことはないが、どうやら魔力をどう組み立てて魔法を実行させるかを決める部分のようだ。雰囲気から言ってコンピュータプログラムのようなものではないかと思っているが、それなら学者肌であるエリクも決して不得意ではないのだろう。この間も難しい魔法具の修理などをこなしていたくらいだ。

納得した雫にエリクは腕組みをして空を見上げる。

「本当はこういうの苦手で今まで敬遠してたんだけど――」

「駄目じゃないですか！」

「いや、構成は苦手じゃなくて。構成図を描くのが苦手なんだ。でも今は……」

彼は雫を見て微苦笑する。その意図するところを悟って彼女はぽかんと口を開けた。

「あ、ひょっとして……私？」

「そう。君が描けるか試してみよう」

思わぬ役目を振られた雫は、自分の顔を指さして大きな目を瞠った。

※

「魔法士を集めているだと？」

女は放り投げられた紙屑《かみくず》を手元で開くと、紅い唇を曲げた。美しい容姿が禍々《まがまが》しく翳を帯びる。

魔法着からはみ出た白い足が乱暴に組まれるのを見て、紙屑を投げた老人は鼻で笑った。

「城も何を考えているやら。亡国の二の舞でもしようというのか。そのようなことをしても長い時間をかけて傾いた柱は戻らないというのにな」

老人の含んだような物言いは無知を嘲笑《あざわら》うものだ。陰謀を身に纏う気配がそこには漂っている。

女は赤みを帯びた茶色の目を細めた。

「構成に重きを置いて人を集めるということは、大規模構成を組ませるつもりなのかもしれん」

「つまり『あの構成』を動かそうということか」

静寂が空間を満たした。どろりとした思考が床に染みこんでいくような間。

女が指を弾くと、紙は赤い炎を上げて燃え始める。老人はしわがれた声を上げて笑った。

「いずれにせよ、こちらにとっても好機だ。潜ませておいた者を使う」

「なるほど？　この街の何人が無事に己を保てるか見ものだな。全員がのまれてしまうならそれはそれで一興だが」

女は傍に置いた厚い本を手に取る。革でできた深い赤の表紙は金の装飾で縁取られており、まるで城の蔵書のような貴書の体裁を備えていた。老人は女を一瞥する。

「アヴィエラ、お前は最後まで見物か？」

「さあ、どうだろうな」

アヴィエラと呼ばれた女は立ちあがる。部屋を出た彼女は、自分の持つ本に視線を落とした。題名のない本。それが何であるか、知っている者はほとんどいない。今の所有者である彼女さえ完全には摑みかねているのだ。だが、それをどう使うかはもう決めていた。アヴィエラは喉を鳴らして笑い始める。

「暴けばいいのだ。記録にない歴史も、起こっていないことでさえも全て。その果てにこそこの大陸は生まれ変わる。磨かれぬ石などに価値はない。あらゆる可能性を乗り越えた者のみが、次代を担う資格を得る。――これは、その始まりだ」

彼女は何もかもを愉《たの》しむような笑みを浮かべる。それは善悪に拘泥しない美しい笑顔だった。

※

「――水瀬？　どっちの水瀬？」

それを聞いて雫は反射的に廊下の角に隠れる。死角から聞き覚えのある男子の声が響いた。

「姉の方だろ。クラスメートなんだから」

「って言われてもなぁ。妹のがインパクトあるじゃん」

「水瀬妹きっついもんな。顔は可愛いんだけど」

「この前三年をやりこめてたぜ。怖《こ》ええの何のって」

「兄貴が言うには水瀬の一番上の姉さんは天然系の美人らしいよ」

「何だ。じゃあ真ん中が一番ぱっとしないんだな」

聞き慣れた会話。それでも慣れきらない鈍痛。

うつむいた彼女は唇をわななかせて――


「勝手なことばっかり言ってんなっての！」

叫びながら顔を上げた雫は、呆気に取られている青年と至近で目が合い硬直した。

日本人にはない藍の瞳、金色がかった茶色の髪。中性的な顔立ちが、今は驚いているせいかいつもより若く見える。おそらくは転寝をしている彼女を覗きこんでいたのであろう彼――エリクは一歩退くと神妙な顔で頷いた。

「勝手なことを言っているかもしれない。すまない」

「ち、ちがっ！　夢です、夢！　昔の夢を見てたんですよ！」

「ああ、なるほど。誰かに勝手なことばかり言われたことがあるのか」

「正解」

変な起き方をしたせいか眠気はすっかり覚めている。今まで雫は構成図を描くために既存の構成図に目を通していたのだ。魔法の設計図とも言うべき幾何学的なそれらは見ていて楽しかったが、途中で眠くなり転寝をしてしまった。雫は乱れた前髪を掻き上げて、眠気の残滓《ざんし》を振り払う。

「私の姉も妹も目立つ人間ですので。比較してよく好き勝手言われました」

「へぇ。それに食ってかかってたわけか」

「かかってません。きりがないですし、放置してましたよ」

「夢に見るくらい悔しかったなら言えばよかったのに」

清々しいくらいあっさりとした切り返しに、雫は言葉に詰まる。言い返すかどうかは別として悔しかったのは本当なのだ。

けれど昔の彼女は沈黙することを選んだ。それで何が変わるとも思えなかったし、彼らの言うことも一理あると思っていたからだ。

「正直、言い返すという発想があんまりなくて……」

あの時よりは今の方が遥かに感情を表に出せている自覚はあるが、単に異世界にいるという非常事態だからかもしれない。彼女の対面に座るエリクは、メモを整理しながら呟いた。

「大体、君より目立つってどんな人間なの。想像つかないな」

「私に対して誤解がありませんか？　こんな地味な人間なのに」

「地味？　どこが？」

不思議そうに聞き返されて雫は答えに詰まる。この世界では珍しい自分の顔を指さした。

「顔とか。姉とか妹と違って美人でも可愛くもないし。中身もあわせて平凡の極みですよ」

「そうなのか。僕は人の顔の美醜がよく分からないからな」

「わぁ」

――確かに「人間に興味がない」とは言われてたが、ここまでとは思わなかった。

この世界の美醜の感覚が雫の世界とそう変わらないことは、これまでの旅の中で大体分かっている。けれど言われてみれば、エリクは美人でもそうでなくても態度にはまったく変わりがない。本当に相手が見えているのか疑ってしまうくらいだ。

自身はかなり整った顔立ちをしている青年は、空中に視線をさまよわせる。

「そりゃ目鼻の均整がどうなっているかとかは分かるけど、そこまでだな。むしろ人の顔って人間の性格が滲み出てると思わない？　そっちの方が気になる」

「確かにそういう人もいますけど……ほら、性格悪いけど美人！　って女性とかいません？」

「だから、性格が透けて見えて美人に見えない」

「あー」

分かるような分からないような感覚だ。むしろ二十二歳にしては達観し過ぎている気もする。

どんなに髪を弄《いじ》り化粧をして外見を装ったとしても、彼が見ているものは皮膚の上のものではなく中身なのだ。それは確かに「そっけない」と言われても仕方ないかもしれない。

雫はふと「なら自分の顔は彼にどう見えるのか」と聞きたくなったが、すぐにその考えを打ち消した。とてもではないが聞けない。怖い。気になると言えば非常に気になるのだが、「ワオキツネザルに似てる」などと言われたら一生ワオキツネザルが脳裏をちらつく気がするし、多分この世界にワオキツネザルはいない。

「キ、キツネザル……」

「急にどうしたの？　何その詠唱」

「なんでもないです……行き場のない好奇心と羞恥心を持て余しているだけで……」

しばらく頭を抱えていた雫は、顔を上げるとエリクが自分をじっと見ていることに気づいた。思わず逃げたくなって腰を浮かす。

「な、なんですか」

「別に。人形みたいに小さな顔をしているな、と思って」

「博多《はかた》人形!?」

「何それ」

何と聞かれても説明しようがない。雫は椅子に座りなおすと、冷めきってしまったお茶のカップを手に取った。エリクは居心地の悪いことに、まだ彼女を見つめている。何だか冷めたお茶の味が余計分からなくなるような落ち着かなさだ。雫はつい視線を逸らす。

「君は自分が思っているより普通じゃないよ」

「……ええ?」

反応に困る台詞《せりふ》に、雫はそれ以上何も言えない。エリクは立ちあがるとお茶を淹れなおす。

それから二人はしばらく、お茶を飲みながらそれぞれの勉強に集中した。エリクは城に提出する構成を考え、雫は夏休みに出すはずだったレポートを書いていく。

一時間後、エリクは顔を上げると、雫が広げている本を興味深そうに眺めた。

「今、何をやってるの?」

「二千年以上前のテキストについてレポートを。……ここは、文字批判のくだりですね」

「文字批判」

その言葉はエリクの好奇心を煽《あお》ったらしい。目で続きを促してくる青年に雫は苦笑した。

「ここでは要約すると文字についてこう批判されてます。『文字を勉強すると、人は書かれたものに頼って忘れっぽくなってしまう。それは、自分の中の記憶を思い出そうとしないで、外の書かれたものに触れて思い出そうとするから』なんだそうです」

雫はルーズリーフの上をペン先で叩いた。

「書かれた言葉は、読む人にいつでも同じものしか返さないし、誤読された時は書き手の助けが必要になる。だから書かれた言葉っていうのは、人が語る、魂を持った言葉の影にしか過ぎない、という話です」

「……なるほど。一理ある」

エリクは感心したように頷いた。彼は雫の開いている文庫本を指差す。

「で、その言葉は本によって今まで残されたと」

「です」

二人は視線を合わせて苦笑する。文字を批判する内容が、文字によって伝えられたという部分に皮肉を感じたのだ。けれどそんなことは、二千年以上前に批判を書いた当人も分かっていたことに違いない。エリクはお茶のカップを置いた。

「言葉というのはつまり、よくも悪くも認識者である人の思惟《しい》を表す道具に過ぎないということだろう。個人の記憶については仰《おっしゃ》る通りだとも思うけど、大きな目で見ればその本の言う『語る言葉』も『書かれた言葉』も使いようとしか言いようがない。口伝で知識を伝えるには限界があるからね。だから、道具に依存し過ぎず自らの研鑽《けんさん》を怠るなという意味も、それは含んでいるんじゃないかな」

「道具……ですか」

「うん。文字については、いつでも同じものしか返さないということが有用に働くこともある。その代わり語る言葉より永く広く、そして変わらず残る。語り言葉は大体その逆かな。でもね、誤解される可能性っていったら語り言葉もそうだし……言葉っていうのは本来不自由なものなんだ」

　エリクの言うことは複雑で、耳でぱっと聞いただけでは理解できない。雫は授業に臨むような気分で、メモを取りながら返した。

「不自由なんですか？　便利じゃないですか」

「便利だよ。でも限界はある。それを忘れちゃいけない」

　彼はそう言うと、机の上にあった消しゴムを手に取った。白く小さな消しゴムはまだ使い始めたばかりだ。エリクはそれを摘んで雫に見せる。

「これ、何色？」

「白です」

「うん、僕も白に見える。でもこれって、本当に同じ色に見えてるってことなのかな？」

「……どういうことですか？」

　ついていけない雫に、エリクは可笑しそうに笑った。丁寧に続きを説明してくれる。

「つまり、完全にたとえ話になるけど僕の目にこれは『赤』に見えるとしよう。けれど僕は『赤』を『白』という言葉で表現するものと思っている。この場合君の目には、この小さいのは『白』、僕の目には『赤』に見えるけれど、言葉にされたものは二人とも同じ『白』だ」

「ああー、なるほど！　言葉の意味がそれぞれの人で食い違ってる可能性があるってことですか」

「そう。でも僕たちは相手の心の中を直接覗きこむことができない以上、食い違ってるかどうか確かめたくても言葉を使うしかない。そして言葉を使って確かめようとしている限り——食い違いの存在は完全には否定できないんだよ。語るにせよ書くにせよ、言葉が他人に少しの齟齬もなく完全に伝わるってことは、だからありえないんだ」

少しのほろ苦さと冷徹さを絡み合わせた彼の意見。

雫はその内容を理解して……瞬間途方もなさに愕然とした。

——例えば誰かから「愛《いと》しい」と言われても、相手と自分の「愛しい」が同じとは限らない。

ならば「愛しい」とは何なのか。無数の言葉を尽くして相手の気持ちを知ろうとしても、尽くす言葉のそこかしこに食い違いがあれば、二人の抱く意味はいつまでも同じ場所には辿りつけない。

まるで無限の迷路をさまようような孤独。

人が人である以上逃れられない限界。

それを知った彼女は今……不安になった。

——この世界に来てもっとも安堵したのは、言葉が通じるということだ。

けれどそれは、通じていると安心していて本当によかったのだろうか。同じ言語を繰っていても食い違いが否定できない以上、世界が違う彼らとの間に食い違いがないはずがない。

雫は何だか久しぶりに、自分が異邦人である心細さを思い出した。エリクはその様子に気づいて、表情は変わらないながらもいくらかあわてたように片手を振る。

「極論を言えば、という話だよ。世の中には完全に否定できるものってそう多くはないし、何にでも限界はある。実際には、名詞とかの平易な言葉は意図通り通じているはずだ」

「……はい」

「だから、言葉という道具を使う時には、そのことを知っていなければならないってだけだ。限界を知っていればこそ、言葉は強力に働くんだ」

そう結ぶエリクの言葉に、雫は安堵する。

例えばこの感情を言葉で伝えようとして、どこまでが相手に届くのか。それは彼女の他に誰も触れることのできない、彼女だけの世界なのだ。

※

この世界の城都は、元の世界でいう首都に相当する。

そう考えると賑《にぎ》やかなのは当然で、雫は外出する度にあちこち目移りして仕方なかった。今も店の外壁に飾られている何かの像に気を取られ、エリクに腕を引かれる。

通行人にぶつかりそうになった彼女を腕の中に庇いながら、彼は真面目くさった顔で注意した。

「前だけを見ろとは言わないけど、人にぶつからないように」

「ご、ごめんなさい。変なものがあるなーと思ってつい。あれ何ですか？　この世界の信楽焼《しがらきやき》の狸《たぬき》みたいなものですか？」

「シガラキヤキ。言いにくいね」

雫が指差したのは、近くの店の壁にかけられているオブジェだ。よく分からない黒い螺旋状ののなのだが、改めて意識して見るとあちこちの建物にそれは飾られている。昔ながらの蚊取り線香を黒く塗って、真ん中から持ち上げて伸ばしたらああなるかな、と彼女は適当な感想を抱いた。

「何だろうな。あちこちにあるね」

「あれ、エリクにも分からないんですか？」

「まったく。強いて言えば蛇に見える」

「あー、見える見える」

言われてみれば、ということで雫は頭の中のイメージを、蚊取り線香からとぐろを巻いた蛇に直してみた。長い体を巻き、首をもたげている姿は気持ちのよいものではないが、日本伝統の虫除《むしよ》け香よりは異世界の町並みに合っている。

「流行りものなんですかね。今までの街では見ませんでしたけど」

「何らかの姿勢を主張しているのかもしれない。客がそれを見て分かるように」

「セールスお断り？」

二人は顔を見合わせたが、結局答えは出ないまま路地裏の小さな魔法具店に入っていく。その店にはオブジェはかかっておらず、色褪せた看板がかかっているのみだ。あれから数日の試行錯誤を経て構成案はできたのだが、城に提出する構成図の作成はこれからだ。二人はそれを描くため、まず製図用の魔法具を買いにこの店を訪れたのだ。

エリクは店内をぐるりと回って見つけた定規を差し出す。

「これで円が描けるよ」

それは元の世界で子供が遊びに使うような、丸い穴の開いた定規だった。銀色の定規は非常に薄く、中央には手の平ほどの真円が開いている。隅には何か短い目盛りのようなものが複数ついており、それぞれに小さな石が嵌めこまれていた。今はどの石も目盛りの真ん中に位置している。

雫は受け取った定規を裏返してみた。

「え、でもこれだとこの大きさの円しか描けなくないですか？」

「石、動かしてみて」

言われるまま雫は並んでいる目盛りのうち、一つの石を右に動かしてみた。

すると、銀板の中央に開いていた円空がみるみる縮む。彼女はあまりのことに唖然とした。

「な、何これ」

今度は同じ目盛りを逆側へと石を移動させてみる。するとそれに応じて円は広がり、目盛りの端までいくと定規ぎりぎりの大きさになった。他の石を動かしてみると、どれも斜めに歪んだり湾曲したりを調整するもので、少し動かす度に円は形を変えていった。

雫は目を輝かせて石をあちこちに動かしてみる。

「すっごい！　すごいですよこれ！　面白い！　欲しい！」

「うん、買うから貸して」

エリクが会計する間も、雫は興奮覚めやらぬ目で店の中を見回した。察するに魔法の製図用具なのだろう。銀色の金属がまるで液体のように動く機能に感動するばかりだ。戻ってきたエリクが定規を手渡すと雫は歓声を上げて喜んだ。

「魔法ってすごいんですね！　他にもあるんですか？　アナログでCGが描けそうなもの」

「何のことを言ってるか分からないけど、まぁ色々ある。この手のものは小さいし生成時に銀に魔法をかけるだけだから、そう高くはない。製図をする人間には必需品だな」

「いいなぁ。私の世界だとこういうのは機械でやるんですよ。あのシャシン撮るやつとかでもできます」

「へぇ。面白いね」

二人は店を出ると、夕食を買いこんで宿に戻った。さっそく買ってきた定規を色々動かしてみる雫を、エリクは頬杖をついて向かいから眺めている。

エリクはしばらく何か考えこんでいるようだったが、不意に軽く手を上げて雫の注意を引いた。

「ちょっと参考までに聞いてもいいかな」

「はい、どうぞ」

「今更で悪いけど、君の世界の文明ってどうなってるの？　例えばこちらと比べて」

「あー……」

それは彼女も気になっているところだ。元の世界とこの世界で、決定的に異なるものはやはり魔法だ。魔法がある分、元の世界にはできないこともできるし、逆にそれ以外の文明はあまり発達していない。雫は少し悩んで、頭の中で答えを整理した。

「そうですね。魔法を差し引けば、私の世界の方が文明は進んでいるかもしれません。機械技術というものが発達していて……鉄でできた船が空を飛んで、何百人も人を運んだりできます」

「すごいな。それは、限られた人間しか使えないもの？」

「うーん……ある意味そうですが、こちらの魔力の有無みたいのとはだいぶ違います。高等知識が必要で専門が細分化されてます。ので、最先端の技術なら何年も勉強しないと駄目なんじゃないかな。例えば専門が違う私なんかには、元の世界の機械技術をこちらに持ちこむことはできません」

雫は豊かな国に生まれたため文明の利器を享受できるが、どういう仕組みでそれらが動いているかはさっぱり分からない。エリクは指で自分のこめかみを軽く叩く。

「つまり、勉強の結果、知識があれば誰でも作れ、使えるというわけか。こちらの世界の人間でも」

「多分……。機械っていうのは言っちゃうと精密な作りの便利道具ですから。魔法を使わない魔法具みたいなものです。だから科学法則自体が両世界で共通なら、こっちでも使えるはずですよ。元の世界と同水準のものとまで言うと、材料を揃えるのが大変そうですが」

機械の動力は大体が電気だ。こちらの世界にも雷や静電気はあるのだから、その辺の自然法則は同じだろう。ならば充分な知識と技術のある人間がここに来ていたのなら、何らかの機械を作ることもできていたかもしれない。そう考えると急に自分が役立たずに思えてくる。

雫の浮かない顔に気づいて、考えごとをしていたエリクは首を傾げた。

「どうかした？」

「いえ……どうして急にそんなこと聞くのかな、と思って」

「ああ。君自身にどれだけの付加価値があるのか気になったから」

「へ？」

それはどういうことだろう。もし彼女が機械の仕組みに詳しかったら、それだけ価値があるということだろうか。だとしたら期待に反しているにもほどがある。彼女にある知識と言えば、いわゆる人文科学についての広く浅い知識ばかりなのだ。

「あー、私って確かにそれ言うと役立たずですよね……」

「え。何でそうなるの。専門じゃなくてよかったじゃないか。身の危険が減る」

その発言が嘘でないことを示すように、エリクは藍色の目を丸くして彼女を見ていた。まったくどこにも残念さが見られない表情は、むしろすっきりしている。彼は一本指を立てて、上を指し示した。

「もし君がそういった技術に精通していて、誰かに異世界人だってばれて捕まるとする」

「いきなり不吉な仮定ですね」

「うん。ありえるから。――で、もし君が、魔法ではない高度な技術について知識を持っていたら、そいつらはどうすると思う？」

「えーと。き、聞き出す、と思います」

「そう。知識さえあれば誰にでも使えるならなおさらだ。そして画期的な技術の発見が大抵そうであるように、それは武器などへの転用を模索されることになるだろう。結果、君は戦争の道具を作るために、油ならぬその頭の中を散々搾り取られることになる」

「文系でよかった！」

心からの叫びにエリクは苦笑する。彼は近づいてくる山を見つめた。

「そもそも僕は――個人的な意見を言わせてもらうなら、君にたとえそれらの知識があったとしても、こちらの世界に伝えることには反対だ。君の世界の方が魔法を除けば進んでいるんだろう？」

「そうですね……似ている部分だけ考えれば、おそらく数百年くらいは文化に差がありそうです」

「なら余計にそうだ。君の世界の技術は数百年分の歴史と付随する議論を経て、おそらく今に至っている。それをすっ飛ばして結果だけ持ちこむのはよくないことに思えるんだよね。ましてや異世界の知識なら、こちらの世界の本来の行く先を歪めかねない」

「あー……」

エリクの言うことは、おそらく一つの正しさを持っている。新たな技術の発見はそれ自体のみではなく、それの使用についての是非を問う議論を伴って発展してきたのだ。

そしてそれら議論が雫の世界の社会、歴史、文化に基づいて交わされたものならば、そのままこの世界に持ちこんでしまうことは不適切だろう。元の世界ではよしとされた意見がこちらで同じ結論を得られるとは限らない。逆もまた然りだ。

「つまり本来違う場所に住んでいる生き物によって、生態系が荒らされるみたいなものですか？」

「近いと言えば近い。いい？　もし君の世界の技術がこちらでも実践可能ということならば、こちらの世界にもそれら技術が生まれる可能性はあるはずなんだ。でも今のところ、それらは君の世界に追いついているとは言い難い。そこには君の世界と比べてこの世界なりの理由があるんだろう。……まぁ魔法だと思うけど」

魔法士であるエリクは、そこで少し苦笑した。だがすぐに真顔に戻ると続ける。

「だから、それら技術をこの世界の人間が発見し、発展させていくのなら問題ないし、むしろ歓迎すべきことだ。けどたまたま何らかの事故で辿りついた異世界人が、いきなりかなり先の技術を持ちこんでくるってのは正直怖いよ。その人間がいなければ、この世界はそこまでの技術に辿りつかなかったかもしれないんだ。あるべき道を曲げられたに等しい」

「……そう、ですね」

それはまるで世界の突然変異だ。

もし雫が、武器の作り方に精通した人間だったら。

彼女を捕らえその仕組みを聞き出した者は、それだけで他者から優位性を持ち得るだろう。そして、本来あるはずのない道具が、この世界を徐々に変質させてしまうかもしれない。そうなった結果がこの世界にとってよいことなのか悪いことなのか、雫にはとても見当がつかないし責任も取れない。

彼女はバッグの中にしまったままのスマホを思い出す。元の世界では毎日見ていたそれを今はもう何週間も手にしていない。何故そんな気分になれないのか、自分でも少し分かった気がして、雫は最後に問うた。

「もし、異世界の知識ですごく便利になったり……それで人が助けられるようになったら、どうします？　それでも知識の流入には反対ですか？」

エリクは彼女の質問に軽く目を瞠った。だがすぐに表情を崩し、微苦笑を浮かべる。

「そうだね、それはありがたいことかもしれない。治療法の分からない病気に手立てがあるのなら喜ぶ人も多いだろう。ただ線引きが難しいとは思うけれど……単に便利になるだけのものなら、僕は欲しくない。もし本当に必要とされるものならば、それはいずれこの世界の中から生まれるだろう。だから、どれほど世界の現状が不自由なものであっても――僕は混入された便利さより、あるべき不自由を望むよ」

澄んだ藍色の瞳。迷いのない声。

すっと通った背筋に雫は感嘆の息を押し殺した。

――彼は、頑なだ。融通がきかない人間だ。

きっと利点も欠点もあるだろうに、それを与えられるべきものではないからと言って拒絶する。解き方ではなく答えだけを教えようとする教師にするように、不要だと言ってのける。

必ずしもこの世界の人間全てが、こう思っているわけではないだろう。むしろ、医療や交通、通信などの技術を欲しがる人間は多いはずだ。

けれど雫は、一人自分の意志を示す彼の姿を気高いと思って……自分もそうなりたいと強く意識する。自分の考えを真っ直ぐに持ち、示せる青年の姿勢が、なりたい自分のイメージと似ているように感じたのだ。

――ただ、ずっと後に彼のこの言葉を思い出す日が来るとは、今の雫は想像もしない。

それはこの世界の隠された違和感と直面した後のことで、彼女自身の決断の時だった。

※

構成図が完成したのは締め切り当日だ。

できあがったそれは、全体的に球状であることを除けば、３Ｄで描いた非常に複雑な建築物の骨組みに見える。雫は自分で描いた図を何度も見返し、感嘆の息をついた。

「これでどうでしょう」

五度目の清書となった紙をエリクに手渡すと、彼は軽く眉を上げてその図に見入った。

「……すごいね。申し分ない」

「あってるかどうか私には分からないんですけど」

「あってる。あとは各系列の説明を僕が書きこめば完成だ」

事実上の終了宣言に、雫は両手を上げた。万歳をしようとして、そのまま力尽きて机に突っ伏す。

――構成図は、立体的な魔法構成を真上から見た図、真横から見た図、そして俯瞰図《ふかんず》の三つが必要とされる。中でも俯瞰図は、立体設計図のような分かりやすさと緻密さが要求され、どちらかというと建築学科の人間がやった方がよいのではと雫は思ったくらいだ。

そしてエリクが彼女に要求したものは、参考のために本で見たどの構成図よりも複雑な作りをしていた。絵で説明するにはあまりにも絵が不得意な彼の口頭説明を受け、本当にできあがるのかと何度も不安になった。だがラフ画を何十枚も経た挙句、何とかぎりぎり完成へと至ったのだ。

必要事項を書きこみ終わったらしいエリクは、立ちあがると書類をまとめる。

「お疲れ様。僕は城にこれを提出してくるけど、お礼に何か欲しいものとかある？」

「お構いなく。旅に付き合って頂けてるだけでも嬉しいですから。これくらいやらせてください」

それは偽りない本音だ。雫は今まで、色々な場面で自分が足手まといであることを思い知ってきている。そんな中、自分が彼の役に立てたということが素直に嬉しかった。苦労して描き上げた構成図は、何だかこの世界にも自分の居場所があるような気にさせてくれたのだ。

「あ、私もちょっと散歩に行ってきていいですか？」

「いいよ。メアも一緒にね」

顔を上げた雫の頭の上で小鳥が鳴く。ここしばらく構成図の作成でメアとろくに話せてもいない。雫は支度をすると小鳥と一緒に外へ出た。

「いい天気だ……」

ここ四日間宿にこもりきりだっただけに、午後の日差しが目に染みる。人のざわめきが街に活気をもたらし、店の呼びこみの声に混じって微かに弾むような音楽も聞こえてきた。

元の世界なら近くの公園でコーヒーを飲みながらぼんやりしてもいいが、この世界にはコーヒーがない。彼女は道を行く人々の流れに乗って、あちこちの店先を覗いていった。

「うわ、綺麗な服……」

服飾の店なのだろう。硝子《ガラス》の大きな窓越しに、少し凝った作りのドレスが飾られている。煌《きら》びやかな色でも生地でもない。生地はどっしりとした厚手のもので、ゴブラン織りのように精巧な花の模様が織りこまれている。広がったスカート部は中にクリノリンでも入れているのか、綺麗な曲線を描いていた。

良家の子女が普段着として着るようなドレスに、雫は足を止めつい見惚れる。スカート部分にはピンで何かのメモが留められていたが、それが何なのかは読めない。雫はしきりに首を捻ってメモを見ていたが、視線を外すと改めてドレスを見上げた。

「綺麗だけど、こういうのってやっぱり私には似合わないかな……」

溜息と共に疑問を吐き出すと、頭の上で小鳥が小さく囀《さえず》った。

少し前に湖底で一度豪奢《ごうしゃ》なドレスを着たが、その時は衣裳《いしょう》がすご過ぎて日本人である自分の顔立ちに合わない気がしたのだ。今は町娘のようなブラウスとスカート姿だが、これはこれで見慣れてきている。ここに飾られているような地味な色のドレスなら、少しは似合わないかと雫は悩んだ。

もちろん馬に乗るような旅だ。こんなドレスを着ては満足に進めないだろう。それでもせっかくだから凝った服を着てみたい気持ちもある。

「元の世界では夏はもっと薄着だったの。腕とか足とか出して。こっちと全然違う感じ」

はたから見たら鳥に話しかけている変な人間に見えるのかもしれないが、雫にとってはメアは鳥ではなく友人だ。幸い人通りはそれなりに多いせいか、わざわざ彼女に奇異な目を向けてくる人間もいない。じっとドレスを見上げていた雫は、けれど苦笑してかぶりを振る。

「次行こっか」

諦めることは決して苦手ではない。物事には優先順位というものがあるのだ。

雫は看板の下をくぐって次の店へと視線を移す。

花と衣裳が描かれたその看板の隣には、黒い蛇のオブジェがかかっていた。


最後に入ったのは、先日エリクと一緒に来た魔法具の店だった。あの時は買うものが決まっていたので、あまり他のものを見られなかったが、雫はやはり魔法の品が気になって仕方ないのだ。

薄暗い店内は、占い屋の雑貨コーナーのようだ。同じものが二つとない小さな店内を、彼女はきょろきょろと見て回った。

手に取って見たいアクセサリや不思議な形の道具も多いが、魔法士でない彼女には触っていいものかどうか分からない。身を屈めて一つ一つをじっくりと見るだけに留めていた雫は、その中に黒い二重円のペンダントトップを見つけて動きを止めた。例の蛇に似たオブジェのことを思い出し、奥の店主に声をかける。

「あの。あれって売ってないんですか？　あちこちの軒先にかかってる蛇っぽい黒の……」

「シューラ像かい。あれはないよ。魔法具じゃないから」

「あれ？　じゃああれって何なんでしょう？　流行の置物とか？」

「違う違う。宗教だよ。おまじないみたいなもんだ」

「宗教？」

頓狂な声を出してしまって、雫は自分の口元を押さえる。

だが言われて見れば、そう変わった話でもないだろう。元の世界でも田舎に行けば、玄関に御札《おふだ》を貼ってある家も見かける。雫は納得すると、振り返って窓越しに店の外を見た。

「あちこちにかかってますけど、この店にはないですよね」

「ああ。魔法士は基本的に無神論者ばかりだからね。俺は魔法士じゃないけど、こういう店やってるせいか信仰もないんだ」

「そうなんですか……。ありがとうございます」

雫は礼を言うとその後もこまごまと小物を見て店を辞す。

よい気分転換になったと思えたのはしかし、店を出てすぐまでのことだ。彼女はまるで待ち伏せていたように道に立つ男に気づいて、キャッチセールスに話しかけられた時の顔になってしまった。

「よう、雫。偶然だな」

「……うわ、運が悪い」

あからさまな落胆の溜息に男は怯みもしない。

流れの傭兵であるターキスは、笑いながら仏頂面の雫を見下ろした。

――一体どこからつけられていたのか。彼女はターキスの「偶然」などという申告をまったく信じていない。気配に疎い雫の後を追ってくるくらい、簡単なことだったろう。

二人で連れ立って、というより帰る彼女に勝手についてくる男は、一軒の店の前に差しかかると突然足を止めた。そのまま立ち止まらず歩いていこうとする雫の腕を、ご丁寧に取って引き寄せる。

「ちょ、何……」

「まぁまぁ。ほらこれ」

ターキスが指し示したのは、先ほど雫が見惚れていたドレスだった。虚をつかれる彼女に、男はからからと笑う。

「買ってやろうか？　きっと似合うぞ」

「み、見てたな」

「見てない見てない。それより欲しくないか？」

「……いりません」

それだけ言って歩き出そうとする雫の手を、男は再び引き寄せる。雫は思いきり眉を寄せた。

「離してってば！」

「なんだなんだ、遠慮するな。似合わないなんてことはないさ。少し頬と唇に紅を差して、髪に香油を塗ればいい。黒絹のように艶が出て映えるだろう。瞳も同じ色だしな」

男はそれを率直な賛辞と思っているのだろう。無遠慮な言葉に雫はやる気なく手を振った。

「そういうのいいです。どんな服を着るかは自分で決めるんで放っておいてください」

これ以上絡まれて、異世界出身であるとばれても困る。ターキスはすげない拒絶に苦笑した。

「と、言われても気になって仕方ない。お前は何者なんだ？　どうしてファルサスを目指してる？」

「知りませんて」

「けどお前は、文字が読めない人間だ」

「え……」

ターキスの指摘に雫は絶句する。いつばれたのかうろたえかけて、すぐにそれが、ショーウィンドウのメモ書きが読めなかったからだと思い当たった。青ざめて答えない雫にターキスは笑う。

「俺は結構鼻が利くんだ。――お前からは異質を感じる。それと何かの予感が。なあ、お前には他にはない何かがあるんじゃないか？　それを生かさない手はないぞ」

好奇心に満ちたそれは、まるで誘惑の言葉だ。彼女に「特別」を探そうとする言葉。

だがそれは見当違いにもほどがある。雫は重くなってくる気分を自覚して、深く溜息をついた。

「……勘違いだって。私は何もできない小娘です。自分一人じゃ旅だってできません」

己は姉とも妹とも違う平凡な人間だ。特別な力などない。たとえ知識があっても伝える気にはならないだろう。世界を動かしたいわけではない。ただ自分の世界に帰りたいだけだ。

――そしてできるなら、もう少し確たる自分が欲しい。

雫の肩の上で小鳥が鳴く。普段よりいくぶん鋭いその声は、威嚇と警戒を兼ねているようだ。主人である雫の命令があれば、いつでも目の前の男を排除するつもりなのだろう。雫はそれを留めるため、手を上げてメアの背を撫でる。

「分かってくれたのなら、私は帰りますから」

倦怠《けんたい》が滲んでしまった声にターキスは眉を上げた。彼は初めて見る真面目な表情になる。

立ち去りかけた雫は、その表情を意外に思って足を止めた。

ターキスは腕を伸ばす。反射的に身を竦めかけた雫の頭に、彼はぽんと大きな手を置いた。

「あのな、雫。あー……まぁ俺の言い方が悪いんだろうが、そう卑下する必要はないぞ」

「……別に卑下はしてない、けど」

口ではそう言ったが、雫は本当に自分が自分を卑下していないかどうか自信はなかった。

諦めることには慣れている。ただそれは「拘泥するべきではない」と思っていることを切り捨てられるだけで、何もかも諦めてしまうという意味ではない。

けれど、諦めるか否かの判断を、彼女がすぐに下してしまうことも事実だ。

自分は特別な人間ではない。姉とも妹とも違う。あんな風にはなれない。だから、わだかまりを抱えこむことは避けて、別の道を探そうとする。そのままの自分で行ける道を選ぶ。

――それは果たして、前向きな判断なのだろうか。

ターキスは雫の頭に手を置いたまま、身を屈めて彼女を覗きこむ。

「はったりでも何でも言ってみると面白いぞ。できるって思えば案外できるようになったりするし、自分を高く売ることも時に必要だ」

乗せられた手を振り払えなかったのは、ターキスの言葉に嘘のない励ましを感じたからだ。雫は旅の傭兵を呆れて見上げる。

「そんなはったり吹かして、後で話が違うってばれたら困るでしょ」

「だから努力するんだろ。限界は高く持つもんだぞ？」

「持って届かなかったら？」

「その時はその時さ」

——一体、この男は何歳なのだろう。

ただ少なくとも、元の世界で平穏に暮らしていた雫よりは何かしらの苦労をしてきている。少し苦味のある声から彼の経験の厚みが感じ取れた。

ターキスはまるで子供にするように雫の頭をわしわしと撫でる。

「だから、もっと自信持て。お前は充分頑張ってるよ」

何故そんなことを言うのか。何を分かっているというのか。

ただ、男の言葉に偽りはないと感じる分それは……少しだけ、嬉しかった。

雫の眉根が緩んだのを見て、ターキスは軽く手を振る。

「またな、あんまり気負い過ぎるなよ」

何がしたかったのか、男は人混みの中に去っていく。雫はその姿を見送ると、ふっと微笑した。

※

「——揃った」

唐突な声はだが、待ち望まれていた声でもある。立ち並ぶ人間たちは緊張に居住まいを正した。

彼らの前を硬質な足音を立てて往復する男は、足を止めると壁にかけられた紙を指し示す。劣化防止の魔法がかけられたそれは、巨大な一つの構成を描き出した構成図だった。

「キスクはひとまず他国への介入をやめたようだが、いつ次があるか分からぬ。大国の咳払《せきばら》い一つを恐れていては、遅かれ早かれ我らに未来はないだろう。ならば今、やらねばならぬ」

男の指は、複雑な構成図の外枠をゆっくりとなぞる。

「集まった魔法士たちは五つの組に分け構成の各部位を担当させよ。くれぐれも全体を摑ませるな」

了承の声が複数上がる。男はそれでも構成図を見たままだ。

「完成の後、魔法士たちは障りが出るようなら好きに処分せよ。取りこもうが殺そうが構わん。後顧の憂いだけはなくしておけ」

人を道具と見ることに慣れきった言葉に、けれど異を唱える者はいない。集まった人間たちは暗黙のうちに頭を垂れ、それぞれの思惑のまま為すべきことへと向かって散っていった。

※

審査の結果は一両日中に貼り出されるということだった。

ひとまず書類の提出を終え帰ってきたエリクは、雫と二人、本を広げこまごまとした文字の勉強を始める。その中の薄い一冊、ドイツ語で書かれたテキストを読んでいた彼は、おもむろに顔を上げると、日常単語の辞書を作っている雫に声をかけた。

「このドイツゴってさ、エーゴと同じ傾向だっていうけど、エーゴに比べて妙に長い単語が混じってない？」

「ああ。ドイツ語って合成語を作るんですよ。日本語もそうなんですけど。単語をどんどん繋げて新しい単語を作るっていう……」

雫はシャープペンを手に取ると、ノートに「東京特許許可局」と書いた。「東京」と「特許」と「許可」と「局」の間に線を入れる。

「こういう風に……複数の単語をそのまま並べて一つの単語にするんです」

「へぇ。これで分かるの？」

「もう慣れてるんで。さすがに限度はありますけど……」

あまり画数の多い漢字がずらっと連なっていると、さすがに身構えてしまう。だが、大抵のものは見ればすぐ判断がつくといっていいだろう。

雫はエリクが読んでいるドイツ語の副読本を指差した。

「それなんかは語学の教科書ですから平易ですけど、勉強で使っている専門書の原書とかもっとすごいですよ。ドイツ語は単語だけじゃなく文も延々と繋げたりしますからね。ぎっちり十行くらい書かれてても一文とかあります」

やっぱり日本語もそうですけど、と付け足すとエリクは何故か笑い出す。珍しく声を上げて笑っている彼に、雫はきょとんとした。

「何ですか一体。私おもしろいこと言いました？」

「いや……苦労してる、って顔してたから」

「……してますよ」

専門の授業において原書読解は教授か上級生、院生が主に担当しているが、だからといってただ漫然と聞いていていいものでもない。最初から投げている一年生も多いが、雫は辞書を片手に毎回テキストにかじりついていっているのだ。単語の意味を拾うだけでも、やらないよりはましだ。頻繁に出てくるテクニカルタームはもう覚えてきた。いずれ自分の力で訳せなければいけないなら、今から努力しておいて損はないと彼女は思っている。――思ってはいるが、大変なことは確かだ。

「そういう原書……は、持ってきていませんけど、それと比べれば教科書は読みやすいです。題材も皆が知っているようなものですしね」

「これは何について書いてあるの？」

「ハーメルンの笛吹きっていう童話についてです。私の世界ではメジャーなんですけど」

雫は簡単にエリクに内容を説明する。町にはびこるネズミを笛でおびき出した男が、約束された報酬をもらえず、代わりに町中の子供を笛の音で操って連れ去ってしまったというお話だ。彼はずっと興味深げな顔で話を聞いていたが、話が終わるとパラパラと薄い本を捲って挿絵を見た。

「なるほど。これは童話なのか」

「それがテーマではありますが、本の内容自体はその事件の真相はどうなのか？　って話なんです。八百年くらい前に子供がこの町で百三十人いなくなった――この事件自体は、日付まで記録としてちゃんと残っているんですよね」

「原因は残っていないの？」

「諸説ありますけど謎のままです。実はいなくなったのは子供じゃなくて移民だったとか。この本では子供たちは山に遊びに行って、次々と底なし沼に落ちてしまったんじゃないかとありました」

「ぞっとしない話だね」

彼の感想には雫も同感だ。一体何があったのか、それは今でも様々な説が飛び交うミステリと言っていいだろう。だが八百年も昔の真相が今更明らかになるとは思えない。人の世の長い歴史には少なからず、こういった怪奇事件が含まれているのだ。――ちょうど彼らをファルサスへと向かわせるきっかけとなった二百四十年前の怪奇事件が、その真実を明らかにしていないように。

ほとんど表情の変わらないエリクも同じことを考えていたらしい。雫の視線に気づくと笑った。

「こっちは八百年前に比べれば調べやすいよ。本を改訂した以上、ファルサスは何か知ってる」

「記憶を再生してその当時に跳ぶ……ですか。あの事件では行方不明者は別の場所で発見されましたけど、他に見つからなかった事件とかあったりするんですか？」

「そういう事件はいっぱいあるよ。原因が分かっているものも分からないものもある」

「分かっているものって何だったんですか！」

つい好奇心に目を輝かせた雫に、エリクは苦笑した。彼はドイツ語の本を閉じる。

「原因は他国の陰謀とか自然現象とか色々あるね。ああ、禁呪もあるな」

「禁呪？」

「使っちゃいけない魔法の総称だよ。魔法の製作過程に問題があったり、効果に問題があったりするものをそう呼ぶんだ。なかでも人の血肉や魂を触媒として使う類のものは非常に忌まれている」

「うわぁ。黒魔術って感じですね」

エリクは「黒魔術」という単語が可笑しかったのか口元を緩めかけたが、すぐに真顔に戻った。
「昔の暗黒時代……戦乱がひどかった時代には頻繁に研究されてたとも聞くんだけどね。暴発したり損害が大き過ぎて大変だったらしいよ。それで国一つ滅びたって話もいくつか残ってる。今は、禁呪って聞くだけで魔法士は皆嫌な顔をするな。邪法も邪法、禁忌そのものだからね」

そう言うエリクの表情もどこか翳を帯び、陰惨なものを思い起こすようだ。何事にも影の側面があるように、この世界の魔法には禁呪という存在があるのだろう。

雫はエリクが読んでいた副読本を手に取る。何気なく捲ったページには、笛を片手に持った男が三日月型に口を開いて笑っていた。

※

どこまでも続く白い部屋だ。

いつの間にか、椅子に座っている。

雫はそれを疑問に思いながらも、疑問に思わなかった。

まるで自分が自分ではないかのように、何の驚きも躊躇もなく一つの椅子に座っている。それをどこかでおかしいと思う自分が存在しているだけだ。

周囲には他に何もない。誰もいない。雫の他には。
「彼女」は手を伸ばす。目の前にある机に。そこに置かれた三冊の本に。

――前にも、こんなことがあった。

微かな疑問はしかし、一瞬で泡沫《ほうまつ》のように消え去る。

女の指は迷いなく紅色の表紙を捲り、ページに目を落とした。

「……それは、針の穴ほどの小さな綻びであった。人の魂の最下部の生まれし処《ところ》、世界の深層へと繋がる綻び。開くはずのない小さな穴は、まるで間違いのように、そして必然として生まれた」

その声を聞く者はいない。「彼女」以外には。

「穴を覗いた最初の男は取りこまれ、二番目の男は正気を失った。三番目の男はこれこそ魂の源泉、人の真であるとして、穴から這い出ずるものを神と呼んだ……」

文字はどこまでも続いていく。「彼女」はそれを追い、ただ辿っていく。

始まりも終わりもない夢は、円環のように閉ざされていた。

※

「起きて」

「うひゃあ！」

青年の声はごくごく耳元で囁かれた。突然の呼びかけに机に突っ伏していた雫は飛び起きる。反射的に耳を押さえながら辺りを見回すと、そこは宿屋のエリクの部屋だった。

確か、午前中から勉強に来ていて……彼が審査結果を見に行くと言って出ていったところまでは記憶はある。その後居眠りをしてしまったのだろう。

「疲れてるの？　結構何度も起こしたんだけど」

「す、すみません。何か変な夢見てたみたいで……」

続けて「審査の結果はどうでしたか」と聞こうとして、彼女は自分からそれを聞いていいものかどうか躊躇った。この世界ではどうだか知らないが、元の世界では受験結果はなかなかデリケートな案件だったのだ。エリクがそういった繊細さを持っているようには思えなかったが、相手から言い出すのを待つ方が無難だろう。案の定彼は、数枚の書類を無造作に机の上に置いてくる。

「受かった。二時間後に荷物まとめて城内に来いだって」

「え！　よかったです！」

「半分は君の力」

その言葉に雫は気恥ずかしくも笑ってしまった。

確かに自分には見えない魔法の構成図を描くのは大変だったが、同時にこんな美しいものなら一度くらい見てみたいなとも思ったのだ。その構成が城に評価されたことは、やはり嬉しい。これで転移陣の使用許可も取れれば、諸手《もろて》を挙げて喜べる結果だろう。

「城の仕事ってどれくらいかかるんですか？」

「二、三日かな。多分、終わるまでは城の外には出られないと思う。その間君は一人で大丈夫？」

「あ、平気です。大人しくしてますから。果報は寝て待て、ですよ」

「まさか三日間寝続けるつもりなの？」

「三年ならさすがに無理ですが」

——そういえば、ターキスと再会したことを彼には言っていなかった。単に言い忘れていただけなのだが、このタイミングで口にしてはエリクに心配をかけるだけだろう。寝るのはともかく三日くらい宿にこもっていればいいのだ。

軽く手を振る雫を、エリクはじっと見つめていたが、問題なしと納得したのか頷いた。

「終わったら迎えに来るから、次はどこに行くのかその時教えるよ。ファルサス直通が無理でも、できるだけ都合のいい場所に行けるようにするから」

「お世話になります」

「メアと離れないようにね」

念を押す言葉に雫ははにかむ。二人は宿の食堂で早めの夕食を共にすると、束の間の別行動を送ることになった。城へと向うエリクを見送った雫は、心細さに瞬間気を取られたが、それを面に出すことはしない。

「よし、留守番頑張ろうね、メア」

主人の声に使い魔は応える。窓の外の空は夕暮れ時の赤と青に染まっていた。

※

城が臨時で魔法士を集めるとは極めて珍しい事態だが、まったくないことでもない。

構成力に重点を置いた審査からして、エリクは複数人で大規模構成を組ませることが目的ではないかと踏んでいた。大規模構成であれば、他の魔法士と構成を繋いで揃える技術が求められるし、何より人数自体が必要になるのだ。着手するものが城都の結界の張りなおしなどであれば、構成に使う魔力自体は既に用意されているだろうし、そのあたりは既に調整済みだろう。

ともかく審査に通ったのなら、与えられた仕事をさっさと済ませてしまった方がいい。

エリクは、魔法士たちが集められた部屋の隅で読み上げられる合格者の名を聞き流した。二人を除いて全ての採用者が集まっていると確認されると、責任者らしい男が代わって前に出てくる。

「よくぞ集まった、諸君。――諸君にはこれから大規模構成の施術に取りかかってもらう。作業は五組に分けて行い、城の魔法士が監督としてつく。分からないことがあったらそれぞれの責任者に尋ねるように」

男は他にも、作業終了までは城に泊りこみになることと、外への情報流出を禁じるなど、いくつかの注意事項を伝達したが、そのどれもがエリクの予想範囲内だ。

最後に「報酬については作業終了後に各自と相談の上、決する」と男が締めくくると、集められた魔法士たちは、五人の宮廷魔法士たちに先導され別々の場所に連れられていった。そのことに少し訝しさを感じた者もいるようで、彼らはきょろきょろと周囲を見回す。

大規模構成を担当ごとに組み分けするとしても、まさか場所までそれぞれ変えて行うとは考えていなかったのだろう。エリクも城の用心深さに何も感じないわけではなかったが、王族や貴族の間には徹底した秘密主義があることも知っている。

そして、エリクたちの組が案内されたのは、城の地下にある広間の一つだった。

薄暗い広間は燭台の火によってぼんやりと照らされている。広さは城下の店が四、五軒入るくらいだろう。石畳の床には既にうっすらと平面の構成図が描かれていた。これを基線として構成を形成しろということらしい。

おおよそ広間いっぱいに広がる円になっている構成図。その中央の床には、五つの水晶球が嵌めこまれていた。そこからは巨大な魔力が感じ取れる。

十人の魔法士を引率していた男は、彼らを円状に線の上、等間隔で要所に立つよう指示すると持っていた書類を配り始めた。

「これが今回諸君らに組んでもらう構成図だ。それぞれ担当部分だけの記載になるが、第三から第二十五系列までは左右と、第七と第三十一系列は対角と繋がるようになっている。位置関係を把握しながら構成を組むように」

エリクは渡された構成図の断片に緊張を覚える。構成が難しいというわけではない。大役に気が引き締まるというわけでも。ただ、予想以上の徹底振りに不穏を感じ取ったのだ。

全体の構成図を渡さないのは機密上当然としても、一人一人違う断片を渡すというのは相当な用心だ。これはもしかして、構成完成後にその秘密を洩らさせないためというより、「組んでいる最中に何の構成であるか悟らせない」ためのものではないか。

そして、魔法士に対してそんな隠蔽が必要なのは――禁呪くらいだ。

一体何の構成を形作ろうとしているのか、彼は薄ら寒さを感じる。だがエリクの懸念などお構いなしに、引率者は全員に構成図を渡してしまうと部屋の中央に立った。

「魔力は中央の水晶球に蓄えられているから、そこから汲《く》み出《だ》して使えばよい。席を外したい場合は兵士をつけるから申告するように。何か質問はあるか？」

声を上げる者はいない。男は全員を見回すと軽く手を挙げ、それを下ろす。

複数の詠唱が響き始めた広間で、エリクはもう一度与えられた構成に目を通した。中性的に整った顔立ちがわずかに顰められる。

だが彼はひとまず己の懸念をよそにやると、自分もまた構成を組むために詠唱を始めた。

多人数で同時に魔力を汲み出し、慎重に構成を組み上げていく作業。

それは始まってから数時間、各自休憩を取りながらも順調に進んでいるようだ。エリクは自分の担当部分を組みながら周囲の魔法士にも注意を向ける。彼らが作る構成から全体構成を推察できないかと思ったのだ。

しかしおおよそ五十人で分担して組んでいる構成は、今のところ全体像がよく摑めない。やはり完成に三日ほどかかるという代物を、始まってから数時間で読み解こうというのは無理があるだろう。彼は見張りの宮廷魔法士に不審に思われないよう、詠唱を途切れさせぬまま内心溜息をついた。

害のない構成ならば構わない。むしろ探ろうとする行為自体が不要なものだろう。それで宮廷魔法士に目をつけられたらたまったものではない。

ただもし、この大規模構成が、いわゆる「禁呪」と呼ばれるものに属するのならば……その時は何としても、完成を妨げねばならない。

――禁呪とは魔法の負の側面そのもの、あってはならない存在だ。

暗黒時代にはいくつもの禁呪が生み出され、凄惨な結果ばかりがもたらされたのだ。その歴史を知るエリクは、これ以上愚行を繰り返すべきではないと思っていた。

自分一人何ができるのか、そう囁く冷静な部分も彼にはある。だがその声に従うことができても、禁呪についてだけは無視することができない。ましてや今は、その構成自体に関わっているのだ。

エリクは場に満ちる魔力を手繰って形と為していく。今、自分の不安を形作っているものが全て杞憂《きゆう》で、三日後には宿で待つ少女の下に戻ればいいのにと、思いながら。

※

「話が違う！」

城都のとある一室、焦り混じりの怒鳴り声が壁を揺るがした。拳を叩きつけられたテーブルの上では、黒い蛇の像が振動の余韻でカタカタと震えている。

だがしかし、怒鳴られた側の女は表情も変えずに、軽くそれを受け流しただけだ。

「違うとは？　何が違うというのか」

「あの構成だ！　あれは精神支配の禁呪ではなかったのか、アヴィエラ！」

「さぁ？　私がいつそう言ったか、自分たちの主教に聞いてみてはどうだ？　お前の望む答えを返してくるとは限らんが。なあ、忠実な信徒、セルーよ」

白々と言い放つアヴィエラに、セルーと呼ばれた男の顔色はますます赤黒くなった。

カンデラ城都にてシューラ教の司祭をしている彼は、初めて聞く話に女を睨む。

「城には我らが同志イドスが魔法士長として入りこんでいる。計画ではイドスが王に進言し、本物の禁呪とすり替えた構成を組ませる手筈《てはず》だったはずだ！」

「だから今、それをしているのだろう？　お前の期待通りだ」

セルーは憎しみも顕《あら》わな目でアヴィエラを睨む。彼女は厳密にはシューラ教徒ではない。ある日突然ふらりと教団に現れ、その膨大な知識を主教に評価されて教団に入り浸るようになったのだ。

彼女がこの度の計画に関連して主教に何やら吹きこんでいたことは知っているが、その内容までは知らなかった。シューラ教の関与を知らない王は、今組んでいる禁呪を「戦争用の巨大魔法」と信じたままだろうし、魔法士長として潜伏してきたイドスは当初の計画通り「シューラ教のために民衆を精神支配する禁呪」と思っているはずだ。

――だが、そのどちらでもないとしたらあの禁呪は何なのか。

アヴィエラは長く伸びた爪を一本一歩磨きながら、銀粉をまぶした睫毛を上げた。

「精神支配……精神支配ね。確かにそれもあるから間違ってはいない。お前たちの希望通りだ」

「我らの希望はシューラ神によるこの国の啓蒙《けいもう》だ！　この国を滅ぼすことではない！」

「啓蒙？　精神支配をいつから啓蒙と言うようになった？　奇異なことを言う」

揶揄《やゆ》を隠そうともしない声には、艶以上に嘲りが溢れていた。そしてそれは女の嫣然《えんぜん》とした微笑により磨きをかけていく。彼女を花とたとえるなら、それを見た人間は花弁よりも棘の方が遥かに魅力的だと気づくだろう。もしその忌まわしさを無視できるのであれば、だが。

「お前の戯言などどうでもいい！　一体あの構成は何なのだ！　何が起こる！」

再三の怒鳴り声に、アヴィエラは爪を磨く手を止めた。布を放り出すと長い十指を伸ばし、卓上の蛇像を手に取る。

「大したことではないさ。お前たちの望み通り精神支配も行われる。それ以上の望みもだ。つまり――お前たちが崇《あが》める【あれ】がこちら側に侵蝕《しんしょく》を始める。それだけのことだ」

「は……？」

セルーは絶句した。その答えを予想していなかったわけではない。だが、そんなことは大陸史上一度も起こらなかったのだ。はなから不可能なことだと思っていた。にもかかわらず、それが現実となりつつあるのか。信仰では抑えられぬ震えが彼の足を伝う。男は掠《かす》れた声で問うた。

「現出が起これば……この国はどうなる」

「分かっているのだろう？　《三番目》の子らよ。【あれ】と接触した者がどうなるのか、お前たちはよく知っているはずだ」

アヴィエラの声は死の宣告によく似ている。その意味を知っているからこそ、男は顔色を失った。

「まさか……《一番目》や《二番目》になるというのか……」

軽い笑い声が男の言葉を肯定した。彼女はシューラ像をテーブルに放り投げる。鉄でできた像は耳障りな音を立てて卓上を転がった。だがセルーはもはやそれを不信心と咎《とが》めない。彼は女に詰め寄った。

「馬鹿な！　それでは本当にこの国は滅ぶぞ！」

「だが一人くらいは残るかもしれない。【あれ】に精神を侵されない人間がな」

「それがお前だとでもいうのか！」

「いいや？」

彼女は首だけで後ろを振り返る。そこには黒衣の男が彫像のように壁際に控えていた。アヴィエラの他に誰もその正体を知らない、彼女に付き従う男。武器の類は持っていないが、ただならぬ雰囲気は、彼女に何かあればいつでも動き出すことを示唆している。

怒りと困惑に熱くなっていたセルーは、その気配に気圧されて口をつぐんだ。彼はよろめくように二歩下がると、諦めきれずに口を開く。

「私は、止めるぞ……」

「好きにすればいい。その足で駆けていって城門を叩くか？　力に目を眩《くら》ませた王は信じぬであろうな、あの構成がこの国を滅ぼすなどとは」

むしろ王は、何故秘された構成のことを知っているのか、セルーを捕らえて詰問するに違いない。もっと言えば口封じをされてしまう可能性の方が高いだろう。

主教に訴えても無駄だ。今の話が本当なら、主教はむしろ望んで【あれ】を現出させようとしている。止められる可能性があるとしたら、城にいる魔法士長の同志に真実を伝えることだが、計画が動き出している現在、今までの連絡手段は使えない。シューラ教の関与が露見しないよう、魔法士長のイドスは一切の外部連絡を受けつけないことになっているのだ。

セルーは険しい目を崩さぬまま、無言で身を翻すと部屋から出ていった。後には二人の男女だけが残される。静寂が部屋中に広がると、ようやく黒衣の男は口を開いた。

「いいのか、アヴィエラ」

「構わん。どうせ何もできない」

「ならお前ももうこの国を離れた方がいい。結果は離れた場所からでも分かるだろう」

女は黙って微笑んだだけで動こうとはしない。妖艶な視線がテーブルの上の蛇の像を絡め取る。

黒い蛇は、何も嵌まっていない眼窩《がんか》を部屋の片隅に向けて、沈黙を保ったままだった。

※

日が急速に暮れていく。

朱が空の片端を染めたと思ったのはほんのいっときで、すぐに世界は透明な黒へと色を変えつつあった。宿の自室に戻った雫は、窓から外に視線を転じる。遠くには半ば影となった城の姿が、街の灯に照らされ浮かびあがっていた。

「……なんか不気味」

そういえば、この世界に来てから一人で夜を過ごすのは初めてかもしれない。もちろん寝室に戻ればいつも一人なのだが、同じ屋根の下に知っている人間がいないということは今までなかった。

そんなことを考えながらお茶を啜《すす》りかけた雫はしかし、すぐに自分の勘違いに気づく。

一人ではない。メアがいるのだ。ここのところずっと小鳥の姿のままだったので、何だか本当は少女の姿であったことを忘れそうになっていた。

「部屋の中だし、他に誰もいないから戻ってもらってもいいかな……駄目かな」

そんなことをつい尋ねてしまったのは心細さのせいだろう。テーブルの上の小鳥は首を傾げる。

穏やかに二人で過ごすはずの夜。——けれど、メアに異変が見られたのはその時だった。彼女は小鳥の姿のまま、窓辺に飛び移ると鋭く鳴いた。緑の両眼がぼんやりと光を帯びる。普段は見られない様子に雫もまたあわてて立ちあがった。

「ど、どうしたの。怒った？」

しかしメアは鳥の姿のまま首を左右に振る。雫は困惑しながらも床に両膝をつくと、使い魔と目の高さを合わせた。緑の双眸が睨む方向を自らもまた目で追ってみる。そこにあったのは——

「あ……お城？」

小鳥は肯定するように小さく鳴く。その体を両手で抱き上げて、雫は困惑に立ち尽くした。城にはエリクがいるはずだ。なのにメアはその場所に向けて警戒を働かせている。

雫はしばらく迷って……頷いた。

「よし、ちょっと行ってみようか」

彼女は簡単に荷物をまとめる。本は丁寧に揃えてバッグの最下部に詰め、その上に大して量のない服を押しこんだ。小物の類はサイドポケットに。旅をしている以上、荷物は多くならないよう努めている。雫はエリクにもらった指輪を確認して窓際の小鳥に頷いた。

「いいよ、行ける」

エリクの荷物は宿にはない。彼の部屋は城に向かう時点で引き払っており、荷物は本人が持っていっている。だから、雫が自分の荷物さえ準備できればいつでも出発できる状態ではあったのだ。

――このまま街を出ようというほどの気持ちがあるわけではない。ただ城で何か起こっているなら様子を見に行ってみようと思った。荷物をまとめたのは「もしかしたら」と思っただけだ。メアがあまりにも注意を促すものだから。そしてそれが結果的には幸運に働いた。

雫はメアを肩に乗せて宿の部屋を出る。階段を駆け下り、入り口へと向った。しかし角を曲がりかけたところで雫は咄嗟《とっさ》に足を止める。そのまま後ずさると廊下の陰に隠れた。

ちょうど開かれた宿の入口から、険しい顔の兵士たちが五人入ってくる。

――何故、兵士がここに来ているのか。

雫は早くなる鼓動を自覚しながらも、自分には関係がないと思いこもうとした。何の心当たりもないのだ。堂々としていればきっと見咎められない。それでも息を殺して様子を窺っていた彼女は、兵士たちが近づく気配に身を竦めた。見つからないようもう一歩下がる。

宿屋の主人だろうか、あわてて誰かが出ていく物音が、夜の宿に不気味なほど大きく響いた。

「これは……どういったご用件でしょう」

「人を探している。黒い瞳の若い娘だ。魔法士の男と一緒に行動していたはずだが」

つい声を上げそうになって、雫は自分の口を手で塞いだ。肩に止まる鳥と目を合わせる。黒い瞳で魔法士の連れである娘などこの宿には他にいない。雫を探しにきたのだ。

自分だと出ていくべきか否か、彼女は動転しながらも考えをまとめるため意識を集中した。バッグを握る指に汗が滲む。

「その娘がどうかしましたか？」

「別に問題があるわけではない。ただ連れのことで少し聞きたいことがあるだけだ」

やはり城で何かがあったのだ。そしてエリクはそれに関係している。雫は詳細を知りたく思ったが、それだけで飛び出していくほど無謀でもなかった。彼女は気配を殺したまま壁に身を寄せる。

「揉めごとですか？　困りますよ、そういうのは」

「大したことではない。それに城からの正式な命だ。隠し立てすればお前にも咎は及ぶぞ」

それを聞いた瞬間、雫は踵を返すと入口とは逆方向に向って歩き出した。本当は走り出したかったが、足音でばれてしまっては元も子もない。震えそうになる足を内心叱咤《しった》して、彼女は静かに裏口へと向かう。

彼らの前に出ていってはまずい。普通の用件なら宿の主人に「咎が及ぶ」など言うはずがない。雫は宿の裏口に辿りつき、掛け金をはずすと暗い外に出る。

彼女は無言のまま小走りに手近な角二つを曲がると、閉まっている店の壁によりかかって空を見上げた。建物と建物の細い隙間に城が見える。硝子のドームが内側からの淡い光で輝いていた。

「どうしよ……」

ぽつりと零れた言葉に不安を覚えたのは、誰よりも彼女自身だ。雫は肩の小鳥を両手の中に抱き取ると目の前に持ってきた。

「ね、メア。どうすればいいかな。エリクがどこにいるか分からない？」

雫には無理だが、メアは本来魔族であり、使い魔の契約にはエリクの名も刻まれているはずだ。なればこそ彼の居場所を魔力を辿って判別することも可能かもしれない。彼女は切なる希望を込めて自らの使い魔を見つめる。

メアは軽く首を傾げると、主人の「お願い」を受けて浮かびあがった。

それは鳥として飛ぶのではない「浮遊」だ。雫があわてて支えていた手を引くと同時に、小鳥の輪郭が歪む。鮮やかな緑色が空間に染み出した。

目を丸くしたのは一瞬。――気がつくとそこには緑の髪の少女が佇《たたず》んでいた。

「メア！」

「ご注意を、マスター。この街の城近くには今現在、異様な魔力がうずまいております」

「異様な？　それって……エリクは？」

「魔力を感じ取れません」

「え？」

端的な返答に雫は戦慄を覚える。生まれてからずっと彼にあるはずの魔力が感じ取れない。つまりそれの意味するところは――

「ご安心ください。城の魔力が強力過ぎて、探知できていない可能性があります。私はそれほど強力な魔族ではございませんので」

蒼白《そうはく》な顔色になってしまった雫は、付け加えられた言葉を聞くと気が抜けて座りこみそうになった。微かに震える片手で顔を覆う。

「無事ってことかな……」

「確証がないことは申し上げられません。ですが、彼の方がご無事でいるなら城にいらっしゃるとしか思えません」

「城で何かがあった？」

「強大な魔力が蠢いています。ゆっくりと成形されつつある……何か……よく、分かりません」

「成形されつつ……？」

エリクは「何かの仕事」をするために城に行ったのだ。雫はもう一度遠くの城に視線を送る。彼はきっとあそこにいるのだ。何かが起きつつある城に。もしかしたらそこで危機に陥り、助けが必要なのかもしれない。

ただ……城に近づけば先程の兵士たちに捕まってしまう可能性も高いだろう。そうなっては彼を助けるどころか足手まといになりかねない。自分の身だけを最優先にするなら、どこかで隠れていた方が無難と言えば無難だ。

――だがそれでも。

「城か……」

もし「何か」が起きているのだとしたら、エリクを見捨てるという選択肢はない。

自分は世界の存亡を賭けて旅をしているわけでも、大事な人を救うために旅をしてるでもないのだ。恩人を、旅の連れを、踏み台にしてまで先に進むほどの理由を雫は持っていない。

そんなことをしなければならないなら、最初から旅になど出なかった。元の世界に帰れぬままあの小さな町で一生を終えることさえ彼女は選べたのだ。

しかし彼女は旅立つことを選んだ。人の好意を助けに可能性を追い求めることを望んだ。

――だから、「見捨てる」などということは、諦めることは最初から思いつかない。

捨てたくないものを捨てるつもりは、毛頭ないのだ。

雫は深く息を吸う。緊張に波打ちそうになる精神を、ゆっくりと吐く息と共に整えた。初めてこの世界に来た時そうして砂漠を越えたように、自らの意志を静かにけれど強く保つ。歩き出す自分の背をイメージする。

雫はバッグを支える指を握りなおして、こちこちに固まっていた手に気づくと少しだけ苦笑した。

「よし、行ってみよう。どこかから忍びこめるかも」

主人の声に応えてメアは再び小鳥へと戻る。使い魔に左手を差し伸べて雫は歩き出した。

そして、誰からも予想外である異質は、夜に溶け入って消えていった。

※

「それ」が何であるか、エリクが気づいたのは奇跡的な早さだったろう。少なくとも集められた五十人の中で、「それ」が何だか分かったのは彼だけだった。

しかしそれは、彼が構成解読能力に秀でているからという理由だけではない。エリクは「それ」

が何だか分かる下地を持った唯一の人間だった。つまり、彼は前にも似た構成を見ていた。――小さな村に建つ呪いの塔の構成を。

二つの構成の類似に気づけば、そこから読み解くのは早かった。おおよそを把握すると同時にエリクは己の迂《う》闊《かつ》さに舌打ちしかける。百二十年前に作られたというノイ家の塔は、城都にいた女がかぶれていた宗教の教えで作られたものなのだ。

ならばその宗教の母体は城都にあったということで……百二十年が経過した今も、城都に何かしらの影響を残していたのだろう。

『宗教由来の塔って言ってましたよね。もしかしたら他にもあちこちにあったりして』

そう言ったのは雫だったが、確かにあの塔以外にもあった。それも、もっと性質の悪いものがだ。あの塔には、人の精神を気づかれないうちに侵蝕する構成が組みこまれていた。

そして、今彼が関わっているこの構成は――

「正気じゃない」

エリクの呟きは口の中で消え去る。そんなことは未だかつて起きたことがないのだ。千年を越える大陸の記録にさえない。未遂と思われる事件が何回か起きただけで。

そしてその事件のどれもが、未遂にもかかわらず少なくない人命を消費することとなった。

負の現界。紛《まが》うことなき禁呪。

それが今、彼の触れている構成だ。

これを完成などさせてはならない。だが、どうすれば食い止められるのか。

――奇異なのは、これが城によって組まれている構成ということだ。

過去起こった未遂事件はどれも、少数の集団が狂信的な理由で実行に移したものだった。城や国が率先してこういった構成を組ませたことなどない。何故ならこの構成が発動すれば、まず周囲一帯にあるものは滅びてしまうからだ。

だからおそらく、城の人間もほとんどがこの構成の真実を知らないはずだ。彼らを説得して味方を増やすことができれば、構成を止められる可能性は格段に上がる。

エリクは長い詠唱を経て、構成の第二十から第二十五系列までを組んだ。広がる系列は左右の同じものと繋がり絡み合う。

次は第七と第三一系列。これも慎重に詠唱を重ねて彼は対角の構成と繋げた。

――重要なのは人を見る目だ。誰が構成について誤った情報を持っているのか。誰が本当の話を信じてくれるのか。危ない橋だ。誤れば即、殺されかねない。

エリクは詠唱を重ね、ひたすらに構成を組み上げながら周囲を窺う。

今、この部屋にいる宮廷魔法士は二人。壮年の男と、エリクと同年代の男の二人だ。壮年の男の方が服装からいっても権力がありそうだが、気難しそうな顔立ちは部外者の彼が提言しても容易く信じてくれないように見える。

話をするなら若い男の方だろうか――動くきっかけをエリクは探したが、それは意外にも早くやってきた。別の魔法士が外から入ってくると、壮年の魔法士を呼び出して二人でどこかへと出かけていったのだ。これで兵士を除けば、部屋にいる見張りは若い魔法士のみとなった。

エリクは短く決断する。きりのいいところまで構成を組んでしまうと片手を挙げた。

「すみません。少し休憩で外に出たいのですが」

「ああ、いいよ。私も付き添うがいいか？」

「お願いします」

――もしここで自分が殺されたのなら。雫はどうなるのだろう。

できれば考えたくはないが、考えなければならない問題だ。

雫は割合しっかりしている。メアもいることだし自力で最初の街に戻れるかもしれない。あるいは別の同伴者を見つけることもできるかも。彼女にとって自分は、絶対に代わりがきかないというほどの存在ではない。

だが……彼女はきっと悲しむだろう。帰ってこない彼を真摯に待ち続けるかもしれない。

それはちょっと嫌だな、とエリクは思う。何故かはよく分からないが、あまり彼女に悲しい顔をさせたくない。ファルサスまではまだ遠い。彼女は元の世界に帰らなければならないのだ。

エリクは平静を保ったまま城の魔法士と連れ立って階段を上っていく。

そうして短い休憩からの帰り道、彼は人気のいない廊下で本題を切り出した。

「――あの構成が何なのか、あなたはご存知ですか」

エリクが正面からそう尋ねたのは、相手がこの短時間でも分かるほどに人のよい性格だと判断したからだ。案の定男は少し困ったような顔になった。

「魔法士長から聞いてはいるが機密だから教えられない。昔から城に伝わっていたものらしいよ」

「宗教がらみでですか」

「いや？　違うと思う。我が国は特定の宗教には肩入れしていない」

その表情は嘘を言っているようには見えない。つまり、この男は例の構成が何であるかを知らないのだろう。一方、流れの魔法士に偏見の目を向けない男の素直さにエリクは安堵する。こういった人間には本当のことを言うのが一番効果的なのだ。彼は深刻な表情を作って声を潜めた。

「実は、七年前にファルサスの記録庫であれと同じ構成を見たことがあります。数百年前に狂信者数人が、ファルサスの城都を壊滅させるために街で展開した禁呪です。その時は未然に防がれましたが五十七人が死亡しています」

「……は？」

現状を変えようとする一滴。それは彼の狙い通り、明らかな効果を相手にもたらした。唖然とした表情が続いた後に、疑いと恐れ、何とか笑い飛ばそうとしてしきれない困惑が男の両眼に揺れる。

「そんなまさか。あれは……」

「すぐには信じてくださらないでしょうが本当のことです。私の勝手な推察ですが、あの構成は間違った効果と共に城に伝わっていたのではないでしょうか。——実際、第十九系列までは基礎を築きつつ周辺から魔力を集めるようになっていますが、第二十七と第四十二で構成に直接触れたものの血肉と魂を吸い取ります。そして発動後は第二十から第三十、そして第五十代の系列が交差して円を描き、その場に概念的に穴を開けるという代物です」

「概念的に、穴？」

「世界の外……底に沈殿しているという負の海に向けて穴が開かれます。負の海が実在しているかどうかは証明されていませんが、ファルサス以外の類似した事件では濃い瘴気《しょうき》がその場に生み出され、多くの死者行方不明者、また精神に異常をきたしてしまった人間がいたと記録されています。調べればおおまかにですが、魔法歴史年鑑に記述が残っているはずです。もちろんファルサスに問い合わせれば、もっと詳しいことも分かります」

「……それは……いや……」

はったりは必要だ。まず大事なのは今を乗りきること。

そのためには多少の誇張を混ぜることも仕方ない。エリクはあの構成の正体が、自分の想像通りだという自信があった。そしてそれが事実なら証明は後からついてくる。仮に証明されないとしても、あの構成が禁呪であると疑って接すれば、真実を読み解ける人間は出てくるはずだ。

現に目の前の男は揺らぎつつある。知っている構成を思い出し、言われたことを元に判別しようとしていることは表情からも明らかだ。

エリクはたっぷりと間を取ると、もう一押しする。

「あの構成は完成させてはならないと私は思いますが、陛下のお望みは城都の壊滅でしょうか」

「そんなはずはない！　陛下はこの国をお守りするために……」

「ならばなおさら、構成を中断させるべきです。完成しては取り返しのつかないことになります」

もし完成してしまったら、まず間違いなく歴史に残る惨事となるだろう。多くの死者が生み出されて城都が滅ぶ上、開いてしまった穴を塞げるかどうかも定かではない。

宮廷魔法士の男はすっかり青ざめた顔で考えこむと、躊躇を漂わせながらも呟く。

「だとしても、すぐには止められるか保証できない。ただお前の言うことが正しいと分かれば構成は中断されるだろう」

「はい。よろしくご判断お願いします」

ひとまずはこれでいい。構成の完成にあと二日はかかるのだ。それまでに真偽は明らかになるはずだ。——誰の横槍《よこやり》も入らなければ。

エリクは男に「話す相手は慎重に選ぶように」と念を押して、ひとまず地下へと戻る。

既に地下の広間いっぱいに張り巡らされつつある構成は、まるで人の無知を嘲笑うかのように圧倒的な様相を呈し始めていた。

※

カンデラの副魔法士長はその報告を受けた時、舌打ちを禁じえなかった。満を持して構成を始めた「禁呪」は、王命によってのものなのだ。

百年ほど前に城に持ちこまれたという巨大構成は、街一つ軽く焼ける程の「魔法弾」を作り上げると聞いている。特に人の血肉などを必要とするわけではないが、大規模破壊魔法であるため「禁呪」とされた魔法だ。

あれさえ完成すれば、守るにせよ攻めるにせよカンデラは強大な力を持つことになる。近隣国家の興亡に押されてあわただしく手をつけることにはなったが、あの禁呪はもともとカンデラの切り札なのだ。――だがその構成が、まったく別の効果を持つのではないかという報告が入ってきた。

まさに水を差されたとしか言いようのない事態に、彼は渋面を禁じえない。

同様の思いを感じているのか、目の前に立つ二人の魔法士は戸惑いの表情で報告を続けていく。

「確かに調べたところ魔法歴史年鑑には、百二十年前と四百十年前に、狂信者の禁呪により瘴気が染み出すという事件の記載があります。四百十年前は術が不完全だったために、そして百二十年前はファルサスの介入により途中で構成は破綻しておりますが、死者の数はかなりのものです。また三百年前にもファルサス城都で似た事件が起こっており、瘴気の発生に関して簡単な記述が残っておりました。当時の構成はおそらくファルサスに問い合わせれば分かるかと……」

「問い合わせられるか！　禁呪なのだぞ！」

そんなことをすれば間違いなく魔法大国の介入を呼びこむ。魔法の管理者よろしく大陸に威を打ち立てているファルサスは、カンデラが禁呪に手をつけたと知れば制裁を加えてくるだろう。それだけは避けなければいけない。忌々しさを露《あらわ》にする副魔法士長に、報告に来た魔法士は縮こまる。

「ですが、あの構成は複雑過ぎて解析には時間がかかります。極秘裏に調査するとしても三日ではとても足りないかと……」

「今まで厳重にしまいこまれていたからな……仕方ない」

百年もの間、あの構成図を見ることができたのは歴代の王と魔法士長のみに限られていたのだ。

副魔法士長の彼も今回初めて構成図を見てその複雑さに驚嘆した。禁呪とはかくあるものかと思ったくらいだ。とてもではないが、短時間でその真の効果を判断することなどできそうにない。

だが放置して万が一があってはことだ。彼はこれ以上ないくらい顔を顰める。

「陛下へご注進に及ぶか……？」

「ほう、何をだ」

一瞬で場を凍りつかせる声は部屋の入口からもたらされた。室内の三人は驚愕に体を硬直させる。

そこでは、いつから部屋の前にいたのか魔法士長のイドスが冷えきった視線を部下たちに向けていた。イドスの背後には顰《しか》め面《つら》の魔法士が一人控えている。おそらくはこの男が彼らの相談を漏れ聞いて密告でもしたのだろう。

肌に突き刺さるような緊迫感に、内心怯みながらも副魔法士長は立ちあがった。

「れ、例の構成は別の効果を持つ禁呪の可能性があると……」

「誰が言った？」

――この時、副魔法士長は正直に答えるべきではなかった。

むしろ適当なことを言って時間を稼ぎつつ、イドスを出し抜く手段を考えるべきだったのだ。

構成を見ることができた魔法士長にもかかわらず、イドスは長年その効果について何も言ってこなかった。そのことをわずかながら危ぶんだからこそ、若い魔法士たちはイドスではなく副魔法士長の彼に相談してきたのだから。

しかし、彼はイドスの圧力に耐えられなかった。責任転嫁をするように「今回採用された魔法士の一人が言い出した」と言い訳し、エリクの名を教えてしまう。イドスはエリクの審査書類を持ってさせると、一通り目を通して頷いた。

「流れの魔法士がくだらぬ戯言を……。お前たちはさっさと持ち場に戻れ」

反論を許さぬ声に副魔法士長たちがあわてて退出すると、イドスは兵士たちを呼ぶ。手に持った書類を彼らの前に投げた。

「この男を隔離しろ。抵抗するなら殺してもよい。どうせ旅の人間だ。知人もおらぬだろうし消息を断っても問題あるまい」

「いえ、確か連れの娘がいたはずです。御触《おふ》れを出した時、一緒にいたところを見ております」

「ならばその娘も確保せよ」

問題の男は、ファルサスの公表されていない記録についても言及したという。それが本当なら、少なからずファルサスに関係した魔法士なのだろう。嘘だとしても連れを放置してファルサスにでも報告されたら全てが水泡になりかねない。イドスは書類に記されている宿に娘を捕らえに行くよう手配すると、兵士たちを下がらせた。深く息を吐いて椅子に座る。

「主教様、今しばらくお待ちくださいませ。まもなくこの国に住む者の精神は我らが神の支配下に置かれますれば……」

百年以上前から絶えず城に送りこまれてきた狂信者。その一人である男は、愉悦に笑う。

――だが、彼もまた知らない。禁呪について主教から聞かされていたことよりも、旅の魔法士が看破した効果の方がより真であるということに。そして、同じくその真に気づいた同志のセルーが、構成を止めるべく城に向かって実働部隊を突入させようとしていることも。

後に「無言の三日間」と呼ばれる混沌《こんとん》が、こうして始まろうとしていた。

※

自分の方向感覚のよさに、今夜ほど感謝したことはなかったかもしれない。

雫は細い路地を縫って走りながら、時折見えるカンデラ城を窺う。少しずつ、その壮麗な建物は視界の中で大きくなってきている。あまり大きな通りに出ると兵士たちに見つかってしまうのではないかと思い、慎重に距離を詰めているのだ。

「あとは城の塀が越えられるか……」

間近で見た塀は確か、ゆうに高さ三メートルはあった。それを乗り越えることはできないし、裏口か何かを探して忍びこむしかない。

雫は次の角を右へ曲がる。また城が近づいた。

「こんなことならあらかじめもっと探検しとけばよかったかも」

城にはエリクと見学に行って以来近づいていない。どこに裏門があるのかも分からないのだ。ただ何となく正門の真裏にあるのではないかと、見当をつけて走っている。

決して長くはない走るだけの時間。近づきつつある城から鈍い爆発音が響いたのは、雫が行き止まりを避けて夜空を仰いだその時のことだった。

「え？」

至極平凡な人生を送ってきた雫は、元の世界において爆発音を聞いたことなど一度もない。火事に出くわしたことさえないくらいだ。しばらく前にメアが塔を破壊した時は音がしたのかもしれないが、必死だったせいかよく覚えていない。

そのため彼女は、打ち上げ花火をまとめて上げたような重い音に、びくっと身を竦めてしまった。

「……どーん？」

いささか間抜けに言いなおしてみたところで事態は変わらない。雫は肩の小鳥と顔を見合わせると恐る恐る建物の陰から城の方を覗きこんだ。

暗い上に遠いせいかよく分からない。煙も上がっていないし、火はついていないようだ。ただ静まり返っているかといったらそうではない。爆発を聞いた人間が他にもいるのか、街は徐々に喧騒を帯びつつあった。

「い、行ってみようか」

雫は城の方へ爪先を向けると様子を見ながら走り出す。時折建物の陰に身を隠すようにしながら、着実に距離を縮めていった。夜でも薄明るく照らされている城が徐々に大きくなる。微かに聞こえる金属を打ち鳴らすような高い音に、彼女は首を傾げた。

窓から顔を出している人間はいるが、外にまで出て様子を窺おうという人間は多くない。雫はそんな人間たちの間を縫い、窓の下を通り過ぎる。城壁はもう目前だ。周囲には爆発の痕も、兵士もいない。彼女は高い壁を通りの向こうに確認しながら、正門の裏に向かって壁と平行に走り出した。

微かにしか聞こえなかった金属音が次第に明瞭になる。

「きんきん？」

どうにも雫が言いなおすと、間の抜けた効果音になってしまう。

だが、本当に何の音なのか分からないのだ。彼女は頭の中で、刀鍛冶が金槌《かなづち》で熱された鉄を叩く様を連想した。緩やかにカーブする城壁に沿って足を進める。飛ぶようにとまではいかないが、本気の八十パーセントくらいだ。

しかし、のってきた勢いのまま走り続けようとした雫は、耳元に鋭い鳥の声を聞いてあわててブレーキをかける。止まりきらない足で三、四歩進んだ。

たったそれだけの距離だ。

だがそこはもう——戦場だった。

「怯むな！　進め！」

鋼が光を反射して白く煌《きらめ》く。宙を斬る刃と共に、またもや金属音が鳴り響いた。

雫は唖然と立ち尽くして目の前の光景を見つめる。現実を認識するための数秒間を経て、彼女はようやく今まで聞いていたものが剣戟《けんげき》の音だと理解した。

先程の爆発音はこれだろうという崩れかけた城壁。そこから走り出てきた兵士たちが、黒尽くめの男たちと戦っている。怪我を負い膝をついた者の頭部に容赦なく長剣が振り下ろされるのを見て、雫は思わず両目を瞑った。短い悲鳴だけが耳に残る。

数秒経って薄目を開けてみると……男は既に倒れ伏していた。割れた頭から何かが流れて出て地に広がっていく。その体を別の男が踏みつけていった。

初めて見た光景。それは、暗さに覆われていても充分凄惨なものだ。耳のすぐ傍で唾をのむ音が聞こえる。それが自分のものだと気づくのに時間がかかった。

棒のようになった足が震える。熱かったはずの体が一瞬で冷えきった。


ここは、どこなのか。

なにが、おきているのか。

友達は、家族は、どこにいて、自分はどこにいて、なぜ、こんな、こわい、おかしな
頭の中に言葉が溢れる。断裂した単語が連なる。

目を見開いた雫は恐怖から後ずさろうとした。何かを考えていたわけではない。そうするしかなかった。だがその時、目の前に逃げ出した男が倒れこんでくる。

暗くてよく見えない。だが血の臭いと助けを求める呻き声だけは現実だった。

雫は男と目が合う。そこには苦痛以外の感情が浮かんでいた。


——ああ……人だ。


雫は男のすぐ傍にしゃがみこむ。考えるより先に体が動いた。

「た、たすけるから」

逃げ出したいと思うのが人間の本能なら、助けたいと思うのは人の本能なのかもしれない。

彼女はハンカチを取り出すと、男の脇腹にある傷を探して押し当てる。鼻をつく生臭い血にこみ上げてくる吐き気を堪えながら力を込めた。

汗が額から滑り落ちていく。

このまま、どうすればいいのか。救急車などない。医者なら治せるのか？　分からない。

魔法は使えない。エリクがいないから。彼は無事でいるのか？　それも分からない。

怖い。

何も、できない。

逃げ出すことも、できなかった。

誰かがゆっくりと近づいてくる。剣を手に、恐ろしい形相で雫とその傍の男を睨む兵士だ。

雫は気配に気づいて顔を上げる。兵士の男は緩慢な動作で剣を振り上げた。

まるでスローモーションだ。自分の体も、とても重い。

庇おうか、と思った。

自分は怪我がなくて、目の前の男は重傷なのだから。

覆い被されればいい。そうすれば、きっと。

けど。思ったのに。手が動かない。足も、頭だけが空回りして。

メアを。ああでも、こんなことは——

強い衝撃を受けて雫は後ろに転んだ。

今まで呻きながら地に這いつくばっていた男が、彼女を思いきり突き飛ばしたのだ。

彼女の黒い目を一瞬だけ見返して、そして男は目を閉じた。間断を入れず、その背に兵士の剣が突き立てられる。

「――待っ……！」

何も止まらない。スローでも何でもない。時は平等に進んでいく。

背を串刺された男は一度大きく痙攣《けいれん》して……動かなくなった。

雫は尻餅をついたまま、男を殺した兵を見上げる。

まだ若い兵士の顔は、苦渋と興奮の入り混じった――人間の顔だった。

「あ……」

雫は地面に座りこんだまま、目の前に立つ兵士を見上げる。

――ここで、死ぬかも。

そう思ったのは、若い兵士が逡巡しながらも彼女に向かって剣を構えた時だ。今まで、自分が死ぬかもしれないと思ったことはあったが「殺されるかもしれない」と考えたことは一度もなかった。縁がないことだったのだ。どんな悲惨なニュースを見ても、意識は遠さを拭えなかった。

だが今、それはとても近い。目の前だ。人の形をとって彼女に現れた。

けれど雫は全てをのみこめないままで……この現実を理不尽だとさえ思えない。ただ、「大学に本を返せなくなったな」ということが少し申し訳なかった。

雫は目を閉じる。

怖かったから。

それだけしかできなかった。

声も出ない。

怖いから、ただ待った。

金属の打ち合う高い音。それはすぐ近くで鳴り響いた。

雫は反射的に耳を押さえる。

目を開けた。まだ夜。暗い。けれどそれははっきりと見える。

兵士の驚愕の顔。

彼女の眼前ではその時、二本の剣が交差していた。

「――女の子を問答無用で斬りつけようってのは、衛兵のすることじゃないな」

余裕に満ちた軽口は、聞き覚えのある男のものだ。雫はその声に我に返ると、あわてて後ろに下がりながら立ちあがった。自らの剣を以て兵士の剣を防いだ男は、首だけで振り返る。どこか胡散《うさん》くささの否めない、けれど親しみが持てなくもない笑顔がそこにはあった。

「さて、雫。夜遊びはほどほどに、だ」

ターキスは言いながら剣ごと兵士の体を押し戻す。バランスを崩した兵士がよろめくと、彼は追い討ちをかけるように大振りで剣を振るった。兵士はあわてて飛びのく。

けれど、追撃を警戒したのであろう若い兵は、直後ぽかんと口を開けて立ち尽くす羽目になった。

突然現れた男は、庇った少女の手を引いて笑いながら、城とは逆方向に走り出したのだ。みるみる遠ざかる城に雫は顔色を変える。

「え、ちょっと、ちょっと」

「戦略的撤退。話はお茶でも飲みながら聞くから、今は真剣に走れ」

頭の中は混乱ばかりだが、助けてくれた男の言葉だ。雫はひとまず足を動かすことに専念した。

二人を追ってくる者はいない。剣戟の響きは遠ざかっていく。

しかしそれでも暗い夜の中にはそこかしこに死が転がっている気がして、雫はやりきれない思いを堪えていた。

※

宿屋に少女を確保しに行った兵が空振りで返ってきたと報告された時、魔法士長イドスはもっと腹立たしい報告に眉を歪めていた。問題の禁呪について指摘をしたという魔法士が、いずこともなく消えてしまったというのだ。

イドスが兵を手配し男を捕らえようとした時、既に男はいるべき地下の広間にはいなかった。

「忘れ物がある」とふらっと出ていったきり行方が知れないらしい。イドスはあわてて城中を捜索するよう兵士たちに命じた。

しかしその時、新たな報告が入ってきた。城壁が破られ、何者かが城に攻撃をしかけてきたのだ。

「忌々しい……っ！　さっさと片付けろ！　城には一歩も入れるな！」

もしこの時イドスが最前線にまで行って状況を見極めようとしたなら、侵入を試みる襲撃者たちが同志であるシューラ教徒のセルーの一派だと分かったかもしれない。けれどこの時彼は侵入者のことを「逃げ出した魔法士が、禁呪を止めるために手配したのだ」と思いこんでしまった。

「禁呪を止めるため」という目的は確かに一致していたが、実情にはほど遠い。これによってイドスは、襲撃者を「敵」と認識し、城内から指揮を取り続けることとなる。

全てを知るのはほんの数人。しかし彼はその中に入らなかった。

※

「なかなか混迷しているな」

アヴィエラは窓の傍に立って街を見下ろしていた。火は上がっていないが、弾ける魔力に何が起こっているのかは推察できる。予想通りと言っていい戦闘に彼女は美しい微笑を見せた。椅子に座ったままの老人はくぐもった笑い声を上げる。

「セルーに真実を教えて禁呪を止めるよう炊きつけたか。妖女はげに恐ろしいものだ」

「争いがあった方がいいだろう？　私は機会を与えてやっただけだ」

「何もなければ安寧のまま終われたというに残酷な遊びをしおる。まあ、おかげで完成は早まりそうだ。流した血が多ければ多いほど終わりは近づく」

フードの中に体を埋没させた主教は陰惨に笑う。女はわざとらしく驚いてみせた。

「残酷なのはそちらだろう。信者たちをも欺いて禁呪を組ませたのはお前じゃないか」

「かつての信者ならば皆、喜んで神のためにその身を捧げたものだ。だが今はどうだ？　シューラ教は『今を思え』と聞こえのよい教えで民の間に広がったが、その分信仰は浅くなってしまった。儂《わし》は皆に原点に戻れと、そう教えるだけだ」

アヴィエラの背後に控える黒衣の男は、主教の言葉に目を細めた。しかし彼は何も言わない。代わりに女が艶のある唇に言を含む。

「原点といえば原点であろうな。『負の海』は」

「切り離せぬものを見て見ぬふりなどできまい」

「だから皆が、自分と同じものを見るべきだとでも言うのか？」

訪れた沈黙は、泥濘《ぬかるみ》にも似て部屋に沈殿しているようだった。

老人は目を閉じている。女は本を手に笑っていた。白い指が表紙の金細工をなぞる。

「終幕はもうすぐだ。主教様はそれまで隠れているのか？」

「最後になれば出る。儂の神を迎えるためにな。——お前はもう行くのだろう？　アヴィエラ」

「ああ」

「世話になった、と言うべきか。お前のその本がなければ、精神を操るだけの禁呪を真の禁呪とすることはできなかった」

　長い時間をかけて代々の主教は陰謀の根を張り巡らせてきた。人々に信仰を浸透させ、城に人を送りこみ、徐々にこの国を支配下に置こうとしてきた。現に城が長年慎重に所蔵していた禁呪は百年前彼らが持ちこんだものだ。発動すれば街の人間の精神は皆、術者の支配下に落ちるというもの。

　――だがその構成は土壇場で書き換えられた。アヴィエラの深紅の本をもとに、主教は魔法士長に命じて構成を改竄《かいざん》させたのだ。

「最後に聞いておこうか……。その本は、一体何だ」

　存在するはずのない本。記録から消されたはずの禁呪さえ、そこにはいくつも記されている。得体の知れない女の本を主教は怪しんでいたが、今までその正体を問うたことはなかった。

　アヴィエラは自分が持つ本に視線を落とす。問いに応えたのか違うのか、本が微かに震えたような気がしたのだ。窓の外に動くものを感じて彼女が外を見下ろすと、そこには男と、手を引かれる少女の二人が走っていた。

　さして興味もない光景だったことに苦笑して、アヴィエラは主教を見返す。手の中の本を掲げ、声を出さず嗤《わら》った。

「さぁ？　きっとただの……人の記録さ」

※

城を襲う混乱から逃れ出た雫は、ターキスに連れられるまま一軒の酒場に入った。

薄暗い店内はそれなりに混雑している。密やかな囁きがあちこちで重なり、まるで波音のようだ。

蠟燭の火に照らされる客の顔は様々だ。大人しそうな男、翳のある女、顔に傷があるごろつき。

甘い香りと混ざる酒の匂いが渾然とした空気を作り出していた。

場の雰囲気にのまれそうになった雫は、一歩前を行く男に尋ねる。

「ここは……？」

「ん？　俺みたいな奴らの隠れ家だ。城の人間なんかはまず来ないから安心しろ」

ターキスは奥まった場所に空きテーブルを見つけると、まず雫を座らせ自分はその向かいに座った。注文も何もしていないにもかかわらず二個のグラスが運ばれてくる。

「ほら、飲めばいい」

「何これ。お酒？」

「当然」

「未成年なんだけど……」

「もう十八だろ」

言いながら男は、水でも飲むように琥珀《こはく》色の液体を喉に注《そそ》ぎこむ。雫は得体の知れない飲み物を覗いたが、鼻の奥が焼けるような強い匂いに口をつけることはしなかった。

暗い店内を見回す彼女の脳裏に、先程の光景が甦る。

苦しみ死んでいった男。殺した兵士。今まで見たことのない、だが明らかに人間の姿。泣くというほど形にならない、ただ忘れることもできない倦《う》んだ感情が、酒より熱く彼女に沈殿していた。

「落ちこんでるのか？」

「落ちこんでる？」

そうなのだろうか。雫は自分の手をじっと見る。見慣れた十指は微かに震えていた。

——容赦なくもたらされる死。

ついさっきまで雫もまた死の縁に立っていた。何もできずにただ立ち尽くして、それを見つめていたのだ。目の前の男はああいう場面に慣れきっているらしく、いつもとまったく変わりがない。

ターキスはうつむいたままの彼女に気がつくと、グラスを少女の眼前へと押しやった。

「飲めよ。顔色が悪い」

「要らない。悪いけど、お酒は飲まないの」

「美味《うま》いのにもったいない」

男は彼女のグラスを手に取ると無造作にあおる。豪胆な仕草に、自分との違いが如実に見て取れて雫は表情を曇らせた。

自分一人では何もできないのだとは分かっていたが、これほどまでとは思わなかった。ターキスが現れなかったら、自衛さえできずにあのままあそこで死んでいただろう。エリクに会うことも、元の世界に戻ることもできぬままだ。

雫は顔の角度を変えると、肩に止まったままの小鳥に視線を送る。あの時、メアに頼めば死なずに済んだはずだ。力によってあの場を切り抜けることも可能だっただろう。

けれど、土壇場で雫は躊躇ってしまった。半壊した呪いの塔を思い出し、そして自分を殺そうとする兵士の興奮と恐怖の顔を見て、何もできなくなってしまったのだ。

死にたかったわけではない。ただ臆病だっただけだ。怖くて選べなかった。自分で進むことができず、うずくまっていた。それが何も生まないと知っていながら凍りついた。

「……助けてくれて、ありがとうございます」

「どういたしまして。大したことじゃない」

「大したことある」

雫はテーブルに両肘をついて頭を抱える。乱れたままの精神を何とか落ち着けようと深呼吸した。

今更目頭が熱くなってくる。だが、生まれかけた涙を雫は堪えた。

閉じた瞼《まぶた》の裏に、また白く光る剣が甦る。それは感傷を差し挟めない、単なる現実だ。

怖かった。助けてほしかった。

だから、彼が現れた時に安堵した。

――けれどそんな自分が厭《いや》だと思ったのも本当だ。泣きたくなるのは自分の不甲斐なさのせいだ。

死は、全ての人を待つ結末だと知っている。人間は皆、死を待つ存在だ。

それを目の当たりにしたのは初めてのことで……だが、それは決して異世界だけの常識ではない。自分の住む周囲が平穏だっただけで、元の世界でも流された血の膨大さは無数の本に記されている。

見たくなかったこと、いたたまれない現実であるのは、――それが競争し生きていく人間の当たり前の在り方だということだ。

——自分が無力であることを自覚する。

まずはそこからだ。そして今度は心を決める。少なくともうずくまってしまわないように。

あんな騒ぎが起こっている以上、城ではやはり異変が起きているのだ。そしてエリクはその只中《ただなか》に巻きこまれている。彼の連れである雫を兵士が捕まえに来たのがその証拠だ。

——だから、何としても彼と合流しなければ。

長い沈黙の果て、雫はテーブルを睨んでいた視線を上げた。興味津々の目をしている男に向かって上半身を乗り出し、遠くにあるであろう城の方角を指す。

「私、城の中に入りたいんですけど、あの壁が壊れたところから入れますか？」

「無理だな。あんななってちゃ一番あそこが警戒されてる。まずお前には無理だよ」

「そっか……」

ならば別の場所か手段を考えなければならない。自分でもできそうな実現可能性の高い作戦を。

エリクのことを諦めるという選択肢はない。彼は、妄言と切り捨てられてもおかしくない雫の話を信じてくれた。一緒に旅をして、雫が湖底の城に消えた時でさえ迎えに来てくれたのだ。

友人というほどお互いへの幻想はない。知人よりもお互いの思考を知っている。

言葉を交わし、知識を重ねることを楽しみながら——それはただ「かけがえのない相手」というだけだろう。自分たちの関係を表す言葉がまだないとしても、雫にとってエリクはとっくに大事な人間なのだ。

だからまだ、可能性を諦めない。

両手で頬杖をついて真剣に考え始める雫に、ターキスは苦笑した。

「俺に頼まないのか？　手伝ってくれって」

「頼みたいですけどお礼ができないんで。あなたには割に合いませんし」

「そうか？　お前には聞きたいことがいくつかある。それを報酬にしてもいいぞ」

雫は反射的に「答えられない」と突っぱねかけて止めると、男の要求をよくよく反芻した。

質問に答えるということはおそらく、自分の出自を明らかにするということだろう。いまだかつて前例のない「異世界」から来た自分のことをこの男に教える。好奇心を隠しもしない、未知のものを探している彼に。

それはどういう未来を導くことになるのか。今この状況よりももっと厄介なことになるのか、それとも違うのか。

だが――自分はしょせん無力な存在だ。それは裏を返せば、彼女が何者か知ったとしても利用のしようがないということではないのか。

ターキスは興味を隠さない目で彼女を見ていた。雫は少し考えると男を見上げる。

「質問はいくつですか？」

「そうだなあ……三つもありゃ充分じゃないか？」

「三つか……」

アラビアのランプの魔人も、呼び出されて「三つの願いを」と言う時は緊張するのだろうか。

もっともお話の中に出てくる魔人は雫と違って極めて万能だ。だからきっと駆け引きを楽しめるのだろう。こんな風に不安で吐きそうな気分にはならないはずだ。

「あなたに頼んだら本当に城に入れますか？」

「何とかするさ。俺は仕事の幅広さに定評がある傭兵だ」

「何でも屋？」

「はっきり言うな。それより早く決めなくていいのか？　あの魔法士が心配なんだろう？」

何故知っているのか雫は顔を顰めたが、そもそも彼女一人で死にかけていたことからして当然の推察だろう。それより今優先したいことは、エリクの安否を知ること。そして彼と合流することだ。

――ならば借りられる手は借りる。

「分かりました。その条件をのみます。だから……私を城に入れてください」

「確かに。契約主殿」

男はもっともらしく答える。だが表情に稚気があり過ぎて、雫はいささか呆れてしてしまった。対等な取引だと思っているのに、まるで乗せられているような気分になってしまうのだ。

ターキスは自分の正面、そして雫の背後に向かって笑ったまま手を差し伸べる。

「さて、こちらの話はついたが……あんたたちの依頼はなんだ？　大体見当はついているが、詳しい話を聞かないとな」

「え？」

雫は予期せぬ言葉に振り返り、そして口をぽかんと開いてしまった。

いつの間にかすぐ後ろに四人の男たちが立っていたのだ。黒尽くめの男たちが三人、そして苦渋にまみれた顔をした壮年の男が一人、いずれも険しい表情でターキスを見据えている。その服装はまさに、先程雫たち二人が「撤退してきた」戦場で見たものであり、兵士たちと戦っていた正体不明の集団と同じものだった。壮年の男は苦りきった声で言う。

「傭兵。お前なら厄介な仕事も引き受けてくれると聞いてきた。我らの依頼を受けるか？」

「話によるね。面白かったら考えるが」

ターキスは立ちあがる。彼はぎょっとする雫の頭にぽんと手を置いた。

「場所を変えるぞ」

「別の店？」

「いいや？　こっちだ」

ターキスは言うなり店の奥に向かう。カウンターの奥にいる店主に目配せすると、小さな木のドアを開けて中の部屋に入った。そこは密談用に使うのか小さな個室になっている。

全員がそれぞれの席に落ち着くと、壮年の男はテーブルの上で指を組む。彼が黒尽くめの男たちの上司にあたるらしい。男はセルーと名乗った。

「お前は横の繋がりも広いらしいから他の人間への口利きも早いと聞いたのだ、傭兵」

「仕事を頼むつもりなら名前で呼んでくれよ。確かに知り合いは多いがね」

「ならばターキス、我らの依頼は一つだ。城への攻撃を仕掛けたい。明日中にだ」

雫は声を上げそうになって唇を噛む。やはりこの男たちはあの戦闘に加わっていた者たちなのだ。そして未だ諦める気配はない。それは一体何のためだというのか。

ターキスは横目でちらりと雫を見ると返した。

「傭兵を雇って国相手に戦争しようっていうのは稀にある話だが、規模と期間が普通じゃないな。明日中にこの辺にいる奴らだけでなんて無謀だろう？」

「だがやらねばならん」

「何のために？」

「国が滅ぶ」

端的な答えにさすがのターキスも絶句した。隣で雫が口を押さえる。

一体何が起きているのか。ターキスは気を取りなおすと問うた。

「何で滅びるんだ。さすがにありえないだろ」

「禁呪だ。完成すればこの街をのみこんで人が皆死ぬ。だから、その完成を止めたい」

「……禁呪」

それは、雫にとって聞いたばかりの単語だ。まだエリクが宿にいた頃教えてくれた言葉。使ってはいけない魔法の総称で、かつてもそれによって滅びた国がいくつもあるという。

まるで非現実的な言葉を噛みしめる雫の隣で、ターキスは笑う。

「禁呪ってまた物騒な単語が出てきたな。情報源はどこだ」

「言うことはできない」

「じゃあこの話はナシだ」

拍子抜けするほどあっさりとターキスが言い放つと、セルーと名乗った男は顔色を変えた。ターキスが立ちあがりかけるのを、セルーはあわてて留める。

「待ってくれ！　言う！　言うから最後まで聞いてくれ！　——情報源は我らそのものだ！」

「は？　何だそりゃ」

「だから……その禁呪を城に組ませようと画策したのが我らなのだ」

ターキスと雫は顔を見合わせる。彼らはお互いの目を見ながら言われたことを咀嚼して……もう一度セルーを見た。二人の声が重なる。

「馬鹿？」

「ば、馬鹿とは何だ！　あれがあんなものだと分かっていたら私も止めていた！」

「あー、まー、はい。分かったから。声大きいぞ」

やる気なく手を振られて、セルーは浮かしかけていた腰を落とした。今度は声を潜めて問う。

「そういうわけで……納得してくれたか？　受けてくれるか？」

「いや、理解はしたが……。つまり実際組まれている禁呪が思ってたのと違ったってことか？」

「ああ」

「それ、自業自得だろ。他の人間に尻拭いを押しつけるなよ」

そっけない言葉は、男の痛いところをついたらしい。セルーは喉に物が詰まったような顔になる。

ターキスは黙りこんだ男に重ねて苦言した。

「もともとどんな禁呪を使うつもりだったかは知らんが、禁呪ってところからして駄目だろ。ファルサスにばれたらどの道国ごと滅ぶぞ」

「……分かっている」

「大方あんたら宗教関係者だろ？　その格好からして街に蔓延《まんえん》しているシューラ信仰の一派か？」

セルーはこれには答えなかったが、沈黙が肯定であることは明らかだ。雫は彼に聞き返す。

「シューラ信仰？」

「街中に黒い蛇の像がぶらさがってただろ。あれを配ってるところだよ」

「あー、言われてみれば、そんな名前だった。……え、そんな宗教が禁呪？」

「そんな宗教だから城に人を送りこめたんだろ。時間をかけて送りこんだ信者が城内で力を持てば、教団への融通も利く。多分、王なんかは城内にシューラ教徒がいるって気づいてないんじゃないか？　忠臣づらして実際は教団のために動いてるってやつだ」

「うへ……」

あれほど街に浸透している宗教が禁呪の黒幕であるという事実に雫は眉を顰める。魔法士が基本的には無信仰だというのも、こういうことがあるからだろうか。雫自身も無信仰であるが、人の信仰を尊重する気持ちは持っている。ただ、今後街中であの神像を見かけても、無心でいられる自信はなかった。

セルーは苦虫を噛み潰したような顔で黙していたが、深く息を吐き出すと口を開いた。

「それで……やってくれるのか？　それともこの国から逃げるか？」

「先に確認させてくれ。どうすれば止められる？　城の全破壊とかはさすがに無理だぞ」

「城の魔法士長は我らが送りこんだ同志だ。もし奴が事実を知らないだけならば、事情を説明すれば止められるかもしれない。そうでなくとも構成を組んでいる魔法士たちを端から殺せば済む」

「ちょっ……！」

叫びかけた雫は、すかさず伸びてきたターキスの手に口を押さえられた。もがもがと暴れるがまったく離してくれない。暴れる雫を無視してターキスは苦笑した。

「厄介だな。しかも時間制限つきか。流れ者に頼むような仕事じゃない」

「なら別の者にあたる。時間は惜しい」

「そう言うな。やるさ。面白いからな」

さらりと返ってきた返答に、セルーは自分が依頼した側にもかかわらず瞬間ぽかんとした。半分くらいは断られると予想していたのだろう。残る三人の黒尽くめたちも目を瞠る。

ターキスは、口を押さえたままの雫を一瞥すると笑った。

「それに、この娘からも依頼を受けている。城に入れてくれとな」

雫は目を瞠る。そんな彼女にターキスは片目を瞑って見せた。

雫がセルーを見やると、男はまるで馬鹿を見るような目で彼女を見つめており――彼女は何だか釈然としない気持ちを味わう羽目になったのだ。

※

話がまとまると、雫は近くの宿屋の一室に放りこまれた。

彼女をここに連れてきたターキスは「色々下準備がある。動くのは明け方になるから仮眠しとけ」と言ってどこかに行ってしまったのだ。

雫はこのまま置き去りにされるのではないかとも怪しんだが、深夜であり疲れていることも確かだ。窓からは城も見えることだし、騒ぎが大きくなれば気づくだろう。むしろ寝不足で足手まといになってはよくないと、彼女は服のままベッドの上に丸くなった。メアは見張りをするつもりなのか窓辺に飛び移って小さく鳴く。雫は使い魔に「おやすみ」とだけ返した。

今まで神経を張っていたせいか、彼女はあっという間に深い眠りの中落ちていく。

断続的に見た夢は、元の世界で家族と一緒に笑いながら食事をとっている夢で……それが現実でないと自覚がある雫は、姉や妹に向かって笑いかけながらも……少しだけ泣きたかった。


「——起きろ、雫」

そう声をかけられたのは夜明け前のことだ。窓から見える空は真っ暗で、街は静まり返っている。

雫はぼんやりする頭を振るとベッドから立ちあがった。戸口のところに立つターキスが呆れた目でその様を眺める。

「乗合馬車でも思ったが、お前本当にどこででも寝るんだな」

「ベッドで寝るのは当たり前じゃないですか。起こしてくれてありがとうございます」

「どういたしまして。で、その重い荷物は持ってくのか？」

「そりゃ持ってきますよ。これで殴られると結構痛いです」

自分のバッグを肩にかけ、雫は歩き出す。ターキスの前に立つと、男は棒状のものを彼女に差し出してきた。

「これも持ってけ。何があるか分からないから」

「……剣？」

「お前みたいなやつでも何とか扱える。長過ぎず重くない」

目の前に差し出された無骨な黒い柄を、雫はじっと見つめる。かつてエリクに短剣を勧められ、それを断った時のことが嫌でも脳裏に甦った。

「武装したら戦意ありって取られるんじゃないですか？」

「何を今更。侵入する時点で叛意《はんい》ありだろ」

これだけのやり取りで、ターキスは彼女が武器を持ちたがっていないことを看破したようだ。長身を屈めると雫の顔を覗きこんでくる。

「持っていけ。いざという時なくて困っても知らないぞ」

「人に向けるために？」

「自分を守るためにだ」

雫は決して徹底した平和主義者でも何でもない。ただ、自信がないだけだ。人を傷つける道具に自分が惑わされないという自信がない。だから一度は断った。

あの時の短剣はエリクが持っている。今は城で揉めごとに巻きこまれているのであろう彼が。

——そしてあの剣は、本来彼女のためのものだった。

「私は、剣を使いたくはないです。人に向けたくない」

雫は言いながら手を伸ばす。硬い柄をしっかりと握ると、そのまま剣を受け取った。

男は可笑しそうに笑う。それは年上の者が見せる笑いだ。。

「なら努力しろ。武器よりも怖いものはたくさんある」

「言われなくても」

雫はバッグのファスナーを半分ほど開けると、短剣より少し長めの剣を鞘ごと斜めに押しこんだ。柄の部分だけ外に突き出させ、それが前にくるように左手でバッグを持ちなおす。

テニスラケットが持ち手だけスポーツバッグから出てるのに似てるかな、と彼女は思ったが、ターキスはあからさまに眉を寄せた。

「何だそりゃ……格好悪いぞ」

「格好は二の次ですよ」

「別に俺は構わんが。……間抜けだな」

「うるさいって！」

「ま、悪くはないか」

ターキスはさっさと背を向けると歩き出す。その後を雫は追った。

――この世界では、人は死ぬとそれきりなのだという。

それはとても怖い事実だ。生とは一度だけでその後には何もないというのだから。

重い、とこれほどまでに生と死を感じたのは初めてだ。当たり前の生が奇跡に思えるほど、死は冷たい。目の前に見たからこそ、そう感じる。

だから誰かの命を押《お》し退《の》けてまで進みたくはなかった。自分のために誰かを終わりにしたくない。けれどかと言って、誰かのために自分やエリクを終わりにさせてしまうつもりもないのだ。

「メア、力を貸してね」

主人の声に小鳥は頷く。日が昇り始めぬ早朝。こうして静寂の中、二日目は静かに幕を開けた。

※

大きな木箱がいくつも積まれた狭い室内は、埃臭《ほこりくさ》さが漂っていた。

窓のない部屋をエリクは見回す。彼は作業の手を途中で止めると立ちあがった。床の上に描いた白い魔法陣を眺める。それは理想から言えば精度が足りないが、今の状況ではこれ以上は望めないとも分かっていた。

エリクは魔法円をざっと見渡すと、再び膝をついて書き足し始めた。疲労が体の中に沈殿していくのが分かる。意識せずついた溜息が言葉になった。

「また禁呪にまみえることになるとはね……。これも報いか、カティリアーナ」

遠い過去に向かっての呟きは扉に当たって落ちていく。エリクは一瞬ひどく疲れた目をしたが、長いまばたきと共にそれを押し流すと、改めて魔法陣へ向かい手を伸ばした。

※

カンデラ城都に広く浸透しているシューラ信仰。その基本概念は『今を思え』だ。

人の世は儚い。常に流動し、いつ何が失われ変わっていくか分からない。だからこそ定かではない明日に期待を抱くより、現在を貴び最大限の努力をしろと、この信仰は人々に教えているのだ。

黒い蛇の神像は、人の世を監視するというシューラ神をかたどったものだが、それが数百年前の暗黒時代に実在していた邪神、世界の底に開いてしまった穴から侵蝕してきた「負」と同一の存在だと知る人間はほとんどいない。真実を知っている、わずかな信徒たちを除いては。

時折、歴史の上に飛沫のように現れる邪教。数々の忌まわしい事件を起こしてきた信仰の、その本当の理念は――『絶望を知れ』なのである。

※

夜明け前の路地には明かりさえない。

ターキスの後について外に出た雫は、彼が突然足を止めたことで背中にぶつかりそうになった。すんでのところで背中に両手をついて、顔から衝突するのは免れる。だがその分彼は突き飛ばされて一歩前によろめいた。ターキスは振り返って雫に白眼を注ぐ。

「……何するんだ」

「止まる時は止まるって言ってください」

「いちいち言ってられるか。よし、止まったぞ」

「遅っ」

「――その娘は誰だ」

突然の声はごく近くから響いた。地を這うような低い声に、雫は身を震わせる。しかしターキスは全く動じず、いつもと同じ調子で笑って返した。

「俺の別口の依頼人だ。無害だから気にするな」

まるで虫か何かのように言われて雫は釈然としなかったが、足手まといの自覚はあったので、せめて無害でいようと心の中で念じる。それをしながらターキスの体越しに暗い路地を窺うと、道の先は行き止まりになっており、何人かの人間が集まっているようだった。

雫は何人がそこにいるのか、目を凝らして確かめようとしたが、奥に行けば行くほど闇が深く、よく分からない。しかしターキスはまるで全員を分かっているように、平然と続けた。

「手はずは連絡した通りだ。三十分後に決行。夜明け後に第二陣が動く」

「それまで生きていられればよいのだがな」

「城は広い。入ってしまえば何とかなるさ」

「だがあの城は今、魔力的に異様な状態だ。中に入れば真っ先に食われるかもしれぬぞ」

姿の見えぬ人間から呈された可能性に、雫は分かっていたことだが緊張を覚える。エリクは最初からその中にいるのだ。「どうか無事でいてくれますように」と口の中で呟いた。

ターキスが暗闇からの問いに笑って返す。

「俺たちが中に入って食われるなら、城の人間はとっくに食われてるだろ。禁呪ってのは『そういうもの』だと聞いてる。人の制御の利かないものだとな。条件は同じだ」

暗闇からそれ以上の反論は返ってこない。そして、立ち去る者もいなかった。

ターキスは笑う。低い声には鋭い芯のようなものが通っていた。

「異論がないなら各自位置に。——滅多にない機会だ。楽しませてもらおう」

ターキスの声に浮かびあがる高揚。雫は遅ればせながら、その時理解する。

彼はおそらく、こういう多くのものがかかった急場が好きなのだ。一戦の勝敗で何もかもが変わってしまうような転換点に、喜びを見出すタイプだ。

好奇心が旺盛で挑戦的。常に自分が飛びこめる「何か」がないか探している。その一つが雫の存在で——そして今は、この依頼なのだろう。

雫はターキスにもらった剣の柄を見つめる。一度も抜いてみていないこの柄の先は一体どうなっているか、今はまだ想像もできない。皆が動き出すと、ターキスは雫の肩を叩く。

「よし、移動するぞ。お前は侵入部隊の方な。俺はまだやることがあるから」

「よろしくお願いします」

――城への侵入はいくつかの陽動と共に行われる。

それだけを雫は聞いていたが、実際にどんな陽動がいくつ行われるのかは知らない。動員される人数も、今いた人間が全てではなく、彼らはそれぞれの集団のリーダーなのだという。何だか怖気づきそうなほど大がかりな話になってきているが、城へ攻撃をしかけるというのだから、これでもまだ心もとないのかもしれない。

ターキスの指示で、雫は城から二本離れた道の路地裏に移動する。そこには既に、侵入部隊だという武装した男たちが待機していた。雫は彼ら傭兵に頭を下げてしゃがみこむと夜空を仰ぐ。

一番奥には一人の女が座している。剣を持っていない彼女は魔法士で、今回の侵入の最重要人物だと聞いた。陽動が城の結界に圧力をかけた後、彼女が結界を強引に破って中へと転移門を開くのだ。それはなかなか大変なことらしく、一見清楚《せいそ》な聖職者のように見えるこの彼女は、ターキス曰く「実はめちゃくちゃ怖い」らしい。ターキスの知り合いだという彼女――リディアは、早朝からこの街に呼び寄せられたためか、顔を顰めて両目を閉じていた。雫は全員を見回し深呼吸する。

――自分の目的は彼らとは違う。エリクに会うことだ。

禁呪を止めることだけが目的の彼らは、状況によっては魔法士を殺すことも考えている。だからこそ雫はその前にエリクを見つけ出さなければならない。彼と合流できたらその後でどう動くのか。できるなら禁呪を止めたいと思っているが、具体的な行動は未定だ。

「――あと五分」

リディアの声が響くと空気が変わった。雫もまた立ちあがる。

スマホ以外に時間の分かるものを持ってこなかった雫は、この世界の五分間と元の世界の五分間が厳密に同じかどうかは分からない。だが、体感的にはあまり変わらないように思えた。エリクによると、この世界は法則的に十二の数字が安定とされているらしく、時間にも十二の倍数が多く使われているのだという。元の世界の時間の単位も天体の動きを元に作られたものだというし、この世界でも太陽や月はあるのだから、その辺りは似通っているのかもしれない。彼女は断続的な思考を抱えながらバッグを持ち直した。以前は重くて仕方なかったバッグも、今はあまりそれが気にならない。旅をしているうちに筋肉でもついたのだろうか。

リディアが大きく両手を広げる。詠唱が始まるのだ。緊張する雫の背を、後ろから誰かが叩いた。

「怖いか？」

そこにはさっきまでいなかったターキスが立っている。雫は多忙な彼がわざわざ戻ってきたことに目を丸くした。

「あれ、あなたは別のところから行くと思ってました」

「お前も俺の契約主だからな。城に入るまではちゃんと守るさ」

「途中で私が死んじゃったら、質問ができないから？」

「そういえばそうだな。忘れてた」

ターキスはこめかみを掻く。男の視線がリディアの姿を一瞬捉えた。

「そうだな。せっかくだから一つくらい教えといてくれ。俺の方が死ぬかもしれないしな」

「あなた死にそうにないですけど」

「そう言うな、雫。――お前は一体何者だ？」

どこか離れたところで爆発音が鳴り響く。雫は首を傾げて天を見上げた。続けざまにいくつもの破裂音が薄暗い空に響き渡る。

詠唱が終わる。リディアの前に、水でできたカーテンのような歪みが現れた。武装した男たちが無言でその中に飛びこんでいく。

雫は振り返ってターキスを見上げた。緊張は思ったほどない。多分もう麻痺《まひ》しているのだろう。鼓動だけが速い自分の体を感じ、彼女は小さく笑う。

「私は単なる文系女子大生ですよ」

男の怪訝な顔をそれ以上見ずに雫は走り出した。皆が消えていった歪みに向って足を踏み出す。

目を閉じて、世界が変わる瞬間。

それは、この世界に初めて放り出された時よりもずっと、あっさりとしたものだ。

城壁のすぐ内側、外庭に出た雫は、素早く空を見上げると走り出す。これだけで大体の方向は把握できた。そのためにさっきから空を見ていたのだ。

先に庭に到着した男たちは既に武器を抜いている。建物に向かって駆け出す彼らを、驚愕の顔をした兵士たちが迎え撃った。

「見んな」

後ろから伸びてきたターキスの手が無理矢理雫の顔の方向を変える。凄惨な戦闘を見ることで彼女の足が止まってしまうとでも思ったのだろう。けれど雫はそのまま走り続ける。兵士たちが駆け出してくる至近の建物を避け、庭を大きく仕切る庭木の林へと飛びこんだ。

鬱蒼《うっそう》とした木々しか遮るもののない暗がりを、彼女は枝を掻き分け低木を踏み越え進んでいく。体のあちこちを枝が傷つけていく痛みが走った。

「かがめ」

短い命令。雫は答えるより早くその場にしゃがみこむ。頭の上で何かが空を斬る音がした。目だけで見上げると、左前方から兵士が剣を突き出してきている。それをターキスが自らの剣で受けていた。雫は体を低くしたまま一歩前に出る。幸い他の兵士は追いついてきていない。彼女は持っていたバッグを肩から下ろすと、それを思いきり地面と平行に振り回した。

辞書を含め厚い本を数冊詰め込んだバッグは、ターキスと渡り合っていた兵士の膝裏に思いきりぶつかる。鈍い音と苦痛の呻きがして男は両膝をついた。雫は素早く立ちあがると今度は肩の上にバッグを振りかぶる。

「えい」

軽い掛け声とは裏腹に、バッグは固い音を立てて兵士の右肩に命中した。上から激しく打ち下ろされ、彼は崩れ落ちる。追い討ちをかけるように、ターキスの剣の背が男の首後ろを強打した。

「お前、それ何入ってるんだ？」

「本です。歪んだらどうしよう」

非常事態とは言え大学の本を鈍器として扱ってしまった。真剣に心配する雫に苦笑して、ターキスは茂みを掻き分け始める。

「ほら、行くぞ」

「はい」

雫はバッグとメアを確認すると、男の背を追って進み出す。

その時、遠くで何かが爆《は》ぜるような音がした。悲鳴がいくつか重なる。

まるで爆竹のようなすさまじい音に雫は振り返ったが、鬱蒼とした庭木があるだけの林には何も見えない。前を行くターキスが笑った。

「リディアが暴れてるな」

「リディアさんが？」

「あいつの力は宮廷魔法士並だ。おまけに実戦経験は並じゃないし」

「すごい」

ひょっとして、ターキスが言っていた「ファルサスに直通で門を開ける魔法士」とは、彼女のことだろうか。雫は目の前の植えこみを飛び越えた。前を行く男に声をかける。

「もうちょっと右。方向ずれてます」

「そうか？　真っ直ぐ来てると思うが」

「ずれてる」

断言するとターキスは訝しげな顔ながらも従ってくれるらしい。二人は枝を掻き分ける音を立てながら前へと進んだ。先程までは真っ暗だった周囲が次第に白み始めている。夜が明けるのだ。

そしてそれは、禁呪を止めるタイムリミットが迫っているということでもある。術は三日目に完成する。それを止めるために、これから苛烈な戦いが繰り広げられることになるだろう。

「セルーって名前のあのおじさんって、城の魔法士と仲間なら連絡取れないんですかね」

「取れないんだと。もともと教団と城との繋がりは極秘で、非常時の連絡は主教を通してしかできないらしい。だがその主教が今は行方不明だ。セルーははっきり言わなかったが、主教が禁呪の本当の効果を知ってて教徒を騙してた可能性がある」

「あちゃー。そりゃ駄目ですね」

二人は建物に真っ直ぐ向かうのではなく、城の外周にある林を建物と平行に進んでいる。陽動に兵士たちが引きつけられている間、離れた入口から侵入しようとしているのだ。

雫は足を止めぬまま、徐々に遠ざかる戦闘の音に耳を傾ける。

「じゃあ、お城の人に片端から『実はあの禁呪は国が滅んじゃうんだよ』って言うのは？」

「何で禁呪のことを知ってるんだ、ってなるだろ。それより自分のことだけ考えてろ、雫」

ターキスの言うことには一理あったので、雫は口を噤《つぐ》んだ。今はとにかく目の前のことに集中すべきだ。この作戦には百人以上の人間が関わっているという。ならば自分が思いつくようなことは既に議論済みのことだろう。

『国が滅ぶ』

何度思い返してもそれは非現実的な言葉だ。

どうしたら国がそんな簡単になくなってしまうのか。

もし、この作戦が失敗したら、一体何が起きてしまうというのだろう。

林の終わりが見え始める。すぐ左手には白い塔状の建物。右には城壁だ。

幸い視界内に人影はない。二人は頷き合うと林の外へと飛び出した。建物の隅にある小さな扉へと向かう。ターキスはナイフを取り出すと、刃を隙間に捻じこんで掛け金を外した。周囲を警戒しながら、まず中に誰もいないことを確認し、雫を先に押しこむ。

城の一番北東にあるこの建物は、女官たちが出入りする備品倉庫だ。人の気配はない。二人は手近な扉から開けていき、三番目の扉で目的の部屋につきあたった。

城の使用人が着る服を保管している部屋。備えつけの棚には何種類もの衣類が畳まれ並べられている。雫は無言で棚に駆け寄ると、その中から自分が着られそうな女物の服を探し出した。手に取ったものを広げてみると、灰色のシンプルなワンピースだ。足首まであるスリムなデザインの服は召使か何かのものだろう。

「これでいいか。着替えます」

「はいよ」

ターキスが背を向けると雫は急いで着替え始める。上から下まで二十個近いボタンを全て留めた。最後にエプロンをつけると、雫は今まで着ていた服を詰めてバッグを持ちなおす。これを持っていると怪しさが極まってしまうが、取りに戻れるか分からない場所に置いておくわけにはいかない。

彼女は自分の格好を確認すると、背を向けたままのターキスに声をかけた。

「できました。行けます」

「本当に一人で大丈夫か？」

「何とかします。あなたはあなたでやることがあるでしょうし」

男は何か言いたげに片眉を上げたが、結局「気をつけろよ」とだけしか言わなかった。彼は剣を手に扉に手をかける。雫を振り返ると、彼は人懐こい笑顔を見せた。

「では報酬として二つ目の質問だ、契約主殿。お前はどこの国の出身だ？」

「日本。東の島国」

嘘は言っていないけれど、全てを説明してもいない。

この駆け引きは彼を騙すものではなく、自衛のためのものだ。雫は緊張して最後の質問を待つ。向こうも二つの質問では全貌を摑めていないはずだ。残り一つでどう切りこもうか考えるだろう。

――もしここで、異世界から来た人間と看破されたらどうしようか。

そんなことを考える雫を、男は顔を傾けて注視した。

「なるほど。聞いたことのない国だな。なら最後の一つだが……」

「うん」

「また後で。全部終わったら聞こう」

「へ!?」

意表をつかれて雫は間抜けな声を上げる。事態はまだ始まったばかりで、これから更に苛烈になっていくのだ。雫もターキスも無事で済むか分からない。なのに報酬を先延ばしにしてしまっていいのだろうか。構えていた気を崩されてぽかんとしてしまう。

だがターキスは、雫のそんな反応に笑い出した。

「お前が何者か分かってても死なれちゃ仕方ないからな。最後の質問は終わってからだ。だから、それまで頑張って生きてろよ」

それは偽りない励ましだ。先を約束する言葉。

彼はきっと強過ぎる好奇心に貪欲なだけで——やはり善意の人間なのだろう。そうでなければ雫に付き合ってここまでは来てくれなかったはずだ。

雫は驚きから覚めると、笑いなおす。

「分かりました。そっちも気をつけて」

「平気平気。後でな、雫」

まるで家から出ていくような気軽さを以て、ターキスは扉の向こうに消える。そして本当に一人になった彼女は、もう一度服装を確認すると何度か深呼吸して決心をつけた。

行かなければならない。できるだけ早く。彼女の行動にはタイムリミットが課せられているのだ。

「メア、行くよ」

肩の小鳥に声をかけて、彼女は扉を開ける。

昇り始めた日は空を白く染め上げ、喧騒と混乱が城内に広がりつつあった。

※

一人の少女が城の中を歩き始めた頃、魔法士長イドスは顔を引き攣らせ、城の守護結界の監督にあたっていた。深夜の襲撃は何とか退けたものの、夜明け直前に第二陣が襲撃をしかけてきたのだ。闇雲に壁を魔法で破り攻めこんできた第一陣と違い、第二陣は相当数の人員を動かして城に巧妙な攻撃をしかけてきている。その上、手練の魔法士が混ざっているのか、城の外周結界を破って中に転移門が開かれてしまった。

門から入りこんだ襲撃者たちはある程度は撃退したものの、半分以上は城の内部に侵入されてしまった。おかげで思わぬところで小規模な戦闘が行われている。だが、それら襲撃者たちを始末するよう命じたイドスの指示は、いまいち精彩を欠くものだった。

「……まさかな」

数時間前から彼が気にかかっているのは、最初の襲撃時に捕らえた男の言葉だ。地下牢《ろう》に収監された黒衣の男は、尋問に来たイドスを見るなり「シューラの使徒が警告する！　禁じられた構成は違《たが》えられた！」と叫んだのだ。

その時は他の人間たちの目もあり、反射的に男を殴って黙らせたが、あの男がイドスの属する教団の私兵であることは間違いない。主教からは何の連絡もないというのに、外では何か問題でも起こっているのだろうか。

真実を知りたい気持ちと、禁呪を完成させねばという使命感が彼を板ばさみにし、イドスはいらいらと落ち着かなさを味わっていた。扉が叩かれ、報告のために魔法士が一人入ってくる。

「今のところ結界に異常はありません。ただ、裏門での戦闘は押されぎみとのことです」

「……まずいな。夜が明けた。人が集まってくるぞ」

城都での事件など下手をすればすぐに他国にも知れ渡る。そしてその中にもしファルサスが入っていたなら、魔法大国である彼の国は即刻転移を使って事態を調査にくるだろう。それでなくとも民衆に要らぬ不安を抱かせることは確かだ。

歯ぎしりするイドスは、苦渋の決断を下した。

「仕方ない。最外周の結界を解け。中に奴らを引き入れて、将軍たちに迎撃にあたらせる」

普段ならば魔法士長のイドスには軍への命令権などないが、今は禁呪の構成中だ。それを取り仕切る彼には、ある程度の権限が与えられている。

彼の命令に魔法士は伝達のため走り去る。イドスは他の側近たちに「少し席をはずす」とだけ言うと地下牢へ向かった。

「……やはりもう一度詳しい事情を聞くか」

捕らえた同志への尋問は禁止したままだ。だが主教に連絡の取れない今、もう少し詳しい情報が欲しい。確かにイドスは直前で禁呪の構成を「書き換えた」。だがそれは主教の命に従ってのことだ。ならばあの男の言っていた「違えられた」とは何を意味するのであろう。

イドスは一人、地下牢に足を踏み入れる。魔法の灯火を灯そうとして、だが彼は足を止めた。

——強い血の臭いがする。

それは数時間前にはなかったものだ。牢である以上、ある程度古い血の臭いと腐臭はするが、これほど鼻につく新しい臭いではなかった。第一いるはずの見張りもいない。イドスは声を殺して防御構成の詠唱をした。しかしその時、暗闇の奥から聞き慣れた声が響いてくる。

「イドスか？」

地の底から響くようなしゃがれた老人の声。魂を凍らせる響きに、イドスは反射的に片膝をついた。頭を垂れながら言葉を返す。

「主教様。何故こちらに……」

「セルーが裏切った。襲撃を手引きしているのも奴だ」

「セルーが!?　何故……」

「奴には奴の野心があったのだろう。だが、惑わされるでない。長年の悲願が叶《かな》う時はもうまもなくに迫っている。お前はお前のすべきことをするのだ」

「……我が神の御心のままに」

イドスがそう口にすると、満足げな笑いと共に相手の気配は消える。同時に無形の圧力のようなものも消え去って、彼は周囲の気配を窺いながら恐る恐る立ちあがった。

「セルーが……？」

つい零れた疑念に答える者はもういない。躊躇いながらもイドスが明かりをつけて血臭の元を辿ると、最奥の牢の中にはずたずたに切り裂かれた捕虜が、死骸として転がっていた。

※

城に仕掛けられた陽動の内、もっとも戦力が割かれたのが裏門への攻撃だ。それは城の主戦力を引きつけつつ隙あらば城内に踏みこもうと、門を境に熾烈《しれつ》な戦闘を展開させていた。

これが尋常な戦場での戦いなら、カンデラ兵たちもここまで手こずりはしなかっただろう。だが相手は「何でもあり」で数多《あまた》の戦場を渡ってきた傭兵たちだ。剣戟の隙間から巧みに射掛けられる近矢や、体の動きを重くさせる魔法などに翻弄され、カンデラの兵たちは苦戦を強いられていた。

「城門を閉めろ！」

「そ、それが駆動部を破壊され、門の開閉ができない状態に……」

「何だと!?」

門が閉められないのではあとは魔法士の結界に頼るしかない。城の外周結界の強化を指示しようとした魔法士はだが、逆に「結界を解いて城内に敵を引き入れろ」との命令に、激しく舌打ちした。

作戦としてその意図は分かる。すっかり明るくなりつつある今、城門付近で戦闘をしていては騒ぎが大きくなってしまうから、いっそ中に入れたほうがいいとのことなのだろう。ただでさえ昨晩も深夜に爆発音などが響いて付近の住民は不安に思っているはずだ。この上、朝から城で戦闘が起こっていれば、その知らせは他国にまで届く可能性も高い。

だが、それを実行するとなると、細心の注意を払わねばならないことは明らかだ。

門という狭い場所に布陣して、結界の助けを借りて戦っているからこそ両者は拮抗《きっこう》しているのであって、実際に中に入れたらそう広くはない裏庭で乱戦になってしまう。こちらの方が地の利も数の利もあるのだから、いずれは鎮圧が可能だろうが、城内からの狙撃準備や連絡の徹底など相応の準備を以てあたりたい。だが今はそれが不十分な現状だ。魔法士は苦りきった顔で口を開く。

「……結界を解くぞ。一旦兵を下げるように伝達を」

上からの指示は絶対だ。彼は倒れている者を回収し、前線を徐々に下げるよう伝達した。

そうして味方の周知を待って最外周の結界を解く。同時に、それまで結界によって遮られていた魔法攻撃が、城の内部にまで降り注ぎ始めた。小さな火の玉や光球がいくつも飛びこんできて、城の魔法士たちはその相殺に追われる。

じりじり内部へと移動しつつある戦闘。襲撃者たちを全て城内に引き入れてしまえば、後はどうにでもなると、城の人間は皆思っていただろう。――しかし、事態はそれだけでは済まなかった。

「何の騒ぎだ？」

「城で何かが起きてるらしいぞ」

通りに出て人々が顔を見合わせる。そんな光景がそこかしこで見られる早朝、変化はゆっくりと訪れつつあった。困惑を表情に出している人たちに向かって、現れた男は声を潜め囁く。

「どうやら城で怪しい魔法実験が行われているらしい。このままだと街にも被害が出るって話だ」

「はぁ!?　何の冗談だそれは」

「冗談じゃないみたいだぞ。シューラ教の司祭がそう仰ってた。司祭はそれを食い止めるために、今あちこち走り回っているらしい」

不穏なざわめきが広がっていく。街のそこかしこで扇動者たちが似た話を囁いた。日が昇るにつれ様子を見に城に詰めかける人間と、街から避難しようとする人間が増えていく。

――城外での大きな騒ぎは、こうして意図的に作られた。

※

ざわめきが広がる城都とは違い、雫の行く廊下は静まり返っていた。

緊張に乾いた口内を気持ち悪く感じながら、雫は慎重に廊下を進んでいく。誰かと出会ったらどう言い訳しようか考えながら、階段を探してあちこちを覗きこんだ。

――禁呪を構成しているのは地下の部屋と聞いている。だからそのどこかにエリクはいるはずだ。だが、広い城の中あてどなく探していく行為に心細さがないとは言えない。雫は遠くから聞こえる戦闘音に耳を澄ます。

今、城に攻撃を仕掛けている彼らが負ければ、この国は危地に陥る。けれど彼らが城に押し寄せて禁呪に関わる魔法士を殺し始めれば、今度はエリクに危険が及ぶ。雫にできることは、でき得る限り早く彼と合流すること、そして事情を話して判断を仰ぐことの二つだ。

「荷が重い……緊張するよ」

小鳥しか聞く者のいない呟きを零して、雫は廊下の角を曲がった。直後、向こうからやってきた女性とぶつかりそうになる。女は雫と同じ服装の、険しい顔をした女官だ。彼女は体勢を崩した雫を物凄《ものすご》い目で睨みつけてくる。メアはその視線を避けて肩から雫の背中へと滑り落ちた。

「あなた！　こんなところで何をしているの！」

「す、すみません」

「城に狼藉者《ろうぜきもの》が侵入してきているから、女官は皆、魔法士たちと一緒にいるよう命じられたでしょう！　聞いていなかったの！」

「倉庫を整理していて……」

咄嗟に言い繕いながらも、雫は「これはチャンスだ」と思った。女がちょうど雫のバッグに目を留めたところで、先手を打って手を上げる。

「あの！　これ魔法士の人に荷物を持ってくるよう頼まれたんです！」

「魔法士に？　おかしな荷物ね」

「それが、臨時で採用された魔法士のものでして。ですが、その人がどこにいるのか分からなくなってしまったんです……」

「まったく愚図ね。臨時の魔法士は地下研究室の第一から第五を使っているらしいから、一つずつ行ってみなさい」

地下研究室、と雫は心の中で繰り返した。半歩前進した気もするが、五つもあるのでは先が思いやられる。自分のくじ運の強さを祈るしかない。

「ありがとうございます。ここからだとどこが一番近いでしょうか……。第三ですか？」

「あなた、方向音痴なの？　第二に決まっているでしょう。ここを真っ直ぐ行って最初の角を右」

「あ、そ、そうですよね。すみません」

「手早くなさいよ」

苛立った視線を背に受けながら、雫は言われた方向に向かって歩き出した。女が角の向こうに見えなくなると、人目のない廊下を走り出す。

地下への階段はすぐに見つかった。雫はほっと表情を緩めたが、すぐに気を引き締めると、足音をさせないよう暗い階段を下りていった。

※

リディアは短い詠唱を終えると、振り返りざま魔力の矢を撃ち出した。

矢は追ってきた二人の兵士に当たり、火花の炸裂《さくれつ》と共に彼らは倒れる。三人目の兵士はぎょっと怯んだが、その隙に女は建物の陰に飛びこみ見えなくなった。彼が剣を片手にあわててそこを覗きこむと、既に誰の姿もない。きょろきょろと辺りを見回す兵士を二階の回廊から見下ろし、リディアは息をついた。顔にかかる金髪を手で払いのける。

「面倒くさい」

「そう？　面白いじゃん」

まったく気配を感じさせなかったにもかかわらず背後からかけられた声に、リディアは軽く眉を顰めた。馴染みの相手を振り返ってねめつける。

「そりゃアンタは楽しいかもしれないけどね。私はこういうのかったるいだけ。ターキスがうるさく頼むんでなきゃ来なかった」

「存分に動いていい機会なんてほとんどないよ。特にこういう特殊な乱戦はね。楽しくて仕方ない」

「アンタが楽しいのは人殺すことじゃないの、カイト」

　十代後半の少年は肩を竦めて笑った。その笑顔はリディアの指摘を肯定するものだ。

　まさに「人を殺すことが好き」過ぎて、傭兵の中でも扱いづらいとされる彼は、血がべったりこびりついた手袋を嵌めなおした。彼女と並んで窓の下を見下ろすと、いなくなった女を探す兵士に向かい短剣を投擲《とうてき》する。短い悲鳴を上げて倒れた男に、カイトは嬉しそうに口元を緩めた。

　リディアは知己である少年に、侮蔑の目を向ける。

「本当、アンタって性格最悪」

「見逃して後で襲われたら困んない？」

「そしたらその時何とかする。いいから仕事の方に集中しろって。気分悪ぃ」

　そう言い捨てて立ち去る女に、カイトはひらひらと手を振った。彼は新しい短剣を抜くと、回廊の向こうから走ってくる魔法士たちに焦点を合わせる。詠唱を開始する三人の魔法士を確認して、カイトは懐から防御用の魔法具を取り出した。大きな水晶を嵌めこんだ腕輪はうっすらと青白い。

「仕事ね。魔法士を皆殺しにすればいいんでしょ？　ちゃんと分かってるよ」

　彼の通る場所には鮮血と悲鳴が量産されていく。そしてそれは、城の内部に弧を描いて、第四地下研究室と呼ばれる場所に少しずつ近づいていった。

※

暗い階段をそっと駆け下りていく雫は、その先に兵士の姿を見出して飛びあがりそうになった。

武装している男二人は燭台の下、狭い階段に立ち塞がるように向かい合っている。何事かを話しているようだが、距離的に内容は聞こえない。

雫は一瞬驚いたものの、すぐに姿勢を正して階段を下り始める。兵士たちも彼女に気づいたらしく、じっと近づいてくる女官姿の少女を見上げた。彼女は心の中で「冷静に冷静に」と唱える。

「どうした、娘？　何かあったか」

「狼藉者が侵入してきているので、魔法士の方々と一緒にいるように命じられまして……」

「それは聞いているが、ここにいる魔法士はほとんど外部の人間だ。あてにならんぞ」

「城の魔法士の方々は、襲撃者への対応に追われて人手が足りないのだそうです」

二人の兵士は顔を見合わせて苦い表情になる。迎撃に人員のほとんどが割かれている現状は、彼らも知っているのだろう。雫は更に一押しした。

「本当は、後で城の魔法士の方のところに行くつもりなんです。けど、一人で仕事をしていたら怒られてしまって。とりあえずでいいのでいさせて頂けませんか？　ちゃんと言いつけを聞いたんだってことで……ちょっとだけ」

顔の前で両手を合わせて頼む少女に、男二人は表情を緩める。

「仕方ないな、俺たちがいるからまぁいいだろ」

「ありがとうございます！」

「あんまり不注意をするなよ」

そんなに自分は鈍く見えるのだろうか……と微妙な気分になったが、上手く切り抜けられたことは確かだ。雫は安心して階段を駆け下りた。行き着いた木の扉を押し開ける。

その先は異様な空気漂う石の広間になっていた。薄暗く、微かにかび臭い場所。

だがそれだけではなく押し寄せてくるような「何か」に、雫はつい足を止める。匂いでも温度でもないが、そこには何かが満ちている。まるでサウナに入った瞬間のように、空気が変わったことが肌に感じられた。

男たちの呟きが石床を這うように重なり滑っていく。聞き取りにくいそれらはどうやら魔法詠唱のようだ。よくよく目を凝らすと、広間の奥に十人程の男たちが円になって立っている。

「エリク……？」

小さな問いかけは彼らのところまでは届かない。雫は作業に集中している男たちに向かって、少しずつ歩を進めた。円陣の中央にあたる床にはぼんやりと白く光る球が埋めこまれており、その光は空気中に少しずつ染み出しているように見える。

雫は男たちを見回したが、探している青年の姿はない。落胆の溜息が我知らず零れてしまう。一番近くにいた男がそれに気づいて振り返った。

「何だ？」

率直な問いかけに彼女は躊躇する。ここで作られつつあるものは、国を滅ぼす災いだ。

だがもしその事実をここで彼らに告げたら、禁呪の完成を止められるのではないか。

雫は視線を泳がせる。彼女に気づいているのは今のところこの男のみだ。

「あの、実は……」

「誰だ！　何をしている！」

厳しい誰何《すいか》に雫は身を震わす。いつの間にか広間の入口には、ローブを纏った初老の魔法士が立っていた。彼は怨念でも抱いているように不吉な目で雫を見据えている。

「女官か？　何故こんなところにいる」

「あ、あの……魔法士の方のところに避難するよう命じられて……」

「避難？　ここにいても仕方あるまい。邪魔をするな」

「……すみません」

魔法士の声音には、眼光とは別に疲労が滲んでいるように思えた。あまり寝ていないのかもしれない。そう考えると少し気の毒にも思える。

だが、今この魔法が完成してしまったら、少なくとも城にいる人間はもう眠る必要がなくなってしまうのだ。それを思うと多少の睡眠不足くらい気にすることではないだろう。雫は近づいてくる初老の魔法士を、失礼にならないよう見返した。

ターキスにこの依頼を持ちこんできたセルーは、「魔法士長を説得できればこの構成は止められるかもしれない」と言っていたのだ。ならばこの魔法士に頼んで、魔法士長に真実を伝えてもらうことはできないだろうか。雫は意を決して口を開く。

「あの、この禁呪のことなんですが」

「禁呪!?」

叫んだのは初老の魔法士ではなく、後ろで構成に携わっていた男の一人だ。その大声は広間中に響き渡り、全員の視線が雫と初老の魔法士に集中する。それは「信じられない」といったものや単に訝しさを孕んだもの、忌まわしいものを見る嫌悪などそれぞれの混沌に満ちていた。

突如広間を覆った緊迫感に雫は息をのむ。背に突き刺さるプレッシャーは、魔法士にとって「禁呪」とはこれほどの禁忌かと思い知るに充分なものだった。

初老の魔法士は驚愕というより怒りに顔を歪ませている。射殺されそうな眼光に、雫は怯みそうになった。それでも自分を奮い立たせて続けようとする雫に、魔法士は右手を振り上げる。

「この……痴《し》れ者《もの》が！　根拠のない戯言に惑わされおって！」

「でも、城を襲っている人たちはそう言っているそうです！　この禁呪は国を滅ぼすって……だから魔法士長に――」

「私に、何だと言うのだ」

その一言に、雫は理解より先に絶望を覚えた。

今目の前にいるこの男こそが、事態の鍵を握る魔法士長だというのか。

彼を説得できれば道が拓《ひら》ける。皆が捜していた人物だ。だが、それにもかかわらず彼女がショックを受けたのは、この男が既に半ば正気を手放しているように見えたからだ。

魔法士長イドスは、手を振り上げたまま今にも雫を絞め殺しそうな目で睨みつけた。

「何だというのだ、小娘。言ってみろ」

——失敗したかもしれない。

雫はバッグに入れたままの短剣と、そのバッグの後ろに止まっているメアを意識した。

この二つの存在が今の彼女を守るものだ。そしてもう一つ——

「魔法士長に、この構成を止めるよう進言を。この構成の本当の効果はシューラ教に伝わっているものとは違います。街がのみこまれ人が蝕まれる。完成させてはいけないものです」

——もう一つ力を持つものは、真実を伝える言葉だ。

たとえこの男にそれが届かなくとも、禁呪に嫌悪感を抱く他の魔法士たちには意味があるだろう。

現に雫は、背後に動揺が広がっていくのを感じ取っていた。真偽を問う視線を浴びたのか、魔法士長の顔はますます歪む。

「よくも偽りばかりのくだらぬ……」

「本当のことです。セルーという人が」

「黙れ、小娘！」

イドスは詠唱を始める。雫はその瞬間を待っていたように前へ駆け出した。イドスに向かって肩から思いきり体当たりする。まだ魔法の構成が終わっていなかった魔法士長は、それで石畳の上に尻餅をついた。雫は素早く身を翻す。扉を駆け出ると、狭い石段を一段抜かしで上がっていった。

――あの男は到底人の話を聞いてくれるようには見えない。

それだけではなく、彼もまた何かに恐怖しているように、雫の目には映っていた。

禁呪が怖いのか、襲撃が怖いのか。それを判断する余裕は彼女にはない。

ただ種は蒔《ま》いた。後は芽が出ることを祈るだけだ。

駆けてくる雫を、見張りの兵士二人が唖然として見やる。彼女は階段の下を指差して叫んだ。

「大変です！　魔法士長が！」

「何だと!?」

兵士たちはあわてて彼女を押し退け地下へと下りていく。そして雫は再び、一人城の廊下へ躍り出ると先の見えない道を走り始めた。

※

できうる限り騒ぎを広げず事態を処理したいと思っていたカンデラ城の人間たちは、だがその希望とは真逆に動いていく現状に、苛立ち以上の困惑を感じずにはいられなかった。

いつの間にか城門の外には人だかりができており、城の魔法実験の真偽を問う声が上がっている。

それらを更にシューラ教徒が扇動し、城へと詰め寄る民衆は刻一刻と増えていった。

もちろん、魔法実験を恐れて街から逃げ出そうとする民もいれば、そんなものは流言だと信じない人間もいる。だが閉められない裏門から、血気盛んな人間たちが説明を求めて侵入してくるにいたって、カンデラ城都はかつてない程の混乱に見舞われることになった。

「——どんな手段を使っても構わない、ってことだったからな。急場の寄せ集めで城に戦争しかけるほど、俺たちは無謀じゃない」

ターキスはとりあえずで身を潜めた小部屋の窓から、押し寄せる人の波を見物していた。

計画の大筋としては夜明け前を狙って陽動と侵入を行い、夜明けと共に目覚めた人々に、シューラ教側から真実を流布させる。もちろん話を聞いて街から避難する人間が出るならそれでよし、逆に城に民衆が集まってくるならそれ自体が城への圧力になる。

二種の反応のうちどちらに人の流れが多く割かれるかは、蓋を開けてみなければ分からなかったが、どちらにしても悪くない結果がもたらされる。あとは城内部隊次第だと彼は踏んでいた。

「さてあとは魔法士長を捕まえるか、直接魔法士を止めるか」

既に城の中には、棘が入りこむように彼らのうち何人かが侵入を果たしている。

侵入後、それぞれがどのような判断でどのような手段を取るかは各個人に任されているが、彼ら全員が功を奏せられるとは限らないだろう。ターキスは、性質は違えど皆が手強《てごわ》いと言える知己の顔を思い浮かべた。最後にその中でももっとも無力でもっとも不可思議な少女のことを思い出す。

何もできないくせに、知り合いの魔法士を助けるためだけに揉めごとの中に飛びこんだ彼女。武器を持つことにさえ逡巡を見せた少女が、はたして血と怒りが交錯するこの戦場で、目的を果たすことができるのだろうか。

「ただの小娘か、未知の切り札か……。死ぬなよ、雫」

ターキスは血に濡れた剣を携えると再び戦場へ戻っていく。

それは二日目の日の出から一時間が経過した時のことだった。

※

長い廊下を雫はひたすら走っていく。

途中何人もの兵士たちとすれ違い奇異の目を向けられたが、女官の格好をしているせいか誰も呼び止めようとはしない。城はとても広いし複雑な作りだが、雫にとってそれは、エリクが作った構成図案より単純であり、複雑で知られる新宿《しんじゅく》駅より整然として感じられた。

地下の広間は全部で五つあるという。先ほど行った場所が第二というなら、残りの研究室は共通の中心を持って円状に配置されているのかもしれない。何故そう思うのかと言えば単に、エリクが「魔法陣ってのは基本円形が多いんだよ」と教えてくれたことがあるからだ。

城の大きさと今まで移動してきた場所を合わせて考えれば、怪しい場所の見当はつく。複雑な廊下をさまよった挙句、さっき似た下り階段を見つけた雫は勢いこんで石段を下り始めた。

「当たり、ます、ように……！」

息はとっくに切れている。だが不思議と気分は昂揚《こうよう》しており、それほど苦しさは感じなかった。

脳内物質が出ているとはこういう状態を言うのだろうか。だが脇腹が痛んでいるのは事実だし、明日はきっと筋肉疲労で倒れているだろう。ただ、そんなもので済むのならいくらでも筋肉痛になってやる、というのが正直な気持ちだ。

階段は闇の中へと続いているようだ。

第二地下研究室の時とは違い、見張りの兵士もいなければ階段には松明《たいまつ》も灯っていない。そのことに訝しさを感じつつ、雫は暗い石段を手探りで下りていった。前の階段の三倍以上の時間をかけて扉の前に立つと、ゆっくりとそれを押す。

しかし、扉の向こうから中の空気が漏れ出した時、雫は反射的に逃げ出したくなってしまった。

——生臭い、血の臭い。

またたく間に鼻腔《びこう》から侵入してきた臭気に、雫は吐き気を覚えて顔を手で押さえた。引き返した方がいい、と本能が警告する。ここはとても危険だ。よくないものが満ちている。

——それでも、エリクを探し出さねば。

雫は階段の方に顔を向け一度深呼吸すると、息を止め広間の中に足を踏み入れる。「ホラー映画で三番目くらいに殺される人間みたいだ」と考えかけて、自分の想像に身震いした。

先ほど足を踏み入れた場所と同じ作りの広間。けれど頼りない燭台の明かり一つしか見えないそこで、彼女を待っていたものは、凄惨としか言いようのない光景だった。

濃過ぎる血の臭い。暗闇に目が慣れるにしたがって、床にいくつもの何かが転がっているのが分かる。それが何であるのか予想がついた時、雫は部屋が薄暗かったことに心から感謝した。

——十を超える死体が、部屋のあちこちに転がっている。

死因は暗くて分からない。雫は一定の距離を保ちながらもいくつかの死体の体格を見て、それがエリクのものではないと確認していった。目元が潤んでくる。悲哀の涙か恐怖の涙かは分からないが、雫は何度もまばたきをした。

落ち着かなければと、それだけを何度も心の中で繰り返す。

だが、意識する度に昨晩彼女の前で死んだ男の姿が甦ってきて、雫は歯を噛みしめた。せめて今だけでも慣れなければならない。その考えは、発想のあまりの酷薄さに自己嫌悪を誘ったが、雫は引っかかる抵抗感をのみこんだ。

――エリクはここにいないのだから、もう出た方がいい。

雫は最後の死体を確認すると、踵を返そうとする。――その時、闇が動くのを「感じた」。

同時に頭の上を、何かが恐ろしいスピードで通り過ぎていった。

鳥の声。空気の動き。

それらを認識するより早く雫は腰を落とし尻餅をつく。

「え」

驚愕は遅れてやってくる。頭と体がまるで別々のように上手く連動しない。

体は既に異変を察して動き出そうとしているのだが、頭はまだよく状況を理解できないでいた。

雫は腰の後ろについた両手にかろうじて力を込める。立ちあがろうか後ずさろうか、それさえも瞬間迷う雫に届いたのは……人間が吹く感嘆の口笛だ。

「やるね。ド素人かと思ってたけど、避けられるとは思わなかった。けど、その後が台なしだ。それじゃ何もできない。殺されちゃうよ」

「だ、誰？」

「さっき一緒にいたじゃん。忘れちゃった？」

まるで友人に話しかけるように気軽な口調で返してきた少年は、無造作に闇の中から燭台の光の下に現れた。小柄で華奢《きゃしゃ》な体つき。短い茶色の髪の下にある顔は妙に綺麗だった。造作が整っているというわけではない。顔立ちだけ見れば十人並と言っていい容姿だろう。

だが、彼は綺麗だ。

そこには余分なものが何もない。嘘のようなすっきりさがそう思わせている。苦味も迷いもないのだ。時に人を醜くさえ見せる感情が、少年からはほとんど削《そ》ぎ落とされていた。

——代わりにそこに貼りついているものは「楽しみ」だろうか。

愉悦と言うほど強くもなく、かと言ってまったくの無感情でもない。さらっとした楽しみが彼からは感じ取れる。雫は強張る声で聞き返した。

「さっき、一緒にいた？」

「リディアが開いた門で一緒に入ってきただろ？　注意力散漫だね、君」

言われてみればいたかもしれない。だがあの時は自分のことで精一杯だったのだ。雫は忘れていたことを謝りかけて——相手に攻撃されたことを思い出した。

「何で私を……？」

「ターキスが連れ歩いてたからどんな人間なのかと思って。軽く耳でも削いでみようかと思ったけど上手く避けられた。君、何者？　やっぱり勘がいいだけのド素人？」

「ドしろうと、です。というか依頼人……」

「何だ。つまんない」

そんな勘違いで耳を削がないでほしい。雫は脱力して崩れ落ちそうになった。

だが少年は本当に興味をなくしたのか、座りこんだままの雫の横を通り過ぎる。再び闇の中に消えていこうとした彼を、雫はあわてて振り返った。

「待って！」

「何？」

「こ……ど、どこに行くの？」

本当は「この部屋の惨状は全てあなたがやったのか」と問いたかったが、自分でもそれは愚問に思えて、雫は質問を変えたのだ。セルーはターキスへの依頼にあたって「禁呪を組んでいる魔法士を殺していけば止まる」と言っていた。そして彼は、それをそのまま果たしただけのことだろう。分かりきったことだ。

——眩暈がする。動悸が激しくて、気持ちが悪い。このままここで気を失ってしまえたら楽かもしれない。

けれど、そうしてしまうには雫はもはや踏みこんでしまっている。そうすることを選んだのだ。何も知らない振りをして逃げることはできない。

だから代わりに、雫はこれから先のことを問う。まだ起こっていないことを変えるために。

「どこに行くって別の部屋に。ここ第四研究室って言うらしいから、第二か第三に」

「第二には私が行ってきた。禁呪だって言ったらみんな驚いてたから、もう構成をやめたかも」

「へー。でも念のため殺しとくよ。その方が早い」

返ってきた言葉は、彼の顔と同じくすっきりとしたものだった。雫はその躊躇いのなさに愕然として、けれどあわてて反論する。

「殺すことないと思う。話せば通じそうだったし。魔法士長はちょっとおかしかったけど……」

「何だ。魔法士長も駄目なんだ？　まぁまだるっこしくなくていいや。目標に追加しとく」

「待っててば！」

さっさと立ち去ろうとした少年の背に、雫は声をぶつけた。二人の他には誰もいない広間に残響が広がる。壁の燭台が、切れかけた蛍光灯の如くまたたいた。

彼はようやく振り返ると、硝子球のように澄んだ目で雫を見つめる。

「何？　何が言いたいの？」

「こ、殺すことはないって……」

「ふーん？　なるほどー。君はそういう素人なわけか」

偽善か無知か甘さか、彼が口に含んだ「そういう」はそれらのうちのどれかだろう。明らかな侮蔑の気配に雫は緊張しながらも続けた。

「禁呪を作ってる人に話せばいいだけだよ。魔法士はみんな禁呪を嫌ってる」

「は？　それを信じろって？　それでこの街が滅んだらどうするの？　百人殺して数万人が助かるならその方がよくない？」

情味のない少年の言葉は事実だ。この作戦は失敗が許されない。だがそれでも雫は、最初の地下室で禁呪に嫌悪した魔法士たちを見てきたのだ。話す余地はきっとある。

「少数を犠牲に多数を生かすかどうかなんて仮定に意味はないでしょ。極論なんて、どんな状況でも通用するわけじゃないよ。だから、今だって他に道がある。彼らは知らないで禁呪を組まされてる。本当のことを教えればいいだけで、組ませた人を捕まえればそれで済む」

――もし本当に少数を犠牲にするしか他に道がないのなら。

その時は雫もまた罪悪感に苦しみつつも、彼の行動を是とするかもしれない。

ただ今はまだその時ではない。いつかの時に正しかった選択が、今も同じように正しいわけではないのだ。何も知らぬまま利用されて殺されて、それで「本当に終わり」なんてあんまりだ。

この部屋で起きた殺戮《さつりく》が正義かと言ったらそれは分からない。ただ確実に言えるのは、何の装飾も施されていない死は、悲しくもあり怖くもあり、そして――震えるほど虚しかった。

人の命は、思考は、精神はもっと貴いものだと雫は思う。それが理想論に過ぎなくとも、そう思っていたいのだ。

雫は無表情になった少年を見つめる。思っていたよりずっと自分が冷静でいられるのは、今が命のかかった時だと感じているからなのかもしれない。初めてこの世界に来た時の砂漠と同じように。だがあの場所とは正反対にひんやりと冷たい石床が今は彼女の体を支えていた。

「――僕は、そういう綺麗事の説教が嫌い。何の力もない人間からされるのは特に」

「すみません。でも」

「でもはなし。はっきり言うけど、僕は人を殺すのが楽しいんだよ」

「……え？」

少年は目を細めて雫を見下ろす。それは彼女を「殺していいか」吟味する視線で、それ以外の何ものでもない。「説教が嫌いだ」というわりに不愉快ささえなかった。

とてもとても空っぽだ。恐怖や驚愕が残る死体たちよりもずっと。

向き合ってお互いを見つめているにもかかわらず、相手に自分が見えていないような、自分も相手が見えていないような隔絶感を雫は覚える。理解不能という言葉をそのまま表情に貼りつけて、彼女は少年を見上げた。

「……何で？」

「別に。動いているものが動かなくなると楽しい」

「死んじゃったらそれまでだよ」

「知ってる。でも人間ってすごくいっぱいいるじゃん」

「同じ人間がいっぱいいるわけじゃないんだよ」

雫は言葉を紡ぎながらも同時に「きっと伝わらないだろう」という予感を抱いている。

きっと伝わらない。言葉は届いても思いは届かない。そう思ってしまうくらい何も響かない。

少年は涼しい顔で肩を竦めた。

「分かってるって。でも、人間なんてみんな似たり寄ったりじゃない？」

——遠過ぎる。

雫は確かにこの時、絶望に似た気持ちを味わった。言葉を尽くしても通じ合えない。あまりにも遠くて、光の当たらない先に向かって呼びかけているかのようだ。

「違うよ」

「僕にとってはおんなじだな。君も文句があるなら力で止めなよ。こういうの鬱陶しくて仕方ないし。殺しちゃうよ」

「私は死にたくない」

「あっそ。じゃーね」

少年はあっさりと言って部屋を出ていく。

無言の死体が転がる中、雫はのろのろと立ちあがった。かつてないほどの虚脱感が体を重くさせている。彼女は足を引きずるようにして階段に戻った。

――自分は力など持っていない。人を容易く殺す彼を止められるような力はない。

ただ目的はある。あの少年が全ての魔法士を殺してしまう前にエリクを見つけなければ。

一段一段階段を上るごとに、雫は唇を噛みながらも少しずつ気持ちを切り替えていく。どんなに重くても今は前を向くのだ。走り出さないと間に合わない。

最後の一段に足をかけて、彼女は深い地下へと続く階段を振り返る。

雫を無力感の淵《ふち》へと突き落とした少年、カイト・ディシスとのこれが初めての出会いだった。

※

城の最上階、中央に位置する場所に、その部屋はある。

部屋の床には複雑な魔法陣が描かれ、その外周には燭台が等間隔に十二本配されていた。

全ての燭台には火ではなく魔法の明かりが灯っている。薄紫に発光する光は、時折魔法陣が光を帯びるのに呼応して、その光量を強めていた。

奥に据えられた玉座には、豪奢な服を着た初老の男がふんぞり返っている。眉間に深い皺《しわ》を刻んだカンデラ国王オーラウは、何度目かに鼻を鳴らすと傍に控える大臣を呼びつけた。

「どうなっている？　順調なのか？」

「それは……多少の遅れは出ておりますが、順調は順調とのことで。ですが、城門には民が詰めかけ、外は大変な騒ぎになっております。このまま沈黙していては暴徒が出る可能性も……」

「ふん。卑近しか見えぬ愚か者どもが。何が国のためになるかなど分かりきったことであろう」

己の民を煩わしげに語る言葉に大臣は眉を寄せたが、王はそれには気づかない。そもそも禁呪の成形に重臣の全員が心から賛同しているわけではないのだ。だが、面と向って王を批判した一人は既に任を解かれている。結果、他の者は賛同か沈黙を余儀なくされ、今日を迎えたのだ。

「おそれながら、陛下が一言民にお言葉をおかけになれば混乱は収まるかと」

「まずは襲撃者を排除しきってからだ。そうすれば余が出て民を落ち着かせる」

オーラウの反論を許さぬ言葉に、大臣は口を噤んだ。それでは手遅れになるかもしれない、と言いたかったが、実際に口にしては襲撃対応の不味さをあげつらわれてしまう。

それに事実、城に入りこんでしまった襲撃者たちは、巧みにあちこちに分かれ潜みながら魔法士や兵士を狙って攻撃をしかけてきている。この状況で王が表に出ては、暗殺される危険性も高いだろう。大臣は深い溜息をつきたくなってそれを堪えた。

部屋の中央に描かれた魔法陣には、禁呪が完成すれば炎を纏った光球が生まれるという。そうしたら城の魔法士たちでそれを水晶に封じこめ、魔砲とするのだ。

――もちろん魔砲の話は、シューラ信者の手が入った偽りの記述だ。

だが、それに気づいている者はこの部屋にはいない。

「禁呪に溺れし者は禁呪に滅びる」と千年を越えて言われる不文律が、今まさに進行しつつあった。

※

惨劇の場であった第四地下研究室を出た雫は、第五を探すべきか、あの少年が向かったであろう第三へと追いかけるべきか逡巡した。そのどちらかにエリクがいるのかもしれないのだ。彼が殺される事態はなんとしても回避しなければならない。

かといって、彼でなければ殺されてもいいのかと言ったら否だが、悔しいながらもこの非常事態では優先順位をつけざるをえない。なら確実を期して第三だろうか――しかしそう思って歩き出した雫は、すぐに方向転換を余儀なくされた。

廊下の向こうから現れた魔法士二人が、彼女を指して何事か言葉を交わし合ったのだ。

「げ……」

二人のうち一人が詠唱を始め、もう一人が彼女に向かって走ってくる。それを見た雫は素早く踵を返した。一番手近にあった角を右に飛びこむ。何かの魔法が背後を通り過ぎていった。

「まずいまずい！　ばれたっぽい！」

先程の魔法士長が彼女の容貌を指示して手配をかけたのだろうか。雫は追っ手が曲がってくる前に、すぐ次の角を曲がる。そのまま彼女は後ろを見ることなくジグザグに逃走を開始した。

「つ、辛い……」

記憶にある限り、元の世界で最後に全力疾走したのは高校生の時のスポーツテストだろうか。大学に入ってからは球技しかしていない。寝坊などもしないため、自然と走らない生活を送っていた。にもかかわらず、この世界に来てからは走ってばかりだ。何だか段々体力がついてきた気さえしている。どちらかと言えば頭脳労働派な文系大学生だった雫は、ここに来て「体が資本」という言葉の意味を実感する羽目になっていた。

「そ、そろそろ死ぬかも……」

酸欠による眩暈で雫は柱の陰にへたりこむ。喉と脇腹と足が痛い。体中が熱くて仕方ない。全力で走りきったおかげか追っ手は何とか撒いたが、研究室が位置しているであろう場所から遠い中心部へと突っこんでしまった。

雫は現在位置を頭の中で確認しつつ、呼吸を整える。いくらなんでも廊下にいつまでも座っていては怪しい。彼女は近くに小部屋を見つけると、中に滑りこんだ。そこは空き部屋なのか家具の一つもなくがらんとしている。

「ちょっと確認しよう」

雫はバッグの中からルーズリーフとシャープペンを取り出すと、走り回った一階部分の地図を書き始めた。あたりを取ってからスタート地点の塔を書き込み、第二研究室と第四研究室も書きこむ。その上で今いる場所に×をつけると、そこは予想通り城の中心にほど近い場所だった。

普段はもっと厳重な警備が敷かれているのかもしれないが、今は人手が足りないに違いない。何度か兵士の姿も見かけて避けたが、彼らもどこかへ移動する途中のようだった。

「中心……か」

五つの研究室は城の中央を中心として、円状に位置している――これは仮定だ。第二と第四は少なくともその通りになっている。

今いる場所は中心に近い。――これは仮定ではあるがおそらく正しいだろう。今自分は、城の真ん中近いところまで近づいてきている。

禁呪の魔法陣は、五つの研究室を結んで巨大な円形を成している。

そしてその中央に「負の穴」が開くという。――なら今いる近くにその穴は開くのではないか。

「穴って塞げないかな。まだ開いてないのかな」

『禁呪によって人を蝕む負の穴が開く』とは、セルーが契約後に説明してくれたことだが、それがどのようなものなのか、魔法に通じていない雫には想像しにくい。『穴』とは本当に穴なのだろうか。日本神話には黄泉比良《よみひら》坂でイザナギが黄泉路《よみじ》に通じる道を大岩で塞いだという話があるが、それに似たものかもしれない。禁呪の穴も岩で塞いでしまえるなら塞ぎたいが、きっとあれは神様だからできたことだろう。第一雫にはそんな大岩を動かす腕力もないし、大岩自体が見当たらない。

せっかく中心部近くまで来たのだから、何かしないともったいないという思いがあるのだが、具体的に何をしていいか分からないのは致命的だ。

雫は諦めて荷物をしまうと、ここから一番近いと思われる第一研究室に向かうことにする。だが立ちあがって扉を開けた時、それまで沈黙していた小鳥が急に自分で飛び始めた。

メアは、彼女を振り返り小さく鳴く。そのまま廊下の右奥へ向かって空中を進み出した。

「あ、あれ。道案内？」

主人の問いに、小鳥はまた鳴いて肯定を示す。進んでいく先は第一研究室とはまったく違う方角だが、使い魔を信用している雫はその後をついて歩き出した。何度か角を曲がっていく。先の方角を確認する度に、彼女の緊張は増していった。

——間違いなく中心へと近づいている。

途中で階段を下り半地下の階に足を踏み入れながらも、メアはひたすら中心へと近づいていった。

他に人影を見ないのはこの階自体が倉庫扱いだからだろうか。先程までいた一階とは違って、内装の飾りもない。無骨な石の廊下は研究室の石広間と似通っていた。

やがてメアは一つの扉の前で空中に止まる。

左右にいくつも並んでいる扉と同じ、何の変哲もない一枚だ。雫はわずかに震える手を扉にかけた。

――ここはほとんど城の中心だ。

ならばもしかしたら、この部屋の中には穴が開いているのかもしれない。それを今、塞いでしまえとメアは言いたいのだろうか。

雫は扉を開く前に廊下を見渡す。そこにはあちこち大きな木箱が置かれており、これならば彼女でも何とか動かせるのではないかというものも混ざっていた。

「箱で塞げるかな……」

穴の方が大きくて落っこちてしまったら、それはどこに行くのだろう。自分でもよく分からない疑問に真剣に悩みながら、ついに雫は扉を開けた。

開けてすぐに見えたのは大きな木箱だ。雫の身長より遥かに高い位置まで積み上げられている箱を、彼女は唖然として見上げる。いくら倉庫だって、何もこんな扉間近まで箱を積まなくてもいいだろう。これでは奥のものが取り出せないではないか。

そんな憤慨を覚えながら、けれど雫はすぐに箱が全てを塞いでしまっているのではないと気づいた。よく見ると右にすり抜けられそうな隙間がある。その奥にはまだ空間がありそうだ。雫は体を横にしてそこを通り抜けようとする。

この日何度目かのメアの警告が聞こえたのはその時のことで――直後雫は、箱の陰から現れた短剣に静止を余儀なくされた。

「……っ」

進路を塞ぐバーのように横に突き出された剣は、彼女の首とほぼ同じ高さにある。

誰がその剣を持っているのかは、箱の陰になって見えない。雫は思ってもみなかった「誰か」の存在に自分も剣を抜くべきかどうか迷った。

だが彼女が迷っている間に、メアは剣の上を飛び越えてふらふらと中に入ってしまう。雫はあわてて手を伸ばした。

「待って！　メア！」

「え？」

虚をつかれた男の声。少し遅れて短剣が引かれる。その声に雫は覚えがあった。

——分からないはずがない。ずっと一緒だった男の声なのだから。

彼女は隙間をもどかしくも抜け出る。奥はやはり開けており、そこには一人の青年が立っていた。

「エリク！」

「あれ。何で君ここにいるの」

驚いたような藍色の瞳。あまり緊張感の感じられないいつも通りの口調。

だがそれは雫の胸を懐かしさでいっぱいにさせた。たった一日がどれほど長く遠かっただろう。けれどようやく彼に会うことができたのだ。

今まで溜めこんできた緊張の分、箍《たが》が緩む。自然と零《こぼ》れ落《お》ちる涙に彼女はあわてて顔を拭った。

何かを言おうとしたが声にならない。嗚咽を出さないようにするので精一杯だ。

エリクは目を丸くして女官姿の少女を見下ろしていたが、短剣を鞘に戻すと苦笑する。

「うん。頑張ったね。ありがとう」

何故彼は、言葉足らずでも色んなことを分かってくれるのか。

けれどそんな疑問よりも一言で全てが報われた気がして、雫は涙に濡れたまま笑顔になった。


四畳半ほどの小さな倉庫で、雫とエリクは弁当を広げる。

朝起こされた時ターキスに「長丁場になるかもしれないから朝くらい食っとけ」と言われたのだが、その時宿屋の台所を借りて簡単な昼食も二人分作っていたのだ。

ペットボトルに入れたお茶とおにぎりと玉子焼き、保存用の干し肉だけだが、走り回っていた雫と昨日から不眠不休だったというエリクには充分なものだった。彼は塩で味付けされたおにぎりを手に、まじまじと眺める。

「面白い形してる」

「私の国ではこれが普通なんですよ。海苔《のり》も鮭《さけ》もないから塩だけですけど」

「ノリって何」

「海草です。集めて乾燥させて紙状にしたものが多いですね。美味しいですよ」

「へー。僕は海草って食べたことないな」

「将来禿《は》げますね」

「何で」

ワカメと頭髪の迷信を知らない青年は、当然ながら即聞き返してきたが、雫はそれを無視した。代わりに目の前の床を指差す。

「これ何ですか。魔法陣ですよね」

「うん。僕が描いた」

三重円を外周として描かれた複雑な紋様。それはよく見ると白墨のようなもので床に描かれている。周囲に長い棒や紐が落ちているのはこれを描くために使ったのだろう。魔法具もない状況で、直径一メートル半はあるこの魔法陣を描くために、エリクは試行錯誤したに違いない。

二人は城のど真中《まんなか》の地下で、おにぎりを食べながら一通りの情報を交換することになった。

宿屋に兵士が来たことを聞いたエリクは、苦い顔になると「君のところまで行くとは思わなかった。ごめん」と返してくる。何でも彼は雫が報告するまでもなく禁呪のことを見破って、それを城の魔法士に報告した結果、逃げ出す羽目になっていたというのだ。

「え、よく禁呪だって分かりましたね……」

「ほら、クレアの塔。あれと構成が似てたんだよ。じゃなきゃいくらなんでも分からなかった」

「じゃああの塔もシューラ教が関係してたんですね。今の禁呪はまた違う構成みたいですけど」

「違うね。負の穴を開けて『向こう側』をこっちに呼びこむ構成だ」

「負の穴……」

またその言葉だ。雫はいまいち意味の摑みきれない単語に眉を寄せた。

「あの、基本的なことを聞いてすみません。負の穴ってなんですか？」

「うーん……その話の前に、体調とか気分とか悪くない？」

「え？　別にいつもと同じですけど……」

走り回って疲れたり緊張があったりはするが、特にそれ以外の不調は感じない。エリクは雫の申告が本当か、じっと彼女の顔を検分してきたが、雫はきょとんとした表情でそれに返した。

エリクは気が済んだのか苦笑する。

「分かった。これは面白い事実だな。なるほど、という感じもするが」

「何がなるほどなんですか？　負の穴関係ですか？」

「全然違う。けどまずはそっちの説明からだね」

エリクはしばらく考えこむと、話し始めた。

「まずこの世界において、人間とは肉体・精神・魂の三つから成ると考えられている。肉体は説明しなくても分かるね？　感覚知覚と生命維持、生殖を担当する人間の物質的な部分だ。で、精神は肉体と密接にくっついて知的認識や思考や感情、記憶を司《つかさど》っている。最後が魂だけど、これは無生物と生物を分けるものだ。生物の中に宿り、生物を生かしている力そのもので、死後は拡散して自然の中に還《かえ》る」

「なるほど」

「ついてこられてる？」

「今のところ」

こういう話は苦手ではない。普段大学でも教養として似たような人文科学の講義を受けるからだ。

雫はルーズリーフを出して聞いた話をまとめていく。「魂」と書いた場所をペン先でつついた。

人は死後には何も残らないというこの世界の法則は、この魂が拡散してしまうところから来ているのだ。精神は肉体と共に滅び、魂は消え去る。それが人の死の現実なのだろう。

つい先ほど見た「終わってしまった」死体に意識が飛びかけた雫は、あわててそれを引き戻す。

「――魂は死後拡散してしまう。では、どうやって生物の中に生まれると思う？」

「あ。あれ？　えーと……肉体と共に生まれるんですか？」

「部分正解。実は魂についてはまだよく分かっていないところが多いんだ。ただそれは、魔法士の間で研究の結果『あらゆるものから成り、あらゆるものに繋がり、肉体によって形成される』と言われている。つまりあちこちにある自然的な力をこういう風に……」

エリクはお茶の入ったペットボトルを持ち上げる。透明なプラスチックの向こうで澄んだ茶色のお茶が揺れた。

「肉体が閉じこめて、魂として他と分かち、一つのものとしている」

「液体が魂で、容器が肉体ですか」

「そう。だから肉体が死ぬと魂も零れちゃうんだな」

彼は中を軽く振ると、キャップを開けて口をつけた。このペットボトルは雫が元の世界から持ってきたもので最初は水が入っていたのだが、色々便利なので捨てないで持ち歩いているのだ。さすがにコップまでは持ってきていないため、二人で飲んでいるのだが、エリクは当然気にもしていないので雫も何も言わないことにしている。

「しかしここで問題なのは、魂が『あらゆるものから成り、あらゆるものと繋がっている』という点だ。容器に閉じこめられたお茶と異なり、魂は肉体の中にあっても様々なものと繋がっている。人間がみな共通して、根源的な感情や基本的な思考の働き、言語などを持っているのは、全ての魂が同じ『何か』に繋がっていることが原因だとされているし、魔法士が本来違う位階に存在しているはずの魔法法則に触れられるのも、魂がその位階に繋がっているためだというわけ」

「うう、難しくなってきましたよ」

「うん。とりあえず魂は外界へ繋がる人間の内的な窓と思っていればいい」

「了解です」

「この窓はあちこちに繋がってる。世界を構成する複数の位階のうち、天上の美徳と言われるものから最下部までね。その繋がっている最下部と言われているのが負の海だ」

「負？」

「負」

穴ではなく海。ただでさえ観念的な話だったのに、更に途方もなく広がった気がする。雫はメモを取っていたルーズリースの下に何となく海面を書いて、更にイルカの絵を描いてみた。

「負の海、混沌の海とも呼ばれる世界の床下に広がる概念上の海だ。例えば知性や美徳、魔法構成や上位魔族の位階が、階層的にこの世界より上層に位置するとするなら、負の海は最下層。諦観、悲嘆、怨嗟《えんさ》などがひしめき、そこには人の感情として成形される以前の負が満ちているという」

「うぇ」

イルカの絵にまったく似つかわしくない不吉な海だった。雫はイルカを黒く塗り潰そうかと考えて、その発想を一瞬で放棄した。シャープペンの芯を押しこむと青年に聞き返す。

「ひょっとして、人間が妬んだり恨んだりするのは、その海に繋がってるのが原因ってことですか？」

「と、言われている。実際にはそれだけじゃないと思うけどね」

「なーるーほどー」

美徳は上に、悪徳は下に、繋がっているというのはそう不自然な発想ではない。人間は魂によって負と繋がっている、なればこそそこからの上昇を目指す教えの宗教など、いかにもありそうだ。

「でもそれって宗教的なたとえ話ですよね？　シューラ教がそういう教えだとか？」

「だったらいいんだけど。実は過去に実際、この負の海に向かって穴が開いたことがあるんだよ」

「へ？」

黒い目をまんまるにして雫は男を見つめる。おにぎりを食べ終わったエリクは「ごちそうさま」と呟いてから、彼女の視線に応えて苦笑した。

「八百年ほど前かな。大陸中央部に自然の洞窟があって、その奥に深い穴が開いてたらしいんだよ」

「そ、それが負の穴!?」

「違う。ただの穴」

肩透かしを食らって雫はうなだれる。何だか一進一退している気がするが、途中をすっ飛ばしても理解が追いつかないだろう。エリクは自分で描いた魔法陣を指差す。まるでそこに深い穴が開いているかのように彼の視線は下を向いた。

「ただの穴だったんだけど、そこは位置的に瘴気が溜まりやすい穴だったらしくてね。しかも戦争があった際にその中に死体が投げ捨てられていったそうなんだ。結果、瘴気の溜まっていた穴に更に死体を次々放りこまれて——ついに世界に綻びができた。負の海に通じる穴が開いてしまった」

エリクの長い指が、ぱちんと音を鳴らす。その軽い音に雫は思わず体を震わせた。

「伝承では穴に気づいた最初の男は負の海に引きずりこまれ、二番目の男は正気を失った。そうして誰も何もできないうちに、穴からは留められない『負』そのものが染み出してきて、三番目の男はそれを神と呼んだ」

——どこかで、聞いたことのある話だ。

雫はわずかに痛む頭を押さえる。シューラ教徒からではない。もっと、深い、どこかで。

だが、どこで聞いたのか考えようとする度に頭は痛み、記憶は遠ざかる。求めればそのまま自分ごと落ちてしまいそうになって、雫は諦めると意識を引き戻した。

「現出したその負は『シミラ』と呼ばれた。で、三番目の男はシミラを崇める教祖となって、穴の周りに小さな村を作った。多分これが……シューラ信仰と同じなんだろう。百年もの間その村は少しずつ信者を増やし大きくなっていった。当時シミラは邪神と呼ばれ、その村も周囲から邪教集団と呼ばれてたらしいけどね」

「じゃ、邪神!?　それでどうなったんですか？　その後」

「うん。滅んだ」

「世界が!?」

ひっくり返ったような雫の声が、小さな倉庫にこだまする。

その余韻が消え去って生まれた空白に、しばらくしてエリクの何とも形容しがたい声が響いた。

「ちょっと落ち着いて。世界滅んでたら今なんで僕たちここにいるの」

「……そですね……」

突拍子もない話に驚いて突拍子もない発想をしてしまった。赤面しながら雫は再びうなだれる。

エリクはだが、彼女の発想をさほど問題視していないらしい。変わらぬ調子でその問いに答えた。

「滅んだのは邪神と村。巨大な魔法の一撃で吹き飛ばされたんだ。たまたまの事故で、吹き飛ばした方も禁呪だったんだけど」

「うっわ。何だか怪獣大戦争みたいですね」

「何それ」

「説明は省略させてください」

怪獣を知るはずもない青年は怪訝な顔をしたが、突き詰めても脱線になるだけと分かったのだろう。何も聞かなかったかのように続ける。

「シミラが滅んだ後も、歴史上何度か狂信者が禁呪を用いて穴を開こうとしたらしいけど、記録ではそれら事件の全てが失敗してる。——けどね、失敗しててもそれぞれ百人近い人間が死んだり気が触れたりしてるんだ。実際に開いちゃったらどんな惨事になるのかさすがに想像したくないね」

普段は大概のことでも平然としている青年の、聞いたこともない苦々しい声に、雫は慄然とする。今二人が座っている石床の、更に下の下、世界をはみ出た底には何がたゆたっているのか。

彼女はまるで、自分自身が暗い海に浮かぶ薄板の上に座しているような気がして、知らぬうちに身震いした。

「それで……どうしましょうか」

今が危機的状況であるということはよく分かった。だが元々それをよく分かっているはずのエリクがこんなところで魔法陣を描いているということは、何か心積もりがあるのだろう。

エリクはこめかみに指を当てて何事か考えこんでいたが、不意に天井を指した。

「禁呪の中心部はここの真上……二階か三階に設定されていると思う。君は城の中心を探してここに来たの？」

「あー、いえ、メアが」

「なるほど。近くまで来て僕の魔力が分かったのか」

小鳥は肯定の囀りを上げる。エリクは軽く頷くと、立てた膝の上に頬杖をついた。

「僕が今やってるのは時間稼ぎ。最初禁呪だって気づいた時に、組んでいた構成を少し組み替えてきた。だからこの魔法陣は、実は禁呪に繋がってる。大幅に干渉できるわけじゃないが、多少の遅延と軽減はできるんだ」

さらりと説明された言葉に雫は目を瞠った。

魔法具を直したり城の審査に受かったりした時から思っていたのだが、エリクは実は魔法士としてかなり技術のある人間ではないだろうか。禁呪を見破っただけに留まらず、対抗策まで事前に組み入れてきているとは城の人間も思わないだろう。彼女は感嘆の声を洩らす。

「すごい……そんなことができるんですね」

「これが僕の限界だけどね。幸い今この城には魔力が満ちているから多少は融通が利く。ただ禁呪を完全に止められるわけじゃない。どこかに禁呪をまとめる核があるんだろうが、この魔法陣じゃそこまでは届かないんだ。時間を稼いでいる間に手を打たなきゃいけない」

「あ、でもそれなら上でみんなが――」

雫はそこで言葉を失った。第四研究室の惨劇と、それを為した少年のことを思い出したのだ。彼があの調子で他の研究室をも掃討していたのなら――禁呪は止まるのかもしれない。数十人の命と引き換えに。

息苦しさが、視界が狭まるような圧迫感が、甦ってくる。喉元に何かがこみ上げる。

雫はそれを留めようと口を押さえた。だが、気分の悪さがそのまま心身に歪みを生み出しそうに思えた時、彼女の様子に気づいたエリクが手を伸ばした。顔の前で大きな手をひらひらと振る。

「大丈夫？　顔色悪い」

「……平気、です」

雫は目を閉じた。

ゆっくりと、深く、息を吸う。

肺の奥まで空間が広がるよう意識して息を止め、その後長く時間をかけて吐き出す。

今は彼が隣にいるのだ。一人ではない。だから、落ち着くこともできるはずだ。精神と肉体が共に絡み合って存在しているというのなら、そのどちらもを支配することは可能だろう。それができてこそようやく、人は完全に自分の主人となり得るのだから。

雫は息を細く吐ききる。そうして顔を上げた時、彼女は感情の抑圧を試みた結果ではあったが、ほぼいつも通りの平静を取り戻していた。淡々とした口調で城の中に襲撃者がいることと、その中の一人が魔法士を殺して回っていることを話す。

エリクは眉を顰めて彼女の報告に聞き入っていたが、これは彼としては険しい表情の部類に入る。現に彼が発したのは苦い声だった。

「それでか、不味いな。道理で禁呪の進行速度が早まり出したと思った」

「早まった？　停滞したんじゃなくてですか？」

「早まってる。禁呪を組むために用意されたのは五十人だ。その人数は伊達《だて》じゃないんだよ。基本の構成はとっくにできていた。後は——何故、八百年前穴が開いたかだ」

「あ……」

瘴気が溜まりやすかった穴。そこに死体が投げこまれて世界は綻んだ。ならば今この状況で、構成に携わる魔法士が殺されていくという状況はまさしく、その綻びを再現するものではないか。

雫は今度こそ血の気が引く思いがして唇をわななかせた。だがそうしていたのはほんの数秒で、すぐに彼女は立ちあがる。

「ちょ、ちょっと上行って言ってきます！」

「待って。それも問題なんだけど、話が通じなそうな相手だ。君が行って殺されちゃ意味がない」

「でも！」

「気持ちは分かるけど、今は結構不味い状況だ。ここから先は失敗が許されない」

有無を言わさぬ強い力が彼の言葉にはあった。エリクは床の上に置かれていた城の地図を拾い上げる。彼は雫を手招きすると、地図上のある一点を指差して言った。

「僕はここから離れられない。でも、これだけじゃ駄目なんだ。状況を引っくり返すだけの一手が要る。本当は君に頼むのは悪いと思っているが……」

藍色の瞳が一瞬揺らぐ。雫はその揺らぎに気を取られて青年の顔を覗きこんだ。

「君が一番適任なんだ。ファルサスに行って、王妹にこの事実を伝えてくれ」

「え？」

世界が少しだけ傾いた気がする。

そう思ったのはけれど雫の錯覚で……彼女は少し首を傾げて、言われた言葉を咀嚼しようと頭を空回りさせていた。

エリクが指したのは城の北西の端にあたる一部で、そこはどうやら転移陣が複数設置された広間らしい。ならば中には、大国の一つであるファルサスに出る転移陣が存在するはずだと言うのだ。

「転移陣は大抵床に行き先が記されている。あわてる必要はないから見つからないよう慎重に移動して……今なら混乱していて見張りも手薄だろうから、メアと一緒に転移陣の中に入るんだ。ファルサスの誰かに、禁呪のことで王妹を呼んでほしいと言えば話が伝わるはずだから」

「ま、待ってください！　それで何とかなるんですか!?」

「可能性は一番高い。彼女は精霊、つまり上位魔族を従える王家の魔法士だ。現在大陸でも屈指の術者で、禁呪に対抗できる可能性のある人間を僕は他に知らない。君は上手くファルサスに着いたら、そのままそこにいればいいから。あとは王妹が何とかするはずだ」

「でもそれは……！」

雫は言っていいのか悪いのか分からない思いに言葉を切った。

彼女を城の混乱の只中に追いやるとも取れる、いつになく強引なエリクの提案。それはもしかして、この禁呪を止められるかどうか分からないからではないのか。だからこそ、その前に彼女をこの国から、目的地であるファルサスへ逃がそうとしているのではないか。

もちろんこの窮地に魔法大国の助けが欲しいというのも本当だろう。

――だが、それだけだとしたら「あわてる必要はないから慎重に」などと言うだろうか。

雫は彼の真意を摑みかねて答えを迷う。寝ていないのか疲れた青年の顔に胸が詰まった。

「……エリクを置いていくのが怖いです。行くなら一緒に行きましょう」

「僕がここを離れたら禁呪の速度が一層早まる。そうしたらもう取り返しがつかなくなるよ」

「取り返しがついても、あなたに何かあったらやですよ！」

危険から逃れたいだけなら、禁呪のことを知った時にさっさとこの街から逃げていた。けれど雫はそれを選ばなかった。武器さえ持って、ここまで来たのだ。

全てはただ彼が心配だったからで、今まで助けられた分を返したいと思ったからだ。なのにここまで来てその目的を捨てることは、彼女にはできなかった。

雫は非難の五歩手前の目でエリクを見つめる。何が最善なのか分からなくて、それでもこの国の最善より今は、彼の方が大事に思えた。


さほど長い時間、沈黙があったわけではない。ほんの二、三秒だ。

彼は雫から目を逸らさなかった。ただ真っ直ぐに、伝わる言葉を生み出す。

「君には可能性がある」

「可能性？」

それは、大人が子供に抱くような茫洋とした希望だろうか。だとしたら不確かにも程がある。

そんなものは誰にだってあるのだ。可能性と言うだけならいくらでも期待の持たせようがある。誰かの代わりに誰かを優先させるほどのものではない。だからもしエリクがそういう意味で「可能性」と言うのなら、雫は彼と共に行動する別の道を模索しただろう。

――しかし彼が示したのは、もっと具体的な「彼女にしかない可能性」だった。

「さっき負の海について説明しただろう？　僕たちは例外なく魂が『それ』に繋がっている。過去の禁呪事件のいくつかで正気を失った人間が出たのもそのせいだ。負の海への境界が薄らげば薄らぐほど、生じる瘴気で周囲の人間の精神は傾く。もうあと一時間もしないうちに最初の変化は始まるだろう。人によってはもっと早いかもしれない。――けれど、君には可能性がある」

エリクは自分が描いた魔法陣を指さす。

「実はさっきから、この部屋には少しずつ禁呪に繋がってる影響で瘴気が出始めてるんだ。でも君は心身共にまったく影響を受けてないだろう？　普通なら魔力を持たない人間は、もっと不調が出るはずなんだ。息苦しいとか、苛々《いらいら》と落ち着かなくなるとかね」

「あ……」

確かにさっきエリクに「体調や気分は悪くないか」と聞かれたのだ。だが未だに雫に変調の兆しはない。それが意味することは「雫は瘴気の影響を受けない」ということだ。

エリクの藍色の瞳が雫を捉える。それはとても綺麗で、決然とした意志の目だ。

「考えられる原因は一つ。君は異世界の人間だ。だから君の魂は――」

「……ひょっとして……負の海に……繋がって、いない？」

――何故、この世界に来て、迷って、走り回って、そんなことを繰り返しているのか。

少しずつ前進したいと思っているのに、足掻いても届く何かがあるのか分からない。

けれどそれに疲れてしまったら、足を止めてしまったら、他に誰かが彼女を救ってくれるわけではないのだ。手を伸ばさなければ何も与えられない。

雫は、今はひどく遠い家族の姿を思い出す。そして改めて、この世界にいる自分を振り返った。

自分一人だけ異邦人だと思ったことは何度もある。それが淋しいと感じたことも。

だが今は……自分の「異質」がありがたい。言葉だけではなく本当に自分には可能性があるのだ。

「私も一応人間です。妬みも恨みもありますし、ってことは負の海に繋がってるかもしれませんよ」

「もちろんその可能性はある。けど君の世界には魔法がないんだろう？　それはとりもなおさず世界の位階構造自体がこちらとは違うってことじゃないかな」

「確かに私の世界では魂や負について、今の時代そういうアプローチはほとんど実用性がないと思われてます」

「うん。僕はそっちの世界のことをほとんど知らないからただの推測だ。でも今はそれに賭けたい。――できる？　雫」

「できます」

人を殺さずとも解決できるはずだと、あの少年に言ったのは他でもない自分だ。

ならばそれを証明しなければならない。座りこんだまま理想を語っても誰にも伝わらないだろう。

雫はエリクから地図を受け取る。彼は紙の片隅に「ファルサス」の字を書いてくれた。転移陣を見分ける時に必要となるだろう。雫は目を凝らしてそれを頭の中に刻みこむ。そして、もはや体の一部にも思えるバッグを持ち上げて肩にかけた。まだ半分以上中身が残っているペットボトルは彼の傍へ置いていく。

――彼が、禁呪をこのままにして逃げるような人間ではないことは最初から分かっていた。

その上で雫は彼の考えに従おうと思っていたのだ。できれば一緒に行動したかったが、それよりも今はできることを優先すべきだ。それが彼の計算した一手だというのなら雫はその道を選ぶ。

「ダッシュで行ってきます。で、絶対戻ってきますからね！」

反論を聞かない口調できっぱり断言すると、エリクの目は丸くなった。

驚愕が「仕方ないな」という苦笑に変わるまでの数秒、雫は目を逸らさずに待つ。ここでどうしても戻ってくるなと言われたら、何と返してやろうかと思っていた。

だが彼は少しだけ穏やかな、いつもの表情になると微苦笑する。

「自分の身の安全が第一。戻ってくるなら、ちゃんと他の人間と一緒に来るんだよ」

「もちろんです。私が死んだら幽霊になりますからね！　祟りますよ！」

「幽霊ってちょっと興味あるな。どんな感じになるの？」

「足がなくて半透明、って嫌ですよ！」

こっちの世界とは違う意味だが、やはり雫も「死んだらおしまい」だ。ちょっとの興味では試せないし試したくはない。

「死なないで待っててくださいね。あと、正気のままでいてください」

「僕は魔法士だからそうじゃない人間よりは耐性がある。でもあんまり期待はしないで」

「別れ際に不吉な発言はやめてくださいよ！」

雫は箱の上にいたメアを呼ぶと、最後にもう一度、エリクを振り返った。

「じゃ、行ってきますね」

「気をつけて」

わずか三十分ほどの再会。次に会う時は、全てが終わった後だろうか。雫は想像もできない未来に瞬間思いを馳せた。

この世界に来てから何度、人との別れを経験しただろう。だが、エリクとはきっともう一度会える。また旅ができる。そしてそれを実現するのは自分の力だ。

雫は彼に手を振ると、箱の間を縫って扉を開ける。

「――ああ、ファルサス王妹に会っても僕の名前は出さない方がいい」

「はい？　分かりました」

箱越しにかけられた青年の声に、雫は怪訝に思いながらも返事をして――再び走り出した。

※

扉が閉まるとエリクは深い溜息をついた。ペットボトルを片手に詠唱を開始する。

いるはずのない彼女が目の前に現れた時は、さすがに驚いて二の句が継げなかった。行動力のある人間だとは思っていたが、まさか女官に化けて城に忍びこんでくるとは思ってもみなかったのだ。最初は災いの渦中に彼女を巻きこんでしまったことに苦いものを感じたが、すぐにこれは好機だと気づいた。街の宿にいては連絡も取れないし、逃がすこともできない。禁呪の気配にメアが気づくとしても確実に助かるかどうかは保証できない。

だが、城にいるのなら話は別だ。転移陣を使えば国外に逃げることさえできる。行く先をファルサスと指定したのは、もちろん助けが欲しいという理由もあるが、そういう明確な目的を示さねば彼女は動かないだろうと思ったからだ。

「気がついたら怒るかな。それとももう気づいているか……」

ファルサスに着いて王妹に連絡が取れたとしても、雫がここに引き返してくることはできないだろう。事情を知る人間を確保するためにも、ファルサスは彼女を自国に留める。それでいいのだ。

禁呪構成の中央にいる彼はこれから先、尋常ではない負荷を受けることになる。仮に穴が開く前にファルサスが間に合ったとしても、自分が正気を保っていられるかエリクには自信がなかった。

「元の世界か……。上手く帰れるといいね」

もう彼女と話をすることもないだろう。まだ色々文字について聞きたいこともあったが仕方ない。充分面白かったし楽しかったのだ。ここ数年の鬱屈を綺麗に押し流してしまうほどに。

エリクは目を閉じると魔力を手繰り、詠唱を紡いでいく。

閉ざされた視界の中に浮かぶ彼女は、少し涙の滲む目で嬉しそうに微笑んでいた。

※

「――やっぱり、あの話は本当だったんじゃないか」

隣を行く魔法士の呟きに兵士は顔を上げる。彼はたいして関心もなかったが聞き返した。

「どの話だよ」

「だから、今組んでる禁呪が、本当は負の海に向かって穴を開けるやつだっていう話」

「逃走した外部の魔法士がお前に言ったってやつか。でも魔法士長はそれを否定したんだろ？」

「そうなんだが、何か様子がおかしいんだよな。それに気のせいか城に瘴気が生まれ始めてる」

「瘴気？」

若い魔法士は顎に指をかける。警備が手薄になった隙に殺戮が行われた第四研究室を見てきたばかりだが、あそこにはまず間違いなく瘴気が立ちこめていた。最初はあまりにも凄惨な事態に瘴気までもが湧き出したのかと思ったが、それにしては城のあちこちでその気配を感じる。これではまるで、あのエリクとかいう魔法士が言った通りだ。

今は城外の混乱への対応と、城内に潜んでいる刺客を狩るために動き回っているが、本当にこれでいいのだろうか。何か取り返しのつかない事態になってしまわないか。

二人は沈黙したまま城の角を曲がる。が、曲がってすぐに兵士は何かにつまづいて転びそうになった。

「おわっ！　何だよ！」

体勢を立てなおして床を見ると、そこには一人の魔法士が血を流して倒れている。刺客にでもやられたのだろう。重傷ではないようだが、苦しげに呻いていた。

「おい、大丈夫か！」

負傷した同僚の姿に魔法士はあわてて治癒をかけようとする。だが、まさに彼が手を伸ばそうとした時——傷のすぐ横を兵士が蹴り上げた。短い悲鳴が上がるのを聞いて魔法士はぎょっとする。

「な、何するんだよ！」

「邪魔なんだよ、こんなところで。弱い奴はさっさと死んどけ」

兵士は煩わしげに言い捨てると、倒れている体をまたいでさっさと先へ歩いていってしまう。その背中を若い魔法士は呆然と見送った。

「……何なんだよ、一体……」
まるで突然人が変わってしまったような様子に魔法士は生唾を飲みこむ。
午後になったばかりの城は明るいにもかかわらず、まるで周囲が闇に閉ざされていくかのようだった。

※

城の北西。転移陣のある広間は、城の中心からはほどほどに距離がある。

エリクはこの中央部を見つけるまでに、追っ手を避けながら三時間ほど城内をさまよったらしいが、その点雫は方向感覚に自信がある。適任と言ったら適任には違いない。急がば回れということで、ひとまず彼女は来た道を戻り一階に出ると、北西目指して廊下を何度も曲がっていった。

元の世界に戻るためにずっと目指していた目的の国、ファルサス。その国にもうすぐ行き着けるかもしれないと思っても、今は嬉しくない。ただ、なんとしても間に合わなければと気ばかりが急いて、心が体を追い越していってしまいそうだ。

時折、雫は人の気配を感じて柱に隠れる。目の前の扉から出てきた兵士と鉢合わせになって、メアに気絶させるよう頼んだりもした。

逃げ回っていては間に合わなくなる。早く早く転移陣に着かなければならない。

自分の為すべきこと。それだけを思って、彼女は城の廊下を走っていく。歪み始める空気、不可視ながらも漂う瘴気は着実に、その濃さを増しつつあった。

　廊下を走っていた雫は、角の向こうから聞こえてくる声に足を止める。

「――結界を張った。これで刺客とやらも入ってはこれぬ。もっとも中から出ることも叶わんが」

「お手を煩わせて申し訳ございません」

　老人の声と、それより幾分若いがやはり老いの見え始めた声。雫は壁に張りつきながら、上がってしまった息の音が聞こえないよう必死で呼吸を整えた。

「死んでしまった魔法士は城の魔法士で補充いたしましょうか」

「その必要はない。ここまで構成ができていれば、死そのものが残りの役目を果たすであろう」

「さ、左様で……」

　男の声のうち、比較的若い方には聞き覚えがある。今日出会ったばかりの、どこか落ち着かなさと歪みを宿した魔法士長のものだ。その魔法士長がへりくだって話しているということは、相手はもっと目上の人間なのだろうか。雫は角から顔を出して様子を窺いたい誘惑に襲われたが、見つかってはまずい。代わりに地図上の現在地を頭の中に描き出す。

　今いるのは北西方角、転移陣の広間の少し手前くらいだ。位置と会話からして、もしかして研究室の近くだろうか。

「刺客も好きにさせておけばよい。血が流れれば流れるだけ禁呪は完成に近づく。むしろ混乱は歓迎すべきことだ。核の陣さえ壊されぬようにしておけばそれでよい」

「核は王のいる中心部にありますれば。警備はもっとも厚くなっております」

「真に守られているのは王ではなく陣か。滑稽なことだ」
罅割《ひびわ》れた笑い声に追従の笑いが重なる。雫はその異様さにぞっとして首を竦めた。まるでそこに滲む悪意こそが、諸悪の根源のように思えたのだ。

だがすぐに雫は、自分の方へ足音が近づいてくることに気づく。つい気になって聞き入ってしまったが、すぐに隠れられそうな場所はない。雫はあわてて壁に寄りかかっていた体を起こし、逆方向に駆け出した。直後背後から「何者だ！」という声がかかる。

ここで「待てー」とか言われたらちょっと面白いかも、と雫が戯言を考えていられたのもほんの一瞬で、すぐに二人分の声で呪文詠唱が始まった。雫は青ざめる。

「死ね！　小娘！」
「――メア、防いで！」

相反する声が交差する。

何も起こらない、と思いかけた時、けれど彼女の体は前方に向かって弾《はじ》き飛《と》ばされた。横倒しに床へ叩きつけられる。衝撃に頭の中が真っ白になり、遅れて痺《しび》れるような痛みが襲ってきた。

「っ、メア！」

雫の横には、魔法に競り負けたのかメアが小鳥の姿のまま叩きつけられている。雫はずきずき痛む体を起こすと、使い魔を手の中に拾い上げた。幸い自分は肩から落ちたせいか足にダメージは少ない。まだ走れる。雫は爪先に力をこめると立ちあがった。後ろを見ぬまま走り出す。

二度目の詠唱の声は、どちらの魔法士のものか分からなかった。

雫は嵌めていた指輪を抜き取り、それを背後に投げつける。エリクにもらった守護の指輪で、気に入っていたものだが仕方ない。指輪は押し寄せる炎の中心を貫くと、澄んだ音を立てて砕け散った。代わりに炎もまた動きを止める。

「くそ……待て、小娘！」

ようやく定番の罵りを聞けたものの定番の礼儀として雫は待たない。廊下の角を曲がった。

「メア、大丈夫？」

小声で手の中に囁くと弱々しいながらも返事が聞こえる。彼女は使い魔を大事に胸に抱えこんだ。まだ追っ手は角を曲がってきていない。時間はある。雫は次の角を目指して走る。だが、その角を曲がった時、彼女は己の失敗に足を止めた。——先は行き止まりだ。右に一つの扉しかない。

「っ……」

背後にあたる死角からは足音が近づいてきている。一つしか聞こえないのは、もう一人はどこかに行ったということだろうか。雫は右の扉に飛びついた。けれど鍵がかかっているのかびくともしない。焦りに彼女の手は震えた。

「——どこに行った。もはやこの城に逃げ場などないぞ」

聞こえてくる声は魔法士長のものだ。もう間近に迫っている。雫は手の中の使い魔と、自分のバッグを見比べた。

「……やるしかない」

決断に時間をかけてはいられない。雫はバッグを床に置いてメアをその上に乗せると、代わりに短剣の柄に右手をかけた。

奥歯を噛《か》み締《し》める。形にならない痛みが精神によぎった。だが――

今は自分を信じよう。こんなものは何でもない。

雫は柄にかけた指に力を込める。そして……吐く息と共に短剣を抜き放った。銀の片刃がぞっとするほど研ぎ澄まされている。心配そうなメアに頷くと、雫は顔を上げた。

「よし、行く」

雫は近づいてくる足音の方へ駆け出す。この時だけは何も考えず、自分の体に意識を集中させて。

※

魔法士長イドスは、怒気に顔を歪めながら廊下を歩いていた。

彼が追いかけている少女は、地下研究室にて一度逃がした相手だ。まだ城の中をうろうろしているとは思わなかった。ふつふつとした苛立ちにイドスは舌打ちする。

今まで一緒にいた主教は「核の様子を見に行く」と言って転移して消えてしまったが、その後を追う気にはなれない。正直なところイドスは怖かったのだ。次第にあちこちから感じ取れる瘴気が、そしてそれを楽しむ主教が。

だが、部下の前でも主教の前でもそんな感情を表に出すことはできない。そんな矢先、あの無礼な少女が現れたのだ。だからイドスは恐れを怒りへ変えることにした。あの少女を今度こそ処分する。血に酔っていなければ、とても迫りくる未知の圧迫感に耐えられそうになかった。

「どこに行った。もはやこの城に逃げ場などないぞ」

少女の声は返ってこない。だが真っ直ぐに伸びる廊下に彼女の姿は見えないのだ。ならばすぐそこの角を曲がったに違いない。そして先は行き止まりだ。

イドスは手の中に構成を生みながら角へ近づく。

一撃では殺さない。軽く痺れさせ、身動きを取れなくしてから嬲《なぶ》ってやる。彼は右手を前に上げながら、角を曲がった。

――まず見えたのは、視界に広がる白い布だ。

女官が服の上から着るエプロン、それを顔にぶつけられてイドスはたじろぐ。だが彼はそのまま退くことをせず右手の構成を打ち出した。電光が枝分かれしながら辺りに放たれる。

「痛ッ」

少女が苦痛の声を上げる。けれど彼女はそれ以上何も言わなかった。代わりにイドスは右膝をしたたかに蹴られる。彼は短い叫びを上げながらうずくまった。

思いもかけない反撃。動転して咄嗟に構成が組めない。イドスがようやく顔に貼りついた布を取り去った時――既に、目の前には短剣がつきつけられていた。

名も知らぬ少女が黒い目で彼を見つめる。

「魔法を使わないで。使ったら刺す」

「貴様……」

「口をきくのも禁止。私が質問した時だけ許可」

刃先が近づく。それはわずかに震えていたが、彼の眼前から離れる気配は感じられなかった。

イドスが見たところ、少女は今の魔法攻撃で左脇腹をはじめ全身に何箇所か火傷を作ったようだ。黒く服が焼け落ちた下からは象牙色の肌が見え、めくれかけた皮と滲む血が見える。だが彼女は己の怪我に少しも拘泥している様子はなかった。真っ直ぐな視線が彼を見下ろす。

「もう一度言うよ。あの禁呪は負の海に穴を開けるものです。完成したらこの城の人間はみんなおかしくなって死ぬかしかない。あなたはそれを知っていて進めているの？　――はい、答えて」

短剣を持つ少女におされてイドスは渋々口を開く。

「あの禁呪はこの城都一帯に精神支配をかけるものだ。負の穴を開けるものではない」

「ブー。それは嘘です。騙されないで」

最初に会った時と同じ会話。だがこの時イドスは「少女の言うことの方に真があるのではないか」と思い始めていた。何かがおかしいのだ。彼もまた宮廷において魔法士長になれるだけの実力を持っている。その彼が「今城に立ちこめている気配は精神支配の術とは違う」と感じているのだ。

そしてだからこそイドスは恐怖を感じ、それを誰に言うこともできずにいた。言えばきっと主教に殺される。もはや後戻りはきかないのだ。

「人の死が禁呪を加速させてるの。もう時間があまりない。それは知ってる？」

「……知らない。だが、瘴気が漂い始めている」

「さっき核の陣って言ってたよね。もしかして、それを壊せば禁呪は止まる？」

雫は短剣を突きつけたままイドスを見据える。

――彼女は知らなかった。ずっと一緒にいた魔法士のエリクは滅多に魔法を使わなかったのだ。だから彼女は「人間が魔法を使うところ」をあまり見たことがない。

そして目撃した数少ない場合において、魔法士は全員が詠唱と共に魔法を使っていた。だから彼女は知らなかったのだ。腕の立つ魔法士ならば無詠唱で魔法を使えるのだということを。

「……っぁ！」

脇腹に激しい痛みを感じて、雫は短剣を取り落とす。見るとそこにはいつの間にか、氷でできた杭《くい》が刺さっていた。まるでそれ自体に意志があるかのように、杭は体の中に食いこもうとする。雫はあわててそれを掴むと抜きさった。途端血が溢れ出し、雫はその量にくらりと眩暈を覚える。すぐに激しい痛みが襲ってきて、雫は膝をついた。全身を走り回る悪寒に声を我慢することができない。

「……くっ……あ……っ」

涙が滲む。一体傷がどこまで深いのか。ただ傷口を押さえる手を離してはいけない気がして雫は全身の力を振り絞った。その上に男の声が降ってくる。

「もう止まれぬのだ、小娘。お前も禁呪の礎となるがいい」

きつく目を瞑った頭に男の手が触れる。上を向けない。気が遠くなる。逃げることもできない。

――ああここで死ぬのだと、思った。

だが、少女はそれでも震える唇を動かす。

「教え、て、よ……陣を、壊……」

哀願でも恨み言でもない彼女の言葉。それを聞いた瞬間、イドスの目には傷に似た何かが生まれた。彼は形容しがたい感情を湛えて少女を見つめる。小さな頭に手を触れさせたまま口を開いた。

「――核の陣を壊せば、城に溜まっている魔力は拡散していく……。禁呪も構成を失って散り散りになるだろう。だがお前はここで死ぬのだ」

「あな、たが、こわせば、いい」

「私は……」

死にたくない。死にたくなかったのだ。だからイドスは主教に逆らえない。

なのに何故この少女は、死の淵にあって自分の命を請わないのか。別のことを望めるのか。

愚鈍か、蛮勇か、それとももっと別のものか。

少女はついに倒れこむ。小柄な体が彼の手から離れて床の上に転がった。

「……馬鹿め」

その呟きに先程まであった怒りはもうない。かといって代わりに恐怖があるわけでもなかった。

イドスは無表情のまま、ややあって詠唱を開始する。

――どれほど高潔であっても、真摯であっても、人は死ぬ時はみな死ぬのだ。

そこから逃れることは決してできない。だからシューラは「絶望を知れ」と教える。束の間の生の安楽に溺れて怠惰となるな、と訴えかけるのだ。

早いか遅いかの問題だ。いずれ自分も死ぬ。皆死ぬ。それだけのことだ。たったそれだけの――

彼は構成を生んだ手の平を、倒れた少女に向ける。

そして溜息を一つついて――その魔法を、打ち出した。

※

目が覚めた時、そこはベッドの上だった。雫は薄目を開けて見慣れた天井を見つめる。

白い壁紙。大きな花の模様は十年以上見続けてきたものだ。雫はぼんやりとした頭を押さえて起きあがる。カーテン越しでも外は既に充分明るい。両手を伸ばし大きく伸びをする。

雫は身に染みついた動作でパジャマを履いた足を下ろし、スリッパに差し入れた。無意識に脇腹を手で探るがどうにもなってない。

「……夢オチ？」

呟きは水玉のカーペットに落ちて弾ける。――そこは、雫が十八年を過ごした自宅の部屋だ。

自室を出ると、雫は欠伸をしながら階下に下りていった。キッチンから聞こえてくる物音に自然と足はそちらを向く。ドアを開けると、流しの前には髪の長い女が背を向けて立っていた。

「雫ちゃん、起きた？」

「お姉ちゃん」

「休みだからって寝坊し過ぎじゃないかな。みんなもう出かけちゃったよ」

「うん」

「ついでだからブランチ作ってあげる」

雫は「ありがとう」と返事をして椅子に座った。まだ体は半分眠っているようだ。頭の中に紗《しゃ》がかかって上手く動かない。彼女はテーブルの上にあった麦茶のボトルを引き寄せてグラスに注ぐ。ひんやりとした味は妙に懐かしさを覚えさせた。

「ねぇ、お姉ちゃん」

「何？」

「エリクを知らない？」

「…………」

「私、エリクのところに帰らないといけないんだ。ねぇお姉ちゃん、彼を知らない？」

姉は答えない。ただ黙々とコンロの上でフライパンを動かし続けている。

雫はグラスについた水滴を指で弾いた。

「お姉ちゃん、ありがとう。でも私、もう行くね。もうちょっと頑張ってみる」

姉は答えない。本当は姉ではないのだ。雫にはもうそのことが分かっている。彼女は実際、料理が苦手で、自分から作るなどと言い出さない。

だが雫はまるで本物の姉にするように話しかける。いなくなった雫を心配しているだろう家族への思いを込めて、そっと囁いた。

「お姉ちゃん、ごめん。行ってくるよ」

雫は立ちあがるとドアに向かう。背中に姉と同じ声がかかった。

「雫ちゃん。答えは全部、あなたの中にあるのよ」

ドアノブに手をかける。それを押し開く。

次の瞬間雫は眩い白い光に包まれ、何も見えない視界にきつく目を瞑った。

※

まず目に入ったのは自分を覗きこんでいる女の顔だ。金髪に緑の目の女。聖職者を思わせるような、整ってはいるが堅さが印象的な顔立ち。雫はどこかで見たはずの女の名が思い出せず、目を擦った。金髪の女はそれに気づいて微笑む。

「あ、起きた起きた。生きてるみたいね」

「おおむね生きてます……」

「生きてるってよ！　ターキス！」

「そりゃよかった」

より聞き覚えのある男の声に雫は跳ね起きる。見ると男は部屋の片隅で、頭の後ろに両手を置いて屈伸運動を繰り返していた。あまりの光景に雫は色んなことを忘れて問う。

「何でスクワット」

「空気が悪くなってきててな。体動かしてないとイライラすんだよ」

「それで瘴気の影響が抑えられるっていうんだから、ほんと頭が筋肉な男だよね、アンタって」

「充分気持ち悪いぞ。勘弁してほしい」

瘴気という言葉は雫の意識を現在に引き戻すに充分な力を持っていた。雫は自分の体を見下ろす。灰色のワンピースはあちこちが焼け焦げ、破れている。脇腹付近はたっぷり血が染みこんでおり、焼けたのとは別の黒い染みが広がっていた。

だが、傷は一つもない。雫は剝き出しになっている自分の肌を撫でた。

「怪我がない……」

「治しといた。血がずいぶん出ちゃってたからさ。怪我塞いでも失血死するかと思ったけど」

平然と言う女の名を雫はようやく思い出す。

「ありがとうございます、リディアさん」

「いいよ。ターキスに貸しが増えただけだから」

「借りが増えた。雫、出世払いしてくれ」

「悪いけど出世する見込みはありません」

雫がきっぱりと返すと、筋トレ中の男はからからと笑った。よく分からない状況に、雫は改めて最後の記憶を振り返る。

「私、魔法士長に殺されそうになってたんですけど、二人が助けてくれたんですか？」

「魔法士長にやられたの？　私たちは使い魔に呼ばれて瀕死《ひんし》のアンタを見つけたんだけど。他に誰もいなかったよ」

「あ、じゃあ死亡確認しないでどこかに行ったんですね。詰めが甘くて助かった」

「自分のことなんだから、もうちょい言葉を繕えよ」

雫はターキスの呆れ声を無視して、心配そうなメアを拾い上げる。怪我はない。ターキスが言っているような気持ち悪さも感じない。エリクの言う通り、本当に自分は瘴気に影響を受けないのだろう。だが部屋を見回した彼女は、一つしかない窓に気づいて愕然とした。

——城の外は、すっかり暗くなっていた。

雫は月の光もない暗いだけの外を見上げる。気を失っている間に真夜中にでもなってしまったのか。取り返しのつかない時間の経過に彼女は蒼白になった。

しかし、そこに深刻とはかけ離れた男の声がかかる。

「あー、雫。心配すんな。そんな時間は経ってない。昼の三時過ぎってとこだ」

「え？　で、あれ。まっくら！」

「瘴気が城を覆ったみたいなんだよね。やばいわ、これ」

それで外は日蝕《にっしょく》のようになってしまっているというのか。

雫は傷のせいか違和感の残る体を動かして窓の前に立った。窓の向こうは暗くてほとんど何も見えない。だがそれは夜のように暗いというより、黒くて厚い布をすっぽりと被せられたかのような暗さだ。リディアが大きく溜息をつく。

「禁呪の名は伊達じゃないっていうか、まったくターキスの持ってくる話ってろくなもんがないんだよね。転移して逃げようかと思ったら外への座標指定が効かなくなってるし。思いっきり閉じこめられた。ここで死ぬ羽目になったら、アンタ、貸しを返してから死になさいよ」

「何すりゃいいんだよ。何も持ってきてないぞ」

「腹踊りでもしといて。ちょっと気が晴れる」

「そんな死に様は嫌だ……」

絶体絶命の状況なのかもしれないが、少なくとも二人のかけあいに緊張感は微塵《みじん》も見られない。緊張感はないのだが、そこに聞き逃せないものを見つけて雫は振り返った。

「転移、できない？」

「そそ。この城の周りが魔法的に遮断されてて、出るも入るもできないのよ」

「城門ら辺にいた奴らどうなってんのかね。無事かな」

「て、転移陣も使えない!?」

悲鳴に近い叫び声にターキスとリディアは顔を見合わせる。ターキスはようやくスクワットをやめると、両手を軽く広げて見せた。

「使えないみたいだな。城の魔法士があわててるのを聞いた」

「そんな……」

それでは助けを呼べない。エリクに頼まれた役目を果たすことができない。

雫は目の前が外と同様、真っ暗になった気がしてよろめいた。今まで極限状態において彼女を支えていた「やらなければ」という気持ちが抜け落ちて、窓枠を摑んだまま床にへたりこんでしまう。

「どうした、雫」

「……私、ファルサスに行こうと思ってた。助けを呼ぼうと思ったんです」

「あ、連絡ならしてあるぞ。そのうち来るだろ」

「へ!?」

何だか目が覚めてから驚いてばかりいる。ぼんやりとした頭を動かして事態を咀嚼しようとする雫を前に、ターキスは「駄目だ、やっぱイライラするわ」とスクワットを再開した。

スクワットをしながらターキスが教えてくれたことによると、ファルサスへの連絡はもとから計画に含まれていたらしい。夜明けと共に街に禁呪の情報を流し、昼を過ぎても事態が解決していなければ数人の魔法士からファルサスに連絡が入れられることになっていた。その真偽についてファルサスが確認を取り、動くまでに多少の時間差はあるだろうが、三日目までには魔法大国の手が入るだろうと見積もられていたのだ。

「ここで俺たちだけで何とかできてれば、一気に名もあがったんだろうけどな。残念残念」

「っつーか、どう考えても無理だっての！　最初から連絡しといてよ！」

「それじゃ丸投げでつまらんだろ。傭兵失格じゃないか」

一体、二人はどういう関係なのか。スクワットをするターキスに向かってリディアは近くに転がっていた紙の箱を投げつけた。だが男はそれを難なく避ける。放っておけばいつまでも舌戦を繰り広げそうな彼らに、雫は気を取りなおすと割って入った。

「あ、あの、じゃあ本当にファルサスは来るんですか？」

「多分」

「来ると思うわよ。あの国、禁呪って聞くとおっかないし」

ならまだ間に合うかもしれない。安堵する雫に、けれどリディアは澄ました顔で現状を指摘する。

「ただファルサスが何とかするまで、私たちが生きてられるかは分からないけどね」

「え？」

リディア曰く、雫が意識を失っていた約二時間の間、城は内外ともに禁呪によって一変したのだという。城は瘴気の厚い膜によって外部と遮断され――そして内部では城の三階中央部が完全に瘴気に閉ざされた。二階より下でも城の中央部に近づいた者は皆が正気を失って暴れ回り、苛烈な同士討ちが繰り広げられた結果……王を含めて大多数の人間が死亡した。

一方、何とかそれらを免れた人間は、瘴気を避けて城の外周部に逃げたものの、城壁の外には逃げられない。ターキスたちをはじめ生き残りは皆、同士討ちを避けながら城の中を右往左往する羽目になった。その上、禁呪の中央部は徐々にその支配領域を広げつつあるのだという。

――結果、三日目の禁呪の完成を待たずに、彼らは今危機に瀕《ひん》していた。

「うげ。じゃ、人が死ぬと禁呪の進行速度が増しちゃうの？　最悪だよ。カイトなんかに声かけて逆効果じゃない。そういうのあらかじめ言っといてよね！　ターキス！」

「俺も依頼主から魔法士を殺せば止まるって言われたんだが……。むしろお前が教えてくれよ。魔法士だろ」

「知るか！　禁呪の知識なんて普通の魔法士にあるわけないっしょ！　資料化されてるものでも城とかで厳重に封印されてるってのに」

雫が禁呪について自分の知っていることを伝えると、二人はある意味予想通りの口論を開始した。どうやらリディアに頭が上がらないらしいターキスと、遠慮なく彼に非難をぶつける彼女の会話は清々しいくらいの勢いがあるが、今はのんびりそれを聞いていられる余裕はない。

雫は手を握ったり開いたりして問題なく動くことを確認すると立ちあがった。

「あの、助けてくださってありがとうございます」

「いいよ、別に。これから死ぬかもしれないし」

「俺は腹踊りは嫌だ」

「ターキスの腹踊りはともかく、私、もう行きますね」

雫は一緒に回収してもらったバッグを手に取った。一つだけある扉の前に立つと、きょとんとしている二人を振り返り、頭を下げる。

「少し待っていてください。何とかしてきます」

「ちょっ……ちょっと待ってよ。どこ行こうっての？」

留めようとするリディアに雫は苦笑する。そこには少なくない緊張もあったものの、それ以上の決意があった。今は指輪をしていない手が、真っ直ぐにある方角を指差す。

「中央部、核の陣のところへ」

異世界の少女はそう言ってドアを開ける。それは、まさに城一つ滅ぼそうとする忌まわしい魔法への、ささやかな宣戦布告だった。

※

「カンデラの城都で騒ぎが起こっているらしいな」

「騒ぎ？」

突然呼び出されていささか機嫌の悪い女は、男の言葉に顔を顰めた。見る者全てに感嘆の溜息をつかせる美貌が険を帯び、同じ部屋にいた文官が顔を引き攣らせる。

「騒ぎとは一体何でございましょう」

「さぁ。よく分からない」

「分からないことで私を呼び出さないでくださいますか？　兄上」

「分からないからお前を呼んだんだ。カンデラが禁呪に手を出したという情報が入ってきている」

禁呪、というその一言で部屋の空気は一変した。女の青い瞳に剣呑《けんのん》な光が生まれる。

「……確かなのでしょうか？　禁呪とは」

「騒ぎを起こしている民衆はそう言っているようだ。あとは城都に居合わせた魔法士数人からも『異様な魔力が立ちこめている』との知らせが入ってきている。が、城で何が起きているのかはまだ分からない。困ったものだ」

男は回りくどい言い方を好んでいるかのように、はっきりと答えを出さない。それは彼がこういった魔法の揉めごとに対し、妹の方に決定権があるという姿勢を取っているからだ。

兄は魔法士ではなく、妹は魔法士である。魔法大国であるこの国において、国の頂点は彼であっても魔法士の頂点に立つのは彼女の方なのだ。

「私に様子を見に行けと、そういうことでしょうか」

「行ってくれたら嬉しいと思ったりしなくもない」

「棒読みなさらないでください。余計腹が立ちます」

「怒ると皺になるぞ」

「そういうところだけ真剣に仰られると、吹き飛ばしたくなってしまいます」

「無視するわけにもいかんから、精霊だけでも出してくれ。現状を把握したい」

ようやく真面目な要請をする兄に、彼女は澄ました顔で了承を示す。彼女は白い右手を何もない空間に差し伸べ、使い魔たる「精霊」の名を呼んだ。

「シルファ。おいで」

「参りました」

何もない空間に一人の少女が現れる。真白い髪に銀の目。人間としてはまず見ない色彩を纏った上位魔族は、主君である女に優美な仕草で膝を折った。

「何なりとご用命ください。レウティシア様」

「カンデラの城都に様子を見に行ってちょうだい。何が起こっているのか私に報告するように」

「かしこまりました」

何の詠唱もなく精霊の姿が消えると、女は兄を振り返って目だけで「これでよろしいですか？」と尋ねる。その問いに若きファルサス国王は満足そうに頷いたのだった。

※

――中心部の核の陣を壊せば、禁呪は止まる。

それは、どこで聞いたか記憶が曖昧だが、雫の中に確信として刻まれていた言葉だ。

だが目覚めてからすぐに自分が行こうと思い立ったわけではない。ターキスやリディアと情報を交換して「行けそうだ」と思ったからだ。

ファルサスに連絡が既に行っているというなら、自分ができることはこの城の中にしかない。地下室に戻ってエリクを禁呪の真下から動かそうかとも思ったが、それはリスクとリターンが不均衡な行為だ。彼を動かせば禁呪の速度が増してしまう。上手くその場を逃げられても、城内に閉じこめられている以上遅かれ早かれ限界は来るだろう。

――それよりも、禁呪自体を止めることができたなら。

核がある中央部は同士討ちによって生存者はいないのだという。そして雫は瘴気の影響を受けない。なら誰もが近づけない場所に自分が入って、核を壊してくれればいいのではないか。

そのことに気づくと同時に心は決まった。

難しいことでも何でもない。むしろ、やらなければならないことだ。

時間はない。すぐに行けばまだ間に合う。

そうすればきっと、彼と旅を続ける日常に帰れるはずなのだ。


「ちょ、待ちなって！」

あっという間に角を曲がって見えなくなった少女に、リディアは呆然とする。

だが、彼女はすぐに振り返ると、スクワットを続ける知己に駆け寄ってその足を蹴りつけた。ターキスは「いてぇ」と言いながら筋トレをやめて立ちあがる。

「さっさと行って連れ戻してきなさいよ、このぼんくら！」

「ぼんくらって……。本人が行くって言うんだからいいだろ」

「いいわけあるか！　あんなただの女の子に何ができるんだっての！」

「俺もそれを知りたい」

男の言葉は揶揄でもなく言い訳でもなく、本当にそれだけの意味しか持っていなかった。

眉を潜めて沈黙したリディアに、ターキスは続ける。

「お前も見ただろ、雫の持ってた本」

「…………」

廊下に血まみれになって倒れていた少女。

彼女にリディアが治癒をかけ始めた時、ターキスは離れた場所に落ちていたバッグを拾い上げた。

そしてそこから零れ落ちてしまった小さな本を何気なく手に取った時、彼は訝しさという枠には収まりきれない衝撃を受けたのだ。

本の小ささにもかかわらず中にびっちりと並んでいた細かい文字列は、共通言語を使うこの大陸のどの文字ともまったく似ていないかった。もちろん祖先を同じくする東の大陸とも違うだろう。それに彼女は出身地を「東の島国」と言ったのだ。

つまり彼女はこの大陸でも東の大陸でもない、ほとんど交流もなく情報もない未知の場所から来たということだ。世界にまだいくつかあるという大陸のどれかか、それとももっと別の――

彼女がどこから来たのか、何故ファルサスを目指して旅をしているのか。それは彼女自身が何者なのか、という疑問と結びついている気がする。

「それにお前の言う通りなら、あいつは少し変わった体をしてるってことになる」

「……血が多い体質なのかもしれないじゃない」

「一命を取り留めたのはともかく、あの出血量じゃ普通すぐには動けないだろ」

雫を手当てした時「これだけ血が流れてるんじゃもう助からないと思って」と自分で言ってしまった手前、リディアは忌々しげに唇を噛む。魔法で傷は塞げても、失われた血を補充することはできないのだ。だがあの少女は傷を治しただけで元通りになってしまった。

少しおかしい、とはリディアも思う。だがそれだけだ。小柄な体からは魔力も感じ取れず、戦い慣れた動きでもない。誰もが手をつけられないでいる禁呪に立ち向かえるような人間とは思えない。

リディアは舌打ちすると、筋トレを再開した男を睨みつける。

「それがアンタの勘違いで、あの子が死んだら家族には謝っときなさいよね」

「あの顔でもう十八だそうだぞ。自分の責任だろ。それにその時はそれまでの人間だったってことで……腹踊りでもして謝ってやるさ」

「それ謝ってない！　最悪だ、アンタ！」

「普通に謝るより俺は嫌だ」

「相手も嫌だよ！」

かつて四つの国から宮廷に仕えるよう要請を受けながら、その全てを蹴り倒した女は不機嫌そうな顔で押し黙る。禁呪が組まれ始めてから二日目。瘴気に堕《お》ちつつある城は、一人の少女を除いてその動きを止めようとしていた。

※

　廊下の先に重なり合う二つの死体が見えた時、雫はさすがにぎょっとして足を止めた。互いに斬り合い息絶えたのか、死体の傍には広がっている血溜まりと投げ出された長剣がある。その凄惨さは普通の少女には正視に堪えないほど壮絶なものだった。だが自失しかけた雫は、すぐに「冷静になれと」自分を叱咤する。中央に近づけば近づくほどこういった死体は増えていくはずなのだ。既にもう自分は「普通の女子大生」ではない。普通の大学生は魔法のある世界を旅したりしない。だから吐きたいような泣きたいような現実も、その場にうずくまるのではなく、そうなってしまったものとして捉えるしかない。

雫は目を閉じる。歩き出す己の背を思い描いた。

そうして、拳を握りしめ顔を上げる。

「メア、ここで待ってて」

重いバッグを柱の陰に置くと、雫はその上にメアを乗せる。彼女が例外的に瘴気の影響を受けない存在でも、使い魔はその例外に含まれないのだ。メアは心配そうに主人を見上げたが、「すぐに戻るから、待ってて」言われると一声鳴いて彼女の命令を受け入れた。

雫はこの城に来て初めて手ぶらになると、倒れている二人の遺体に歩み寄る。

「……お借りします」

血に濡れた剣を、雫は躊躇いなく拾い上げた。目を開けたまま死んでいる兵士に歩み寄り、強張った手を伸ばして男の両眼を閉じさせる。

——城都に着いてまもない頃、エリクと死後の概念について話をしたことがあった。

その時、この世界での死の無情さを憂いた雫に対し、彼はいつもの調子で言ったのだ。

「仮に死後の世界があるのだとしてもそれを知ることができない以上、彼岸へのあらゆる夢想は生きている人間のためのものだ。だから君は信じていてもいいんじゃないかな。死した後も救われる可能性があるんだって」

それを聞いた時は納得できなかった。気休めと分かっているのに自分の心の平安だけ買うことなどできるわけがないと。

だが、間近にいくつもの死を見た今なら分かる。

悲しんで、祈ってもいいのだと。それが死者を救えばいいと夢想しながら、死後の安寧を期待すればいい。起こってしまったことに哀惜を抱きながらも、もう手が届かない無力さに苛まれながらも、自分が前に歩き出すために、それはきっと必要な儀式なのだ。

雫は自分の身長には長い剣をもてあましながら走り出す。

積み重ねられた死を越えて、血と瘴気に染まった空気の中を黙して踏みしめ、静寂に包まれた長い道のりの果てに——彼女はついに「絶望」の前に立った。


その部屋は城の三階、中心部にあった。

部屋の中は薄暗く、あちこちに立てられた燭台だけがほんのわずかな領域を照らしている。

だがそれら灯《あか》りに照らされた場所は、床も壁も全てが赤黒く血で塗装され、血の飛沫は天井にまで到《いた》っていた。

噎《む》せ返《かえ》るほどの血の臭いは、お化け屋敷もここまで陰惨ではないと思わせるほどだ。

雫は一歩踏み入って口元を押さえる。先程から大分慣れてきてはいるが、どうもふとした瞬間に吐き気がこみ上げてくるのだ。その都度彼女は浮かびあがってくる涙と共に、逆流してきた胃液を飲みこまなければならなかった。

——気を逸らさねばならない。それとも集中か。

ともかく、精神を挫《くじ》かれていてはここから先に進めないのだ。

雫は、本来何色だったのか分からぬ絨毯《じゅうたん》を踏み、ゆっくりと奥へ向かう。闇の中、輪郭だけが窺える死屍《しし》を避けながら前に進んだ。暗がりの向こうに蠟燭の灯とは異なる色の光がちらついている。まず頭に浮かんだのは「紅い鬼火」という単語だ。小さな鬼火は床の上に複数灯り、辺りを禍々しく染め上げていた。近づくにつれそれらは円形に配されているのが分かる。

「これが……核の陣？」

鬼火の目の前まで辿りついた雫は、床に浮かびあがる魔法陣を見下ろした。

直径は二メートルほどだろうか。要所要所で揺れている火とは別に、線自体もうっすら赤く発光している。複雑に書きこまれた魔法陣は、足を踏み入れることを躊躇わせる圧力を醸し出していた。

「……どうやって壊そう」

試しに剣の先で目の前にある鬼火を切ってみたが、まったく何の影響もないようだ。だとするとやはり石の床に描かれている線そのものを崩すしかないだろうか。雫はツルハシか何かがないかと辺りを見回した。その視線がふと、少し離れた場所に倒れている男を捉える。

魔法士のローブを着て、陣に向かって手を伸ばしながら伏している男。雫はその姿に既視感を覚えて、吸い寄せられるように歩み寄った。半ば床と一体化している死体の顔を覗きこむ。

「――その魔法士は裏切り、抗《あらが》ったのだ」

「っ……！」

突然の声は、魔法陣よりも更に奥から響いた。雫は弾かれたように体を起こすと剣を意識する。

誰かがまだ残っていたのだろうか。けれど、用心したものの、誰も近づいて来る気配はない。よくよく目を凝らしてみると、部屋の奥には玉座が据えられており、そこに誰かが座っているのがぼんやりと見て取れた。

その男もまた魔法士のローブを着ているようだが顔は見えない。ただ声には覚えがあった。

「裏切りは人の常だ。だから私はそれを責めぬ。だがその魔法士は死んだ。陣を壊そうとして流れこむ力に耐えきれず、器が壊れたのだ」

「……壊そうとして」

苦悶《くもん》の表情のまま死んでいた男。禁呪を破壊しようとして命を絶たれた男は、つい二時間ほど前に雫を重傷に追いこんだカンデラの魔法士長その人だ。名前も知らなかった魔法士長がどのような懊悩《おうのう》を経て禁呪の破壊を試み、そして死したのかは雫の想像外のことだ。

だが彼女の目的でもある陣の破壊は、命の危険を伴っているということだけは分かった。あとはその危険が「この世界の人間」だけに起こるものなのか、彼女にも影響するものなのか。

そしてもう一つの危険。玉座に座っている老人のことも無視はできない。

聞き覚えのある声は、魔法士長がへりくだっていた男のものだ。その意味するところは――

「……あなたがシューラ教の主教ですか」

彼が、この事件のそもそもの発端でないのか。

硬質な雫の問いに、凄惨な部屋と比して静かな声は答える。

「主教と、呼ばれていた。この体にまだ個の意思があった時には」

――これはやばい。

雫は心中でそう呟いた。トランス状態にあるのか本当に憑依《ひょうい》されたのか、とにかく非常に不味い気がする。唯一幸いと言えるのは、主教が一度遭遇した時とは違って、すぐに雫を攻撃する気がないらしいことだ。

雫は、長過ぎて石床についている剣を気づかれないよう少しずつ前へ動かす。核の陣に向かって刃を慎重に近づけながら、相手の気を逸らすために声をかけた。

「では、あなたは誰ですか」

「名前はない。いつも、どこにでも在るものだ」

「シューラですか」

「そう呼ばれていたこともある」

「シミラと同じ？」

「いつかの時には」

「あなたは何ですか」

男は少し沈黙する。まるで電気がついたり切れたりするようだ、と雫は思った。

そこにいる存在は能動性を感じさせない。問えば答える。定義すればそれとなる。だが自分からは何にもならない、それだけの不定な何かに思えた。

男は答えない。電池が切れてしまったようだ。もう動かないのだろうか。

そう思えた少しばかりの空白の後に、「それ」は囁く。

「私は絶望である」

その声は、遠い地の底から響いてくるようだった。


もし、今の自分の双肩に譲れないものがかかっていなかったら、雫はすぐさま回れ右をしてその場から逃げ去っていただろう。本音を言うと今でも逃げ出したい。

だが、彼女は意志の力を振り絞ってその場に留まった。

この男――男でさえないのだろう、「それ」は間違いなくよくないものだ。こんな風に人が向き合っていいものではない、そう本能が囁いている。

雫は全身に悪寒を覚えながらも思考を巡らす。対話を繰り返すことが唯一、この状況を破滅の一歩手前で留める気がして、緊張に詰まりながら質問を探した。

「あなたは、負ですか」

「私は人に成る以前の人の負だ」

「負の海に棲むものですね」

「怨嗟、諦観、悲嘆。その全てであり、より根源のものだ。そして私は絶望とされる」

「人によって定義されたら、ということですか」

「人にしかこの私は意識されない」

「劣等か優越か」

「どちらでもある。私を意識し得るということは優越ではあるが、私そのものは最下層に位置している」

「ならばあなたは、何を望みますか」

ここで世界の破滅とか言われたらどうしよう、と思いながら雫は問答を定義より一歩先に進める。鋼の剣先が石畳に擦れて嫌な音がした。陣を構成している最外周まであと数センチ。触れたら電流が走って感電するかもしれない、と嫌な想像が頭を掠める。

心身ともに身構える雫に、だが「絶望」は何かを読み上げるような平坦な口調で応えた。

「私は何も望んではいない」

「ですが、あなたはここにいる」

「招かれたからだ」

手違いです、帰ってくださいと言いそうになって雫は口をつぐむ。帰ってほしい、と頼んで帰ってくれるのだとしても、そう確信が持てるまでは動かない方がいい。神とは、人の条理が通じぬものと相場が決まっているのだ。

――今は相手の出方を探ることと時間を稼ぐことの方が大事だ。

だがそう思った雫は、あまり時間の猶予がないことを思い出す。彼女は変わらず揺れている鬼火に視線を移した。

「……穴はまだ開いていませんか？」

「未だ。ただとても近くにはある。もとより私は人の中に在り得るものなのだから」

まだ二日目の昼だ。決定的なところまでは至っていない。その答えは彼女を安堵させたが、それだけでしかなかった。今、止めねばならないのだ。雫は剣をまた少し動かす。

冷静に。とにかく、冷静に。

恐怖に走り出しそうな精神の手綱を取り、何度も自分を落ち着かせる。

携える両刃の煌きが赤い火を映し出した。息苦しさが頭の内部を締めつけ、徐々に視界が閉じていくような気がする。夜の中、何もない場所に一人立っているのではないかと思える途方もなさ。

だがそれは、他でもない自分が見た世界でしかない。そして己でいくらでも塗り替えられる。

雫は深く息を吸った。

――大丈夫。やれるはず。

彼女は目を閉じ、世界に溶けこむ息を吐き出す。剣を握る指に力を込める。

ただ真っ直ぐに、自分を保って。

そうして雫がもう一度目を開いた時――彼女の精神は、かつてないほど研ぎ澄まされていた。

「あなたが人の魂に近しい存在なのだとしても、今は近過ぎます。人の精神が耐えきれない」

「仕方がない。人とはそうしたものだ。初めから私に繋がっている」

何故人は怒るのか。恨むのか、悲しむのか。その答えの一つは負の海に由来するものなのかもしれない。魂は負に向かっていつでも開いているのだから。

だが、それだけではないと雫は思う。

世界を異にする彼女もまた怒り、嘆く。それは人間である以上、生来から染みついた当然のことだ。批判することはできても否定することはできない。

だからきっと、負の海が人を形作る全てではないのだ。

現に人は、時に自分の中で暴れ出そうとする負を抑える術をも知っている。

「人は理性を持つ生き物です」

「そう。正にも繋がっている。人は何にでも繋がっている」

「あなたの言うように魂が何にでも繋がっているのだとしたら、何に従い何を選ぶのか、それは個々人の意志に委ねられています。誰であろうとも他者がそれを侵すことはあってはならない。私は精神の自由を望みます」

「望んで、何と為す？」

「あなたに人を明け渡すことはできない」

それが、人としての彼女の結論だ。彼女が信じる人の尊さだ。

雫は両手で摑んだ剣を振り上げる。鏡面のように磨かれた刃に、自分の黒い瞳が映った。

迷いはない。死の恐怖もない。考えない。

彼女は魔法陣を構成する一番太い外周に狙いを定める。剣の向こうに鎮座する「何か」の存在を強く感じた。

「お前がそれを言うのか。世界に迷いこんだ棘よ」

何も聞こえない。止まらない。

雫は言葉にならない叫びを上げる。

「あああぁぁぁっ！」

意志と根源がぶつかり合う一瞬。

彼女は全身の力を込めると、紅い線の上、長剣を突き立てた。


無形の力が破裂する。

押し寄せる力の奔流に、雫の体は容易くはね飛ばされた。いつかメアにされたように、彼女は軽々と宙を飛び離れた場所に落下する。咄嗟に腕を出して受身の真似《まね》ごとをしたが、痺れに似た痛みが左半身を襲った。

「っ……痛……………いたくない！」

雫は気合を入れて顔を上げる。このままここで痛みが行過ぎるまで耐えていたいが、そんな状況ではない。魔法陣がどうなったのか確認しなければ。

雫はぼやける視界に焦点を合わせる。赤い鬼火が揺れている。

だがそれは、先程までのようにゆらゆらと光を放っているのではなく、今にも吹き消されそうなほど強い風を受けて揺れていた。雫はあまりのことに目を瞠る。

「た、竜巻？」

魔法陣の上に小さな竜巻が生まれている。何がどうなっているのか、中央に向かって捻《ねじ》れる風は大きく鬼火を煽り、周囲のものを吸い上げ始めていた。

雫はあわてて立ちあがる。まだここまでは影響はないが、巻きこまれてしまったらたまらない。彼女は振り返って広間の出口を確認した。

――逃げるべきか、留まるべきか。

咄嗟に判断がつかない。でき得る限り状況を見極めようと雫は竜巻を凝視する。

部屋中の空気が吸い寄せられる。立ちこめていたものが晴れ、漂っていた淀《よど》みが徐々に薄まっていく。刻一刻と肌に感じる変化に、雫は乱れる髪を押さえながら息をのんだ。

――吹き荒れる風の向こうに、ローブを着た男が立ったのはその時のことだ。

人ならざる何か、今まで会話をしていた男の顔が、吹き消されそうな鬼火によって照らされる。露わになったローブの下の顔に彼女は慄然とした。

人間としての意志がない黒いだけの瞳。虚ろな暗い海そのものが竜巻を見つめている。それはまさしく目を合わせてはいけないもので、雫は本能的な悲鳴を上げそうになるのをかろうじて堪えた。

虚ろの視線が彼女を捉える。

「外から来し者よ。お前は何を望む」

「わ、私は……」

雫は気圧されて言葉に詰まる。あの「何か」がいるということは、まだ終わっていない。そして、問われているのは彼女の他にいないのだ。震える唇を彼女は動かす。

「私は……もとの……」

『元の世界に帰りたい』


そう答えようとした。そのために旅をしてきたのだと。

望みなど他にない。これが一番大切なことで、叶えたいことだ。

――その、はずなのに。

言葉が途切れる。何故、今そんなことを聞かれるのか。

雫を「別の世界から来た」人間として認識している存在は、それを聞いてどうしようというのか。

もし答えて、そして元の世界に戻れるなら。

雫は息をのむ。それだけの力が、現出した根源にあるのなら。

できるなら、もう少しだけ待ってほしい。せめて彼が無事だと分かるまで。

ほんの少しでいいのだ。もう一度会って、礼を言う。それだけの時間で構わない。

だが、それだけの時間が……今の雫の、一番欲しいものだった。


「答えがないのか。異質な棘よ」

「ま、待って」

「いるはずのない存在。あるべきではない意志よ。ならばお前は……人の望みによって排除されるのだ」

「――え？」

聞き逃せない不吉な言葉に雫は目を見開く。

直後、男は前触れもなく床の上に崩れ落ちた。虚ろな眼窩から、口から、「何か」が竜巻に向かって吸い出される。風がより一層勢いを強めた。

陣のもっとも近くに転がっていた魔法士長の死体が、まるで人形のように竜巻の中に吸いこまれる。それだけではなく部屋中に転がっていたのであろういくつもの遺骸が暗闇の中から現れ、次々陣の中に引き寄せられていった。

「な、何!?」

単純に風の力が為しているのではない。だとしたら鎧を着た大柄な兵士の遺体が軽々と風に引きこまれることはないだろう。現に雫は吹き荒れる強風の中立っていられるのだ。近くにある椅子もまた動いていない。

――死体が、吸われている。

そう理解した彼女は耐えきれない戦慄に体を震わせた。

何かが起こる。おそらくはよくない何かが。

雫は竜巻から目を離さぬまま、扉に向かって後ずさり始めた。

瘴気が晴れていく。部屋に立ちこめていた嫌な圧力が消《き》え失《う》せていく。

だが、その代わりに目の前の竜巻は、まるで城中の負が集められていくかのようにどす黒く濁りつつあった。

「ま……ずいよね。これ」

剣は手放してしまった。メアはいない。今の雫には自分を守る力さえない。扉まであとほんの数歩というところまで彼女は後退する。その時、不意に風がやんだ。

「……うそ」

雫は自分で見たものが信じられず凍りつく。

十を越える死体が吸いこまれたはずなのに、そこには人の体の影も形もない。

代わりにそこにいたのは——紅い両眼で雫を見据える、漆黒の大蛇だった。


体長十メートルは越える真っ黒な大蛇。

これが動物園などで厚いガラス越しに対面したのであれば、雫は恐怖を覚えながらもこれほど戦慄はしなかっただろう。だが、この血塗られた部屋において彼女と大蛇を遮るものはない。ただ十五メートルほどの空間があるだけだ。

血のように赤い眼が雫を見つめる。そこから感じられる威圧に、雫はカエルのように凍りつくのではなく……素早く踵を返した。半開きの扉を押し開け廊下に駆け出す。走り始めたばかりなのに心臓が激しく揺れ動き、そのまま口から飛び出してしまいそうだ。

「まずいまずい！　何あれ！」

たとえ剣を持っていたとしても戦えるような相手には思えない。そもそも彼女は蛇が嫌いなのだ。

雫は走りながら首だけで後ろを振り返って――

「ぎゃあ！」

逃げ出した彼女を追うためにか、蛇もまた魔法陣の上から動き出していた。廊下に出て迷うことなく距離を詰めてくる。映像でしか見られないような大蛇が蛇行して前に進む速度は、目を瞠る程早いわけではないが、逃げる雫と大して変わらない。追いつかれたら丸飲みだろうか――そんな思考を一瞬でして雫は走る速度を上げた。自分でも限界と思われる体を酷使して廊下を駆けていく。

「蛇は……蛇はやだ……」

死ぬのは嫌だが、蛇に食われて死ぬのは嫌な死因上位三つに入るくらい嫌だ。

雫は恐慌に陥るぎりぎりをさまよいながら血に汚れた廊下を蹴って走る。背後から聞こえてくる蛇が滑る音に悪寒が止まらない。もはやあの蛇が雫を狙って動いていることは明らかだった。

彼女は途中で幾つかの死体の隣を駆け抜ける。そのまま二十メートルほど走って、嫌な予感に振り返った。

「ああああああっ！　最悪！」

大蛇は先程より一回り大きくなっている。転がる死体を吸いこんだのだ。そのせいか移動速度も若干増している。このままでは遅かれ早かれ追いつかれそうだ。実のところ、逃げ惑って近くの遺体がなくなってしまうのは非常に申し訳ないのだが、今はそれより自分の命を優先させてほしい。

雫は廊下の先に、見覚えのある小さな人影を見出して片手を上げた。

「メア！　逃げるよ！　走って！」

少女の姿に戻っていたメアはそれだけで事態を把握したらしい。雫のバッグを拾い上げると主人を待って走り出す。もっとも詳しい説明をしている時間はなかったし、せずとも背後から巨大な蛇が追ってくるのだから説明の必要もないだろう。

二人は角を曲がって階段をもどかしく下りると、今度は一階の廊下を駆け始める。

だが城中の瘴気を凝り固めた蛇は、雫が見えなくなってもどこにいるのか分かっているように、違えることなく後を追ってきた。

「し、しつこい……！」

廊下の奥に見える窓からは日の光が差しこんできている。

城を覆っていた瘴気が晴れたことは喜ばしいが、今の雫にはそれを喜んでいる余裕はない。よそ見も許されず、ひたすらに廊下を北西方角に向かって移動中だ。

つかずはなれずの距離で追ってくる気配は、死体が辺りになくなったせいか最後に見た大きさのままだ。だが直線が続くと距離を縮めてくる。その度に雫は絶叫しながら角を曲がり、差を広げる努力をしなければならなかった。

どこまで逃げれば解決するのかは分からない。分からないが、あんなものを何とかできるのはまず魔法しかないだろうと、魔法の限界をよく知らない雫は思っている。そして、居場所が分かっていて腕の立つ魔法士と言えば、彼女はリディアしか知らなかった。

あまり面識がない上、命の恩人である魔法士を怪獣退治に巻きこむのは心苦しいが、ターキスもいることだし何とかなるかもしれない。いささか強引に結論を出して雫は彼らのいた部屋に向かう。

走っていく廊下の先、不意に前方でドアが開いた。中から一人の兵士がきょろきょろと辺りを窺いつつ出てくるのを見て、雫は叫ぶ。

「危ない！」

突然の少女の声に兵士は彼女の方を見て、蛇に気づいたらしくぎょっと硬直する。そして、無理からぬことだが、そのまま中に逃げこんで扉を閉めてしまった。

見事に見捨てられた雫は、安堵したような泣きたいような気分でドアの前を走り過ぎる。遅れて追ってくる蛇も、逃げた兵士には興味もないのか部屋の前を素通りしていった。

「メ、メア。私が食われちゃったら逃げていいからね！」

「私はマスターに最後までお仕えいたします」

そう言ってくれるのは嬉しいのだが、できればメアも自分も死なせたくない。雫は見覚えのある角を曲がりながら、痛む肺を酷使して声を張り上げた。

「ターキス！　ターキスちょっと！　助けて！」

「お、戻ってきたのか、雫」

のん気な声を上げながらドアを開けた男は、さすがに廊下の向こうから走ってくる少女と、大蛇を視界に入れて沈黙する。だが彼はすぐに我に返ると、部屋に逃げ戻ることはせずに抜剣した。

「リディア来い！　敵が来た！」

「敵？」

「蛇だ蛇！　早く来い！」

「へび？」

首を傾げながら廊下に出てきた女は、やはり接近しつつある大蛇を視界に入れて硬直する。整った顔が見る間に青ざめた。

「しょ、瘴気の塊!?」

「いいから結界張れ！　雫が食われる！」

男の言葉に彼女は眉を上げたが、反駁《はんばく》することなく詠唱を開始する。そのまま雫がターキスの下に辿りつくと同時に、蛇の眼前に不可視の結界が張られた。メアが振り返ってそれを補強する。

初めての抵抗に蛇は動きを止め、赤い舌を出して雫を睨んだ。

しかし、本能的な恐怖を呼び起こす大蛇の圧力も、心臓が破裂しそうな雫には本来の半分ほどの効果しか与えない。彼女は膝に両手をついて必死に呼吸を整えた。

「何だあれは。雫」

「瘴気……と、死体。……あと負。たぶん」

「禁呪を凝縮したのか。シューラ偶像と同じ姿だな」

「倒せる？」

「分からん。リディアどうだ？」

「核と瘴気を切り離せれば。けど、これは自信ないわ……」

禁呪を何とかすると言って出ていったのに、その禁呪を連れ帰ってきてしまったのだから申し訳ない。雫は荒い息をかろうじて復調させると体を起こして蛇を見た。血色の双眸が雫を射抜く。

——黒い瘴気の塊は彼女しか見ない。彼女しか追ってこない。

その疑いを確認するために雫は左右に数歩動いて見たが、蛇の視線は彼女から逸れなかった。むしろ距離を縮めようとして結界を押してくる。途端、かけられる圧力にリディアの顔が苦しげに歪んだ。それを見てターキスが結界の前に出ようとする。

だが、単なる鋼でできた剣が負の結集である蛇に効くとは思えない。雫はメアからバッグを受け取ると背後の廊下を確認した。

昼過ぎに連絡が行ったというファルサス。彼の国は今頃調査に乗り出しているのだろうか。

城を隔離していた瘴気は晴れた。出入りも自由になっただろう。調査隊が来るかもしれない。

雫は蛇を見上げたまま後ずさり始める。彼女は魔力を振り絞って蛇を留めるリディアに言った。

「リディアさん、私が距離を取ったら結界解いてくれますか？」

「へ？　何で！」

「私を狙ってきてるみたいなんで、どこか遠くに捨ててこようかと……。時間稼げばファルサスが来ますよね」

「そりゃ来るだろうけど、って、食われたらどうすんのよ！」

「ここまで走ってこられたから、もう少しくらい平気ですよ。きっと」

「待て待て雫！　勝てねぇならやめとけ！」

ターキスが振り返ったが、その時既に雫は走り出していた。メアが半歩遅れて主人の後を追う。

標的が逃げ出したことに気づくと、大蛇はいっそう前へ前へと結界を押し始めた。

黒い頭がリディアの結界を捻《ね》じ曲《ま》げ、少しずつ前進してくる。結界を通じてその重みを全身に受ける彼女は、額に脂汗を浮かべて苦痛の声を洩らした。

「ちょっ……と、もう！」

「解いてください！」

「解け、リディア！」

二人の叫びと、限界を越えたリディアが倒れこんだのはほぼ同時だった。留めるもののなくなった廊下を、蛇は遠く離れた雫に向かって蛇行し始める。無造作にうねる蛇身に弾き飛ばされそうになったリディアを、ターキスがすんでで拾い上げた。彼は気を失った女を背後に押しやると、目の前を通り過ぎようとする蛇の尾に向かって斬りかかる。

だが返ってきたのは泥濘を斬るような感触だ。手で内臓を掻き回すに似た音に、彼は顔を顰めた。かなりの力を込めて振り下ろした剣は、まったく弾力を感じられない蛇の体にずぶずぶと沈みこみ床に達する。

だが大蛇はターキスの攻撃を受けても、彼を見ることも止まることもしなかった。ただ逃げる少女めがけて進んでいく。斬られたはずの尾も刃が過ぎた箇所から元通り繋がり、ターキスはさすがに息をのんだ。

「雫！」

蛇に追われる少女の姿は既に見えない。その使い魔の少女も見当たらない。だが蛇の目には二人の姿が見えているのか、迷いもせずに廊下の奥へ進んでいく。

その異形の姿は絶望を覚えるにふさわしいもので——けれどターキスは気を失ったリディアを部屋に戻すと、蛇の後を追って走り出した。

束の間ではあったが、息を整え距離を取ることはできた。そして今はそれ以上望むことはできない。雫は前を見てひたすら走っていく。

彼女が履いているのは、この世界に来た時に履いていたスニーカーだが、これは幸いと言っていいだろう。サンダルなどではとっくに足がもつれて蛇の餌食となっていたはずだ。雫は一歩一歩に力を込めて床を蹴る。

何故自分だけを追ってくるのかは分からない。あの時質問に答えられなかったせいだろうか。

雫は勢いをできるだけ保ったままブレーキを効かせて角を曲がる。窓が並ぶ廊下は、日が落ち始めたのか赤みのある光が差しこんできていた。様子を窺う兵士たちがちらほらと見える中を、雫は「逃げて！」と叫びながら走り抜ける。最初は不審な二人組に眉を顰めた兵士たちも、彼女たちの背後に大蛇を見出すとあわてて逃げ出していった。

——とにかくファルサスが来るまで、城内をぐるぐる逃げ回ってさえいればいいのだ。

それだけのことなのだが、今日一日走りづめだったせいか、雫の足や膝には既に意志に反した震えが出始めていた。彼女はすぐ横を走っている使い魔を見やる。

「メア」

「何でしょう、マスター」

「逃げ、れる、かな」

「ご自分を信じてください」

「うん」

信じるしかない。雫は酷使し過ぎて自分のものではないような足を動かし、次の角を曲がる。

だが、次の瞬間彼女は、曲がったすぐ先にいた女官の一人と衝突して派手に転んでしまった。

あっという間に天地が逆さになるほど勢いよく引っくり返る。

「マスター！」

「……っ、だいじょぶ」

床に両手をついて体を起こす。しかし雫が顔を上げた時、すぐそこには彼女を見下ろす赤い両眼が光を放っていた。蛇は頭をもたげながら獲物に向かって狙いを定める。

「きゃあああッ！」

悲鳴を上げたのは雫ではなく、彼女とぶつかった女官の方だ。雫は半ば無意識で女官を廊下の端へと突き飛ばした。そのまま自分は逆方向に転がる。

この判断は正解だった。

直後それまでいた場所に、蛇の頭が恐ろしい俊敏さで突っこむ。白く光る牙が床を抉《えぐ》った。

――もしあれを食らっていたらただでは済まない。

雫は何とか立ちあがる。だがその時はもう蛇が、彼女を狙って目と同じ色の舌を震わせていた。

——逃げられない。

背を見せたらきっと食いつかれる。けれどこうして睨み合っていても、待つものはただの死だ。

選択肢のない極限で、雫は永遠にも等しい数秒を立ち尽くす。

何も考えられない。誰のことも思い出さなかった。

これは敗北なのだろうかと、そんなことだけが頭をよぎる。

「マスター！」

メアの声。続く誰かの怒声が時間を動かす。蛇が苦悶の声を上げて身をよじる。

「突っ立ってんな、雫！」

いつになく厳しい声。その声に押されて雫は意識を引き戻した。蛇の後ろにいる男を見やる。

どうやって追いついたのか、そこにはターキスが険しい顔で短剣を黒い尾に突き立てていた。普段彼が持っているものとは違うその短剣は、刺さった箇所から燻《くすぶ》るように黒煙を上げさせている。

蛇が憎悪に満ちた目で彼を振り返ると、ターキスは短剣を引き抜いて跳び退《すさ》った。不敵な笑いを浮かべながら構えを取る。

「こっちなら効くだろ？　精霊術士が鍛えた剣だ」

初めて傷をつけられたせいか、男の敵対姿勢が気に入らないのか、蛇はターキスに向かって首をもたげた。

「ターキス！」

「さっさと行っとけ！　時間稼いでやる！」

そう言われても雫は咄嗟に動けない。彼を身代わりにして逃げていいものか、それで本当にいいのか、判断がつかず立ち竦んだ。だが男の声は更に彼女を打ち据える。

「行け！　お前が逃げたら俺も撒いてくる！」

「……ごめん！　恩に着ます！」

雫は踵を返すと走り出した。その後を使い魔が追っていく。


遠ざかる少女の背を見送ってターキスは苦笑した。だがそれもほんの一瞬のことで、彼は蛇の尾を避けて大きく右に跳ぶ。

人ならざるもの、魔物でさえない相手に嫌でも緊張せざるを得ない。彼は城に忍びこんだ時よりも慎重に、意識を研ぎ澄ませながら相手の様子を窺った。蛇は何を思っているのか、赤い目がただ彼を睨むばかりだ。

――不意に、太い尾がしなる。

男を打ち据えようとするその尾に、だがターキスは鍛えられたバネで空を切らせる。そんなことを間断なく二、三度繰り返した。

決して長い時間ではない。だが、その間に雫は廊下の遥か向こうにまで距離を稼いでいた。それを確認してターキスは笑う。しかし、彼は次の瞬間、表情を変えた。

蛇の輪郭が不意に歪む。黒い大蛇自身は微動だにせぬまま、だが表皮がぼやけ黒い瘴気が宙に染み出し始めた。そしてそれはゆっくりと集まると一つの形を成す。――黒豹《くろひょう》に似た一匹の獣に。

「……まじかよ」

黒豹はターキスを一瞥することもなく、雫が去った方向へ走り出した。その後を反射的に追おうとした彼はしかし、蛇の巨体に遮られたたらを踏む。激しい舌打ちと共に大蛇の牙を避けた。

自分の命さえもかかった急場だ。判断の過ちは死に繋がる。ならばどうすべきか。

彼は短く息をつく。

そして……ターキスは豹《ひょう》に追いつくことを諦めた。

今は焦りを消す。目の前の敵に集中する。

静かに閉じていく視界と比例して、戦いの高揚が湧きあがってくる。男は短剣を油断なく構えた。

ターキスは禁呪の結晶たる蛇を傲岸な目で見上げる。

「来い」

蛇はゆらりと首を動かしながら獲物に狙いを定めた。空気が張り詰めていく。

一つの城が道を踏み外した、その取り返しのつかない罪の清算が今、幕を下ろしつつあった。

※

苦しんでいる最中は、それが終わった時のことを想像すれば気が紛れると聞いた。だから大学受験で昼夜机に向かっていた時は、入学してから何をしようかと考えを巡らせていたものだ。

だが、異世界でよく分からない揉めごとに巻きこまれて、よく分からない怪物に追われている現在、苦しいと言ったら過去最高に苦しいのだが、何を想像すれば気が紛れるのか分からない。少なくとも元の世界にいた頃思い描いていた「楽しい夏休み」はどこかに行ってしまったし、家族も、友人も、肺と心臓が壊れそうな今は遠過ぎて想像できなかった。

何ならば鮮明に描けるのかといえば、それは宿屋の部屋でお茶を飲みながら本を読み、時折彼と会話を交わす、そんな光景だ。

——これが終わったら、彼と何の話をしよう。

茫洋とした問いだけを抱いて雫は角を曲がる。ふとその時、視界の隅に黒い影がちらついた気がして雫は振り返った。

「な、何あれ！」

見ると漆黒の豹が滑らかな動きで彼女を追ってきている。メアが緑色の目を細めた。

「禁呪です。形を変えて追ってきたようです」

「しつっこい！　でも蛇よりまし！」

大蛇より大分小さくなった黒豹は、速度を上げて少女へと向かう。それを見て何の武器も持っていない雫は無謀にも、敵に向きなおると持っていたバッグを振り上げた。

無防備な喉笛を食いちぎろうと豹は床を蹴る。

「メア！　止めて！」

主人の命を受けて使い魔が放った力は、ほんの一瞬豹を拘束する。だが、彼女が狙ったのはその一瞬だった。間髪をいれず勢いをつけたバッグが豹の頭めがけて打ち下ろされる。

バッグは黒い頭部を霧散せしめた。頭を失って豹は床の上に落下する。

本物の生き物ではないので声は上げない。血も流れない。ただ散ってしまった瘴気は、ゆっくりと元の形を取り戻そうと集まっていく。雫はそれを見てもう一度、今度は豹の腹を蹴り上げる。

「止まれ！」

豹の腹をあっさりと雫の爪先が突き抜ける。だが、それだけだ。

再び再生しようとする豹を見て、雫は再び身を翻し走り始めた。

「そ、掃除機が欲しい……できれば業務用……」

苦手な蛇ではなくなったし、かなり走る速度が速いので攻撃してみたが、普通の攻撃は禁呪の塊である豹には効かないらしい。あっという間に元通りの姿になって追いかけてくる。煙のようなものだし、掃除機で吸ってしまったらいいかも、と思うのだが、そんなものはここにない。

「けど、やるしか！」

雫は足を止め振り返る。豹はもうすぐそこだ。

雫がバッグを構えながらメアの名を呼ぼうとした時、けれど豹は急激にそのスピードを速める。

反射的に頭と心臓をバッグで庇う雫の、逃げられない足に向かって黒い獣は飛びかかった。

「っああ……っ！」

予想外の箇所に来た攻撃に、雫の判断は一瞬遅れる。牙が左のふくらはぎに深々と突き刺さり、雫は絶叫を上げた。

「メアっ！　剝がしてぇ！」

使い魔の攻撃が豹の頭を薙《な》ぐ。黒い頭部はあっけなく掻き消えたが、雫の傷は消えなかった。牙の開けた丸い穴から血が零れ出す。雫は長いスカートを捲《まく》り上げてそれを確認した。

「いたい……」

「痛みを消します」

メアの声は平坦ではあったが、悔しそうな色が滲んでいた。主人に怪我をさせてしまったことを悔やんでいるのだろう。おまけに彼女は治癒を使えないのだ。麻酔のような魔法をかけてもらい雫は再び走り出す。だが攻撃を受けた衝撃は冷めず、息苦しさは一層増していった。

いつまで、どこまで、逃げればいいのか。

本当に終わりはあるのか。助かる道はあるのか。

あの禁呪は雫を「いるはずのない存在」と言った。だから執拗《しつよう》に雫だけを追ってくるのだろうか。異世界の人間だから排除しようというのか。あるべきではない意志はこの世界には不要なのか。

ファルサスがどんな国か、彼女は知らない。

来てくれるかも分からない。何も分からない。

何も感じない。足の感覚がない。

傷口から徐々に絶望が染みこんでくる。思考が絡め取られ、上手く前に進まない。

雫はもつれる両足を動かす。

自分がどうやって走っているのか、もうそれさえも分からなかった。

——追いつかれる。

曲がり角にさしかかろうとしたその時、音も気配もないのにそう分かったのは、これまでの短い間に何度かそれを体験したためだ。足を止めようとして雫は、自分の体が言うことをきかないことに気づいた。

怖い。振り向きたくない。襲われるのは嫌だ。そんな思いが頭の中をぐるぐると回る。

迷いによって動きが鈍ったのはほんの数秒。けれど雫は声を張り上げた。

「っ……動け、私！」

痛む足に力を込める。反動をつけて振り返る。雫はバッグに刺したままの短剣を抜いた。

飛びかかろうとする豹は既に目前だ。しなやかな黒い体が雫めがけて跳躍する。

「マスター！」

豹の爪がメアの張った結界に突き刺さる。だが、禁呪の結晶たる豹はそれを容易く斬り裂いた。

白く光る爪が雫に振り下ろされる。雫はその爪を短剣で薙ごうとした。

だが豹は宙で身をよじってそれを避ける。禁呪の塊は音もなく着地した。

雫はバッグを捨て、短剣を両手で構える。

「私は確かに、異世界から来たけど——」

豹の赤い目を見据えて、雫は叫ぶ。

「排除はされない！　私はここに、いる！」

豹が床を蹴る。だがそれより早く雫は自ら前に駆け出した。

メアの打ち出した力が豹の顎を下から突き上げる。黒い頭が上を向き——その隙に雫は豹の心臓めがけて短剣を突き出した。

刃が黒一色の体に吸いこまれる。豹の体が黒い靄となって霧散した。

「っ……！」

核を貫けたのか、雫は宙に漂う黒い瘴気を見回す。

けれど次の瞬間——ひやりと冷たいものが背筋を走った。

「マスター！」

豹が、見る間に再生する。それは彼女のすぐ足元で為された。赤い瞳が雫を見上げる。

——ああ、ここで終わる、と思った。

手を掴まれる。

雫はそのまま後ろに引《ひ》き摺《ず》られた。豹の牙は空を切る。

詠唱が聞こえる。青年の声。低い、心地のよい声。

床に魔法陣が浮かびあがる。赤い魔法陣。豹はそこに吸い寄せられる。

そしてそのまま——陣の上にしばりつけられたかのように動かなくなった。

彼はそれを確認すると抱き取った少女を廊下の先へ押し出す。藍色の目が窓の外を見た。

「もう終わる。精霊が来た」

「エリク」

それ以上は言葉が続かない。何も言えない。雫は崩れ落ちそうになって彼の手に支えられる。

ずっとずっと帰りたかった日常。その半分が確かに今、彼女の下に戻ってきたのだ。

緊張の反動で座りこみそうになる雫を、だが険しい表情のエリクは半ば持ち上げるように立たせる。その上で彼は廊下の奥を指した。

「行くよ。あまり長くはもたない」

あわてて彼女が振り返ると、豹は魔法陣のくびきから逃れようと体を捩り始めている。自分を見上げる赤い瞳に、雫はぞっとして息をのんだ。

連れの少女の手を引いてエリクは走り出す。

「エリク、ど、うやって、ここに」

「走ってきた」

「……それは、分か、る」

息が切れて上手く喋《しゃべ》れないのに、噛み合わない会話はやめてほしい。

無言の苦情が伝わったのか、彼は続けて口を開いた。

「禁呪の圧力が消えた。だから様子を見に来たんだ。そしたら君が豹に食われてた」

「まだ、食われて、ません」

相変わらずの物言いに言いたいことはいっぱいあったものの、雫はそれ以上に気が軽くなる思いを味わっていた。彼が来て、そして「終わる」と言った。ならば確かに自分たちは終わりに向かって走っているのだろう。

もう少しだ。きっと上手くいく。それだけの信頼をこの旅で得た。

エリクは雫の手を引きながら後ろを振り返る。

「あ、もう逃れてきたか」

「えええ……」

「大丈夫。着いたから」

一つの扉の前、彼は唐突に立ち止まると大きなドアを乱暴に押し開けた。雫を先に中へ入れる。

そこはだだっ広いだけの部屋だ。床には壁に沿っていくつもの魔法陣が書きこまれている。雫は自分の現在地と地図上の点を思い出し、ここが何の部屋なのか思い至った。

「転移陣の……」

「そう。ここから外へ逃げるよ」

「でも、私がいなくなったら」

「平気。あとはもうすぐ来る人間が何とかする」

エリクは自分も部屋に入ると、床に嵌めこまれたプレートを近い場所から走って確認していく。

行く先を選んでいるのだ。

雫は自分も手伝おうと別の転移陣に向かいかけた。だが、次の瞬間扉を振り返って凍りつく。もはや豹の形を留めていない瘴気。それが空中を漂いながら雫めがけて押し寄せようとしていたのだ。絶叫が喉につかえる。

「マスター！」

メアが雫の服を摑んで引っ張った。彼女はあわてて使い魔の手を取ると、部屋の奥まで踏みこんでいたエリクの前に駆け寄る。彼もまた瘴気に気づくと舌打ちして詠唱を開始した。

――どうなってしまうのだろう。

想像のつかない決着に雫の頭は真っ白になりかける。何をすればいいのか分からず、雫はただ動転して辺りを見回した。

けれどその時、広間の奥、一つの転移陣が発光し始める。

青白い光と共に陣の上の空間が歪み、雫の視線はそちらに吸い寄せられた。ふと背後のエリクを見上げると、彼もまた詠唱をやめそちらを凝視している。

一体何が起きるのか彼女が固唾をのんだ瞬間、だが不意にエリクが彼女を引き寄せ、自分の後ろに突き飛ばした。余所見をしていたわずかな隙に、瘴気がすぐ傍にまで迫ってきていたのだ。

雫はバランスを崩しながら、すぐ後ろにあった転移陣の中に倒れこむ。

たちまち青白い光に包まれた彼女が最後に見たもの、それは――

――奥の転移陣の上に現れた長い黒髪の美女だった。

※

ざっぱーん、としか言い表しようのない光景に雫は立ち尽くす。

大岩の上に佇む女官姿の少女は、目の前の岩場に打ち寄せる白波を見下ろした。すぐ後ろではメアが沈黙したまま佇んでいる。

岩だらけの浜辺の後方は緩やかな坂になっており、その上は林に繋がっているようだ。鬱蒼とした木々は、明るい空とは対照的な色合いで坂の向こうに広がっている。少し木々に隙間があるように見えるのは道でもあるのかもしれない。

そして——彼女の目の前は果てしなく海。

正真正銘、疑いようもない水平線が遥か向こうに見えていた。

理解しがたい景色に、雫はようやく隣に立つ青年へ明るく話しかける。

「こういう日本海！　って場所に立つと、演歌を歌いたくなりますね！」

「何それ」

「…………」

禁呪からは逃げ出せた。致命傷はないし、三人とも無事だ。

だが適当な転移陣に入った彼らの飛ばされた場所は、内陸部にあるカンデラから遠く離れた、どことも知れない海辺だ。エリクがもっともらしく頷く。

「多分、禁呪が城内を汚染した際に転移陣の構成が歪んじゃったんだと思う。普通城はこんなところに転移陣を書かないから」

「どこですか、ここ……」

「さぁ。上に道があるみたいだし、あとで町を探して聞こう」

小鳥に戻ったメアを肩に乗せ、雫は岩でできた坂を苦心して上り始めた。

二人は坂を上りきると、林の中に入って適当な木の陰に腰を下ろす。エリクはメアの魔力を借りて雫の傷を治してしまうと、大きく欠伸をした。

「ごめん、少し寝かせて。何かあったら起こしていいから」

「あ、お疲れ様です」

彼女の声が聞こえたのかどうか怪しいタイミングで、すぐに規則的な寝息が聞こえてくる。エリクも二日間ほとんど寝ていなかったのだろう。雫は疲れが見える寝顔に同情した。

そういう彼女は何だか気が抜けてしまって、自分の足をじっと見下ろす。そこに傷はなく、ただあちこちに血がこびりついているだけだ。

「……なんか、本当に現実だったのかな」

ターキスは、リディアは無事なのか。禁呪の塊はどうなったのか。

転移してしまった雫にそれを確かめる術はない。できることはただ祈るだけだ。

雫は疲れ果てた体を木の幹に寄りかからせる。そして束の間の休息に彼女もまた落ちていくのだ。

※

「戻りました。兄上」

「どうだった？」

「どうもこうも。禁呪の後始末をさせられました」

女は黒髪を鬱陶しげに束ねながら、忌々しさを隠さない口調で報告する。

すなわち、カンデラ城内は禁呪に侵され、王をはじめ高官や将軍たちがほとんど死に絶えたことと、禁呪の結晶となっていた二匹の獣を彼女が消滅させてきたことを。

「禁呪を妨害するために城に侵入していたという者たちは、禁呪を始末した時にはもう逃走していました。死者はおりますが証言は取れません。また城都の方でも死者が出ており、今も城に人が詰めかけています。が、それらに対処できる人間はおらず、当然ながら城は沈黙したままです」

「それは大変そうだな」

「他人事《ひとごと》のように仰らないでください。いかがなさるおつもりですか」

突き刺さる妹の詰問に、しかし王は人の悪い笑みを見せただけだ。

「どうもしようがないだろう？　しょせん他国の話だ」

「カンデラは瓦解しますよ」

「自業自得だな。愚かな王を持つと下は大変だ。いい教訓になる」

「私も面倒ごとが嫌いな兄を持って苦労しております」

即座に切り返されて彼は沈黙する。何だかんだ言って、彼はこの妹に弱いのだ。しばしの間を置いて、王は一枚の書類を書き上げると妹に差し出した。

「これを持ってカンデラを緊急統治してくれ。混乱を最小限に抑えるように」

「禁呪のことは明るみに出してよろしいので？」

「構わん。そうでなければファルサスの大義名分が立たないからな。生き残ったカンデラの人間から証人を選んでおけ。あとはこちらからの侵略と取られぬよう、中立の第三国に協力を要請する」

女は受け取った書類に目を通していたが、兄の言葉を聞いて怪訝そうな顔になる。

「第三国？　適任がいますか？　禁呪がらみですよ」

「いなくもない。場合によってはカンデラの統治を当分代行してもらうことになるかも知れんから、切れる王を選ぼう。ちょうどすぐ南のアンネリをロズサークが攻め落としたばかりだろう？　ロズサークの王は俺の……」

「兄上！　滅多なことを仰らないでください！」

「すまん」

男はけろりとした顔で舌を出す。その表情に彼女は脱力感を覚えたが、カンデラの政治的な収拾をつけるために執務室を出ていった。一人になった男は書類処理で凝ってしまった肩をほぐす。

「城に侵入して暴れまわった連中か。面白い人間がいるものだ。会ってみたいな」

彼はそう言って、にやりと笑った。

※

空はよく晴れている。雲が流れる中、長い黒髪の少女は道の真ん中で足を止め、じっと青空を見つめていた。隣を歩いていた男が、彼女がいないことに気づいて振り返る。

「どうした、リースヒエン」

「この時間なのに、空の色がまだ青いのどうして？」

「こっちは大陸の西の端だからな。お前がいたアンネリよりも日没が大分遅いんだ」

男は言いながら少女を手招く。リースヒエンはそれに応えて小走りに彼の下に駆け寄った。

闇色の瞳に同じ色の髪の少女は、十六、七歳だろうか。折れそうに華奢な体つきに、非現実的なほどの美貌の持ち主だ。長い漆黒の睫毛の下で、夜の深淵《しんえん》のような両眼がまたたく。彼女は小さな田舎町の景色を見回した。

「アンネリやロズサークにはもう戻れない？」

「当分は無理だな。アンネリに幽閉された王女がいたことも、その王女がロズサークに連れていかれたことも話が漏れて噂になってる」

「人質のはずのその私が、ロズサークを逃げ出してここにいることも？」

少女の問いは無垢《むく》なものだ。多くを不思議がる子供のような彼女に、男は苦笑する。

「アンネリの王女は死んだことになってる。そう心配しなくてもいい。今の時期だけだ」

それに、彼女がここにいることは、当のロズサークの王は承知済みのことだ。かの王は、偶然手に入れた戦利品である彼女が、自分の手に余る存在だと理解した。だからリースヒェンが逃げ出すのを止めなかったのだ。

「どちらかというと、見つかったらまずいのはファルサスの方だな」

「ファルサス？　どうして？」

「まあ色々な」

リースヒェンは不思議そうに首を傾げた。猫のような仕草に男は表情を緩める。

「それよりお前ははぐれないように気をつけろよ。すぐ迷子になるんだから」

「大丈夫。貴方《あなた》と一緒にいる、オスカー」

少女の手が男の袖を握る。その仕草に男は微笑んだ。日が沈んだばかりの空色の瞳が穏やかな愛情を湛えて彼女を見る。

※

カンデラ城を中心とした突然の凶事は、それを収めたファルサスによって禁呪が原因であることが発表され、近隣諸国をざわめかせた。最初の襲撃が起きた夜から、城がファルサスの指示の下まともに機能するまでの三日間、混乱が城都を覆っていた時のことは、後に「無言の三日間」と呼ばれ、大陸の歴史に忌まわしい痕を残すこととなる。

だがその渦中にいた一人の少女について、記録には何もない。名前を聞いた人間も残っていない。

ただ、彼女を目撃したという何人かが残るのみだ。

異世界の少女は今は遠く離れた地で深い眠りの中にある。

無力ながら根源によって「異質な棘」と呼ばれた彼女が、再び歴史の混沌の中に現れるまでには、もうしばらくの時間が必要だった。

【Babel　Act.1 - End -】

あとがき

こんにちは、古宮九時です。この度は『Babel　I』を手に取ってくださりありがとうございます。この作品、タイトルからして「あれ？」とお思いの方もいらっしゃるかと思いますが、２０１６年に電撃文庫から二巻まで出た同名タイトルのリブートとなっております。

元はウェブ掲載のファンタジー長編を、文庫に入れる時にはばっさり半分の文量に落としこんで再構成したのですが、今回は新文芸ということでウェブ版を削らず、書き足しての出版となりました。そのため、似てはいるけれど文庫とかなり違う話になっております。よろしければ改めてお付き合い頂ければ幸いです。

また『Unnamed Memory』からこの作品に初めて触れる方、ありがとうございます。こちらは王と魔女の物語から約三百年後、同大陸でのお話になっています。魔女の時代が終わって久しい時代、『Unnamed Memory』の主人公であるオスカーの話は、この時代「昔ファルサスに有名な王がいてね」と語られるくらいです。ところどころ覚えのある断片や、最後には「え……、なんで？」というものも出てきますので、同時進行でお読みの方はどうぞお楽しみください。

異世界である日本から、この魔法が当たり前である大陸に辿り着いた女子大生が、世界の真実を暴き出すお話。『Unnamed Memory』の時代から、もっとずっと前から存在していたとある違和感に、皆様はお気づきでしたでしょうか。

どうぞ今作でその違和感と直面して頂けたら、と思います。


では謝辞を。

『Unnamed Memory』から引き続き担当してくださっている編集様方、いつもありがとうございます。「Babelを新文芸で出そうかと……」と言われた時「へ、まじですか」と間の抜けた反応を返してしまいました。本当にありがとうございます。『Babel』は最後まで出してこそ意味がある話なので、こうして再びお届けできるのはお二方のおかげです。「担当は二人いるから二作を分担できるけど、古宮さんは一人ですね、ハハハ」とか言われましたが、同時発売は割と地獄を見ました。引き続きがんばります。

そして文庫時代からイラストを担当してくださっている森沢先生、感謝の言葉もありません。再始動にあたって、森沢先生が快諾してくださったこと、心より感謝しております。イラストが更にパワーアップしている！　美しい！　可愛い！　ありがとうございます！

最後に読者の皆様、いつもありがとうございます。文庫時代から、ウェブ時代からこの作品にお声をかけ続けてくださった方々、また新文芸を機にお手に取ってくださった方々、ここからしばし異世界転移の言語のお話にお付き合いください。こういう話も存在するんだということが、意味を持つこともあるかと思いますので。また次巻でお会いしましょう！

古宮　九時

おまけ掌編：日常の終わり

「こう、ある日突然違う世界に来ちゃうって、一番よくないのは唐突さだと思うんですよ」

宿屋でお茶をしていた雫が、突然言い出したのはそんなことだ。

本から顔を上げぬままエリクが返す。

「そこが一番問題？　異世界に来なきゃいいと思うんだけど」

「そうなんですけどそうじゃないんですよ！　たとえば異世界には絶対来なきゃいけないとして」

「絶対」

「そこで『今すぐ異世界行きますよ、さあ！』っていうのと、『一週間後に行きますから準備しといてくださいね』っていうのとじゃ、やっぱり心構えが違うじゃないですか！」

「無意味な仮定だとは思うけど、なるほど？」

「そうすれば寮の部屋ももうちょっとちゃんと掃除したし、あんまり長期間帰れないようだったら大学と実家にも連絡したしで――」

「それはもう引越しなんじゃないかな」

「そうかもしれません……」

どちらかというと強制転勤のようなものだろうか。それはそれで拒否したいが、拒否できないならもう少し譲歩して欲しかったと雫は思う。

「この年齢になって初めて分かる、失踪者の気持ち……」

「普通は一生分からないと思うし、命があるだけましだと思うよ」

「それについては心から同意です」

むしろ、世界を移動した際に一度死んでいて、今の自分は元の自分の複製に過ぎないのではないか、とも思わなくもないが、それを突き詰めだしても精神的によくない。

雫は温くなったお茶をすする。

「部屋にまだ明太子と生卵と牛乳があるんですよ……。ひどいことになる前に誰か見つけてくれないかな……」

「他の二つは分かるけど、メンタイコってなに？」

「魚卵です。好きなんですよ」

「ああ、魚を育ててるのか。それは心配だね」

「食用です」

それを聞いてエリクは一瞬愕然と目を丸くした。だがすぐに彼は、何もなかったように本に戻る。

雫は頬杖をついて天井を見上げた。

「時々無性に食べたくなるんですよね、魚卵。がーっと。ヒグマのように」

「次の街にはあるといいね」

異世界に放りこまれたという深刻な状況から始まって、あんまり深刻さがない旅路。その途上にある雫はぼんやりと置いてきてしまった冷蔵庫の中身を思って、小さな溜息をついた。

遂にたどり着いた魔法大国ファルサス。
ファルサス王との謁見が叶い、
経緯を伝える雫とエリク。
だがそこで二人に差し向けられたのは
帰還のための協力と手掛かりではなく、
冷厳なる殺意を込めた刃だった。
[著]古宮九時
[イラスト]森沢晴行
発売予定!!!

Babel
バベル
II
「――立ち去るがよい、
外部者よ」
なぜ、雫は異質な存在として
排除されようとしているのか。
そしてなぜ、雫が教える異世界の言語に
エリクは興味を示すのか。
世界の謎に近づく、波乱の第二巻。
2020年秋、

呪われし王と、世界最強の魔女。
禁忌の出会いは
【運命】を書き換える。
［著］古宮九時
［イラスト］chibi
I～V巻、好評発売中

『このライトノベルが
すごい！ 2020』
単行本・ノベルズ部門
＆同部門新作
1位受賞の
圧倒的
ファンタジー
!!!!!!!!!!!
『Babel』の300年前を
舞台にする姉妹作
Unnamed Memory《アンネームドメモリー》

電撃の新文芸

Babel《バベル》 I

少《しょう》女《じょ》は言葉《ことば》の旅《たび》に出《で》る

著者／古《ふる》宮《みや》九《く》時《じ》
イラスト／森《もり》沢《さわ》晴《はる》行《ゆき》

2020年6月17日　初版発行

発行者／青柳昌行
発行／株式会社ＫＡＤＯＫＡＷＡ
〒102-8177　東京都千代田区富士見2-13-3
0570-06-4008（ナビダイヤル）
印刷／図書印刷株式会社
製本／図書印刷株式会社

【初出】……………………………………………………………………………………………
本書は著者の公式ウェブサイト『no-seen flower』にて掲載されたものに加筆、訂正しています。

ISBN978-4-04-913133-8　C0093　Printed in Japan

●お問い合わせ（アスキー・メディアワークス　ブランド）
https://www.kadokawa.co.jp/（「お問い合わせ」へお進みください）
※内容によっては、お答えできない場合があります。
※サポートは日本国内のみとさせていただきます。
※Japanese text only

ファンレターあて先
〒102-8177
東京都千代田区富士見2-13-3
電撃文庫編集部
「古宮九時先生」係
「森沢晴行先生」係